古典詩歌研究彙刊

第二三輯

龔鵬程 主編

第 **10** 冊

龔定盦詞研究

許永德 著

國家圖書館出版品預行編目資料

龔定盦詞研究／許永德 著 — 初版 — 新北市：花木蘭文化事
業有限公司，2018〔民 107〕

目 4+266 面；17×24 公分

（古典詩歌研究彙刊 第二三輯；第 10 冊）

ISBN 978-986-485-287-1（精裝）

1.（清）龔自珍 2. 清代詞 3. 詞論

820.91   107001414

ISBN-978-986-485-287-1

9 789864 852871

古典詩歌研究彙刊
第二三輯 第 十 冊   ISBN：978-986-485-287-1

龔定盦詞研究

作　　者	許永德
主　　編	龔鵬程
總 編 輯	杜潔祥
副總編輯	楊嘉樂
編　　輯	許郁翎、王筑　美術編輯　陳逸婷
出　　版	花木蘭文化事業有限公司
發 行 人	高小娟
聯絡地址	235 新北市中和區中安街七二號十三樓
	電話：02-2923-1455／傳眞：02-2923-1452
網　　址	http://www.huamulan.tw 信箱 hml 810518@gmail.com
印　　刷	普羅文化出版廣告事業
初　　版	2018 年 3 月
全書字數	209342 字
定　　價	第二三輯共 14 冊（精裝）新台幣 22,000 元

龔定盦詞研究

許永德　著

作者簡介

許永德，字其維，筆名玉子誼，彰化鹿港人，東吳大學中國文學研究所畢業，現職國文及作文教師。少嗜詩文，長窺倚聲，中歲始信淨宗。曾獲教育部文藝創作獎、乾坤詩獎、臺北文學獎、雙溪現代文學獎、東吳大學古典文學競賽等獎項；著有《玉衡文存》、《玉子誼詩稿》、《慎微堂詩稿》、《殘星詞》、《杏花春雨樓詞》等（均未付梓）。

提　　要

　　龔定盦為清代嘉慶、道光年間重要之學者、詞人，其學術、詞學思想，深受外祖父段玉裁與業師劉逢祿之影響。龔定盦與浙西詞派改琦、袁通、汪珵、汪全德、孫麟趾、姚宗木、許乃穀、夏寶晉等人均有交游。此外，常州詞派宋翔鳳、周儀暐及吳中詞派顧廣圻 江沅 沈鍌等人亦為其詞友。龔定盦因受其母段馴影響，自幼對「文體」即有「尊體觀」；其詞學觀以「尊情」為中心思想，甚為反對「偽作」，並強調「自我感慨」抒發之重要。

　　龔定盦今傳世詞集有五種。其詞風可分三期：少年時期以「迷離幽隱」、「哀艷雄奇」為主；中年時期轉為「悲愴淒恨」；晚年時期以「頹唐蒼涼」為主。其詞風轉變與一生懷才不遇有關。龔定盦之各種詞皆能符合其「尊情觀」之要求，其詞頗有寄託，時見對國事民生弊病之諷刺，或抒發其抑鬱。總之，龔定盦詞能自鑄精神與真實面貌，不抄襲陳言，可稱嘉慶、道光年間獨具自我特色之重要詞人。

目

次

第一章 緒 論

第一節 研究動機與目的

　　詞至清代，可謂中興，名家輩出，高才領異，不僅托體尊、審律嚴，嚴迪昌（1936～2003）《清詞史》估計清詞總數當在二十萬首以上，詞人亦多至一萬，已非「小道」、「艷科」，[註1] 足以爭輝兩宋詞人。道光二十年（1840）之鴉片戰爭非惟中國近代史之分界，更爲清代「詞史」之關捩，影響一代詞風甚巨。[註2]

一、研究動機

　　龍榆生（1902～1966）〈論常州詞派〉云：「清詞至常州詞派而體格日高，聲情並茂，綿歷百載，迄未全衰。良由『學人之詞』，適可

〔註 1〕嚴迪昌之言。嚴氏《清詞史》云：「一代清詞總量將超出 20 萬首以上，詞人也多至 1 萬之數。……詞在清代，已用其實實在在的、充分發達的抒情功能表徵著這一文體早就不再是『倚聲』之小道，不只是淺斟低唱、雕紅刻翠徒供清娛的艷科了，所以，清人之詞，已在整體意識上發展成爲與『詩』完全並立的抒情之體，任何『詩莊詞媚』一類的『別體』說均被實踐所辯證。」見嚴迪昌《清詞史》（南京：江蘇古籍出版社，2001 年），頁 1～2。
〔註 2〕嚴迪昌《清詞史》以專章「道咸衰世的『詞史』」論述道咸詞人。請參見嚴迪昌《清詞史》，頁 499～534。

藥末流之病，又值世變方亟，尤足以激發詞心。」﹝註3﹞此言指出衰世下，「學人之詞」對當代詞風具振弊起衰之用，又兼及常州詞派之發展。本論文即以嘉、道年間之「學者詞人」龔自珍為研究對象。

龔自珍（1792～1841），字璱人，號定盦（一作定庵，以下簡稱定盦），清代浙江仁和人。生於乾隆五十七年（1792），歷嘉慶、道光二朝，卒於道光二十一年（1841），正當鴉片戰爭之時。定盦為乾、嘉考據名儒段玉裁（1735～1815）之外孫，自幼深受外祖父段玉裁影響。所著詞，今流傳者有《無著詞選》（始名《紅禪詞》）、《懷人館詞選》、《影事詞選》、《小奢摩詞選》、《庚子雅詞》各一卷。其詞名為詩、文、思想所掩，故百年來研究其詞者較稀。

定盦為有清一代之經史、古文、經濟家，精小學、輿地、文獻、金石諸學，又為藏書家，兼擅詩詞，博涉九流，實嘉、道年間集眾學於一身之通儒。《清史列傳》稱其：「生平、著作等身，出入於九經、七緯、諸子百家，自成一家言。」﹝註4﹞其摯友魏源〈定盦文錄敘〉云：「於經通《公羊春秋》，於史長西北輿地。其書以六書小學為入門，以周秦諸子、吉金樂石為匡郭，以朝章國故、世情民隱為質幹。晚尤好西方之書，自謂造深微云。」﹝註5﹞可知其學之駁雜兼擅。定盦以詩、文雄視一代，﹝註6﹞思想亦震爍當時及後世，

﹝註3﹞龍榆生：《龍榆生詞學論文集》（上海：上海古籍出版社，1997年），頁404。

﹝註4﹞〔清〕國史館編，王鍾翰點校：《清史列傳》（北京：中華書局，2005年），卷73，頁37～38。

﹝註5﹞〔清〕魏源：《魏源集》（北京：中華書局，2009年），頁239。

﹝註6﹞視定盦為「近代霸才」之李慈銘（1830～1895），在〈越縵堂日記〉云：「定盦文筆橫霸，然學足以副其才，其獨至者往往警絕似子，詩亦以霸才行之，而不能成家。」可知李氏以為定盦文勝於詩。見孫文光、王世芸編：《龔自珍研究資料集》（合肥：黃山書社，1984年），頁86。又，林昌彝（1803—？）論定盦詩文：『古文詞奇崛淵雅，不可一世……。詩亦奇境獨闢，如千金駿馬，不受羈綫，美人香草之詞，傳遍萬口。善倚聲。道州何子貞師謂其詩為近代別開生面，則又賞識於絃外絃、味外味矣。』見〔清〕林昌彝：《射鷹樓

〔註7〕一百七十餘年來研究定盦者，以詩、文、思想等方面爲最多，
茲不贅述。至於探究其詞者則寥落可數，臺灣學位論文，唯程昇輝
《龔自珍詞研究》（1997 年），此外，阮桃園《龔自珍的文學研究》
（1982 年）亦有專章研究；中國大陸學位論文，僅有李花宇《龔
自珍詞研究》（2012 年，按：筆者未見），〔註8〕餘則較少有專書或
專章研究者，實有待更多學者關注。

　　筆者嘗讀段玉裁〈懷人館詞序〉，其稱定盦詞：「造意造言，幾
如韓、李之於文章，銀盌盛雪，明月藏鷺，中有異境。」〔註9〕初，
筆者疑段氏之言乃以外祖孫之情私定盦也。後觀嚴迪昌《清詞史》，
嚴氏論定盦之詞亦云：「鬱勃激盪而又淒艷靈動的《定盦詞》，在晚
近詞壇是別具面貌的。」〔註10〕指出定盦詞之獨特性。譚獻（1832

　　詩話》（上海：上海古籍出版社，1988 年），卷 10，頁 217。筆者按：
　　子貞爲定盦友人何紹基之字。可見當時，何紹基已指出定盦詩具「近
　　代性」。此外，遠在嘉慶十七年（1812），段玉裁〈懷人館詞序〉也
　　稱定盦詩文：「風發雲逝，有不可一世之概。」見〔清〕段玉裁著，
　　鍾敬華校點：《經韻樓集》（上海：上海古籍出版社，2008 年），頁
　　222。朱傑勤亦云：「總之，嘉道間之詩人，龔定盦實爲第一，但不
　　足爲淺見寡聞者道也。」見朱傑勤：《龔定盦研究》（臺北：台灣商
　　務印書館，1966 年），頁 108。
〔註7〕李鴻章（1823～1901）〈黑龍江述略序〉云：「古今雄偉非常之端，往
　　往創於書生憂患之所得。龔自珍議西域置行省於道光朝，而卒大設施
　　於今日。」轉引孫文光、王世芸編：《龔自珍研究資料集》，頁 80。（按：
　　孫文光、王世芸說：「李鴻章此序係請董方立代筆」，可知李氏亦同意
　　董說。）又，梁啓超亦云：「晚清思想之解放，自珍確與有功焉。光
　　緒間所謂新學家者，大率人人皆經過崇拜龔氏之一時期。」見梁啓超
　　著，朱維錚校注：《清代學術概論》（北京：中華書局，2010 年），頁
　　114。
〔註8〕程昇輝：《龔自珍詞研究》（臺中：中興大學中文研究所碩士論文，1997
　　年），229 頁。又，阮桃園：《龔自珍的文學研究》（臺中：東海大學
　　中文研究所碩士論文，1982 年）。李花宇：《龔自珍詞研究》（錦州：
　　渤海大學文學院碩士論文，2012 年），49 頁。又，單篇論文研究請詳
　　參本章第三節「龔定盦詞研究述評」。
〔註9〕〔清〕段玉裁撰，鍾敬華校點：《經韻樓集》，頁 222。
〔註10〕嚴迪昌：《清詞史》，頁 508。

～1901）《復堂詞話》云：「近世經師惠定宇、江艮庭、段懋堂、焦里堂、宋于庭、張皋文、龔定庵多工小詞，其理可悟。」〔註11〕譚獻指出經師惠棟（1697～1758）、江聲（1721～1799）、段玉裁、焦循（1763～1820）、宋翔鳳（1777～1860）、張惠言（1761～1802）、龔自珍等人皆工倚聲，雖隱然透露清代經學與詞學二者間有切要關係，卻未明辨其故，尤當深思。至於定盦之經學是否曾影響其詞學，亦使筆者對定盦詞深感興趣，此研究動機也。

二、研究目的

　　嘉、道詞人多兼有學者身分，其師友之交游，亦多延續乾隆朝。定盦與乾、嘉、道三朝之學者多有交游或論學，故欲論其詞，又不可不先探論其生平、交游、學術對其詞之影響，以期對定盦詞有更全面之理解。嘉、道之際，浙西詞派（以下簡稱「浙派」）末流雖衰而不絕，新創之常州詞派（以下簡稱「常派」）尚萌而未壯；自浙派裂變而出之吳中詞派（以下簡稱「吳派」）則標舉聲律大幟，有別當時浙派詞人。雖然，吳派晚於浙、常二派而出，然其詞風及詞學主張，亦頗受浙派影響，〔註12〕以致吳派詞人常遭學者視為浙派後期。

　　關於浙派，譚獻《復堂詞話》云：「嘉慶以來五六十年，南國才人，雅詞日出，不僅常州流派。大都取材南宋，婉約清超，拍肩捔袖。」〔註13〕浙派末流之通病，在於雖以南宋詞之「清空醇雅」為宗，而詞中卻殊少真情、意趣。此一「意旨空泛」之弊，亦曾使浙派殿軍郭麐（1767～1831）不屑，譏為「若此者，亦詞妖也。」〔註14〕當代詞論家除譚獻外，他如：謝章鋌（1820～1903）、陳廷焯（1853～1892）

〔註11〕〔清〕譚獻：《復堂詞話》，見唐圭璋編：《詞話叢編》（北京：中華書局，2005年），冊4，頁3999。

〔註12〕關於吳派與浙派之關係，可參見沙先一：《清代吳中詞派研究》，（北京：人民文學出版社，2004年），頁19～23。

〔註13〕〔清〕譚獻：《復堂詞話》，見唐圭璋編：《詞話叢編》，冊4，頁4017。

〔註14〕〔清〕郭麐：《靈芬館詞話》，見唐圭璋編：《詞話叢編》，冊2，卷2，頁1524。

等人對浙派亦頗多批評，〔註15〕雖然，至嘉、道年間，浙派仍有不少詞人在詞壇創作，「是清代詞史上衍變時間最久的一個流派。」〔註16〕嘉慶末，不僅繼厲鶚（1692～1752）以嬗變而啓後之吳錫麒（1746～1818）尚在世；至道光年間，力矯浙派流弊之郭麐亦仍致力改革浙派詞風。此外，吳翌鳳（1742～1819）、汪全德（1783～1829）、孫原湘（1760～1829）、王曇（1760～1817）、舒位（1765～1816）、陶樑（1772～1857）、錢枚（1761～1803）、嚴元照（1773～1817）、彭兆蓀（1769～1821）、改琦（1773～1828）、袁通（1775～1829）、汪琨（？）、楊夔生（1781～1841）、孫麟趾（1791～1860）、姚宗木（？）、許乃穀（1785～1835）、夏寶晉（1790～1867）等人尚在詞壇活動，可見浙派雖衰而餘波猶存，其所推尊之「南宋雅詞」仍爲嘉、道詞壇多數詞人所宗。定盦身爲浙人，與改琦、袁通、汪琨、汪全德、孫麟趾、姚宗木、夏寶晉等人交游，亦有詞作唱和。

　　至於常派，嘉慶二年（1797），張惠言仍爲一介「寒士」，館於安徽歙縣漢學家金榜（1735～1801）宅，張惠言爲向金氏子弟講授詞學，與其弟張琦（1764～1833）編輯《詞選》；《詞選》雖體現張氏昆仲之詞學觀，且爲日後常派詞人奉爲開山之作，但張氏編書之初，實無意於詞壇樹幟。〔註17〕據陸繼輅（1772～1834）〈冶秋館詞序〉云：

〔註15〕謝章鋌、譚獻、陳廷焯對浙派之批評分見於謝氏《賭棋山莊詞話》、譚氏《復堂詞話》及《籐中詞》、陳氏《白雨齋詞話》。謝氏針砭雖烈而大抵不失識見與中肯，譚、陳二氏則不無流於主觀與門戶之見，未盡公允。誠如嚴迪昌所云：「得『浙派殿軍』之稱的郭麐，自從譚獻《籐中詞》有『詞尚深澀，而頻伽滑矣』之評，以及陳廷焯《白雨齋詞話》斥郭氏與楊夔生詞爲『皆屬最下乘，非獨不及陳、朱，亦去董文友、王小山遠甚』云云而後，就一直被論家和選家所冷落。這是藝術觀點或流派門戶偏見導致的不公現象。其實，郭麐是後期『浙派』中卓有見識的理論家，也是嘉、道之際獨具面貌的重要詞人。」見嚴迪昌：《清詞史》，頁441～442。

〔註16〕嚴迪昌：《清詞史》，頁436。

〔註17〕張惠言一生致力於經學與古文，於虞翻《易說》尤勤，故著《周易虞氏義》、《虞氏易禮》等，又有《茗柯文》，詞乃餘力爲之，非有意開宗立派。參看嚴迪昌：《清詞史》，頁470。

而同時又有皋文之弟宛鄰及左杏莊、惲子居、錢季重、李
申耆、丁若士、家劭文，相與引申張氏之說，於是盡發溫
庭筠、韋莊、王沂孫、張炎之覆，而金元以來俚詞、淫詞、
叫囂蕩佚之習，一洗空之，吾鄉之詞始彬彬盛矣。自是二
十餘年，周伯恬、魏曾容、蔣小松、董晉卿、周保緒、趙
樹珊、錢申甫、楊劯起、董子遠、董方立、管樹荃、方彥
聞又十數輩，皆溺苦爲之，其指益深遠，而言亦益文，駸
駸乎駕張氏而上。而倡之者，則張氏一人之力也。〔註18〕

可知常派形成之初，除張惠言外，其弟張琦與左輔（1751～1833）、
惲敬（1757～1817）、錢季重（？～1821）、李兆洛（1769～1841）、
丁履恆（1770～1832）、陸耀遹（1771～1836）等友人亦引申張氏《詞
選》之說，助長張氏詞學理論之流播與漸興。此外，陸繼輅更指出從
嘉慶初至道光前期，常派詞學發展及張惠言對常派詞人如：周儀暐
（1777～1846）、魏襄（？）、蔣學沂（？）、董士錫（1782～1831）、
周濟（1781～1839）、趙植庭（？）、錢相初（？）、楊士昕（1794～
1860）、董基誠（1787～1840）、董祐誠（1791～1823）兄弟、管貽葄
（？）、方履籛（1790～1831）等人之影響。嘉、道年間，常派雖已
形成，但諸多因素，以致尚不足與浙派分庭抗禮。此外，定盦與常派
學者、詞人群淵源深厚，其作於道光七年（1827）之〈常州高材篇，
送丁若士履恆〉云：「外公門下賓客盛（謂金壇段先生），始見臧（在
東）顧（子述）來袞袞。……三君折節與我厚，我亦喜逐常人游。」
（頁 494）〔註19〕此詩歷數定盦與常州學人臧庸（1767～1811）、顧
明（？）、惲敬、孫星衍（1753～1818）、趙懷玉（1747～1823）之交

〔註18〕〔清〕陸繼輅：《崇百藥齋續集》，見清代詩文集彙編編纂委員會編：
《清代詩文集彙編》（上海：上海古籍出版社，2010 年），冊 506，
頁 264。

〔註19〕本論文所引定盦之詩、詞、文等原文，皆以王佩諍校本《龔自珍全
集》（上海：上海古籍出版社，1975 年）爲底本，爲便於論述，除標
註篇名、頁數外，不另標註書名。

游淵源，蓋因外祖父段玉裁也。惲敬、孫星衍、趙懷玉三人年輩雖高於定盦，卻願折節下交。後又論交丁履恆、洪飴孫（1773～1816）、管繩萊（1784～1839）、莊綬甲（1774～1828）、張琦、周儀暐、董祐誠、劉逢祿（1776～1829）等人；且請陸繼輅代爲介紹李兆洛爲友。常州學者詞人中，宋翔鳳、周儀暐與定盦均有詞作往來、唱和。

此外，略晚於定盦之詞人蔣敦復（1808～1867）論常派周濟詞，云：「近來浙、吳二派，俱宗南宋，獨常州諸公，能瓣香周、秦以上……。」〔註20〕蔣氏與後吳中七子之朱綬（1789～1840）熟識，亦與戈載（1786～1856）頗有淵源，又曾讀後七子詞，〔註21〕其視浙、吳判然爲二派矣。杜文瀾（1815～1881）《憩園詞話》亦云：「初，戈順卿論詞吳中，眾皆翕服。獨長洲孫月坡茂才麟趾與齟齬。……余則謂詞仍當以韻律爲主，未可越戈氏之範圍，不敢附和月坡。」〔註22〕孫麟趾爲浙派詞人，戈載則是吳派後七子之首，二人詞學爭論在「韻律」，杜氏不僅道出浙派與吳派之根本歧異，更可見杜氏之詞派意識傾向吳派。綜上所述，可知嘉、道詞壇，浙、常、吳三派並存之實，而定盦不僅與吳派先聲顧廣圻（1770～1839）、秦恩復（1760～1843）、江藩（1761～1831）及江沅（1767～1838）爲知交；更與吳派詞人吳嘉洤（1790～1865）、陳裴之（1794～1826）、王嘉祿（1797～1824）、潘曾沂（1792～1853）、潘曾瑩（1808～1878）、潘曾綬（1810～1883）三兄弟、沈

〔註20〕〔清〕蔣敦復：《芬陀利室詞話》，見唐圭璋編：《詞話叢編》，冊4，卷1，頁3633。

〔註21〕蔣敦復論後吳中七子詞云：「吳中七子，朱君酉生，識余最早，且有知己之感。……有攜余詩詞質酉生，歎曰：『此君才氣，非我輩所能企及，獨倚聲一門外漢耳。』緣此絕不填詞者十餘年。後避人之南匯，……成一冊曰山中和白雲。四篁錄示戈君順卿，求指疵，順翁驚詫云：『此是詞家射雕手，尚何疵可指耶。』後七子詞皆得讀之。……余自知持論與之不甚合，竟不往見。順翁知余詞未刻本，手錄十餘首，稱賞不置云。」見〔清〕蔣敦復：《芬陀利室詞話》，見唐圭璋編：《詞話叢編》，冊4，卷2，頁3654。

〔註22〕〔清〕杜文瀾：《憩園詞話》，見唐圭璋編：《詞話叢編》，冊3，卷1，頁2857。

鋆（1804～1860）等人交游，其中與顧廣圻、江沅、沈鋆等人均有詞作往來。定盦與浙、常、吳三派詞人之交游及其相關影響爲何，此研究目的之一也。

定盦〈己亥雜詩〉第 75 首自注：「年十九，始倚聲塡詞，壬午歲勒爲六卷，今頗悔存之。」（頁 516）定盦年十九始塡詞，中年所作之〈長短言自序〉，曾倡「尊情觀」（頁 232），晚年卻有「悔存舊作」之念。在浙、常、吳三派並存之嘉、道詞壇，定盦詞學觀爲何，此研究目的之二也。

此外，定盦〈己亥雜詩〉第 142 首云：「少年哀豔雜雄奇，暮氣頹唐不自知。」（頁 523）此詩雖追懷舅氏段驤，但「哀豔雄奇」實爲定盦早年詞風，故晚年賦詩弔念亡舅，頗有幾分借題自弔之況味。又，定盦詞亦時有禪味，蓋與其佛學思想有關，其〈齊天樂〉小序云：「予幼信轉輪，長窺大乘。」（頁 575）定盦嘗從江沅學佛及治釋典，並以之爲學佛第一導師，可知其深受佛學思想影響。定盦詞之內容與風格轉變爲何，此研究目的之三也。

第二節　研究方法與步驟

一、研究方法

研究嘉、道時期（1796～1841）之中國，〔註 23〕即不能忽視其於世界之重要地位。自 1792 年馬嘎爾尼使團訪華之初，中國已難自外於現代化之世界。若視十八世紀仍爲「自給自己」之中國，則十九世紀應是「世界」之中國。正如李學勤等人所謂：「中國近現代史研究中還存在不少問題。其中最大的問題就是大多數的研究者仍缺乏世

〔註23〕凡本文所稱「嘉、道時期」或「嘉、道年間」，皆以嘉慶元年（1796）爲始，至定盦卒年之道光二十一年底（1841）爲限，非歷史所稱之「道光三十年（1850）」；所論如爲道光二十一年（1841）後，其年月則另外標出。

界眼光。在問題的提出和材料的挖掘利用上只知有『中國』，不知有『世界』。……中國近現代史的研究就必須放到世界歷史的大背景中去考察。任何就中國論中國、以中國論中國的做法都是不可能得其眞相的。即使就所使用徵引的史料而言，情形也是如此。」〔註24〕此話雖就史學研究而言，但就中文學界相關研究而論，具宏觀之視野考察，亦較不易陷入自說自話之偏頗。

　　龔定盦所處之嘉、道年間，不僅學術思想複雜，亦值乾、嘉考據尙盛行之時，宋學、常州莊氏之學實際並存。主導學界之考據學風潮，雖有袁枚（1716～1797）、章學誠（1738～1801）等人數度譏彈，復有姚鼐（1731～1815）、方東樹（1772～1851）師生之痛斥，然至道光，仍未全退。當時經世思想亦未曾稍歇，誠如蔡長林所云：

> 對晚清經世之學稍有涉獵的人當知，陸燿《切問齋文鈔》
> 是魏源《皇朝經世文編》的底本。黃克武先生曾對《切問
> 齋文鈔》加以分析，指出即使是在訓詁考證高踞學術壇坫
> 的時代，經世思想並未稍歇。〔註25〕

可知嘉、道時期仍爲各種學術爭鳴之年代，而定盦之經世思想與詞學觀便在此一學術環境下萌生與蛻變，尤當留意。此外，當時清廷之政治、社會、經濟、外交皆已出現諸多弊端，以致農民起義不絕；而貪奢風氣、吏治中衰、人地不均、鴉片流毒與大量白銀外流，遂使民生凋敝，小民苦不堪言，此與定盦之學術思想有絕對關係，而屢見諸文字。故筆者論述第二章「龔定盦之生平與交游」時，爲求更宏觀與客觀，除參照傳統文獻外，如：乾、嘉、道三朝《大清實錄》、《大清會典》、《清史稿》……等，更旁及《履園叢話》、《嘯亭雜錄》、《揚州畫舫錄》、《竹葉亭雜記》……等史料筆記，兼及今人關於當時時代背景之論著，如：馮爾康、常建華《清人社會生活》、張艷麗《嘉道時期

<hr>

〔註24〕轉引仲偉民：《茶葉與鴉片：十九世紀經濟全球化中的中國》（北京：三聯書店，2010年），頁29。

〔註25〕蔡長林：《從文士到經生——考據學風潮下的常州學派》（臺北：中央研究院中國文哲研究所，2010年），頁11。

的災荒與社會》、張研《清代社會經濟研究史》、倪玉平《清朝嘉道關
稅研究》、仲偉民《茶葉與鴉片：十九世紀經濟全球化中的中國》、曹
雯《清朝對外體制研究》……等，與清代政治、社會、經濟、外交相
關之研究。同時參照部分當時來華之外國學者對乾、嘉、道三朝關於
中國之論述及當代外國學者對當時之研究，如：英國學者赫德《這些
從秦國來——中國問題論集》與約‧羅伯茨《十九世紀西方人眼中的
中國》、美國學者馬士《中華帝國對外關係史》、英國學者史景遷《中
國縱橫——一個漢學家的學術探索之旅》等書，期能以更宏觀視角呈
現當時中國之實況，進而探討定盦學術思想與其詞學、詞作間之關聯。

　　至於其他各章，則各以傳統文本與史料，參照、對比今人論著、
前輩學者之研究成果；取菁去蕪，酌擇各家可用之言，契合本論文者
以論之。筆者學識疏陋，倘有不情或不足之謬論，敬祈就正于方家夙
學，不以後學鄙見而棄之。

二、研究步驟

　　本論文以「龔定盦詞」為切入角度，以時空為橫軸，分別對龔定
盦之生平與交游、常州學派與龔定盦詞學、龔定盦詞集、龔定盦之詞
學觀、龔定盦詞之內容與風格等，加以考察析論，勾勒龔定盦詞於嘉、
道年間之創作情形與詞壇接受度，以昭其詞之地位。本論文分章論
述，各章下有數節，其大要如下：

　　第一章「緒論」，分為研究動機與目的、研究方法與步驟、龔定
盦詞研究述評等三節。除闡明何以擇龔定盦詞為研究對象外，更著重
定盦詞研究述評之部分；彙整前人研究嘉果，加以檢視、析論其重點，
並自不同脈絡留意龔定盦詞研究之發展，檢討前人研究之創見或較不
足處。

　　第二章「龔定盦之生平與交游」，將龔定盦之生平與交游分兩節
析論。「生平」方面，除對嘉、道兩朝之政治、社會、經濟、外交等
時代背景做簡要論述外，更著重於龔定盦之家世及其家學淵源，外家

段氏之學與經歷行實；「交游」方面，對龔定盦之師友、詞友分別論述，以瞭解嘉、道兩朝時代背景、生平家世、師友及詞友交游對其詞可能之影響。

第三章「常州學派與龔定盦詞學」，本章從常州學派著眼，共分：「常州學派與龔定盦之學術淵源」、「學術思想對龔定盦詞之影響」兩節。先探論常州學派莊存與、莊述祖，乃至劉逢祿、宋翔鳳等人與龔定盦學術之淵源；次論龔定盦經學思想、史學思想對其詞之影響。

第四章「龔定盦詞集綜論」，本章分為「龔定盦詞集之刊版」、「六卷本與《紅禪室詞》之疑問」、「龔定盦詞之輯佚與繫年」等三節。先探討龔定盦詞集之刊刻與古今流傳之版本；其次，對龔定盦詞關於「六卷」本之說，為之考證，並對劉大白《舊詩新話》中一則關於「龔定盦佚集」《紅禪室詞》之說，加以質疑並探論其真偽。最末，參照各家之說對龔定盦詞之輯佚，加以論述，並對未繫年者，盡可能加以繫年，以略還其貌。

第五章「龔定盦之詞學觀」，共分兩節：前期——「嘉慶十五年（1810）至道光三年（1823）夏」、後期——「道光三年（1823）夏至道光二十一年（1841）」。分別探論前期詞學觀，從「尊體觀」經「宥情觀」至「尊情觀」之轉變；再論述後期詞學觀，從中年以後之「童心觀」到晚年「對舊作之省思」，以見其詞學觀二期之轉變與夫心境。

第六章「龔定盦詞之內容與風格」，共計兩節。先就龔定盦詞之內容，分別探論龔定盦之「愛情詞」、「記事詞」、「詠物詞」、「題畫詞」、「其他」等五類，從中析論其詞之內容及其是否有幽隱之「微言」。次就龔定盦詞之風格，對其少年「迷離幽隱」及「哀豔雄奇」詞風、中年「悲愴淒恨」詞風、晚年「頹唐蒼涼」詞風，加以論述，以探究龔定盦詞風轉變之要因與其全貌。

第七章「結論」，本章分為兩節：「龔定盦詞之評價」、「龔定盦詞之影響」。先就當代與後世之人如：段玉裁、宋翔鳳、沈鲸、譚獻、胡薇元、徐珂、李慈銘諸人，對龔定盦詞之評價加以論述，以知嘉、

道詞壇及後世詞人對其詞之褒貶；次就後世之人如：江標、黃人、高旭等「南社」諸君及周策縱、劉峻之擬仿或推重，以見其詞對後代詞人之影響，庶昭龔定盦詞該有之詞史地位。

第三節　龔定盦詞研究述評

　　百年來研究定盦詞者，或以之爲常派，或以之爲浙派，亦有以之能出二派者。如：王易《詞曲史》云：「《同聲集》錄清人吳廷鉁、王曦、潘曾瑋、汪士進、王憲成、承齡、劉耀椿、龔自珍、莊士彥諸家詞，大致以浙派朱厲爲宗，間有主張北宋者。」〔註26〕此說仍不離宗派意識論詞，未能細品其詞故也。嚴迪昌《清詞史》在「道咸衰世下的詞史」一章，論定盦詞：「龔自珍詞在藝術手段上多用微言大義的議論和象徵寄託一法。前者與他『詞出於《公羊》』的觀念有直接關係，後者則是運用傳統的表現手法。……龔自珍受《公羊》學於常州學派的劉逢祿，與『常州詞派有一定淵源』。但是他的寄託暢朗而不晦隱，象徵比喻色彩更強烈，顯然與『常派』有別。至於縱橫馳騁的筆勢、飛騰的想像，即所謂『能爲飛仙、劍客之語』（譚獻）的風神，更不是哪派哪家能限止的。鬱勃激盪而又淒艷靈動的《定盦詞》，在晚近詞壇是別具面貌的。」〔註27〕嚴迪昌從藝術性與獨特性品評定盦詞，指出其學術與常派雖有淵源，但其詞非惟常派所不可牢籠，亦不屬浙派或任何一家之範疇。嚴迪昌是少數不自宗派著眼，而能純論其詞者，所說較確。嚴氏又云：「其實，『不能古雅不幽靈』（〈己亥雜詩語〉）的龔詞不僅是『尊情』的極強烈的抒情要求的體現，而且是和他濟蒼生之志相副的述志論事的表現手段之一種。」〔註28〕嚴氏不僅從「尊情觀」探析其詞心，更結合其表現手法，直指定盦詞亦體現其以文學「經世」之一貫思想。

〔註26〕王易：《詞曲史》（南京：江蘇教育出版社，2005 年），頁 280～281。
〔註27〕嚴迪昌：《清詞史》，頁 508。
〔註28〕嚴迪昌：《清詞史》，頁 505。

　　近年對於定盦詞之社會現實功能之探討漸多，如：2006 年，劉貴華《古代詞學理論的建構》云：「伴隨外敵的入侵，一批不以詞名卻自成名家的愛國詞人，揮灑出了一部悲歌幽憤的心史。鄧廷楨、林則徐、龔自珍是其中的代表。……龔自珍雖是詩壇大手筆，但其詞與其詩一樣寓含『簫心劍氣』，昂揚奮發與壓抑鬱悶同在。……尤其是在表現時勢人心、王朝衰敗之象等面，無人能及。」〔註29〕劉貴華指出鴉片戰爭前後，定盦等詞人已受時代風氣之感召，故詞中往往流露對世局轉衰之憂思，詞中已現山雨欲來之勢，尤以定盦為劇；此外，劉貴華亦留意定盦「不以詞名卻自成名家」之特質，惜未深論。相較於劉貴華，遲寶東更指出定盦於道光詞壇之重要性。

　　2008 年，遲寶東《常州詞派與晚清詞風》一書，在「道咸詞壇的多元格局與常州詞派的暫時不顯」一節，云：「道光前期這二十年的詞壇亦呈現出非常多元、非常富於生機的局面：對前時期詞風不滿的聲音出現了，各種改革詞風的主張也同時交會於此時的詞壇，如常州詞派，如吳中聲律派，如項廷紀、龔自珍等許多個體詞人，都是這多元格局中不可或缺的力量。……但是，處於同一歷史橫斷面的這些力量，其相互間卻很難說是誰影響了誰。因為現有資料中找不到充分的證據加以說明。因此，還是將它們的出現，解釋成不同詞人或群體受特定時代風氣之感召，不約而同地產生某些有規律性的反響，似乎才更合乎詞史的本來面目。」〔註30〕遲寶東以為定盦詞難以派別繩之而加以析論，不啻因所處為多元格局之嘉、道詞壇，更緣定盦詞本身亦具獨創性，此即嚴迪昌所謂「其詞雖也光怪陸離，不名一格，但不如詩聲響高。除了李慈銘認為他『詞勝於詩』（《越縵堂讀書記》）外，舉凡從宗派角度論詞，很少能抉其精彩處。」〔註31〕嚴迪昌已留意多

〔註29〕劉貴華：《古代詞學理論的建構》（北京：中國文史出版社，2006 年），頁 160。
〔註30〕遲寶東：《常州詞派與晚清詞風》（天津：南開大學出版社，2008 年），頁 138。
〔註31〕嚴迪昌：《清詞史》，頁 505。

數論定盦詞者之通病，正好以浙、常等流派意識以繩定盦。遲寶東此說，亦少數不從浙、常二派立論以審視定盦詞者，可謂繼嚴氏之後，對定盦詞研究之又一創見，且指明嘉、道詞壇之複雜與迥異性。

另一研究重點，以「詞人研究史」之方法歸納研究。如：2006年，朱惠國、劉明玉《明清詞研究史稿》在「明清其他詞人詞派研究」一節之「龔自珍詞研究」，引述劉明今〈論龔自珍的詞〉、徐永瑞〈試論定盦詞〉、李錦全〈試論龔自珍思想的兩重性矛盾——讀定盦詩詞〉三文，云：「他詩詞中的說夢、逃禪內容，一般都作為他思想消極的表現。……一時間，論者對定盦詞的思想內容大都進行了較深刻的探析。」〔註32〕朱、劉二氏引述多而析論少，雖然，仍可見20世紀八十年代對定盦詞之研究，已深入詞人內在本質、思想情感與藝術象徵之範疇。又，朱、劉二氏對20世紀九十年代之定盦詞研究，從「思想感情」分析鄒進先〈龔自珍詞的思想意義與藝術特色〉、李存煜〈龔定庵的狂、怨、罵〉二篇內容（按：李存煜一文雖引〈鵲踏枝·過人家廢園作〉，僅略為泛說，似未可視為詞學研究範疇。）朱、劉二氏又從定盦詞之「藝術特點與不足之處」立論，對祖保泉〈論龔定庵詞的藝術特色〉加以評論：「祖保泉在提煉出龔詞的藝術特色的同時，對龔詞的不足以及前人研究中的溢美之辭也力求公允辨析，……指出其藝術上的優點而不故意拔高、同時指出其存在的缺點而得出的結論，是比較公允的。」〔註33〕此說頗確，而此一時期學者對定盦詞之研究，大抵著墨於風格、藝術等部分，而非泛論。

2006年，陳水雲《明清詞研究史》在「1980～2000年清代中晚期詞的研究」一節之「龔自珍研究」，就郭延禮《中國近代文學發展史·龔自珍的詞》與徐永瑞〈試論定庵詞〉、祖保泉〈論龔定庵詞的藝術特色〉、鍾賢培〈風發雲逝鑄新詞——龔自珍的詞與詞學〉等三

〔註32〕 朱惠國、劉明玉：《明清詞研究史稿》（濟南：齊魯書社，2006年），頁225。
〔註33〕 朱惠國、劉明玉：《明清詞研究史稿》，頁304。

文，分爲「不能古雅不幽靈，氣體難躋作者庭」、「內容與風格」、「藝術成就」等項，綜述定盦詞此二十年之研究概況。關於前者，陳水雲說：「如何理解龔自珍這一句話，是深入了解龔自珍創作的關鍵所在，大多數人認爲龔自珍是正說，即不爲『古雅』、『幽靈』之作，但祖保泉認爲是正話反說，是自謙中夾雜著一點自負神情的話頭。」〔註34〕祖氏之說顯然與郭、鍾二氏理解相左，然陳水雲所指「關鍵所在」，確屬卓見。在「內容與風格」上，又分爲「表達人生理想」、「描寫情愛之作」二項，前項三人看法相似；而後項徐氏則持「政治理想說」，郭氏持「愛情說」，鍾、祖二氏則持「狎狹說」。至於「藝術成就」，陳水雲謂：「當代研究者有比較一致的看法，即他的詞自成格局，自創新風，用前人之所長，走自己獨闢之蹊徑。」〔註35〕此一致共識，表明定盦詞研究已從「宗派角度論詞」轉向「藝術面向論詞」，而如嚴迪昌所云：「龔自珍爲晚近文學的疏鑿開山手，其詞亦光怪陸離，不爲前賢藩籬所限。」〔註36〕誠非過譽也。

一、龔定盦詞之編選校注

（一）全集之研究

　　定盦詞之編選本、校注本向來頗少，究其因，除研究者對其詞有所曲解外，尚有以宗派意識繩之者，另與定盦本人對其詞嘗有「頗悔存之」之態度攸關。在全集方面，1975 年，王佩諍校《龔自珍全集》（以下簡稱《全集》），其第十一輯共收詞 155 闋，比對各本異同，對定盦詞文本加以校注考證，可謂搜錄較完善之通行本。又，1991 年，夏田藍編《龔定庵全集類編》，收定盦詞五種計 139 闋（於《懷人館詞選》後，補入〈鷓鴣天・題於湘山舊雨軒圖〉一闋），並附《定盦

〔註34〕陳水雲：《明清詞研究史》（武漢：武漢大學出版社，2006 年），頁389。
〔註35〕陳水雲：《明清詞研究史》，頁391。
〔註36〕嚴迪昌編選：《金元明清詞精選》（南京：江蘇古籍出版社，1992 年），頁183。

集外未刻詞》2闋、《孝珙手抄詞》42闋，其中28闋部分字句，間有不同於選本者，另有 14 闋為原選本所無者，總計 155 闋詞，與王佩諍校本同。又，1992 年，錢仲聯選編、陳銘校點《清八大名家詞集》一書，將定盦與陳維崧、朱彝尊、納蘭性德、厲鶚、項鴻祚、文廷式、朱祖謀並列。錢仲聯云：

> 這八家是從清初到清末幾個主要流派（指陽羨、浙派、彊村派。雲間、臨桂等派不計入。）的傑出首領。常州派雖地位重要，但該派詞人的創作，其成就并不能與陽羨派等相比，故不予選入。其次，是不屬於某派的傑出詞人，為詞論家所一致推崇的，如納蘭性德、龔自珍、項鴻祚、文廷式。……其他詞家，頗難說可以陵越其上了。〔註37〕

可知錢仲聯此選，不同於多數選詞者從宗派角度論詞，亦兼及個別名家，故能抉明珠於滄海。此書以王佩諍校本為底本，另行點校，亦收《定盦詞》155 闋。2010 年，楊柏嶺著《龔自珍詞箋說》，該書按繫年編排體例，對部分詞作之時空背景進行考證，並有獨見；楊氏以王佩諍校本《全集》所收 155 闋詞，增補〈東風第一枝〉（瓊管含愁）、〈沁園春〉（牢落江湖）、〈慶春澤〉（祠灶羊貧）、〈字字雙〉（小婢口齒蠻復蠻）、〈臺城路〉（清溪一曲容人住）、〈謁金門〉（琴與劍）等六闋，並為之校勘、注釋、解說，多有會心之得，可資參考。此外，於多數詞後皆附有「集評」，除各家《詞話》外，亦抉今人精要語入集評；末有附錄二種：一為「龔自珍詞論」，一為「龔自珍總評」。楊柏嶺云：「閱讀龔氏詞作，能明顯察覺到他尊情善思的個性化特徵：他秉承童心，真誠袒露劍氣簫心的心理結構，強化了二元對立的審美觀念；依託佛學、今文經學等學術積澱，提升了學思的新舊之感；憑藉敏銳的觀察力，洞察了社會的盛衰之變……具有典型的近代元素。」〔註38〕楊氏之言是矣，定盦詞中確存簫與劍、情與禪、人與天等二元對立之審美觀。該書可稱目前對定盦詞較全面箋說與介紹之專書。

〔註37〕錢仲聯選編、陳銘校點：《清八大名家詞集》（長沙：嶽麓書社，1992年），頁 2。

〔註38〕楊柏嶺：《龔自珍詞箋說》（南京：江蘇古籍出版社，2010 年），〈前言〉，頁 1。

（二）選集之研究

此外，在詞選方面，1975 年，葉恭綽編《全清詞鈔》，卷 19 僅選錄定盦詞〈臨江仙〉（一角紅窗）、〈鵲踏枝〉（漠漠春蕪）、〈南浦〉（羌笛落花天）、〈湘月〉（天風吹我）等四闋。1976 年，龍榆生編選《近三百年名家詞選》，則收錄〈浪淘沙·寫夢〉、〈如夢令〉（紫黯紅愁）、〈鵲踏枝〉（漠漠春蕪）、〈減蘭〉（人天無據）、〈摸魚兒〉（笑銀釭）、〈浪淘沙〉（雲外起朱樓）、〈卜算子〉（江上有高樓）、〈南浦〉（羌笛落花天）、〈人月圓〉（綠珠不愛）、〈定風波〉（燕子磯頭）等十闋。

1983 年，夏承燾、張璋編選《金元明清詞選》，只選錄定盦〈湘月〉（天風吹我）、〈鵲踏枝〉（漠漠春蕪）、〈浪淘沙·書願〉等三闋，且曰：「其詞內容多挾邪語，殆用以自文自晦吧？他既不依傍張惠言的常州派，也不依傍朱彝尊的浙派。」〔註39〕不依傍二派之說確然，而語多挾邪之論，則稍流於偏見。1992 年，嚴迪昌編選《金元明清詞精選》，收錄定盦〈鵲踏枝〉（漠漠春蕪）、〈減蘭〉（人天無據）、〈臺城路〉（山陬法物）等三闋，予以注釋、品評。其論〈臺城路〉云：

> 定庵此詞已超越了其『簫心劍氣』情思。『幽光靈氣』煥發
> 於秋肅臨天下之時，較之『怨去吹簫，狂來說劍』昇華遠
> 甚。怨狂之聲，同儕能并而共發，一『笑』長嘯，則遙領
> 時代，為『得氣早』之心聲，時輩所不能企及。清代詞史，
> 精魂至此發露已臻極致，絕唱遂難以為繼。〔註40〕

嚴氏所選所說，可謂獨具隻眼。嚴氏又云：「晚近詞史，龔自珍實濟入一泓生氣活力，惜者終未能成氣候，後一甲子之『南社』學龔，就意義言本不在詞體之新變、詞格之拓闢，故亦僅徒膚貌而已。」〔註41〕可知嚴氏以為定盦詞之創新，有別於嘉、道諸詞人，蓋獨具面目及精神，無奈南社諸人但承遺緒，而於詞體、詞格未能有所新變。

〔註39〕夏承燾、張璋編選：《金元明清詞選》（北京：人民文學出版社，1983
　　　　年），頁 559。
〔註40〕嚴迪昌編選：《金元明清詞精選》，頁 187。
〔註41〕嚴迪昌編選：《近代詞鈔》（南京：江蘇古籍出版社，1996 年），頁 318。

　　2004 年，孫欽善選注《龔自珍選集》一書，除收詩選 127 首、文選 26 篇外，又選錄定盦詞 16 闋（〈菩薩蠻〉（行雲欲度）、〈臨江仙〉（一角紅窗）、〈夢玉人引〉（一蕭吹）、〈鵲橋仙〉（飄零也定）、〈水調歌頭〉（去日一以馭）、〈醉太平〉（鞍停轡停）、〈湘月〉（天風吹我）、〈高陽臺〉（南國傷讒）、〈金縷曲〉（我又南行矣）、〈鵲踏枝〉（漠漠春蕪）、〈減蘭〉（人天無據）、〈長相思〉（海棠絲）、〈南浦〉（羌笛落花天）、〈醜奴兒令〉（沉思十五）、〈清平樂〉（人天辛苦）、〈醜奴兒令〉（游蹤廿五）。孫氏對 16 闋詞皆作繫年、注釋與簡評。2004 年，程郁綴也選注《歷代詞選》，收定盦詞〈減蘭〉（人天無據）、〈浪淘沙‧書願〉、〈卜算子〉（曾在曲欄干）、〈鵲踏枝‧過人家廢園作〉、〈湘月〉（天風吹我）等五闋。2006 年，孫欽善又選注《龔自珍詩詞選》，所收定盦詞 16 闋，與其所編《龔自珍選集》一書重出，故不贅述。

　　綜上所選，且不論全集，則葉恭綽等 6 家所選共 41 闋，其中以〈鵲踏枝〉（漠漠春蕪）爲 6 家所選，居冠；〈減蘭〉（人天無據）、〈湘月〉（天風吹我）各有 4 家，居次；〈南浦〉（羌笛落花天）、〈浪淘沙‧書願〉各有 3 家，又次之；前三名佔有 20 闋之多，爲 6 家所選之半，餘詞則各僅 1 家選。細究 6 家所選，除可窺知選詞者之偏好，亦見此五闋於定盦詞而言，具有其代表性。

　　前此，早在光緒八年（1882）譚獻（1832～1901）刊行《篋中詞》時，已收錄定盦〈鵲踏枝〉、〈南浦〉二詞〔註42〕。至光緒九年（1883），丁紹儀（1815～1884）輯《清詞綜補》，又收定盦詞八闋，亦選錄〈鵲踏枝〉（丁氏作〈蝶戀花〉）、〈湘月〉（按：丁氏作百字令）、〈南浦〉三詞。可見此數闋詞深爲古今選詞家所青睞，而其詞風及藝術成就，固不待言。綜觀上述選集，足見定盦詞於編選校注方面，無論自質或量觀之，猶嫌薄弱，仍俟學者深耕，以收嘉樹碩果也。

〔註42〕除上述二詞，尚有〈定風波〉（燕子磯頭）、〈清平樂〉（垂楊遠近）、〈浪淘沙〉（雲外起朱樓）、〈卜算子〉（江上有高樓）等，計六闋。

二、龔定盦詞之研究概況

（一）單篇論文

定盦詞之研究，目前仍以單篇論文居多。1943 年，朱衣在《風雨談》第 6 期發表〈龔定盦詩詞中的戀愛故事〉，以爲定盦一生有高華、顧太清、靈簫三情人，且稱〈浪淘沙・寫夢〉乃道光六年初春爲高華所作；又引〈桂殿秋〉、〈憶瑤姬〉、〈意難忘〉諸詞以證盦與顧太清之情事。〔註 43〕關於「丁香花疑案」，樊克政〈關於龔自珍己亥離京與辛丑暴卒的原因問題〉一文多有駁證，茲不贅述。

1981 年，北山在《詞學》第 1 期發表〈龔定庵佚詞〉，即〈沁園春・同袁琴南游吾園贈笋香主人〉一詞，北山云：「近從上海李氏刻本《春雪集》中得定庵一詞，亟錄存之。笋香主人爲李筠嘉，家有吾園，爲上海名勝。……《春雪》一集，皆當時詩人題詠吾園之作也。」〔註 44〕此詞爲《全集》未載，樊克政《龔自珍年譜考略》考證繫於嘉慶二十一年（1816）。1984 年，李華英在《西湖》第 7 期發表〈龔自珍佚詞一首〉（按：筆者未見）。此外，1985 年，劉明今在《詞學》第 3 輯發表〈論龔自珍的詞〉云：「……只是在詞中，他沒有像在詩文中那樣激昂慷慨，放言高論，直接地表達自己的政治見解，而是通過襟懷的抒發，委婉曲折地傳述了自己的思想。即使是一些言情詠物的作品，在濃詞豔語之中，也往往透露出他憤世嫉俗，憂天憫人之感。」〔註 45〕劉氏以爲定盦詞即如「詠物詞」、「豔詞」，仍有其詩文中常見之批判，但以含蓄手法出之耳。此文較全面評論定盦詞，對其理想追求、憂國傷時、幽隱詞筆、詞論主張、詞作思想數方面，均有要而不繁之論。又，劉氏以爲「感情眞摯充沛」尤爲其詞特色，云：「他身

〔註 43〕上述諸詞皆出《無著詞選》，而《無著詞選》一卷早在道光二年（1822）春即選錄，三年（1823）夏付刊；而顧氏成爲奕繪眷屬又不早於道光四年（1824），可見朱氏信筆行文，全未考證。
〔註 44〕北山：〈龔定庵佚詞〉，《詞學》第 1 輯（1981 年），頁 152。
〔註 45〕劉明今：〈論龔自珍的詞〉，《詞學》第 3 輯（1985 年），頁 204。

爲浙人，並不入姜、張的藩籬，他與張惠言、周濟同時，而又不爲常州派所約束。他並不拘拘於某一詞派，某一特定風格，而是任情揮灑，風格自成。他有蘇辛的豪放曠達，也有姜張的清空淳雅，然而更有他自己所特有的深沈，醞鬱，奇迴，孤傲，狂放中帶有滯澀，豪邁中隱有孤寂，篇什中時常流露出一種悵惘哀傷的情緒；這是他個人特有的哀傷，也是時代的苦悶，是在封建社會大廈將傾之際，一個憂國憂民的思想家、先驅者的情緒。這也是龔自珍詞的特異之處。」〔註46〕劉氏所稱「特有的哀傷」，實乃定盦深情之哀感本質所致，其詞出於自抒胸臆，故無浙派堆垜鑿空之病。1986 年，李錦全在《浙江學刊》第 1 期發表〈試論龔自珍思想的兩重性矛盾──讀定庵詩詞〉云：「定庵詞則較爲含蓄，格調雖也有綺麗一途，但并無靡靡之音，激楚蒼涼，較多還是表現出其矛盾性格。」〔註47〕李氏謂定盦一生矛盾於理想與現實，故從才與命、非儒與任俠、說夢與逃禪、天仙與人間等觀點立論，品評其思想之兩重性矛盾；且就總體而言，其思想發展仍合邏輯。1988 年，徐永瑞在《蘇州大學學報》第 1 期發表〈試論定庵詞〉，徐氏謂定盦詞具近代與新穎性，又有「意象之象徵性風格」、「陽陰剛柔並濟之美」等特點，且就詞中「玉女」、「燈」、「笛」、「花」等詞彙，析論其思想情感與藝術象徵。同年，趙山林於《杭州師範學院學報》第 1 期發表〈龔自珍詩詞中之「夢」〉，趙氏僅以定盦〈桂殿秋〉（明月外）、〈金縷曲·贈李生〉、〈浪淘沙·寫夢〉、〈夢芙蓉·本意〉等詞，略析其夢境所欲傳達之思想。1989 年，孫秀華在《名作賞析》第 2 期發表〈龔自珍「浪淘沙·寫夢」賞析〉，所論大略泛泛。同年，王兆鵬亦在《文史知識》第 2 期發表〈劍氣簫聲兩銷魂──龔自珍「湘月」賞析〉，論「構思」，云：「……『鄉親蘇小，定應笑我非計』，構思頗近於辛棄疾〈水龍吟·登建康賞心亭〉的『求田問舍，怕應羞見，

〔註46〕劉明今：〈論龔自珍的詞〉，《詞學》第 3 輯（1985 年），頁 211。
〔註47〕李錦全：〈試論龔自珍思想的兩重性矛盾──讀定庵詩詞〉，《浙江學刊》第 1 期（1986 年），頁 82。

劉郎才氣。』不過，辛詞是心存猶豫，龔詞是決計無疑。……寫豪情
而借紅粉佳人反襯，正顯出其詞雄奇中有綺艷的個性。」〔註48〕論「章
法」，云：「他不是一氣寫完所見之景後再寫主體的感受，而是情、景
穿插描寫，這種跳躍跌宕的章法又是與主體勃鬱不平之氣相聯繫的。」
〔註49〕王兆鵬以爲定盦詞取周邦彥之綿麗而去其消沉，效辛棄疾之豪
壯而狂放過之，即譚獻所謂「合周辛而一者也」，亦其詞之兩重性矛
盾與哀艷雄奇並蓄之蕭劍合鳴之聲。

　　1990 年，李錦全在《國文天地》第 9 期發表〈有心救世，無力
回天──讀龔定庵詩詞誌感〉云：「『由於屢受讒言，也使他產生繡佛
長齋的消極避世思想。他寄身世於夢幻遊仙，托遐思於美人香草，孤
身愁絕，此生浪擲溫柔；禮佛談經，往事難平鬱結。自珍就是在複雜
矛盾的心情中，度過他半百年華的一生。」〔註50〕李氏從定盦思想矛
盾處評賞其詞，試析其消極面向，並探孤絕愁苦之詞心所在。同年，
吳翠芬在《名作欣賞》第 4 期發表〈難以兼得的劍簫之美──讀龔自
珍「湘月」〉：「〈湘月〉詞即是兼得劍簫之美的生動例證。此詞既有鬱
勃磊落的劍氣，又有凄切綿邈的簫心，詞格瑰異，奇光燁炫，下意命
辭不作常語，務求出人想像之外。」〔註51〕吳氏以劍簫熔鑄所呈現既
壯且優之美，詮釋定盦詞中特有之俠骨幽情。1991 年，祖保泉在《安
徽師範大學學報》第 4 期發表〈論龔定庵詞的藝術特色〉，祖氏以爲
「古雅」、「幽靈」乃定盦追求之藝術特色，云：「在倚聲填詞的語言
要求上……，力求有聲腔頓挫之美。因此我們說聲腔頓挫，也正是定
庵所謂『古雅』的內涵之一。……定庵之所謂『幽靈』，即在托物言

〔註48〕王兆鵬：〈劍氣簫聲兩銷魂──龔自珍「湘月」詞賞析〉，《王史知識》
　　　　第 2 期（1989 年），頁 41～42。
〔註49〕王兆鵬：〈劍氣簫聲兩銷魂──龔自珍「湘月」詞賞析〉，《王史知識》
　　　　第 2 期（1989 年），頁 42。
〔註50〕李錦全：〈有心救世，無力回天──讀龔定庵詩詞誌感〉，《國文天地》
　　　　第 9 期（1990 年），頁 87。
〔註51〕吳翠芬：〈難以兼得的劍簫之美──讀龔定庵「湘月」〉，《名作欣賞》
　　　　第 4 期（1990 年），頁 80。

志、即景抒情時，把熱情融入冷境中，透過悲涼氣氛把自己的內心世界揭示給讀者。」〔註52〕祖氏指明「古雅」應涵蘊眞性情、美聲腔二者，而「幽靈」之內涵爲熔鑄情、志、景、物、境五者。同年，蘇文婷在《世界新聞傳播學院學報》第 1 期發表〈龔定庵之詞學研究〉，論定盦詞風，以爲「詞風奔放，似稼軒處多」、「詞境高曠，近似玉田」、「無著詞、庚子詞言情近花間」。論其題材，分爲題畫、紀事、詠物、言情四類，云：「細讀定庵詞序，風致嫣然，情韻俱妙，短者可作魏晉人短簡看，長者與袁中郎之小品文初無二致。」〔註53〕論其技巧，以爲「以造境言，高曠蕭爽」、「以謀篇言，不夠精巧，缺少轉折」。要言之，蘇氏能兼及其詞序，持論雖平，亦不免瑕瑜互見。1992 年，冼心福在《廣州師院學報》第 4 期發表〈龔自珍研究述評（1976～1991）〉（按：筆者未見）。

1993 年，鍾賢培在《語文月刊》第 2 期發表〈風發雲逝鑄新詞——龔自珍詞學、詞作淺析〉，從定盦之詞學觀、藝術、詞語運用等方面析論。論其〈長短言自序〉所稱「五種境界」：「一是詞的內容不要受到人爲的拘束（無住）；二是不要事事搞寄托，應讓詞隨著感情渲泄（無寄）；三是境界要超脫，無境而有境；四是內容要蘊藉含蓄，要似無指而有指；五是感情要深邃，要似無哀樂而有哀樂。」〔註54〕鍾氏以爲定盦強調詞應以「眞情」爲主，並謂其詞如其詩文，有「微言」議政之風，進而沾漑清末王鵬運（1849～1904）、朱祖謀（1857～1931）、梁啓超（1873～1929）與秋瑾（1875～1907）等人之詞。至於詞語運用，鍾氏云：「龔詞明顯地繼承了蘇辛以詩入詞，以文入詞的詞學傳統，體現出明顯的散文化傾向，而且更傾向於口

〔註52〕 祖保泉：〈論龔定庵詞的藝術特色〉，《安徽師大學報》第 4 期（1991年），頁 454～458。
〔註53〕 蘇文婷：〈龔定庵之詞學研究〉，《世界新聞傳播學院學報》第 1 期（1991年），頁 32。
〔註54〕 鍾賢培：〈風發雲逝鑄新詞——龔自珍詞學、詞作淺析〉，《語文月刊》第 2 期（1993 年），頁 21。

語俚俗。」〔註55〕此言得之。

在考證佚詞方面，1994 年，樊克政在《文獻》第 4 期發表〈關於龔自珍的佚詞──「謁金門・孫月坡小影」〉，對於北京圖館藏龔橙手校本《定盦詞》中所收未見於各版本之此闋佚詞加以考證，並繫此詞為道光二十年（1840）九月二游江寧時所作。

另外，1996 年，梁慧在《文史知識》第 10 期發表〈怨去吹簫，狂來說劍──龔自珍「湘月」詞賞析〉云：「該詞在揮之不去的悒鬱與憂傷中結束，也暗示了作者在當時是無法尋找到符合人生理想的政治出路的。」〔註56〕梁氏藉此一少作析論定盦少時有經世濟民初衷，突顯早年時不我予之無奈。1999 年，陳躍卿在《宜賓師範高等專科學校學報》第 1 期發表〈沉鬱憂憤，清麗綿邈──論龔自珍的詞〉，以為定盦詞以清幽綿邈之意境以寫胸中沉鬱憂憤之感情，同時兼得稼軒之悲憤與易安之清麗。〔註57〕2000 年，樂秀拔《中國語文》第 516 期發表〈香蘭腸斷緣何事？──龔自珍「木蘭花慢」的修辭特色〉云：「這首詞寫得十分含蓄深刻，多用象徵和比喻手法，字裡行間，強烈地透露出詞人對時代的危機感……，絕不是『缺乏社會內容的、表現消極思想的艷麗之辭』。」〔註58〕樂氏以為此詞之思想性、藝術性皆高，有「香蘭」自憐象徵，以駁前人「艷詞」之說。同年，陳靜在《無錫教育學院學報》第 3 期發表〈萬千哀樂集一身──由龔自珍的紀夢詩詞看其平生意緒〉，以詮釋〈桂殿秋〉、〈夢玉人引〉等詞，指定盦紀夢詞有對超越現實與自身局限之精神性追求；反映「憂患」、「狂」、「孤絕」等意緒；其價

〔註55〕鍾賢培：〈風發雲逝鑄新詞──龔自珍詞學、詞作淺析〉，《語文月刊》第 2 期（1993 年），頁 22。

〔註56〕梁慧：〈怨去吹簫，狂來說劍──龔自珍湘月詞賞析〉，《文史知識》第 10 期（1996 年），頁 116。

〔註57〕陳躍卿：〈沉鬱憂憤，清麗綿邈──論龔自珍的詞〉，《宜賓師範高等學校學報》第 1 期（1999 年），頁 43。

〔註58〕樂秀拔：〈香蘭腸斷緣何事？──龔自珍「木蘭花慢」修辭特色〉，《中國語文》第 516 期（2000 年），頁 58。

值在「更爲眞實的反映了處於社會變革時期的詩人的焦慮情緒、萬千哀樂集一身的平生意緒。」〔註59〕

2003 年，李禧俊在《常熟高專學報》第 1 期發表〈吹簫說劍銷魂味——定庵詞心初探〉，李氏就定盦詞中之「簫心」與「劍氣」，析論其詞心之形成：

> 簫心指的是「歌哭無端字字眞」的邊情幽怨，而劍氣則指「高吟肺腑走風雷」的豪情壯志。定庵將這一對矛盾的美學範疇有機地統一在詞中，熔鑄成亦劍亦簫，壯優兼美的「俠骨幽情」，形成了綿麗飛揚，雄奇哀艷，慷慨中有蒼茫，狂憤中有淒切，奮進中有頹唐的總體藝術風格，這在詞史上是前所未有的。〔註60〕

李氏視簫心、劍氣爲定盦詞之詞心，且謂此矛盾之熔鑄正是其詞所以爲獨特，此或定盦詞所以不入浙、常二派牢籠之故。2004 年，孫彥杰在《德州學院學報》第 5 期發表〈一簫一劍鑄精神——評龔自珍詩詞中情志的發展演變〉，孫氏指出定盦詞中有一條情志發展演變之軌跡，即「前期的豪情壯志、中期的悲情憤志、晚期的哀情頹志。」〔註61〕由此跡變，可窺其詞於三期複雜曲折而悲憤深化之過程。

2007 年，劉媛媛在《社會科學家》第 11 期發表〈末世文人的悲愴與蒼涼——略論龔自珍的詞〉，劉氏謂定盦詞有一精神飄零之形象與時代孤獨感，而悲愴與蒼涼之內心情志抒寫，使之較詩文更近於純文學。此說甚確。2008 年，蘇利海在《文藝理論研究》第 4 期發表〈龔自珍詞學研究〉，以爲定盦之詞學觀實爲「暢情論」，有別以往學界普遍共識之「尊情觀」。蘇氏云：

> 本文認爲相對於「尊情」觀，「暢情」實爲龔氏詞學思想的

〔註59〕陳靜：〈萬千哀樂集一身——由龔自珍的紀夢詩詞看其平生意緒〉，《無錫教育學院學報》第 3 期（2000 年），頁 28。

〔註60〕（韓）李禧俊：〈吹簫說劍銷魂味——定庵詞心初探〉，《常熟高專學報》第 1 期（2003 年），頁 65。

〔註61〕孫彥杰：〈一簫一劍鑄精神——評龔自珍詩詞中情志的發展演變〉，《德州學院學報》第 5 期（2004 年），頁 74。

創新，也是清代詞體生命力得以進一步延展的原因，其間
又涉及到自宋以來詞體功能與創作體貌在清代的蛻變與發
展等課題，值得學界進一步推揚與研究。〔註62〕

蘇氏以「暢情論」為定盦之主要詞學觀，此乃從另一面向突出其抒情
功能在詞體中所佔之重要地位；又指出定盦「迷離惝恍」之詞風下，
潛藏「悲」、「婉」、「豪」、「艷」特質，故能自成一家，不入浙、常二
派樊籬。又，2008 年，來瑞在《湘潮》第 6 期發表〈龔自珍詩詞風
格小辨──以「詠史」和「鵲踏枝」為例〉，僅略析〈鵲踏枝〉（漠漠
春燕）之義。2009 年，郭玲在《焦作大學學報》第 4 期發表〈定庵
詞的典型意象分析〉，就定盦詞中之「梅」、「簫」、「燈」等三物，析
論其意象，以為「梅」充滿禪味、「簫」有情思綿邈、「燈」象徵常駐
光明之意。

　　2009 年，「龔自珍與二十世紀詩詞研討會」上，關於定盦詞之研
究已較往年為多，如：龔鵬程發表〈龔定庵與近代詩詞〉，龔氏以述
代作，摘取今人王翼奇《綠痕廬詩話》、馬斗全《讀詩閑札》、熊盛元
《晦窗詩話》、劉夢芙《冷翠軒詞話》、徐晉如《綴石軒詩話》、龔鵬
程《雲起樓詩話》等六家詩話論之。其中王、馬、熊、徐四家皆未論
及定庵詞；惟劉氏《冷翠軒詞話》論及定盦對錢仲聯（1908～2003）
《夢苕盦詞》、周策縱（1916～2007）《白玉詞》、劉峻（1930～1996）
《嚴霜詞》、徐晉如《紅桑照海詞》等近代詞之影響。而龔氏《雲起
樓詩話》則於「黃人（1866～1913）」一章，兼論其《摩西詞》、《爾
爾集》深受定盦影響。除龔鵬程此文外，其他與會學者之論文涉及定
盦詞相關研究者，計有七篇，如：黃坤堯發表〈龔自珍詞新探〉，對
定盦「詞出於《公羊》說」，一反「意內言外」與「微言大義」之說，
並提出「龔自珍可能認為詞絕對是一個反映個人隱私的感情天地，同
時也是難以言宣的內心感覺，低徊幽眇，不必陳義太高，亦不同於詩

〔註62〕蘇利海：〈龔自珍詞學研究〉，《文藝理論研究》第 4 期（2008 年），
　　　　頁 26。

文中所承載的沉厚的用世理念。」〔註63〕至於論定盦詞集之編訂，則多沿舊說；而黃氏對《庚子雅詞》解讀，則云：「專以個人與靈簫的遇合爲喻，象徵理想之生成與幻滅的過程，是表現龔自珍晚年心跡的重要作品」，〔註64〕可謂對《庚子雅詞》之新解。另外，張師海鷗與李瑜共同發表〈龔自珍詞之敘事內容、風格及其詞學觀念〉，文中就「龔詞的敘事內涵」、「龔詞的敘事形式和表現風格」、「龔自珍的詞學觀」三項立論。海鷗師關注《無著詞選》中大量以「夢」爲主題之詞，反映少年詞人當時內心之孤寂迷茫心緒。除對定盦詞選用之詞牌及喜用小令有所析論外，亦留意其婉約、豪放等多元性與迷離隱晦之詞風；進而更指明其尊情觀之寄託與常派美刺、盛衰寄託仍有區別。又，王師偉勇亦發表〈高旭的詞學觀及其論龔自珍詞探析〉一文，就高旭〈論詞絕句三十首〉與論〈十大家詞〉題詞，先歸納其「重視人品氣節」、「關注興衰寄託」之詞學觀；次以此探析高旭對定盦詞之評價，乃兼二者而立說。既稱許定盦心繫蒼生，又以爲其詞有「警鐘」之內涵，故爲南社諸子之共同心聲。至於彭玉平〈龔自珍與王國維之關係散論〉一文，以爲定盦詞因其在流派上之模糊性，反獲較充份之認知與認同，故爲 20 世紀詞學研究不可忽視之議題。彭氏云：「王國維藏有《龔定庵全集》六冊，其對龔自珍詩詞的涵泳自是情理之中的事，王國維的憂患意識，憂生憂世情懷，與龔自珍如出一轍。〔註65〕」又對二家關於「人間」一詞之頻繁使用，直指王氏此一語源所在；而定盦「尊情觀」與王氏「境界說」所強調之眞景、眞情，存有明顯之契合點；此外，更肯定吳昌綬（1867～1924）乃王國維接受定盦若干詞學思想之重要關鍵者，爲定盦詞之研究再開新章。無獨有偶，鳳文學

〔註63〕黃坤堯：〈龔自珍詞新探〉，《龔自珍與二十世紀詩詞研討會論文集》（杭州：浙江古籍出版社，2009 年），頁 181。

〔註64〕王翼奇、檀作文：《龔自珍與二十世紀詩詞研討會論文集》，〈前言〉，頁 5。

〔註65〕彭玉平：〈龔自珍與王國維之關係散論〉，《龔自珍與二十世紀詩詞研討會論文集》，頁 233。

亦發表〈龔自珍王國維詞之美學比較〉一篇,著眼於龔、王二家詞對抒寫眞性情之美學要求。龔輕形式,王重形式,二家詞皆有悲劇之美。鳳氏以爲龔詞多生命之體驗,王詞多哲學之思;龔詞多血性而少能觀之意境,王詞有境界而鮮錐心之感受。

此外,鄭雪峰〈龔自珍詩詞對黃摩西詞的影響〉則對黃人和韻定盦之 193 闋詞詮釋,指出二家在思想、文學取向、愛情三項之近似,是黃氏取法定盦之要因。又比較二家詞在用詞、才情上之異同;另於摩西詞之形神、技法及和韻略有批評。而劉克敵〈龔自珍與陳寅恪——兼論陳寅恪與張蔭麟〉,指出陳氏頗爲欣賞定盦詞,爲定盦詞與陳氏文學關係之研究,再開新議題。〔註66〕張慧〈近三十年龔自珍文學創作研究綜述〉一文,於「關於龔自珍詞創作的研究」一節,綜述二十年(1988~2008)來 10 篇論文,以爲大多著重對定盦詞藝術風格之探討。另外,張氏誤將劉瑜 1993 年發表於《山東社會科學》之〈龔自珍「小游仙詞」十五首的藝術特色〉納入評論,不知此十五首爲詩作,非倚聲也。綜上所論,可知近年來學者對定盦詞研究日益豐富,尤以《龔自珍與二十世紀詩詞研討會論文》堪稱近年收集較多關於定盦詞研究之論文集。

(二)專書及碩、博論文方面:

1. 專書方面

1947 年,朱傑勤有《龔定盦研究》,是書並無專章析論定盦詞,僅偶見徵引字句,可見早年定盦詞不甚爲今人所重。1984 年,管林、

〔註66〕劉氏云:「陳寅恪的姻親兼好友俞大維先生在《談陳寅恪先生》中,則指出陳氏對龔定庵詩詞的看法極佳:『關於詞,除幾首宋人詞外,清代詞人中,他常提到龔自珍、朱祖謀及王國維三先生。』不過,陳寅恪一生對寫詞似乎興趣不大,僅有三首,且眞僞尚未有最後定論,因此三聯版的《陳寅恪集》沒有收入,但這自然不能證明陳寅恪對龔氏之詩詞印象不佳。」可見劉氏認爲龔詞對陳氏存有一定之影響。見劉克敵:〈龔自珍與陳寅恪——兼論陳寅恪與張蔭麟〉,《龔自珍與二十世紀詩詞研討會論文集》,頁 262。

鍾賢培、陳新璋合著《龔自珍研究》，專章介紹定盦詞。管氏三人對定盦詞中「香草美人」象徵之作如：〈鵲踏枝‧過人家廢園作〉云：「以詞的意境而言，嘆惜孤花開不逢時，園主不賞孤花，這是頗能引起人們豐富的聯想的。這與龔自珍在詩文中一再表現的生不逢時、君不擇賢之嘆一脈相承。」〔註67〕所論頗為中肯。

　　1992 年，樊克政《龔自珍生平與詩文新探》，於〈龔自珍作品繫年散考〉一文，考定〈鵲橋仙〉（飄零也定）一詞作於嘉慶十八年（1813）；而〈龔自珍詩文詞三考〉，翻王文濡舊說「〈鷓鴣天‧題于湘山舊雨軒圖〉一詞疑非定公之作」，並繫此詞於道光二十一年（1841）初秋。此外，於〈關於龔自珍著作版本的幾個問題〉一文，探討清人平步青所見〈定盦初集總目〉中關於道光三年（1823）自刻本《定盦別集》四卷本與同治七年（1868）吳煦刻《定盦文集補》中所收《詞選》一卷本（實為四卷）及《詞錄》一卷本之關係，以釐清定盦五種詞之版本問題。樊氏云：

> 吳煦刻印的統屬《定盦別集》的《無著詞選》、《懷人館詞選》、《影事詞選》、《小奢摩詞選》，正是以龔自珍道光三年（癸未）自刻本為底本的。至於《庚子雅詞》被冠以《定盦別集》的書名，則係吳刻本所為。這就可以確證，吳刻本所據的《無著詞選》等四種詞選的自刻本，只能是平步青所述及的《定盦初集》本《定盦別集》。」〔註68〕

樊氏所考皆嚴謹仔細而有據，有功於定盦詞之研究。1992 年，鄔進先《龔自珍論稿》一書，於〈我有簫心吹不得——龔自珍詞的思想內容與藝術特色〉一文，以為定盦詞有屈曲繚戾，千幽萬隱之思想感情；指出其詞除偏重衷情抒發外，「更側重於反映思想先進而又負荷古老文化傳統的厚重沉積的詩人的心靈的悲劇性的一面。」〔註69〕自早、

〔註67〕管林、鍾賢培、陳新璋：《龔自珍研究》（北京：人民出版社，1994年），頁 163～164。

〔註68〕樊克政：《龔自珍生平與詩文新探》（天津：天津人民出版社，1992年），頁 196。

〔註69〕鄔進先：〈我有簫心吹不得——龔自珍詞的思想內容與藝術特色〉，《龔自珍論稿》（天津：南海出版公司，1992 年），頁 191。

中、晚三期考察其詞中幽隱心跡之轉變；並從其心性之慷慨激昂與柔
情婉轉之特質，探討其詞有剛柔並濟之特殊美學詞風。1992 年，季
鎮淮著《龔自珍研究論文集》，對定盦詞略評：「他的詞沒有擺脫傳統
詞的影響。強調詞的言情本性。他也寫了一些抒發感慨懷抱的詞。……
大部分還是消閑之作，抒寫纏綿之情，成就遠遜於詩。其根本原因在
於對詞的認識沒有突破傳統觀念，留連纏綿之情，缺乏現實內容。」
〔註70〕季氏以爲定盦晚年所說「氣體難躋作者庭」之「氣體」，即因
其詞缺乏現實社會內容而自我批評。此說有待商榷。

　　1993 年，孫文光《龔自珍》一書，以「散文和詞」一章評其散
文與詞，析論定盦〈減蘭〉、〈鵲踏枝・過人家廢園作〉、〈百字令・
投袁大琴南〉諸詞：「有些詞，同他的詩文一樣，抒發著對社會現實
的強烈不滿以及個人的悲憤情緒，有一定的思想意義。在藝術上，
也很講究意境的鑄造，構思的精巧和語言的錘鍊。或豪放，或蘊藉，
或沉雄，或清逸，風格多樣，耐人咀嚼。」〔註71〕此說頗爲客觀。
1994 年，郭長海在《龔自珍研究文集》一書收集多位學者之研究，
於〈龔自珍與南社〉云：「高旭在全面地研究了詞學史上許多有成就
的作家之後，推出了他最佩服的十位詞人。起至南唐李後主，而以
龔自珍爲殿軍，對聲勢煊嚇的常州詞派竟不置一詞。」〔註72〕郭氏
雖非專文析論，卻留意其詞對柳亞子、高旭等南社諸人詞風之影響。
鍾賢培也有〈議論天下，一代文宗——讀龔自珍詩文札記〉，專節析
論〈湘月・天風吹我〉、〈浪淘沙・寫夢〉等詞，指定盦詞有「豪放
與婉約並存，或兼而有之」，又有「迷離」、「以文爲詞」等特色。此
外，鳳文學〈落紅不是無情物——龔自珍詩歌悲劇意象舉隅〉亦云：
「龔自珍的落花意象更具有超越性，富有個性和創新精神，他眞正

〔註70〕季鎮淮：〈龔自珍簡論〉，《龔自珍研究論文集》（上海：上海書店，
　　　　1992 年），頁 16～17。
〔註71〕孫文光：《龔自珍》（台北：三民書店，1993 年），頁 129。
〔註72〕郭長海編：《龔自珍研究文集》（杭州：浙江古籍出版社，1994 年），
　　　　頁 101。

是別具『看花眼』。」〔註73〕鳳氏析論〈減蘭〉、〈鵲踏枝・過人家廢園作〉二詞所隱藏之內蘊，以探定盦詞中「生不逢時」之悲劇意象。

　　1998 年，陳銘《龔自珍評傳》以「迴腸蕩氣感精靈」專節論其詞。陳氏以為就思想與藝術影響而論，定盦之「詩、詞、文」三者，「詞」為最下；並稱定盦既輕視詞，又悔少作，而其填詞態度及其詞之成就，乃受「濟世之事功」、「社會因素」與傳統文論中「文體分工論」所影響。陳氏以為定盦詞之包容性，既融會歷史之積澱，又以新視角處理傳統題材；其詞之悲劇性，能以「幻想手法」抒發現實悲憤，已開「近代感傷浪漫主義」文學創作先聲。此說可稱卓識。2005 年，麥若鵬著《龔自珍傳論》一書，分為上、下兩編。上編為「龔自珍評傳」，語涉定盦詞者不多；下編為「龔自珍交遊考略」，考察定盦與當時幾位詞人之交游，諸如：秦恩復、改琦、袁通、宋翔鳳、汪琨、歸懋儀、吳葆晉、儲徵甲、孫麟趾等人，為研究者提供若干參考資料，但考證時有疏漏不確者。

　　2004 年，樊克政《龔自珍年譜考略》問世，是書除逐年考證定盦生平家世、各種著作外，更對定盦詞諸多問題為之考證，較他本為精詳可信，為目前少數《年譜》兼及考證定盦詞之論著。是書末附錄「家世」、「外家」、「交遊資料補錄」、「佚作補錄」、「言論補錄」、「己亥離京與辛丑暴卒之原因問題」、「後人輯刊龔自珍著作繫年」、「傳記資料」等，深具學術參考價值。

　　2. 學位論文方面

　　目前並無定盦詞研究之相關博士論文。在碩士論文方面，1982年，阮桃園《龔自珍的文學研究》有專章研究，其論定盦詞：「他在其詞品中採用禪語、釋言次數的頻繁以及漸揚棄古典的、重格律、形式，趨向率性而為的作風，均使他成為古典文學的叛徒，卻反而達到

〔註73〕郭長海編：《龔自珍研究文集》，頁 195。

文學『眞情流露』的另一項藝術成就。」〔註74〕阮氏以爲定盦雖棄古
創新，卻因之使其「尊情觀」更臻於純文學之範疇，可謂有識。

　　至 1997 年，程昇輝著《龔自珍詞研究》，始見定盦詞之研究碩論。
程昇輝此書共分七章：「緒論」、「龔自珍生平與時代背景」、「龔自珍
的文學思想與詞學觀」、「龔自珍詞集綜述」、「龔自珍詞的題材內容」、
「龔自珍詞的藝術特色」、「結論」，後有附錄「龔自珍詞作編年」、「龔
自珍詞作輯評」等。程昇輝說：「龔自珍詞以婉約爲基本格調，但又
兼有豪放詞風。前者感情委婉纏綿，意境幽雅清麗，直追古人；後者
抒懷言志，感慨世事，感情慷慨奔放，意境雄奇悲涼，與他憤世嫉俗
的詩篇異曲而同工。……龔自珍詞深受佛教思想的薰染，他的援佛入
詞往往造成一種或悲情或奇想的詞風。」〔註75〕前者不失爲有識，而
後者則有待商權。此論文有助讀者較完整認識定盦詞，當居開創之
功，其價值有三：（一）深入探析定盦尊情說之詞學觀。（二）對定盦
詞集版本有較完整之綜述。（三）對定盦詞之用字、意象、藝術手法
及詞風有較全面性之析論。雖然，論文不免有瑕，其疵亦有三：（一）
該文論清詞之流變，僅略論雲間、陽羨、浙西、常州四派，卻未考察
定盦與當時詞人交遊之關係，故無以知定盦詞學觀之轉變與嘉、道詞
壇之關係。實則定盦與浙、常二派詞人皆有交遊，即如吳中詞派之顧
廣圻、江沅、潘曾沂、潘曾瑩、潘曾綬兄弟，皆與之論交往還。而程
昇暉論文乃未及之，殊爲可惜。（二）該文論定盦詞未詳依創作之前、
後期分論，故無以見各期詞風變化；蓋定盦詞風曾有轉變，此與其際
遇、交游所受影響有關，故應分期析論。（三）該文論定盦詞之影響，
涉及南社蔡守、黃人二家，惜未能闡明影響之深度與廣度也。此外，
2012 年，李花宇亦著《龔自珍詞研究》，可惜筆者未見。〔註76〕

〔註74〕阮桃園：《龔自珍的文學研究》（臺中：東海大學中文研究所碩士論
　　　　文，1982 年），頁 221。
〔註75〕程昇輝：《龔自珍詞研究》（臺中：中興大學中文研究所碩士論文，
　　　　1997 年），頁 193。
〔註76〕李花宇：《龔自珍詞研究》（錦州：渤海大學文學院碩士論文，2012
　　　　年），49 頁。

第二章　龔定盦之生平與交游

　　漢學考據爲清代乾、嘉兩朝之學術主流，〔註1〕與宋儒理學並峙於時，漢、宋之爭，至道光尤烈。定盦生於乾隆晚年，處嘉、道之際，正值考據風潮尚未全退之際；外祖父段玉裁更爲乾、嘉考據名儒，師從皖派宗主戴震（1724～1777），其父龔麗正（1767～1841）爲段玉裁門生，定盦自幼即深受考據學影響，其家學及外家段氏之學實爲其學術啓蒙。定盦生平師友交游亦影響其人格、學術成就、文學創作與經世思想，然此時正當清廷吏治廢弛與社會問題叢生之際。政治方面，海內貪奢成風，朝廷制度限才，吏治中衰致使老成因循無爲，新進有志難伸。社會方面，水、旱等天災頻仍，人地分配不均、物價高

〔註 1〕關於漢學之定義，美國學者艾爾曼（Benjamin A. Elman）說：「漢學通常被視做反對宋明新儒學哲學的一種學術型態，強調回歸漢代經學詮釋的研究，因爲漢代經學較接近經書制成的時代，更能揭示經書所蘊含的本義。清代盛行的歸納的考證方法通常被視做漢學的同義詞。……考證方法對我來說並不似乎是漢學的專利，本文所使用的「漢學」不能和「考證學」自動互換。我認爲後者是一個更爲廣泛的論述領域，通常也包括清代宋學。關於漢學意含的其他難題是東漢和西漢學術的界限，今古文之爭是其中的關鍵。十八世紀所謂的「漢學」傾向關注東漢經學的注解，特別是鄭玄的經注。基於這個理由，漢學通常被簡單地稱做「鄭學」。以下所使的另一個漢學的意含，實際上指的是與回歸「西漢學術」的今文經學相對立的「東漢學術」。見艾爾曼（Benjamin A. Elman）撰、車行健譯〈學海堂與今文經學在廣東的興起〉，《廣東學者的經學研究第一次學術研討會》（臺北：中央研究院中國文哲研究所，2004 年），頁 2。

漲等民生矛盾，更影響農民數度起義。經濟方面，除市場蕭條，也有鴉片走私激增與大量白銀外流等問題。外交方面，中、英貿易與鴉片流毒等問題，更是鴉片戰爭爆發之要因，亦迫使清廷對外關係與貿易趨向全球化。定盦少懷壯志，值此內外動盪、國勢中衰之秋，不僅有「經世思想」，更以此而生「文學經世」之想。

第一節　龔定盦之生平

龔自珍，初名自暹，小名阿珍，年十九，父龔麗正更其名為「自珍」；外祖父段玉裁應龔麗正之請，為其字曰「愛吾」。年三十六，更名易簡，字伯定，後又更名為鞏祚，字璱人（或作瑟人），一字爾玉。號定盦（庵），又號定盦道人，別署羽琌山民、羽琌山人，人稱龔大、羽琌先生。幼信轉輪，長窺大乘，晚好釋氏之學，有觀實相之者、苦惱眾生、大心凡夫、懷歸子等號。〔註2〕清乾隆五十七年（1792）七月初五（西曆 8 月 22 日）午時，生於杭州東城馬坡巷。

一、龔定盦家世及龔氏家學淵源

定盦先世居涿州，宋遷山陰（今浙江紹興），明遷餘姚，後遷杭州，著籍浙江仁和（今浙江杭州）。高祖茂城（1662～1750），為太學生，後以二兄出遊，乃棄書從商以奉母，全祖望（1705～1755）嘗為之作傳及壙志銘。〔註3〕曾祖斌（1715～1788），邑增生，初為塾師，

〔註2〕本文凡關於定盦生平與時代之考證，均以樊克政先生《龔自珍年譜考略》（以下簡稱《樊譜》）一書為主要依據，為求行文簡要，除私見與樊先生相左者，則別為標出，餘多參照之，不另作詳注。又，本論文所據定盦詞之文本，以王佩諍校本《龔自珍全集》所收之《無著詞選》、《懷人館詞選》、《影事詞選》、《小奢摩詞選》、《庚子雅詞》五種為主。

〔註3〕龔茂城，字汝璞，號省齋。為人孝悌，嘗以數千金資其二兄，撫其姪龔鑒尤摯，龔鑒曾請友人全祖望為茂城作〈錢塘龔隱君生傳〉、〈龔丈省齋壙志銘〉。段玉裁〈仁和龔氏南高峰四世墓碑〉云：「其後家不戒於火，助伯仲二兄者無怠，撫姪明水（按：龔鑒）尤摯，鄉黨以為事兄如父，視姪如子也。卒年八十有九。」見〔清〕段玉裁著，鍾敬華校點：《經韵樓集》，頁 215。

棄儒從商，晚年嘗講席於趙州書院；〔註4〕龔斌少學業於從兄龔鑒
（1694～1739），龔鑒與杭世駿（1695～1772）、全祖望（1705～1755）、
厲鶚（1692～1752）等名士、詞人游，雍正七年（1729）拔貢，官江
蘇甘泉知縣。〔註5〕

　　祖父敬身（1735～1800），龔斌長子。爲諸生時，以理學文章自
任，以「程、朱、韓、柳」爲指歸。乾隆三十四年（1769）進士，歷
官禮部郎中、雲南楚雄府知府等，後授雲南迤南兵備道，以丁父憂去
官；在官多善政，深得百姓望。無子，以其弟禔身（1739～1776）次
子麗正爲嗣。〔註6〕天性恬淡，意氣落落，不妄交遊，與紀昀（1724
～1805）相善。紀昀門人梁章鉅（1775～1849）云：「紀文達師，與
龔匏伯先生禔身（按：當爲敬身）同校四庫書，最相契。」〔註7〕既
卒，紀昀作〈雲南迤南兵備道匏伯龔公墓志銘〉云：「由中書舍人遷
宗人府主事……，雖皆閑曹，其中未嘗無捷徑，公夷然不屑，日惟俯

〔註4〕龔斌，初名鎮，字典瑞，號硯北，晚號半翁，龔鑒從弟，學業於龔鑒，
　　　不售，著《有不能草》。

〔註5〕龔鑒，字齡上，一字明水，號碩果，經術湛深，著作甚多，有《毛詩
　　　序説》、《讀周禮隨筆》、《甘泉古文》、《碩果四書文》等；杭世駿有〈龔
　　　鑒傳〉，全祖望有〈前甘泉令明水龔君墓碣銘〉，《清史稿》卷476有
　　　傳。定盦父麗正任江蘇蘇松太兵備道時，嘗爲刊《毛詩序説》。

〔註6〕段玉裁〈中憲大夫雲南分巡迤南兵備道龔公神道碑銘〉云：「公諱敬身，
　　　字屺懷，一字匏伯，其先隨宋南渡邊餘姚，後遷杭州，著籍仁和縣……
　　　三十四年進士，改官內閣中書。……遷吏部稽勳司員外郎兼考工司
　　　事，……遷禮部精膳司郎中兼祠祭事……四十八年，以郎中俸滿，
　　　授雲南楚雄府知府。……五十二年大計，卓異，奏擢迤南道，而公以
　　　父憂去官矣。……歲丙申至戊戌，禔身及妻潘孺人及妾王氏相繼病歿，
　　　禔身次子麗正先爲公後，遺孤六人履正、繩正、京正、守正及二女皆
　　　幼穉。……公爲諸生時，以理學文章自任，以程、朱、韓、柳爲指歸。
　　　晚年嘗以古文稿付繩正，輯若干卷，藏於家。……辛於嘉慶五年九月
　　　一日，年六十六。……麗正……以公與余交四十年，知公最深，請爲
　　　神道之辭，余不敢辭也。……刻石新阡，幸無諛愧。」見〔清〕段玉
　　　裁著，鍾敬華校點：《經韵樓集》，頁217～220。又，紀昀作〈雲南迤
　　　南兵備道匏伯龔公墓志銘〉，程同文作〈雲南迤南兵備道龔公行狀〉。

〔註7〕〔清〕梁章鉅：《楹聯叢話》，轉引孫文光等編：《龔自珍研究資料集》，
　　　頁16。

首理案牘，不妄干人，人亦不敢妄干。退食則恒手一編，究訂古義，不廢交游，亦不輕交游。」〔註8〕可知敬身以名節自持，勤政好學，慎於擇友。好治《漢書》，著《桂隱山房遺稿》。定盦〈己亥雜詩〉第69首云：

> 吾祖平生好孟堅，丹黃鄭重萬珠圓。不材竊比劉公是，請肆班香再十年。爲《漢書補注》不成，讀《漢書》，隨筆得四百事。先祖鲍伯公批校《漢書》，家藏凡六七通，又有手抄本。」（頁516～517）

可知定盦晚年受祖父敬身影響，自比注《漢書》之劉敞，有意再治《漢書》十年；然早在二十五歲時，定盦已嘗治《漢書》。據〈乙酉臘，見紅梅一枝，思親而作，時小客崑山〉云：「明年除夕淚，灑作北方春。（母在人間，百事予不知也。記丙子至戊寅三除夕，燒蠟兩枝，供紅梅、牡丹各一枝，讀《漢書》竟夜。）」（頁471）「丙子至戊寅」三除夕，即嘉慶二十一年（1816，25歲）至二十三年（1818，27歲）之除夕，定盦嘗讀《漢書》竟夜，可知其治《漢書》確受祖父敬身影響。祖母陳氏（1734～1792），福建延建邵道陳家謨（？）之妹。

此外，本生祖禔身，龔斌三子，字深甫，號吟朧。乾隆二十七年（1762）舉人，乾隆三十四年（1769）中正榜，以官內閣中書用，軍機章京上行走，深爲劉統勳（1698～1773）、于敏中（1714～1779）器重。少工詩，與伯兄敬身、仲兄澡身，並稱「三龔」，嘗從杭世駿游，後與沈大成（1700～1771）、蔣宗海（？）、金兆燕（？）、江雲溪（？）等先輩交游唱酬，詩益工，名益振；時厲鶚爲詩壇祭酒，禔身亦嘗游其門。〔註9〕無奈天不予壽，年三十七卒，著《吟朧山房詩》，爲生前手自刪定。本生祖母潘氏（1745～1778），河南鎮平知縣潘思藻（？）之女。定盦雖不及見禔身，然禔身當時甚有詩名，所著《吟

〔註8〕〔清〕紀昀著，孫致中等校點：《紀曉嵐文集》（石家莊市：河北教育出版社，1995年），冊1，卷16，頁361。

〔註9〕〔清〕余集：《秋室學古錄·龔吟朧傳》，卷4，見《清代詩文集彙編》，冊395，頁46。

瞷山房詩》手定稿本曾藏於龔家，定盦當見之。〔註10〕

　　父龔麗正，字暘谷，號闇齋。嘉慶元年（1796）進士，官至江蘇蘇松太兵備道，署江蘇按察使，〔註11〕為段玉裁門生兼女婿。段玉裁稱其學：「考據之學生而精通。」〔註12〕梁章鉅稱其為人：「德性溫和恬靜，為宦場中所僅見。值軍機，尤以慎密為樞長所倚。……其於人世奧援之工，趨蹌之雅，奔競之巧，舉不足以入其懷。」〔註13〕可知麗正人品典重、才幹精練。雖然，麗正好接賓客，親族時有告貸而去者，其弟龔守正（1776～1851）述其為人，云：「至出守新安，債盈巨萬矣。在徽三年，廉謹自持，而親族之不相諒者，仍絡繹至署不絕。然六兄（按：麗正）並不以親族之來為可厭，……乃任上海觀察，廉俸甚優，……有數十年不通聞問之親戚，而紆道以訪之；有漠不相關冒認親友，而誤周卹之。……大約九年之中，所費不少數萬金。」〔註14〕麗正為人敦厚仁義之至，可謂孟嘗好客也。性無旁嗜，惟以書為命，治《三禮》尤精，著《兩漢書質疑》、《三禮圖考》、《國語補注》、《楚辭名物考》等。夫麗正之學除得力於業師段玉裁外，兼得於其父

〔註10〕龔家尚藏有本生祖禔身之《吟瞷山房詩》手定稿本，惜亦毀於火。龔繩正有跋曰：「先大夫遺集生前手自刪定，藏數十年未刻也。六兄麗正既輯家乘，將以是集校正付梓，不意毀於鬱攸。幸曩時錄有另本。」此所指「鬱攸」，乃道光二年大火，而「先大夫遺集」，即前述龔自珍《與鄧守之書》中之「先人手澤」。可知原藏龔家之龔禔身詩集手稿本，龔麗正即將刊行，不料原稿卻毀於此災；幸該書另有抄本，故今得以存。見許永德：〈經濟文章磨白晝——龔自珍之藏書研究〉，《有鳳初鳴年刊》第 6 期（2010 年），頁 330。

〔註11〕龔麗正歷官禮部祠祭司主事、員外郎、郎中、徽州知府、安慶知府、蘇松太兵備道，曾充軍機章京，典廣西鄉試，署江蘇按察使。去官後，嘗主杭州紫陽書院講席。

〔註12〕〔清〕段玉裁著，鍾敬華校點：《經韵樓集》，〈與邵二雲書二〉，頁 389。

〔註13〕〔清〕梁章鉅：《南省公餘錄》，見沈雲龍主編：《近代中國史料叢刊》（臺北：文海出版社，1970 年），第 44 輯，卷 7，〈龔闇齋觀察麗正〉，頁 1438。

〔註14〕〔清〕龔守正：《龔氏家乘述聞》，轉引孫文光等編：《龔自珍研究資料集》，頁 22。

敬身，敬身之學得於其父龔斌，龔斌少隨從兄龔鑒受學；龔斌以為敬身之學能接「龔鑒」薪傳；〔註15〕而段玉裁亦稱敬身「少以理學文章自任，以程、朱、韓、柳為指歸。」此外，龔鑒與杭世駿、全祖望、厲鶚等名士、詞人游，則敬身之學當頗受龔鑒影響無疑。又，定盦本身祖褆身亦與沈大成、蔣宗海、金兆燕、江雲溪、厲鶚等人交游、唱酬，則可知定盦家學淵源有自。

　　母段馴（1768～1823），字淑齋，為段玉裁之女；工詩，著《綠華吟榭詩草》。定盦自幼深受段馴言教及身教影響。妹龔自璋（？），字瑟君，號圭齋，適徽州朱祖振（？）。能詩，著《圭齋詩草》。定盦娶段玉裁孫女段美貞（1792～1813）為妻，段美貞後以疾卒。定盦又續繼室何吉雲（1794～1845），為何鏞（？）之女，浙江山陰人；能詩，工書。又有妾某氏。定盦有二子二女，長曰龔橙（1817～1878），次曰龔陶（1819～？）；長女阿辛（？）、次女阿純（1836～？）。〔註16〕其中，長子龔橙，與常派詞人譚獻相善，譚獻《復堂文續・亡友傳》云：「龔公襄，……上海兵備道闇齋先生孫，禮部主事定盦先生子。龔氏之學既世，時海內經生講求東漢許、鄭學者日敝，君乃求微言于晚周、西漢。」又，《復堂日記》卷8亦云：「亡友龔孝拱遺書手稿，雜用古籀為今隸，倉卒幾不可屬讀。……，龔氏家學推究遺經，治古文字，未嘗無過高之論，要為洞明古學；不讀三代以下書，雖叔重大師亦當畏此諍臣。」（轉引《樊譜》，頁 569～570）可知龔橙治經亦求「微言大義」，以字說經，能傳其父定盦之學。

〔註15〕 龔斌〈述先示後家言〉云：「長子敬身孝友篤行，克繩乃祖，文章學問亦能接先兄明水之薪傳，不以名位重也。」見《仁和龔氏家譜》，上冊，頁35。

〔註16〕 長子龔橙，名家瀛、公襄，字昌匏、孝拱，號石匏，繼室何吉雲所出。監生，著《元志》、《詩本誼》、《理董許書》、《六典》等；龔橙娶浙江錢塘陳憲曾（陳兆侖曾孫）之女。次子龔陶，原名家綸、寶琦，字念匏，繼室所出，稟貢，曾署江蘇金山知縣；娶妻浙江仁和汪遠孫之女。長女阿辛，繼室所出，工詞，適劉良驥之子劉賡。次女阿純，庶出，適孔憲彝之子孔慶第。

二、龔定盦與外家段氏之學

定盦外祖父段玉裁，字若膺，號懋堂，江蘇金壇人。乾隆二十五年（1760）舉人，官貴州玉屏、四川巫山知縣。其家甚貧，父、祖皆以授徒爲生，歲入僅脩脯數十兩。幼穎異，讀書日盡數千言，其學本諸其父段世續（1710～1803）與業師尹會一（1691～1748）之教。據其〈八十自序〉云：「余幼時，先君子親授經典，博陵尹師授以朱子《小學》」、「自幼學爲詩，即好聲音文字之學。」〔註 17〕弱冠又從父執蔡泳（？）游學，得其詩賦時義之說及古韻大略。〔註 18〕少壯好辭章，曾受知沈德潛（1673～1769）與李因培（1717～1767）。後得顧炎武（1613～1682）《音學五書》讀之，驚其考據之博衍，始有意音韻學。二十六年（1761），會試不第，以舉人教習景山萬善殿官學。二十八年（1763），戴震會試不第，居新安會館；段玉裁與胡士震（？）、汪元亮（？）皆往從講學。戴震南歸，段玉裁以札問安，遂自稱弟子，後數度拜請，經七年戴震乃受。〔註 19〕四十六年（1781），道經南京，謁錢大昕（1728～1804）於鍾山書院；歸金壇後，得盧文弨（1717～1795）、金榜、劉台拱（1751～1805）爲友。五十二年（1787），盧文弨門人丁履恆來謁，從學音韻。五十四年（1789）八月，以避難赴京師，始與王念孫（1744～1832）把晤。五十五年（1790），江聲（1721～1799）刻《尚書集注音疏》，段玉裁與黃丕烈（1763～1825）諸人以銀助之；又晤章學誠（1738～1801）於湖廣總督畢沅（1730～1797）幕。五十六年（1791）七月，自金壇遊常州，攜《古文尚書撰異》屬臧庸爲之校讎；冬，汪中（1745～1794）校錄《古文尚書》，屬其改正古文譌字；阮元（1764～1849）

〔註17〕〔清〕段玉裁著，鍾敬華校點：《經韵樓集》，頁 202、頁 430。
〔註18〕〔清〕段玉裁著，鍾敬華校點：《經韻樓集》，頁 230～231。
〔註19〕〔清〕段玉裁著，鍾敬華校點：《經韻樓集》，頁 433～435。按：段玉裁自乾隆二十八年（1763），以札問安稱弟子後。三十一年（1766），在都會試，戴震亦入都，面辭弟子之稱，復作札辭之。直至三十四年（1769），戴震始許以師弟相稱。可知段玉裁歷七年乃入戴震門下。

奉詔校勘石經《儀禮》，來函商問疑難之處。五十七年（1792），委
臧庸、顧明增編戴震文集爲十二卷。五十九年（1794）六月，與錢
大昕、袁廷檮（1764～1810）、戈宙襄（1765～1827）、瞿中溶（1769
～1842）等人閱《道藏》於玄妙觀。嘉慶元年（1796），鈕樹玉（1760
～1827）來訪。二年（1797），程瑤田（1725～1814）來蘇，始與之
相見；十月，袁廷檮招鈕樹玉、費士璣（？）、顧廣圻、臧庸、李銳
（1768～1817）、瞿中溶等人，會飲於漁隱小圃，效竹林七賢，特延
之同飲。三年（1798）三月，袁廷檮於漁隱小圃宴集段玉裁、錢大
昕、王昶（1725～1806）、潘奕雋（1740～1830）、蔣業晉（？），賞
花賦詩。同月，戈宙襄又招段玉裁諸人讌于范邨別墅，各有詩唱和。
五年（1800）十一月，孫星衍至吳門，段玉裁與蔣業晉、鈕樹玉、
袁廷檮、黃丕烈、顧蓴（1765～1832）、顧廣圻、何元錫、李銳、瞿
中溶等人餞別于虎丘山一榭園。六年（1801）五月，阮元招段玉裁、
孫星衍、程瑤田雅集於詁經精舍之第一樓。七年（1802），先後應其
婿麗正請，爲作〈中憲大夫雲南分巡迤南兵備道龔公神道碑〉、〈仁
和龔氏四氏祖德碑文〉。〔註20〕

　　段玉裁爲戴震門人，兼以學識淵博，當代碩彥名儒多往從請益、
論學或論交，此亦影響定盦生平師友與詞友之交游。如：王念孫、
王引之（1766～1834）父子、江沅、汪喜孫、阮元、臧庸、顧明、
丁履恆、孫星衍、鈕樹玉、顧廣圻、李銳、顧蓴、何元錫等人，或
以玉裁之介，或以玉裁當時聲望，在嘉、道年間，多與定盦有所交
游。其中，丁履恆曾請學於段玉裁，李銳、陳奐、顧廣圻皆其弟子，
江沅則摯友江聲之孫，汪喜孫爲汪中之子，亦與段玉裁有舊。嘉慶
八年（1803），定盦年十二，因奔祖父敬身喪，隨雙親暫留南方，期
間，段玉裁曾親授許愼（約58～約147）《說文解字》部目。據定盦
〈己亥雜詩〉第58首云：

〔註20〕參見〔清〕段玉裁著，鍾敬華校點：《經韻樓集》，頁449～469。

張杜西京說外家，斯文吾述段金沙。導河積石歸東海，一
字源流奠萬譁。年十有二，外王父金壇段先生授以許氏部
目，是生平以經說字，以字說經之始。（頁 514）

段玉裁爲當代治《說文解字》之大師，於古音、古訓，經文古本皆精
研深造。由「是生平以經說字，以字說經之始」句，可知定盦小學、
經學之啓蒙與根柢便權輿於此。段玉裁僅有一女段馴，龔麗正又爲門
生兼女婿，而段玉裁與龔麗正之父龔敬身論交甚早。梁紹傑以爲：「大
概在乾隆二十八年（1763），當時兩人都在京師擔任教習。」〔註 21〕
可知兩家爲世交，亦定盦之先世學緣。當年段玉裁親授《說文》時，
定盦即因此初識常州學者臧庸與顧明等人。〔註 22〕據〈常州高材篇，
送丁若士履恆〉云：

外公門下賓客盛（謂金壇段先生），始見臧（在東）顧（子
述）來袞袞。奇才我識惲伯子，絕學我識孫季述。最後乃
識掌故趙（味辛），獻以十詩趙畢酬。三君折節與我厚，我
亦喜逐常人游。勿數奇壘數平輩，蔓及洪（孟慈）管（孝
逸）莊（卿山）張（翰風）周（伯恬）；其餘鼎鼎八九子，
奇人一董（方立）先即邱；所恨不識李夫子（申耆），南望
夜夜穿雙眸，曾因陸子（祁生）屢通訊，神交何異雙綢繆？
識丁君乃二十載，下上角逐忘春秋。（頁 494～495）

可知此年不僅爲定盦學術之啓蒙，更是與常州經生、文士交游之
始。除臧、顧二子，常州先輩如：惲敬、孫星衍、趙懷玉等人皆折
節論交，苟非段玉裁，誰能全之？正因惲敬三人皆厚待之，定盦遂
喜從常州學人論交。此詩作於道光七年（1827，36 歲），因當時丁

〔註 21〕 梁紹傑：〈仁和龔氏家譜的史料價值——兼論龔自珍的先世學緣〉，
　　　　《乾嘉學者的義理學》（臺北：中央研究院中國文哲研究所，2003
　　　　年），頁 696。
〔註 22〕 臧庸，本名鏞堂，字在東，又字拜經，江蘇武進人。師事盧文弨，
　　　　精於經史、小學。事跡見《廣清碑傳集》卷 10、《清史列傳》卷 68、
　　　　《揅經室二集》卷 6，〈臧拜經別傳〉。顧明，改名文炳，字子述，又
　　　　字子明，號尚志，江蘇武進人。師事盧文弨，博通訓詁。事跡見《武
　　　　進陽湖縣志》卷 23，〈人物‧經學〉。

履恆將離京赴山東任肥城知縣，據「識丁君乃二十載」句，可知二
人相識甚早。關於此，樊克政考證爲嘉慶十三年（1808），即「丁
履恆應召試後，始到京任職」之時。（《樊譜》，頁54）當時定盦年
僅十七，正入國子監肄業，學未成，名未起，斷無可能爲三十九歲，
又頗負文名之丁履恆所推重。較合理之解釋，乃因惲敬等常州前輩
之轉介，但如前所述，早於乾隆晚年，丁履恆已從段玉裁學音韻，
故知定盦十七歲結識丁履恆，當以段玉裁之故。此後，定盦相繼論
交洪飴孫、管繩萊、莊綬甲、張琦、周儀暐、陸繼輅、李兆洛等常
州學者。可知其與常州經生、文士之交游、論學，乃至學術，段玉
裁均起絕對關鍵作用，不容忽略也。

　　嘉慶十三年（1808），段玉裁曾自論其學，有〈答黃紹武書〉
云：

> 謂愚爲年高，誠七十有四矣；謂愚學邃，則愚何敢當！少
> 年衣食奔走，既乃抗塵下吏，晚乃補過讀書，尚未知學，
> 安敢言「邃」！以一生師友言之，迥徹天下人性命，愚不
> 如先師東原氏；《考工記》《喪服經》制度條例，考核精當，
> 上駕康成，愚不如易田微君；熟精史事，識小無遺，愚不
> 如辛楣少詹；潛心《三禮》，愚不如端臨；學博氂而虛懷愚，
> 好學不倦，愚不如召弓學士、涵齋侍講；深曉音韻十七部，
> 細繹成書，愚不如懷祖觀察；文辭古雅，愚不如姬傳刑部；
> 惟於古音、古訓，經文古本，略有微勞，抑末也。〔註23〕

此書乃玉裁七十四歲答黃丕烈所作。自述其學有所不如戴震、程瑤
田、錢大昕、劉台拱、盧文弨、張燾（1731～？）、王念孫、姚鼐等
人，惟於「古音、古訓，經文古本」，略有成就。此外，更稱「晚乃
補過讀書，尚未知學，安敢言『邃』」。觀其意，似有所指，蓋實有自
疚之意。〔註24〕段玉裁自七十一歲尋獲其師尹會一幼時所贈《朱子小

〔註23〕〔清〕段玉裁著，鍾敬華校點：《經韵樓集》，頁331。
〔註24〕除七十四歲有「晚乃補過讀書」之念外，七十五歲作〈博陵尹師賜
　　　朱子小學恭跋〉也云：「歸里而後，人事紛糅，所讀之書，又喜言訓

學》後，因念父、師當年寄望，故深有「補過讀書」之心，但復以「年老體衰」，不復能潛心于讀書治學，故轉期望於子孫，而此亦影響外孫定盦。可謂自七十一歲始，迄於八十歲，此一心念逐年加深。除此年〈答黃紹武書〉嘗言之，七十五歲作〈博陵尹師賜朱子小學恭跋〉、七十六歲作〈與王懷祖第六書〉、七十七歲作〈春秋左氏古經題辭〉；而七十七歲應其婿麗正請作〈外孫龔自珍字說〉一文，更可見對外孫期望之深。段玉裁云：「余曰：字以表德，古名與字必相應。名曰自珍，則字曰愛吾宜矣。……陶元亮曰：『眾鳥欣有託，吾亦愛吾廬。』夫惟元亮乃有元亮之廬，不知吾愛而惟廬之愛廬，雖安，吾何在也！」〔註25〕蓋期勉外孫能自愛其身，不以飽暖、美官、貨利、辭章為重，而輕損「學性」。七十八歲又嘗「索觀」定盦少作，為其作〈懷人館

故考據，尋其枝葉，略其本根，老大無成，追悔已晚。……五年前乃於四弟玉立架上得之，喜極繼以悲泣，蓋痛吾師及吾母吾父之皆徂，吾父所以訓我，吾師所以鄭重付我者，委之蛛絲煤尾間，……幸吾師之編尚存，吾父之題字如新，年垂老耄，敬謹繙閱，繹其愊趣，以省平生之過，以求晚節末路之自全，以訓吾子孫敬觀熟讀，習為孝弟，恭敬以告天下之教子孫者，必培其根而後可達其枝，勿使以時義辭章科第自畫也。」按：玉裁所跋之朱子小學乃十三歲時，其師尹會一所贈，因久尋不見此書下落，七十一歲時，偶於其弟書架得之，因書中有乃父題字，故格外珍視，以致尋獲時至喜極悲泣。玉裁以為其學有負父、師當年之教，故深有悔過之意，而有訓子孫「敬觀熟讀」之意而規子孫「勿以時義辭章科第自畫」，此與其少時規之「勿溺於時藝」之義同。又，七十六歲時，有〈與王懷祖第六書〉云：「弟今年七十有六，心脈甚虛，既不能讀書，又不喜閒坐。」按：玉裁晚年嘆老大無成，自覺有負父師昔年之鄭重寄望，乃有補過讀書，訓子孫熟讀經書治學之意；但又因自身年老氣衰，心脈轉虛而不能潛心讀書治學。又，七十七歲時，作〈春秋左氏古經題辭〉曰：「玉裁僑居姑蘇多暇，庚午，年已七十有六，深痛先君子鄭重授春秋左傳而未能盡心此經。」按：可知自七十一歲起，玉裁尋獲乃師尹會一所贈書後，因念及當幼時父、師之教，深有「補過讀書」之意。然年老體衰，不復能潛心讀書治學，故寄望於子孫，然不僅寄望於段氏子孫，更對外孫定盦有所期望。均見〔清〕段玉裁著，鍾敬華校點：《經韵樓集》，頁193～194、頁418、頁63。

〔註25〕〔清〕段玉裁著，鍾敬華校點：《經韻樓集》，頁221～222。

詞序〉，云：

> 予少時慕爲詞，詞不逮自珍之工，銳意於經史之學。先君
> 子誨之曰：「是有害於治經史之性情，爲之愈工，去道且愈
> 遠。」予謹受教，輒勿爲。一行作吏，俄引疾歸，遂銳意
> 於經史之學，此事謝勿談者五十年。〔註26〕

可見段玉裁引自身經驗規勸定盦當趁年少「潛心治經史」，勿爲填詞
此等「時藝」。此外，七十九歲作〈與外孫龔自珍札〉，更直言：

> 久欲作一札，勉外孫讀書，老懶遂中止。徽州有可師之程
> 易田先生，其可友者，不知凡幾也？如此好師友，好資質，
> 而不銳意讀古書，豈有待耶？負此時光，禿翁如我者，終
> 日讀尚有濟耶？萬季野之誡方靈皋曰：「勿讀無益之書，勿
> 作無用之文。」嗚呼！盡之矣。博聞強記，多識蓄德，努
> 力爲名儒，爲名臣，勿願爲名士。何謂有用之書？經史是
> 也。茂堂，時年七十有九。〔註27〕

由「久欲作一札，勉外孫讀書」之句，可知其久有勉定盦讀書、治經
之意，故書中亟薦學友程瑤田，並引萬斯同（1638～1702）誠方苞（1668
～1749）之言以告外孫，並規勸「勿讀、勿作」于經史有害之時藝；
末以努力「爲名儒」、「爲名臣」，但「勿願爲名士」爲勉。程氏精於
經史與詩文，書法卓絕，勤學精論，戴震稱其：「讀書沉思覈定，比
類推緻，震遜其密。」〔註28〕王念孫與之論交四十餘年，對其學性識
見有「立品之醇，爲學之勤，持論之精，所見之卓，一時罕有其匹」
〔註29〕之高度評價。由段玉裁留心定盦治學之懇切，冀其能潛心經
史，進而爲「名儒」、「名臣」，又誡勿爲「名士」，亦見當時經師與文

〔註26〕〔清〕段玉裁著，鍾敬華校點：《經韻樓集》，頁 223。
〔註27〕〔清〕段玉裁著，鍾敬華校點：《經韻樓集》，頁 222。
〔註28〕〔清〕戴震著，張岱年主編：《戴震全書・東原文集》（安徽：黃山書社，1995 年），卷 3，〈再與盧侍講書〉，頁 293。
〔註29〕〔清〕王念孫：《王石臞先生遺文》，見《續修四庫全書》（上海：上海古籍出版社，2002 年），第 1466 冊，卷 4，〈程易疇果轉語跋〉，頁 58。

士分歧之跡。誠如蔡長林所云：「制藝與經義分途，在乾、嘉之際實有不可挽回之趨勢。……吾人似不可輕忽經生與文士在乾隆盛世學術地位交替的這一歷史事實。」﹝註30﹞所言甚是。

　　段玉裁八十歲時，曾閱定盦〈明良論〉四篇，亦有評語：

　　　　四論皆古方也，而中今病，豈必別製一新方哉？髦矣，猶見此才而死，吾不恨矣。甲戌秋日。（頁36）

由「猶見此才而死，吾不恨矣」句，再三深味其言，可知對定盦期望之深，至此而極。段玉裁閱畢此四篇，對外孫年方過弱冠，即能有此「風發雲逝，有不可一世之概」之經濟文章，深感欣慰；殆以其文已具「名儒」器度，更兼「名臣」卓識，故有「雖死不恨」之言。次年（嘉慶二十年，1815）九月，段玉裁遂歿於蘇州枝園，享壽八十一。著有《說文解字注》、《六書音韻表》、《周禮漢讀考》、《儀禮漢讀考》、《古文尚書撰異》、《詩經小學》、《毛詩故訓傳定本》、《經韻樓集》等。

　　段玉裁既歿，自嘉慶二十一年（1816，25歲）十月，迄道光元年（1821，30歲）二月，定盦曾研讀段玉裁所著《說文解字注》三遍，有題記，並作《段氏說文注發凡》一卷。嘉慶二十四年（1819，28歲）定盦在京會試落第後，曾往謁年邁之王念孫（1744～1832）時，因見王而思段玉裁，遂感作〈雜詩，己卯自春徂夏，在京師作得十有四首〉第5首云：

　　　　龐眉名與段公齊，一脈東原高第題。回首外家書帙散，大儒門祚古難躋。（頁441）

時段玉裁已逝五年，其家藏書在此年以前，已轉售龔家，而二子亦遷出枝園舊宅。﹝註31﹞段、王皆皖派宗師戴震高徒，二人又同為乾嘉大

﹝註30﹞蔡長林：〈論清中葉常州學者對考據學的不同態度及其意義──以臧庸與李兆洛為討論中心〉，《中國文哲研究集刊》第23期（2003年），頁267～268。

﹝註31﹞據劉盼遂編《段玉裁先生年譜》云：「先生手校書甚夥，身後以白鏹三千金歸諸壻家龔闇齋觀察。先生子二、女一，長名驤，字右白，

儒而相善。段玉裁歿後，王念孫聞且嘆云：「若膺死，天下遂無讀書
人矣。」〔註32〕可知推重之至也。

關於段玉裁加墨矜寵之〈明良論〉，定盦嘗棄置，後又重存集中，
云：「四論，乃弱歲後所作，文氣亦何能清妥？棄置故麓中久矣。檢
視，見第二篇後外王父段先生加墨矜寵，泫然存之。自記。」（頁36）
可知定盦在段玉裁歿後多年，始覺其愛己深厚，雖未棄「填詞」，然
已知「潛心經史」之重要。此一自覺在定盦中年尤顯著。道光三年
（1823，32歲），作〈與江秬香書〉云：「自珍昔年奉教於外王父段
先生曰：金石不可不講求，古器款識爲談經談小學之助，石刻爲史家
紀傳之外編，可裨正史也。是以自幼搜羅，志在補蘭泉王侍郎之闕，
喜備種數，所購求者亦不下一千種，孤本頗多（編《金石通考》一書
未成，有《略例》一卷）。不料去年九月，回祿爲虐，盡毀焉。」（《樊
譜》，頁246）由此可知段玉裁沾漑定盦者，非惟經學與小學，尚有
金石文字。其搜羅金石文字，目的乃在治學而以資「經世」之用，故
知定盦雖受考據學影響，卻取考據之長，以成就其「經世思想」。此
外，更可見定盦十七歲見《石鼓》而有志於金石學前，實已先受段玉
裁影響矣。

道光十年（1830，39歲）冬，定盦〈最錄段先生定本許氏說文〉
云：

> 許稱經不可執家法求也。段先生曰：漢氏之東，若鄭若許，
> 五經大師，不專治博士說，亦不專治古文說，《詩》稱《毛》

國子監生，……道光甲申夏，持先生墓誌文往示黃丕烈，黃答拜時，
禳以先生朱墨筆校《廣韵》相假，黃錄出副本，今藏烏程蔣氏。……
次子……先生沒後，與兄并徙而他宅，不復守枝園舊宅矣。」見〔清〕
段玉裁著，鍾敬華校點：《經韵樓集》，頁486。按：段玉裁於嘉慶二
十年（1815）九月八日卒于蘇州枝園；黃丕烈〈跋段校本廣韵〉作
於道光甲申中秋，即道光四年（1824）秋；定盦此詩作於嘉慶二十四
年（1819），由「回首外家書帙散」二句可知：此年之前，段玉裁家
藏書大多已轉賣龔家，而段玉裁二子亦遷出段家枝園舊宅矣。

〔註32〕〔清〕段玉裁著，鍾敬華校點：《經韵樓集》，頁485。

而兼稱三家，《春秋》稱《左》而兼稱《公羊》、《穀梁》，
餘經可例推。……以上十條，自珍親聞之外王父段先生。
（頁260）

關於定盦親聞段玉裁所云，以爲許慎治經不執于家法，於博士說、古文說亦不偏廢，即如《詩經》、《春秋》，乃至於各經，皆不專主一家說，兼採眾家之長。又，〈己亥雜詩〉第63首自注云：「予說詩，以涵泳經文爲主，於古文、毛、今文三家、無所尊，無所廢」（頁441）確證定盦經學思想實深受段玉裁影響也。

又據定盦〈己亥雜詩〉第302首至第304首，云：

雖然大器晚年成，卓犖全憑弱冠爭。多識前言蓄其德，莫拋心力冒才名。儉腹高談我用憂，肯肩樸學勝封侯。五經爛熟家常飯，莫似而翁啜九流。圖籍移從肺腑家，而翁學本段金沙。丹黃字字皆珍重，爲裹青氊載一車。（頁537）

此三詩乃定盦晚年辭官南歸途中，答其子龔橙來信所問之事。龔橙生於嘉慶二十二年（1817），此時年僅二十三，正意氣風發之少年。自詩意觀之，龔橙信中所問當與治學及所載歸之「圖籍」有關。前首乃告龔橙學術須潛心日久始能有成，欲遠過群倫則當趁年少努力治學。「多識」二句，雖用《易・大畜象辭》所云：「多識前言往行，以蓄其德」之典，但實亦引段玉裁當年所作〈與外孫龔自珍札〉中勉己「博聞強記，多識蓄德，努力爲名儒，爲名臣，勿願爲名士。」細繹二者，實同轍也。次首則憂龔橙好高談而無實學，故勉以「治經學」爲任，而非汲汲仕途，並期之能熟讀群經以治學，勿學己喜好駁雜之學，僅能以一「微官」終其身。此又與段玉裁誡之：「勿讀無益之書，勿作無用之文」、「何謂有用之書？經史是也。」實無二別。末首當是答龔橙：爲何出都載「一車圖籍」？據〈己亥雜詩〉第4首注云：「予不攜眷屬僕從，雇兩車，以一車自載，一車載文集百卷出都。」（頁509）可知定盦道光十九年（1839）出都時，僅攜文集百卷，或無其他「圖籍」？筆者以爲否。何謂也？如前所述，據黃丕烈〈跋段校本廣韻〉

云：「先生手校書甚夥，身後以白鏹三千金歸諸壻家龔闇齋觀察。」
可知段玉裁卒後，大批手校書皆歸龔家。但龔家上海藏書樓於道光二
年（1822）九月二十八日曾遭祝融，定盦云：「家藏五萬卷，盡矣！
而行篋之攜以自隨者，尚不減千餘卷，名之曰劫外藏書，編列五架，
其爲我朝夕拂拭之，勿令蟲鼠爲祟，寶此叢殘，殊爲不達，苦惱之餘，
彌復慚愧。」定盦自少即好搜羅「精校善本、異書抄本」，又與鈕樹
玉、何元錫、程同文、秦恩復等先輩或蒐羅善本，或互約換書，〔註33〕
出都時絕無可能將此千餘卷「叢殘之寶」棄如敝屣；何況其父麗正「性
無旁嗜，以書爲生，以書爲命」，而載歸之書又有「段玉裁之手校書」。
「肺腑家」，劉逸生引《史記・惠景間侯者年表序》：「諸侯子弟若肺
腑。」釋之「引申爲親族關係」。〔註34〕「圖籍移從肺腑家」二句，
正指定盦「行篋之攜以自隨者」，即當年外祖父家歸入龔家之圖籍，
而一身學術又得諸十二歲時外祖父所親授。「丹黃」二句，則言此批
隨身載歸者，中有頗多外祖父「手校書」而更顯字字珍重，故裹以青
氈載歸。可知定盦中年後，對段玉裁愈深爲敬重，不以死生而異，故
筆者確信其深受段玉裁治學以「經史爲重」之教及不主一家之說，而
兼採眾家之長，進而影響其子龔橙。正如其〈己亥雜詩〉第 104 首云：
「一事平生無齮齕，但開風氣不爲師。」（頁 519）可見其生平非惟
不喜爲人師，亦不執著於派別、家法之通達學術思想及文學觀。

舅氏段驤（？），字右白，段玉裁長子，國子監生。能詩，喜金
石，著《梅冶軒集》。曾選歸懋儀（？）詩爲《繡餘續草》（附《聽雪
詞》一卷）付梓，並爲序。道光元年（1821），定盦與段驤共同選編
段玉裁遺著《經韻樓集》，由其父麗正刊行。道光十九年（1839），定
盦南歸道過支硎山時，曾感作〈己亥雜詩〉第 142 首云：「少年哀豔
雜雄奇，暮氣頹唐不自知。哭過支硎山下路，重抄梅冶一厓詩。（舅

〔註33〕 請參見許永德：〈經濟文章磨白晝──龔自珍之藏書研究〉，《有鳳初
鳴年刊》第 6 期（2010 年），頁 323～324。
〔註34〕 〔清〕龔自珍著，劉逸生注：《龔自珍己亥雜詩注》，頁 365。

氏段右白，葬支硎山。平生詩，晚年自塗乙盡，予尚抱其《梅冶軒集》
一卷。）」（頁 523）可知二人舅甥之情甚篤，而定盦亦頗有自憐之意。
此外，尚有舅氏段驤（？），段玉裁次子，縣庠生，爲姊丈龔麗正關
部事，頗以多財著，〔註35〕爲定盦妻段美貞之父。

三、龔定盦之經歷行實

定盦爲清代經史、古文、經濟家，精小學、輿地、文獻、金石諸
學，並爲藏書家，〔註36〕兼擅詩詞，博涉九流，晚好佛學而造精微，
實嘉、道年間集眾學於一身之通儒。其五十年之生涯，可概分爲四期。

（一）19 歲以前，以「受業問學、雜嗜九流之學」為主

定盦因受龔氏家學及外家段氏之學影響，又性嗜各家之學，故此
期博觀四部，厚積學術根柢。《清史列傳》稱定盦之學：

> 自珍自八歲得舊《登科錄》讀之，即有志爲科名掌故之學。
> 十二歲段玉裁授之以《說文》部目，即有志爲以經說字，
> 以字說經之學。十四歲考古今官制，即有志爲國朝官制損
> 益之學。十六歲讀《四庫提要》，即有志爲目錄之學。十七
> 歲見《石鼓》，即有志爲金石之學。生平、著作等身，出入
> 於九經、七緯、諸子百家，自成一家言。〔註37〕

嘉慶二年（1797，6 歲）夏，初隨母與姑父潘立誠至京。嘉慶三年（1798，
7 歲），移居潘家河沿南頭路西。嘉慶四年（1799，8 歲），移寓土地
廟下斜街長椿寺南間壁。〔註38〕父授禮部主事，定盦因讀舊《登科
錄》，有搜輯二百年科名掌故之志。放學後，從父習《昭明文選》。同
年，識程同文（？～1823）、吳玖（1767～1815）夫婦。嘉慶五年（1800，
9 歲）秋，祖父敬身長逝，父聞訃奔喪回杭，定盦隨母及叔父守正一

〔註35〕〔清〕段玉裁著，鍾敬華校點：《經韵樓集》，頁 486。
〔註36〕請參見許永德：〈經濟文章磨白晝——龔自珍之藏書研究〉，《有鳳初
　　　　鳴年刊》第 6 期（2010 年），頁 315～337。
〔註37〕〔清〕國史館編，王鍾翰點校：《清史列傳》，卷 73，頁 37～38。
〔註38〕〔清〕龔守正：《龔氏家乘述聞》，轉引孫文光等編：《龔自珍研究資
　　　　料集》，頁 21。

家移寓門樓胡同。〔註39〕是年放學後，隨母讀書，常於帳外燈前誦讀吳偉業（1609～1672）之《梅村集》、方舟（1665～1701）之《方百川遺文》、宋大樽（1746～1804）之《學古集》，故長而尤愛。據〈三別好詩〉云：「一種春聲忘不得，長安放學夜歸時。」（頁466）可見段馴之言教、身教對定盦人格與詩文影響甚深。嘉慶六年（1801，10歲）秋，定盦隨母、叔父守正（1776～1851）由水路離京返杭；中秋夜，船泊德州，三人同有詩作，段馴有〈中秋夜，德州舟次，季思叔弟、珍兒同作〉，詩曰：「浮雲散盡碧天空，桂魄寒生客舫中。隔浦漁歌風笛遠，沿堤官柳暮煙籠。還鄉不厭長途瘁，琢句偏輸季子工。遙想故國今夜月，幾人相對數征鴻？」（轉引《樊譜》，頁37）「季子」，指麗正弟守正，由詩題、「還鄉」一詞，可知段馴三人此行乃返鄉奔喪。嘉慶八年（1803，12歲），外祖父段玉裁親授許慎《說文》部目。

同年（1803，12歲），麗正「於七月十四日攜眷由糧船到京，同寓橫街（全浙新館）。」〔註40〕其後，塾師宋璠（1778～1810）來主龔家，定盦雖好學新知，獨不好習書法，故楷字不佳。嘉慶九年（1804，13歲），宋璠命作〈水僊華賦〉，定盦賦云：「有一仙子兮其居何處？是幻非眞兮降於水涯。……休疑湘客，禁道洛神。端然如有恨，翩若自超塵。……姿既嫣乎美人，品又齊乎高士。」（頁409）此已可見定盦幼年之才逸品潔。嘉慶十年（1805，14歲），考究古今官制。父麗正時題升禮部員外郎。嘉慶十一年（1806，15歲），已有「精嚴」之詩，據〈己亥雜詩〉第65首云：「少作精嚴故不磨。」（頁515）嘉慶十二年（1807，16歲），因讀《四庫全書總目提要》，始留心目錄學。又曾數度逃學，故外叔祖段玉立（1748～？，段玉裁之弟）常往法源寺尋人，有詩云：「髫年抱秋心，秋高屢逃塾。……一雙尋聲

〔註39〕〔清〕龔守正：《龔氏家乘述聞》，轉引孫文光等編：《龔自珍研究資料集》，頁21。

〔註40〕〔清〕龔守正：《龔氏家乘述聞》，轉引孫文光等編：《龔自珍研究資料集》，頁21。

來，避之入修竹。」〔註41〕定盦雖好學樂聞，但從「不好學書」、「逃學」二事，可知其性情不喜為規矩所縛。嘉慶十三年（1808，17歲），入國子監肄業，師事蔣祥墀（1762～1840）。於太學見《周宣王石鼓》，始有收石刻之心，好金石文字之學。正因其博嗜諸學，兼貫百氏，故能卓然自成一家。此年，正逢丁履恆入京，二人結識。嘉慶十四年（1809，18歲）春，更與狂士王曇（1760～1817）訂交。

定盦自幼（嘉慶二年，1797，6歲）即隨雙親居京師，除嘉慶六年（1801，10歲）秋至嘉慶八年（1803，12歲）七月十四日前，曾因祖父敬身辭世暫留南方外，在十九歲前，約有十年皆在北方。少好科名掌故，又考古今官制，兼讀《四庫提要》，於國家典章制度、官制沿革、四部精要及朝廷用人、民情世隱多有經心；兼以相繼論交先輩程同文、丁履恆、王曇等人，學識愈豐。其中王曇為海內士所忌，而定盦能識其為人，知「其一切奇怪不可邇之狀，皆貧病怨恨，不得已詐而遁焉者也。」（頁 146）可謂善於知人與觀察。在龔氏家學與外家段氏之學交互薰染，兼以家訓及雙親言教、身教影響，不僅為人深重「孝悌」家訓，更得其父「孟嘗好客」之風，尤喜交友。此外，定盦深得外祖父段玉裁「以經說字，以字說經」、「治學兼重經史」影響，亦不偏廢眾家說；而慈母段馴之詩文啓蒙，更奠定其一生既治學術，復好詩詞古文，兼喜九流之學也。

（二）19歲至33歲，以「應試交遊、著述治學」為主

嘉慶十五年（1810，19歲），定盦應順天鄉試，中第二十八名副貢生。同年，其父麗正為取名「自珍」，定盦亦始為「倚聲塡詞」。嘉慶十七年（1812，21歲），考充武英殿校錄，始從事校讎學。其父由禮部郎中簡放安徽徽州知府，舉家南下。四月，娶舅氏女段美貞於蘇州。外祖父段玉裁索觀所作詩詞古文，定盦已成《懷人館詞》三卷、

〔註41〕〈丙戌秋日，獨游法源寺，尋丁卯、戊辰間舊游，遂經過寺南故宅，惘然賦〉，頁 478～479。

《紅禪詞》二卷。段玉裁作〈懷人館詞序〉規勉其「當銳意於經史」。
嘉慶十八年（1813，22 歲）四月，定盦入京將應順天鄉試。七月，
其妻段美貞因庸醫誤診，遽卒。八月榜出，未中，旋南歸。慈母段馴
有〈悼亡媳美貞〉云：「爲望成名早，沈疴諱不宣。結褵才數月，訣
別又經年。」（轉引《樊譜》，頁 71）可知其妻隱疾不宣，蓋爲定盦
計也。嘉慶十九年（1814，23 歲），麗正主持重修《徽州府志》時，
定盦曾助父搜集徽州文獻。嘉慶二十年（1815，24 歲），麗正調任安
慶知府。同年，定盦娶何裕均（1750～1816）之從孫女何吉雲爲繼室。
五月，外祖父所著《說文解字注》刊成，麗正曾參與校勘。孰料九月
八日，外祖父段玉裁溘然長逝。

　　嘉慶二十一年（1816，25 歲）春，麗正升任江蘇蘇松太兵備道，
駐於上海，好接賓客。定盦亦赴上海助父甄綜人物與搜輯掌故，喜向
人借書錄副，前輩學者如鈕樹玉（1760～1827）、何元錫（1766～1829）
常與之搜討「文淵閣」未著錄本及據善本所校之本。嘉慶二十三年
（1818，27 歲）八月，應浙江鄉試，中舉人第四名，時座師爲王引
之（1766～1834）、李裕堂（？）。嘉慶二十四年（1819，28 歲）三
月，應會試，落第。後謁見王念孫，又從劉逢祿（1776～1829）受《春
秋公羊傳》。同時，又識宋翔鳳（1777～1860）。本年，曾上書寶興（1777
～1848），並錄〈西域置行省議〉稿獻之。嘉慶二十五年（1820，29
歲）三月，應會試，仍落第，遂捐職內閣中書。本年，於吳市舊書肆
購得明崇禎元年（1628）科舉《題名錄》一冊，作〈吳市得題名錄一
冊，乃明崇禎戊辰科物也，題其尾一律〉云：「朱衣點過無光氣，淡
墨堆中有廢興。資格未高滄海換，半爲義士半爲僧。」（頁 450～451）
詩中難掩易代廢興之嘆，對《題名錄》中明季士子深表慨歎。道光元
年（1821，30 歲），又於同處購得康熙三十年（1691）《舊制舉文》
刻本，亦賦〈吳市得舊本制舉之文，忽然有感，書其端〉四絕，有句
云：「家家飯熟書還熟，羨煞承平好秀才。」、「國家治定功成日，文
士關門養氣時。」（頁 457）詩中充滿對康熙盛世士子之欽慕。定盦

詩中時見「我有心靈動鬼神，卻無福見乾隆春。席中亦復無知者，誰是乾隆全盛人？」（〈秋夜聽俞秋圃彈琵琶賦詩，書諸老輩贈詩冊子尾〉，頁 500）此等對前朝盛世之神遊，雖與其精於掌故有關，似亦自感衰世近之矣。同年，至京，到內閣行走。後以中書入內閣。

　　道光二年（1822，31 歲）春，應會試，仍落第歸。夏與包世臣（1775～1855）、魏源（1794～1857）、張琦時相過從。九月二十八日，龔家因不戒於火而禍及藏書，所藏精校本、手抄善本、所搜羅之七閣未收書十之八九及千餘種金石拓本皆毀於火。「當時定盦尙在京師，後知家中遭變，亟欲南歸上海。其客游在外，難盡人子之孝，而當時慈母段馴臥病已半歲餘，而祝融忽起於夜半，病中難免驚恐。又此火所焚，不僅其藏書，亦禍及上海蘇松太兵備道署，故朝廷不僅命賠修衙署，且因署內機密公文毀損，龔麗正亦遭降級留任處分。」〔註42〕災後，姚元之（1776～1852）曾來借史書，定盦撫舊傷今之餘，作詩云：「祭書歲歲溯從壬，無復搜羅百氏心。」（〈述懷呈姚侍講元之有序〉，頁 489）其哀痛不捨之情，可見一斑。定盦一生勤於校讎與掌故，非屑屑於考據，而實有經世目的：一爲預儲他日之史，一爲觀古今之大勢，以爲國家經濟權變之策。〔註43〕道光三年（1823，32 歲）春，叔父守正任會試同考官，以「同族子弟」之例迴避。慈母段馴作〈珍兒不與會試，試（按：當爲詩）以慰之〉二首，云：

> 桃李添栽屋不寒，卻教小阮意全闌。待將春夢從婆說，始覺秋風作客難。黃榜未懸先落第，青雲無路又辭官。長安歲歲花相似，會見天街汝遍看。（轉引《樊譜》，頁 216）

前首以竹林七賢之阮籍（210～263）與阮咸（？）叔姪以喻守正、定盦叔姪關係，因限於制度而「不能與試」，段馴深知其子少懷壯志，

〔註42〕許永德：〈經濟文章磨白晝——龔自珍之藏書研究〉，《有鳳初鳴年刊》第 6 期（2010 年），頁 324。

〔註43〕定盦〈與徽州府志局纂修諸子書〉云：「國史取大清一統志，……府志特爲底本，以儲它日之史。……良史者，必仁人也，且史家不能逃古今之大勢。」，頁 334。

心當有不平之氣，又憐子長年客寓於外，有志士悲秋之慨，故寬慰之。後首直指不能與試，頗有爲子不平之意，又憐子因試而先辭官，卻臨進退失據；再化用孟郊〈登科後〉之「春風得意馬蹄疾，一日看盡長安花。」轉相勉勵來年再與會試，試以寬慰其子。通篇安撫之辭，彷彿可見聰慧溫婉慈母撫慰稚子之形象。段馴乃定盦「少壯簫心之撫慰者」，於其一生文學觀、人品皆有甚深薰染。

　　此度「不與會試」對定盦影響頗深，由同年六月二日所作〈與江居士箋〉，可窺端倪，書云：

> 別離以來，各自苦辛，榜其居曰「積思之門」，顏其寢曰「寡懽之府」，銘其凭曰「多憤之木」。所可喜者，中夜皎然，於本來此心，知無損巳爾。（頁345）

由「積思」、「寡懽」、「多憤」之自述，可知定盦長期處於沉悶、無聊、抑鬱交雜而成之不得志生涯。所謂「本來此心」，正指其不願受塵世、官僚習氣污損之「童心」。其於進退失據之餘，只能潛心於佛學與刪選著述，故《定盦初集》十九卷之編成與其中《定盦文集》（開雕四十六篇）、《定盦餘集・附少作》（開雕五篇）、《定盦別集》（開雕四卷）之付刊皆於此時。不幸同年七月一日，慈母段馴驟然逝世矣。

　　定盦十九歲中副貢生後，二十一歲考充武英殿校錄，二十二歲應鄉試不中；其妻又卒，後雖續絃，心不能無淒。直至二十七歲始中舉，不幸其後兩年又相繼會試落第，故哀痛心灰之餘，始有筮仕之念，遂捐納得內閣中書。三十一歲，會試又不第；九月，上海家藏書樓大火。三十二歲，卻復因叔父守正任會試同考官，未能應試，九月，慈母之驟逝，更激發其向夢中追尋「童心」。其間，塾師宋璠、外祖父段玉裁、知交先輩王曇、惲敬、李銳、孫星衍、趙懷玉等相繼以歿。十四年間，幾番起伏波折，在有心用世卻屢售不第之情況下，形成其詞深寓淒清、哀愴之身世悲感，如〈醜奴兒令〉云：「沈思十五年中事，才也縱橫，淚也縱橫，雙負簫心與劍名。春來沒箇關心夢，自懺飄零，不信飄零，請看牀頭金字經。」（頁577）而此詞心緒再延伸，亦即

〈漫感〉所云：「一簫一劍平生意，負盡狂名十五年」（頁450～451）
之悲憤狂猖。

　　定盦既從劉逢祿受《公羊》學，對於當代時政之闕及民情世隱之
苦，則引「微言大義」譏刺之。此期著述如：〈明良論〉（約22歲）、
〈尊隱〉（23歲）、〈平均篇〉（約23歲）、〈乙丙之際箸議〉（約24歲
至25歲）、〈西域置行省議〉（28歲至29歲）、〈東南罷番舶議〉、〈農
宗〉、〈農宗答問〉（均29歲）、〈壬癸之際胎觀〉（31歲至32歲）等
政論、經濟文章，皆爲重要代表。然定盦受學於劉逢祿乃嘉慶二十四
年（1816，25歲）之事，可知〈明良論〉、〈尊隱〉、〈平均篇〉、〈乙
丙之箸議〉等篇，又非以劉逢祿之故。自嘉慶四年（1799）正月十八
日，嘉慶帝賜死和珅後，並將其巨額家產查抄。〔註44〕時諺有：「和
珅跌倒，嘉慶吃飽」之說，即譏諷乾隆帝縱容權臣與貪官之程度；此
反映清廷財政與吏治制度，長期存在諸多弊端。對此問題，嘉慶初，
洪亮吉（1746～1809）曾痛批：「試思十餘年以來，督撫藩臬之貪欺
害政，比比皆是。……出巡則有站規、有門包，常時則有節禮、生日
禮，按年則又有幫費。升遷調補之私相饋謝者，尚未在此數也。」
〔註45〕可見乾隆晚期，外臣「貪欺害政」之弊紛現，已兆嘉、道中衰。
嘉慶中，定盦〈明良論一〉更痛陳此風之源：

> 內外大小之臣，具思全軀保其室家，不復有所作爲，以負
> 聖天子之知遇，抑豈無心，或者貧累之也。魯論曰：「季氏
> 富於周公。」知周公未嘗不富矣。微周然，漢、唐、宋之
> 制俸，皆數倍於近世，史表具在，可按而稽。……今久資
> 尚書、侍郎，或無千金之屋，則下可知也。（頁30）

可知「制俸微薄」實爲間接導致官吏貪奢之一大問題。定盦以爲制
俸足，內外官吏皆能忘身家而爲國謀福，則君臣一心，政事可成，
百廢可興；但因「制俸微薄」，奸吏遂巧立名目取財及挪用公款，
弊又大矣。

〔註44〕轉引《樊譜》，頁33。
〔註45〕〔清〕洪亮吉著，劉德權點校：《洪亮吉集》（北京：中華書局，2001
　　　　年），〈乞假將歸留別成親王極言時政啓〉，冊1，頁229。

此外，清廷以科舉取士，其晉升制度有嚴定資格年限。定盦〈明良論三〉云：「今之士進身之日，……非翰林出身，例不得至大學士。凡滿洲、漢人之仕宦者，大抵由其始宦之日，凡三十五年而至一品，極速亦三十年。賢智者終不得越，而遇不肖者亦得以馴而到。此今日用人論資格之大略也。」（頁33）指出官吏不分賢或不肖，皆可能以溫馴尸位三十五年而官至一品。此制突顯「資格限才」之問題，致使不肖者亦能按制晉升；而賢智者因上位者尚未致仕，終有志難伸。定盦更直指朝政大弊：

> 夫自三十進身，以至於為宰輔、為一品大臣，其齒髮固已老矣，精神固已憊矣，雖有耆壽之德，老成之典型，亦足以示新進；……儡然終日，不肯自請去。或有故而去矣，而英奇未盡之士，亦卒不得起而相代。此辦事者所以日不足之根原也。……如是而欲勇者知勸，玩戀者知懲，中材絕僥倖之心，智者甦束縛之怨，豈不難矣！至於建大猷，白大事，則宜乎更絕無人也。……此士大夫所以盡庵然無有生氣者也。當今之弊，亦或出於此，此不可不為變通者也。（頁33～34）

定盦指此一「保庸」制度，不僅使舊官苟且敷衍、無為，亦令新官有志難伸而心念俱灰。此外，「當致仕而戀位者」實為當時辦事人才不足之源，其影響將使智勇者怨而不思進，庸老者心存僥倖，終至滿朝士大夫毫無生氣與進取心。

其〈西域置行省議〉更指出乾隆以來海內諸多弊端與亂象，云：

> 今中國生齒日益繁，氣象日益隘，黃河日益為患，……自乾隆末年以來，官吏士民，狼艱狽蹷，不士、不農、不工、不商之人，十將五六；又或饡蔬草，習邪教，取誅戮，或凍餒以死；終不肯治一寸之絲、一粒之飯以益人。承乾隆六十載太平之盛，人心慣於泰侈，風俗習於游蕩，京師其尤甚者。自京師始，概乎四方，大抵富戶變貧戶，貧戶變餓戶，四民之首，奔走下賤，各省大局，岌岌乎皆不可以支月日，奚暇問年歲？（頁106）

定盦指出乾隆晚年至嘉慶末約三十年間，中國人口激增、黃河水患、官吏與百姓之生計多艱，鴉片流毒與白蓮教、天理教等影響，貪奢風氣與社會失業等民生矛盾問題，終至經濟民生凋蔽，連「士」身為四民之首亦四處奔走，有惶惶不可終日之窘迫。乾隆六年（1741）首次計口，全國人口超過 1 億 4300 萬，至道光十四年（1834），全國人口已達 4 億多。〔註46〕中國以「農」為本，稻糧乃民生與軍隊必需物，大凡二稻歉收之年，皆遭水、旱災等要因，故天災對政治、經濟、民生及社會，甚至國運，均有莫大影響。嘉、道時期，水、旱、蝗、雹等災荒頻傳，其中，以「三大水、旱災」影響最劇。首先，「嘉慶六年（1801）永定河決口」，受災州縣達 128 個，災民也不下 5 萬餘人，損失難以估算。〔註47〕其次，「嘉慶十八年（1813）直隸、山東、河南三省大旱」，直隸受旱州縣達 56 個；山東各縣亦連年遭災，是年重災州縣亦不下 27 個，故嘉慶帝下令緩徵山東歷城等 51 個受旱州縣稅賦及賑山東聊城等 22 個州縣災民。〔註48〕河南收成減半，受旱災五分以上高達 65 個州縣；九月更因黃河決口，旱後蒙澇，殃及 70 餘州縣，災民高達 10 餘萬人。〔註49〕最後，「道光三年（1823），京畿直隸與江蘇、浙江、安徽、湖南、湖北等六省大水」。直隸受災縣有 108 個，災民人數與經濟耗損難以估計；江蘇計有上元等 47 州廳縣遭澇；浙江仁和等 16 州縣之低田受災，尤以杭、嘉、湖三地災況最重，湖州一郡積水更達三月之久；安徽各州縣僅遭淹致潰之護田圩堤不下 1600 處；兩湖僅

〔註46〕張研：《清代社會經濟史研究》（北京，北京師範大學出版社，2010年），頁 2～3。

〔註47〕參見張艷麗：《嘉道時期的災荒與社會》（北京：人民出版社，2008年），頁 24～26。

〔註48〕《大清仁宗睿皇帝實錄》云：「甲寅（按：二月十六日），緩徵山東歷城……五十一州縣……旱災本年額賦。」又，「乙丑（按：二月二十七日）……賑山東聊城……二十二州縣被旱災民。」見《大清仁宗睿皇帝實錄》，卷 266，頁 14、頁 28。

〔註49〕參見張艷麗：《嘉道時期的災荒與社會》，頁 27～28。

江陵與監利二縣之災民已高達 45 萬人。〔註50〕故《清史稿》云:「蘇、松、太三屬爲東南財賦之區,賦額最重。世宗以來,屢議蠲緩,然較之同省諸府縣,尚多四五倍或十數倍。道光時,兩遭大水,各州縣每歲歉蠲減,遂成年例。」〔註51〕可見此年水患慘重之影響。

嘉、道時期,幾經水、旱與荒年。如:嘉慶六年(1801)登州府文登縣大饑,有奸商狡詐漁利,哄抬米價,以致糧價日增,民食拮据。同時,許多囤積居奇之富家也遭難民搶奪,如:嘉慶六年(1801)直隸大水、嘉慶九年(1804)江蘇蘇州大雨、嘉慶十八年(1813)山東久旱,迫使饑民成群劫掠糧食。其中嘉慶九年搶奪事件更高達一千七百五十七案,可見爲患治安之甚。〔註52〕此外,官員貪墨,吏治不彰,天災人禍頻生,致使各地屢見農民起義。其中最嚴重者,嘉慶元年(1796)正月,爆發白蓮教起義事件,席捲鄂、豫、川、陝、甘等五省,歷時近十年,(《樊譜》,頁 27、頁 49)內耗國庫甚巨。終至嘉慶十八年(1813),天理教徒攻陷京師,嘉慶帝更下〈遇變罪己詔〉,自責「德涼愆積」與諸臣「悠忽爲政」,以致釀成漢唐宋明未有之宮廷巨變。〔註53〕由〈西域置行省議〉對政治、經濟、民生、社會之關心,可知此期定盦雖專心於應試交游、著述治學,仍不忘國政時事,足見其經世思想。

(三)33 歲至 48 歲,以「應試登第、冷署閒曹、交遊著述、深造佛學」為主

道光四年(1824,33 歲),以居憂無詩,因慈母之逝,作〈助刊圓覺經略疏願文〉。道光五年(1825,34 歲)五月,其父麗正「奉旨送部引見,旋引疾回里。」〔註54〕十月,服闋。前此,以居憂無

〔註50〕張艷麗:《嘉道時期的災荒與社會》,頁 29~33。
〔註51〕趙爾巽等編:《清史稿》(北京,中華書局,1998 年),志 97,〈食貨三〉。
〔註52〕參見張艷麗:《嘉道時期的災荒與社會》,頁 73~74。
〔註53〕《大清仁宗睿皇帝實錄》,卷 274,頁 7~9。
〔註54〕據《龔氏家譜》下冊,《仁和龔氏家譜》,頁 22。

詩。道光六年（1826，35 歲）春，入京，應會試。劉逢祿時任同考官，得定盦與魏源試卷，以爲「經策奧博」，力薦，不幸均下第；劉逢祿作〈題浙江湖南遺卷〉詩惜之，「龔魏」遂齊名。歲末，作〈寒夜吟〉詩，有與妻偕隱之志，並懷外叔祖段玉立、僧人慈風（1760～1842）與居士錢鏞（？）。道光七年（1827，36 歲）四月，投牒更名「易簡」，有〈四月初一日投牒更名易簡〉詩云：「匪慕宋朝蘇易簡，翻似漢朝劉更生。從此請歌行路易，萬緣簡盡罷心兵。」（頁494）可知定盦因三應會試，一未試而二度不售，故更名「易簡」，
〔註55〕實有慕蘇易簡而以劉向自況也。是年作〈自春徂秋，偶有所觸，拉雜書之，漫不詮次，得十五首〉云：「四海變秋氣，一室難爲春。……所以慷慨士，不得不悲辛」、「中年何寡歡？心緒不縹渺。人事日齟齬，獨笑時頗少」、「東雲露一鱗，西雲露一爪；與其見鱗爪，何如鱗爪無？」（頁 485～488）可見「自春徂秋」數月間，定盦不僅鬱鬱寡歡，往往強顏歡笑，動輒見忌，殆與其言行、政論文章屢忤當道故也。

　　道光九年（1829，38 歲）三月，再應會試，放榜中式第九十五名貢士，座師曹振鏞（1755～1835）等人，房師王植（1792～1852）。四月二十一日殿試，〈對策〉力效王安石（1021～1086）〈上仁宗皇帝言事書〉。四月二十五日傳臚，中殿試三甲第十九名，賜同進士出身。四月二十八日朝考，作〈御試安邊綏遠疏〉。定盦少好王安石〈上仁宗皇帝言事書〉，曾手抄數遍，殿試所作〈對策〉云：

> 人臣欲以其言裨於時，必先以其學考諸古。不研乎經，不
> 知經術之爲本源也；不討乎史，不知史事之爲鑑也。不通

〔註55〕蘇易簡，北宋人，太宗時，登進士第一，官翰林學士承旨，極受太宗寵眷，曾以飛白體寫「玉堂之署」四字賜之。升參知政事。劉更生，即劉向，漢代目錄學家、經學家、文學家，字子政，初名更生。漢宣帝時，爲石顯等數陷於獄，成帝時，石顯被誅，因改名劉向。參見劉逸生等注：《龔自珍編年詩注》（杭州：浙江古籍出版社，1995年），頁 336～337。

乎當世之務，不知經、史施於今日之孰緩、孰亟、孰可行、
孰不可行也。（頁 114）

其出入經史而借古鑑今，實受段玉裁「重經史」之教，兼以其學「以
朝章國故、世情民隱爲質幹」，〔註 56〕故重經世濟民之策。又，朝考
作〈御試安邊綏遠疏〉，論當時西北邊疆屯政之事甚詳。後以殿上三
試，楷書不及格，不得入翰林。五月，命以知縣用，定盦不願外任知
縣，呈請仍歸中書。關於定盦對「資格限才」之看法，有其一貫性，
〈明良論〉四篇皆約作于嘉慶十八年（1813，22 歲）；而同年（1829，
38 歲）仍以內閣中書作〈上大學士書〉。以爲法無不改，勢無不積，
事例有所變遷，風氣有所移易，惟人材必不絕於世，故上書直陳內閣
與軍機處之六大事：「中堂宜到閣看本」、「軍機處爲內閣之分支，內
閣非軍機處之附庸」、「侍讀之權不宜太重」、「漢侍讀宜增設一員，使
在典籍廳掌印」、「館差宜復舊」、「體制宜畫一」。（頁 319～326）道
光十一年（1831，40 歲），有意學楷書，作〈書文衡山小眞書諸葛亮
出師表後〉云：「小楷書自《黃庭》、《洛神》九行後，……唐高達夫
五十學詩，我今四十學書，亦未晚也。」（頁 302～303）蓋因「不擅
楷法」，影響其仕途頗深，故有四十學書之意。

　　道光十二年（1832，41 歲）夏，京師大旱，上諭在京各衙門例
準奏事人員各抒己見。大學士富俊（1749～1834）五度來訪，定盦手
陳〈當世急務八條〉，富俊「讀至汰冗濫一條，動色以爲難行，餘頗
欣賞。予不存於集中。」（〈己亥雜詩第 77 首〉自注，頁 516～517）
道光十四年（1834，43 歲），四月，考差未入選。作〈干祿新書自序〉
云：「京朝官由進士者，例得考差，考差入選，則乘軺車衡天下之文
章。考差有閱卷大臣，遴楷法亦如之。……保送後有考試，考試有閱
卷大臣，其遴楷法亦如之。龔自珍……考差未嘗乘軺車。乃退自訟。」
（頁 237～238）可見定盦一生因不擅楷法，爲之所誤亦多矣。道光
十五年（1835，44 歲）三月前，定盦升任宗人府主事。道光十七年

〔註 56〕〔清〕魏源：《魏源集》，〈定盦文錄敘〉，頁 239。

（1837，46 歲）春，又以「京察一等引見，蒙記名。」（〈己亥雜詩〉第 52 首自注，頁 513）同年三月，由宗人府主事改禮部主事，祠祭司行走。四月，補主客司主事，仍兼祠祭司行走。同年，選授湖北同知，辭不就。有詩云：「揮手唐朝八司馬，頭銜老署退鋒郎。（選授楚中一司馬矣，不就，供職祠曹如故）」（〈己亥雜詩〉第 53 首，頁 514）其所以不願外任知縣、同知，實有深意焉。據〈與吳虹生書二〉云：「惟望閣下勉事聖朝，不日躋九列，弟魁首青雲，預有榮施。其準信明晚自知，然已知十之九也。……『此際豈知非薄命，此時只有淚霑衣。』則今日我兩之情也。」（頁 348～349）可知此年定盦已預知「己亥將出都」之事，而以吳偉業〈圓圓曲〉之句自況，蓋頗有不可直言之隱也。

　　道光十八年（1838，47 歲）正月，定盦見禮部各司多所弊端，作〈在禮曹日與堂上官論事書〉，以為「則例宜急修」、「風氣宜力挽」、「祠祭司宜分股辦公」、「主客司宜亟加整頓」（頁 327～330），所以昭明備，杜不學亂公事而防五部清議，正風氣而造就人材，無失天朝大體。可見定盦雖「冷署閒曹」，卻未嘗一言不發而甘與不學淺夫同作「散漫無紀」之頑吏；乃痛陳時弊，獻具體可用之策，以「力挽風氣」於既墮。同年四月，與孔憲彝（1808～1863）、廖牲（？）、吳葆晉（？～1860）、吳式芬（1796～1856）、蔣湘南（1796～1854）、梁恭辰（1814～？）游崇效寺看海棠，舉行詩會。據孔憲彝〈次日同人崇效寺看海棠，定盦限用東坡定惠院海棠詩韻〉云：「招呼攜屐訪凌晨，七子幽情差免俗。……明年君踏浙西春，更念芳華生感觸（定盦將歸浙江）。」（轉引《樊譜》，頁 423）依孔詩自注可知：定盦當時已「將乞養南歸」。九月三十日，叔父守正署禮部尚書，定盦被諭令「照例迴避」。十一月十五日，清廷任命林則徐（1785～1850）為欽差大臣，派赴廣東查禁鴉片。十八日，林則徐陛辭後，定盦作〈送欽差大臣侯官林公序〉，臨行前，定盦曾致函願同往，為林則徐託林揚祖（1779～1883）代為勸阻。是年冬，定盦因生計窘迫，曾赴直隸保定向布政

使托渾布（1799〜1843）借貸，並建議養蠶課桑富民。據〈乞糴保陽〉
云：

> 讀書一萬卷，不博侏儒飽。掌故二百年，身先執戟老。若
> 不合時宜，身名坐枯槁。今年奪俸錢，造物簸弄巧。……
> 剝啄討屋租，詬厲雜僮嫗。筆硯欲相弔，藏書恐不保。妻
> 子忽獻計，賓朋僉謂好。（頁 506）

「今年奪俸錢」，定盦遭奪俸錢之故未詳。據《清會要》云：「凡處分
之法三：一曰罰俸，其等七。罰其應得之俸，以年月為差。有罰俸一
月，罰俸二月，有罰俸三月，罰俸六月，有罰俸九月，罰俸一年，有
罰俸二之別。」〔註57〕可知定盦遭罰俸一年，入冬後，除生計已絀，
又遭屋主催討屋租，以致有轉售藏書之念。定盦家本富於藏書，五萬
卷藏弆後為祝融所收，十僅存一。〔註58〕所幸其妻何氏獻計向友人求
援，故定盦始赴保陽，向托渾布借貸。此外，又向托渾布建議：「中
國如富桑，夷物何足擔？……婦女不懶惰，畿輔可一淳。」（頁 507）
以為婦女勤於課桑，不僅可富民而風俗淳，一變當時京畿喜用舶來品
之好奢風氣。可見定盦雖窮於生計，猶不忘國計民生與風俗厚薄。

　　道光十九年（1839，48 歲）四月二十三日，定盦辭官南歸。離
京前，湯鵬（1801〜1844）書楹帖贈之：「海內文章伯，周南太史公。」
朱𪩘（1794〜1852）為定盦治裝，吳葆晉為之餞行於「時豐齋」。定
盦「不攜眷屬僕從，顧兩車，以一車自載，一車載文集百卷出都。（〈己
亥雜詩〉第 4 首自注，頁 509）」吳葆晉出國門七里，「立橋上候予過，
設茶灑淚而別。」（〈己亥雜詩〉第 26 首自注，頁 511）可見二子知
交之深。

　　此期著述如：〈古史鉤沈論〉（34 歲至 42 歲）、〈上大學士書〉（38
歲）、〈尊任〉（約 40 歲）、〈在禮曹日與堂上官論事書〉、〈送欽差大臣
侯官林公序〉（均 47 歲）等文，皆其一貫文風，不諱為當道所忌，直

〔註57〕轉引劉逸生等注：《龔自珍編年詩注》，頁 406。
〔註58〕長子龔橙有〈仁和龔氏舊藏書目〉手稿本（今藏「北京國家圖書館」）。

陳人臣之責，不改辛辣議政之本色。其〈與吳虹生書二〉云：「楊忠武年未四十，鬚髮盡白，而弟亦如此，甚以自慰。」（頁 348）定盦以平亂名將楊遇春（1761～1837）自況，亦可見年未半百而體已衰矣，其中年悲辛交併，可知也。所指「甚以自慰」，實傷心之辭；楊遇春以屢建戰功，進封「一等昭勇侯」，而定盦自少即有澄清天下之意，雖屢陳時弊，欲有用於當世，而卒以禮曹閒老，知其為自嘲語耳！

　　關於魏源〈定盦文錄敘〉曾云：「晚尤好西方之書，自謂造深微云。」〔註59〕指出定盦晚年好佛而深造。據定盦自稱：「予幼信轉輪，長窺大乘」（〈齊天樂〉小序，頁 575）。可知自幼即信「輪迴」之說，而長窺大乘佛經。嘉慶十八年（1813，22 歲）所作「詠佛手」之倚聲〈露華〉云：

　　空空妙手親按。是金粟如來，好相曾現。祇樹天花，一種
　　莊嚴誰見？想因特地拈花，悟出真如不染。維摩室，茶甌
　　經卷且伴。（頁 573）

其中，「空空」、「金粟如來」、「莊嚴」、「拈花」，「真如」、「維摩」等皆為佛教常用語、人物或相關典故，「祇樹」，為「祇樹給孤獨園」之簡稱，是世尊在舍衛國說法之地。末句「維摩室，茶甌經卷且伴」，更點明此年已窺大乘經典。可知其自幼信佛，長而學佛、治釋典，就今本《全集》而言，僅佛學論著已有七分之一多。〔註60〕據樊克政考證，定盦在嘉慶十八年（1813，22 歲）以前當已窺釋典，嘉慶二十四年（1819，28 歲）前，已從乾嘉考據名儒江聲之孫江沅（1767～1838）學佛、治釋典。定盦尊江沅為「學佛第一導師」，從之參禪學佛、治釋典多年。嘗作〈飄零行，戲呈二客〉云：「萬一飄零文字海，他生重定定盦詩。」（頁 470）可知其確信「六道輪迴」之說。晚年尤潛心佛經，樊克政引其〈戒詩五章〉中之「我有第一諦，不落文字

〔註59〕〔清〕魏源：《魏源集》，頁 239。
〔註60〕據樊克政考證定盦學佛、治釋典之日，云：「龔自珍至遲於嘉慶二十四年已從江沅正式學佛和治釋典。至於他開始接觸佛學的時間則不會晚於嘉慶十八年。」見樊克政：《龔自珍生平與詩文新探》，頁 33～38。

中」句，以爲定盦「戒詩」是直接受「禪宗南宗」所主張「不立文字」
之影響。〔註61〕樊說甚確。此期所治釋典，如：〈重刊圓覺經略疏序〉
（33 歲），又與江沅助貝塘（1780～1846）重刊《圓覺經略疏》（33
歲）、〈最錄三千有門頌〉（41 歲）、《龍藏考證》七卷（46 歲）、重定
《妙法蓮華經》目次，又作〈妙法蓮華經四十二問〉、〈最錄禪波羅蜜
門〉（均 46 歲）、〈最錄六妙門〉（47 歲）等，可知不惑之歲後所治甚
多。其詩、詞、文章多雜有釋教之說，蓋非刻意「援佛」以炫奇，實
其思想之融會呈現。

（四）48 歲出都後至 50 歲，以「詩詞創作、訪友敘舊、 書院講學」爲主

定盦既辭官出都，但仍心繫國事。道光十九年（1839，48 歲），
將南歸，除朱䌹、吳葆晉、湯鵬爲之送別，尚有黃玉階（？）、陳慶
鏞（1795～1858）、何紹基（1799～1873）、何紹業（1799～1839）、
潘諮（？～1853）、裕恩（？～1846）、周之彥（？）、王繼蘭（？）、
托渾布、劉良駒（？）、桂文耀（1807～1854）、丁彥儔（？～1851）、
戴絅孫（1796～1857）、奎綏（？）、黃驤雲（？）、江鴻升（？）、步
際桐（1802～1858）、僧唯一（？）、許瀚（1797～1866）、吳式芬、
徐松、共事諸宗室爲定盦送行，定盦均吟詩別之。（〈己亥雜詩〉第
28 至 43 首，頁 511～513）此外，道光九年（1829）同榜進士留京者
五十一人，尚有四十三人因「匆匆難徧別」。（〈己亥雜詩〉第 38 首，
頁 512）可知定盦「名滿天下，交滿天下」，爲人慷慨好客，故當時
在京友人多有送別者。五月十二日，至清江浦。約此時作〈己亥雜詩〉
第 85 至 87 首云：

> 津梁條約徧南東，誰遣藏春深塢逢？不枉人呼蓮幕客，碧
> 紗幮護阿芙蓉。

> 鬼燈隊隊散秋螢，落魄參軍淚眼熒。何不專城花縣去？春
> 眠寒食未曾醒。

〔註61〕樊克政：《龔自珍生平與詩文新探》，頁 36。

故人橫海拜將軍，側立南天未薕勳。我有陰符三百字，蠟
丸難寄惜雄文。（頁 517）

據梁章鉅《浪跡叢談》引許乃濟道光十六年奏摺有云：「比歲，夷船
周歷閩、浙、江南、山東、天津、奉天各海口，其意即在銷售鴉片，
雖經各地方官隨時驅逐，然聞私售之數，亦已不少。」〔註62〕可知東
南沿海各處私售鴉片數甚多，吸食者眾。定盦未必盡知，然其憂始終
不減，況視鴉片爲「食妖」，更主張：「粵省僚吏中有之，幕客中有之，
遊客中有之，商估中有之，恐紳士中未必無之，宜殺一儆百。」（〈送
欽差大臣侯官林公序〉，頁 170）可見其「力禁鴉片」之決心。此年
二月四日，林則徐已嚴令外商呈繳鴉片。四月下旬至五月中旬，又親
將收繳之鴉片 237 萬餘斤銷毀於虎門海灘。定盦未必知「銷毀鴉片」
進度，故心憂林則徐近況，縱有「陰符奇策」，亦徒嘆難以爲用。

　　後遇靈簫（？），有詩紀之：「天花拂袂著難銷，始愧聲聞力未超。
青史他年煩點染，定公四紀遇靈簫。」（〈己亥雜詩〉第 97 首，頁 518）
定盦自知結習未盡，有愧參禪學佛，故頗有自訟之意。對於「花月冶
遊」，定盦曾引東晉謝安（320～385）東山蓄妓故事，以駁之：「不容
兒輩妄談兵，鎮物何妨一矯情。別有狂言謝時望，東山妓即是蒼生。」
（〈己亥雜詩〉第 126 首，頁 520）可見定盦對於「蓄妓」一事並無
諱言，吾人自不必爲賢者諱。此外，定盦曾多次用謝安故實，除此詩
頗見以「謝安」自況外，〈己亥雜詩第〉116 首云：「中年才子耽絲竹」
（頁 520），化用《晉書‧王羲之傳》：「謝安嘗謂羲之曰：中年以來，
傷於哀樂，與親友別，輒作數日惡。羲之曰：年在桑榆，自然至此，
須正賴絲竹陶寫。」〔註63〕復以謝安中年傷於哀樂自況。對比〈己亥
雜詩第〉107 首云：「少年攬轡澄清意，倦矣應憐縮手時。」（頁 519）
其欲學范滂（137～169）、蘇軾（1037～1101）之意甚明，可見定盦
實懷「宰輔」之志。今之將歸也，又自寫其生平之志，頗有不甘歸隱

〔註62〕轉引劉逸生等注：《龔自珍編年詩注》，頁 123。
〔註63〕轉引劉逸生等注：《龔自珍編年詩注》，頁 165。

於林泉終老，故〈己亥雜詩第〉130 首云：

> 陶潛酷似臥龍豪，萬古潯陽松菊高。莫信詩人竟平淡，二
> 分梁甫一分騷。（頁 519）

首句定盦自注：「語意本辛棄疾。」乃本於稼軒詞〈賀新郎〉：「把酒
長亭說。看淵明風流酷似，臥龍諸葛。」〔註64〕可知其熟讀稼軒詞。
詩中以陶潛之歸隱喻己，以爲陶潛既懷諸葛亮之經濟高才，又如屈原
之忠君愛國，以此自況未甘於平淡，實有不得已焉，斯亦可推知定盦
不願外任知縣、同知等職之原因。

六月，過揚州，晤阮元、秦恩復、魏源、秦鐀（？）、劉文淇（1789
～1854）等人，又追憶舒位、彭兆蓀，作詩云：「詩人瓶水與謨觴，
鬱怒清深兩擅場。如此高材勝高第，頭銜追贈薄三唐。」（〈己亥雜詩〉
第 114 首，頁 520）定盦以爲舒位之詩「鬱怒橫逸」、彭兆蓀之詩「清
深淵雅」；舒位爲乾隆五十三年（1788）舉人，屢試進士不第，而彭
兆蓀於道光元年（1821）薦舉孝廉方正，未就而卒。對於懷才不第如
舒、彭者，定盦深以爲可惜，並鄙視唐代對已故詩人追贈進士頭銜之
事，蓋譏「有材不用」。據〈己亥雜詩〉第 125 首云：

> 九州生氣恃風雷，萬馬齊瘖究可哀。我勸天公重抖擻，不
> 拘一格降人材。（頁 521）

再批清廷「資格限才」之策與「群臣齊瘖」之朝局，可惜終其一生，
仍未見清廷對「人才」之重視，而「群臣齊瘖」已兆吏治中衰之象。

定盦抵蘇州後，曾向江蘇布政使裕謙陳「吳中水利」之策。七月
九日至杭，與父麗正相見。又，爲西湖僧人講《華嚴》一品；重見慈
風法師於喬松庵；往訪錢鏞，時錢鏞已死，得其晚年所著《宗範》。（〈己
亥雜詩〉第 161、165、166 首，頁 525）十一月二十二日，定盦眷屬
出京；十二月二十六日抵昆山，安頓妻子於羽陵山館。此年共作詩
315 首，統題爲〈己亥雜詩〉。末首云：「吟罷江山氣不靈，萬千種話

〔註64〕〔宋〕辛棄疾著，鄧廣銘箋注：《稼軒詞編年箋注》（臺北：華正書
　　　局，2003 年），頁 236。

一燈青。忽然閣筆無言說，重禮天台七卷經。」（〈己亥雜詩〉第315
首，頁538）此一組詩可視作定盦前半生之縮影。同年，再述天台宗
之言，作《三普銷文記》七卷與《龍樹三稜記》。此亦可見定盦晚年
受佛學影響甚深。

　　道光二十年（1840，49歲），五月，過吳江。夏，與王鵠同客蘇
州滄浪亭；時與僧人達受（1791～1858）有交游。十一月九日，作〈與
人箋〉云：

> 開闢以來，民之驕悍，不畏君上，未有甚於今日中國者也。
> 今之中國，……於今數年，欲使民不吸鴉片煙而民弗許。
> （頁341）

可知當時定盦已深察民風日漸驕悍，蓋因鴉片流毒影響人之心智日
劇，以致民風丕變，以此為可恥而可憂。本年，已就丹陽雲陽書院。
據〈與吳虹生書十一〉云：「今之書院講席，又出領祠之下，乃今日
躬自蹈之。已就丹陽一小小講席，歲修不及三百金，背老親而獨游，
理兔園故業，青鐙顧影，悴可知已。」（頁352）可知其辭官南歸後，
生計仍陷窘困，不得已就書院講席。道光二十一年（1841，50歲），
仍主講於丹陽雲陽書院。閏三月五日，父麗正病逝於杭州馬坡巷舊
宅。胡敬（1769～1845）與麗正交最摯，有輓聯云：「司管榷者十年，
宜富而貧，視古名臣無愧色；溥仁恩於三黨，為善必報，知君後嗣有
傳人。」〔註65〕八月，致函江蘇巡撫梁章鉅，約定將辭書院講席，赴
上海入梁氏幕府。八月十二日，以疾暴於丹陽縣官署，卒年五十。秋，
定盦訃聞至京，叔父守正作輓聯云：「石破天驚，一代才名今已矣；
河清人壽，百年士論竟何如？」〔註66〕可知叔父亦深知其姪也。定盦
一生歷官武英殿校錄、內閣中書、宗人府主事、玉牒館纂修官、禮部
主客司主事兼坐辦祀祭司。

〔註65〕〔清〕丁申、丁丙：《國朝杭郡詩三輯》，卷21，轉引孫文光等編：《龔
　　　　自珍研究資料集》，頁94。
〔註66〕〔清〕龔家尚：《聽綠山房筆記・退庵迂談》，轉引《龔譜》，頁533。

第二節　龔定盦之交游

　　定盦為嘉、道年間身兼眾學之通儒，舉凡經史、古文，精小學、
輿地、文獻、金石諸學，不啻為藏書家、經濟家，更兼擅詩詞，博涉
九流，晚尤好佛學而造精微。為切合主題，本節對定盦之交游，概分
為「師友」及「詞友」二類論述，以見定盦與當時學者、詞人之交游
情況及彼此間之關係或影響。

一、師友

　　定盦師友群多與段玉裁有關，如：王念孫、王引之父子、江沅、
汪喜孫、阮元、臧庸、顧明、丁履恆、孫星衍、鈕樹玉、李銳、陳奐、
顧廣圻、顧蒓、何元錫等人，在嘉、道年間皆與定盦有所交遊。此外，
祖父敬身、其父麗正與定盦本人，三世皆官禮部，據〈國朝春曹題名
記序〉云：「鞏祚之大父，以乾隆己亥歲由吏部遷禮部，家大人以嘉
慶丙辰歲除禮部，名在此記，至鞏祚三世矣。」（頁 190）乾隆四十
四年（1779），龔敬身遷禮部精膳司郎中，兼祠祭司事；嘉慶元年
（1796），龔麗正又任禮部祠祭司主事；定盦於道光十七年（1837）
三月，亦由宗人府主事改禮部主客司主事，祀祭司行走。祖父敬身雖
不妄交游，其父麗正則有孟嘗好客之心，在徽三年、蘇松太兵備道任
內，親族及賓客滿座，以至「大約九年之中，所費不少數萬金。」定
盦交游亦深得父風，年二十二即有「願得黃金三百萬，交盡美人名士，
更結盡燕邯俠子」之壯懷。（〈金縷曲〉，頁 565）晚年曾撰《師友小
記》百六十一則（按：今佚），此當僅就生平知交之「師友」而言。
據所作〈勇言行箴〉云：「名滿天下，交滿天下。」（頁 418）友人繆
煥章（？）之子繆荃蓀（1844～1919）曾轉引定盦知交徐松之言：

> 定盦交游最雜，宗室貴人，名士緇流，傖儈博徒，無不往
> 來，出門則日夜不歸，到寓則賓朋滿座，星伯先生目之為
> 「無事忙」。〔註67〕

〔註67〕〔清〕繆荃蓀〈龔定庵逸事〉，轉引孫文光等編：《龔自珍研究資料
　　　　集》，頁101。

徐松此言不假。定盦交游殆有過於其父，兼之少以文名聞世，上至皇
親如禮親王昭槤，下至販夫走卒，甚至揚州妓女小雲等，皆嘗友之。
此外，〈己亥雜詩〉第 115 首自注云：「少時所交多老蒼，於乾隆庚戌
榜，過從最親厚，次則嘉慶己未，多談藝之士，兩科皆大興朱文正公
爲總裁官。」（頁 520）「乾隆庚戌榜」，即乾隆五十五年（1790），是
科進士與定盦論交者有石韞玉（1756～1837）、王宗誠（1763～1837）、
蔣祥墀等人；「嘉慶己未」科，即嘉慶四年（1799），是科進士與定盦
論交者有程同文、王引之、吳榮光等人。其所論交之先輩，除此兩榜
進士外，因父、祖而結識之先輩學者又居多數，亦頗影響定盦一生學
術及文學創作。據其三十一歲所作〈城南席上謠，一名嘲十客謠，一
名聒聒謠〉云：

> 一客談古文，夢見倉頡享籀史。一客談山川，掌紋西流作
> 弱水。一客談高弧，神明悒悒念弧矢，泰西深瞳一何似？
> 一客談宗彝，路逢破銅拭雙眥，發邱中郎尚封爾。一客談
> 遺佚，日挾十錢入西市，五錢麥糊五錢紙，年年東望日本
> 使。一客談讎書，蚘脛偏旁大排比。一客談詁訓，夜祠泫
> 長佩顏子，不信識字憂惱始。一客談蟲魚，草間聞蛙臥帖
> 耳。一客談掌故，康熙老兵僂而俟。一客談《公羊》，端門
> 血書又飛矣。（頁 465）

此詩所稱「十客」，分別有：古文、西北輿地、天文算學、金石學、
佚書、校讎學、訓詁、考據、掌故、《公羊》學等十門學問。此十門
除「天文算學」非定盦所長，餘者或精或通或造深微。定盦之學，本
主於「實用」，非徒以炫博示奇也，所論交之師友多兼通諸學，非僅
以一學名世；故本節擇二人主要交流之學爲主，餘者略及之，以見彼
此關係。茲將定盦論交之師友概分數類如下。

（一）研討經史之師友

定盦自十二歲由外祖父段玉裁親授《說文》部目，「即有志爲以
經說字，以字說經之學。」又受其治學「重經史」，及說經「兼採眾

家說」。觀其著述，多有受段玉裁之影響，故段玉裁堪稱其「研討經史」第一導師。據〈常州高材篇，送丁若士履恆〉所述，可知當年定盦因段玉裁當年門下賓客之盛，屢獲交常州先輩學者，如：臧庸、顧明、孫星衍等人。此外，莊綏甲、劉逢祿皆常州《公羊》學傳人，能傳莊存與之學。莊綏甲爲莊存與之孫，莊逢原次子，行四；曾主定盦家，與之交好，定盦有〈雜詩，己卯自春徂夏，在京師作，得十有四首〉第 2 首云：「常州莊四能憐我，勸我狂刪乙丙書。」（頁 441）又有詩云：「沈生飄蕩莊生廢，笑比陳王喪應劉。」（〈懷沈五錫東、莊四綏甲〉，頁 447）莊綏甲一生遊走於應試與游幕間，定盦之言，蓋深嘆莊綏甲之不幸際遇也。宋翔鳳與莊綏甲、劉逢祿同爲表兄弟，有〈常州懷莊四綏甲劉六逢祿兩外兄〉云：「酒熟何曾一醉酡，風多直欲成潦倒。……尋常里巷過從慣，此日天涯各苦辛。」〔註 68〕道出當時屢試不第之心聲與表兄弟各自苦辛之事。劉逢祿爲定盦《公羊》學業師，定盦初次會試落第後，有〈雜詩，己卯自春徂夏，在京師作，得十有四首〉，第 6 首云：「從君燒盡蟲魚學，甘作東京賣餅家。」（頁 441）始從劉逢祿受業。又，魏源與定盦同受《公羊》學於劉逢祿。道光六年（1826，35 歲），魏源編成《皇朝經世文編》，曾收定盦文〈平均篇〉、〈乙丙之箸議〉、〈農宗〉、〈西域置行省議〉等計十四篇。前此，道光三年（1823，32 歲）夏，魏源來函，委託定盦向胡培翬或劉逢祿、汪喜孫代借程瑤田《儀禮喪服文足徵記》。〔註 69〕道光五年（1825，34 歲），客於昆山，魏源曾往訪，有〈昆山別龔定庵自珍〉詩。〔註 70〕龔、魏二子齊名，不僅以經學、文學相切磋，更是經世實學之同道。

　　考據大儒王念孫與段玉裁同師戴震，二子爲至交，而念孫子王引之爲定盦鄉試座主。嘉慶二十四年（1819，28 歲）時，定盦在京曾

〔註 68〕〔清〕宋翔鳳：《憶山堂詩錄》，卷 3，見《清代詩文集彙編》，冊 513，頁 20～21。
〔註 69〕〔清〕魏源：《魏源集》，頁 924。
〔註 70〕〔清〕魏源：《魏源集》，頁 600。

謁見王念孫。道光八年（1828，37 歲），王念孫亦曾來借觀南宋龔氏《音點大字荀子句解》二十卷本，並有跋。（《龔譜》，頁 317）道光十五年（1835，44 歲），應王引之子王壽同（1804～1852）所請，為其亡父作〈工部尙書高郵王文簡公墓表銘〉，可知兩家淵源深厚。

此外，李銳、陳奐、江藩、姚學塽（1766～1826）等友人曾勸定盦「寫定群經」。據其〈古史鉤沈論三〉云：

> 予大懼後世益不見《易》、《書》、《詩》、《春秋》。李銳、陳奐、江藩，友朋之賢者也，皆語自珍曰：「曷不寫定《易》、《書》、《詩》、《春秋》？」方讀百家，好雜家言，未暇也。
>
> 內閣先正姚先生語自珍曰：「曷不寫定《易》、《書》、《詩》、《春秋》？」又有事天地東西南北之學，未暇也。（頁 25）

可知四子皆嘗勸勉其治經學，但定盦當時正讀百家及雜家之學，後又致力於西北史地之學，故無暇分心治經。嘉慶二十一年（1816，25 歲）夏，定盦曾與李銳商榷《禮經》，著《丙子論禮》；六月，又與其父及李銳同讀王引之《太歲考》。定盦與李銳論學問難多於此時。嘉慶二十二年（1817，26 歲）十一月，定盦曾閱畢江藩《國朝漢學師承記》，作〈與江子屏箋〉，建議改書名爲《國朝經學師承記》，江藩並未以此而改，而是書後遂成嘉、道年間「漢、宋之爭」之導火線。道光元年（1821，30 歲）冬，定盦約陳奐同訪先輩姚學塽，[註71] 有〈柬陳碩甫奐，并約其偕訪歸安姚先生〉（頁 454）詩紀之。次年（1822，31 歲），爲陳奐作〈陳碩甫所著書序〉（頁 195）。道光三年（1823，32 歲），又約王萱齡（？）同訪姚學塽，作〈柬王徵君萱齡，並約其偕訪歸安姚先生〉詩（頁 469）。道光四年（1824，33 歲），陳奐曾館於定盦家。要之，定盦與李銳等四人，以經學相切磋，交情頗深。

〔註71〕陳奐，字碩甫，號師竹，晚號南園老人，江蘇長洲人。諸生，咸豐元年始舉孝廉方正。先後從江沅、段玉裁受業，著《毛氏傳疏》、《毛詩說》、《毛詩音》、《師友淵源記》等。

另外，道光二年（1822，31 歲）前，結識胡培翬（1782～1849）。道光六年（1826，35 歲）七月，胡培翬集同人祀鄭玄（127～200）於寓所，有繪圖，同人賦詩，定盦作〈祀議〉文，並為詩一首。同時與會者僅有莊綬甲、宋翔鳳、劉逢祿、張瓚昭（？）四人，〔註72〕皆信《孟子》而疑《周禮》。（頁 482～483）其中，莊綬甲三人關係詳如前述，而張瓚昭曾作〈乞龔定盦先生注禹貢書〉云：「閣下學問於此見，經濟亦於此見，……《禹貢》不朽，大作與之同不朽，豈不偉哉！」（《定盦先生年譜外紀》，頁 644）可知二人曾有論學往來。此外，尚有許瀚，定盦稱之：「北方學者君第一，江左所聞君畢聞。」（〈己亥雜詩〉第 40 首，頁 512）可見對許瀚學術推尊之重。

經學之外，定盦相與縱論商榷史學者，有夏璜（1775～1825）、王曇。嘉慶十二年（1807，16 歲），在北方結識夏璜，自稱生平交友之始。嘉慶二十二年（1817，26 歲），夏璜赴京銓縣令，繞道上海訪之，定盦作〈送夏進士序〉云：「論三千年史事，意見或合或否，輒貽然以歡。予曰：是書生，非俗吏。……天下事，舍書生無可屬。」（頁 164～165）道光五年（1825，34 歲）十二月，夏璜卒，定盦曾作〈夏進士詩〉傷悼之：「我生有朋友，十六識君始。我壯之四年，君五十一死」、「形亦與君忘，神亦與君忘。策《左》五百事，賭史三千場」、「識君則在北，哭君在杭州。時乙酉既臘，西湖寒不流。」（頁474）定盦返杭哭夏璜，足見篤於故友之情。

嘉慶十四年（1809，18 歲），定盦在京，交王曇，遂為忘年交。嘉慶二十一年（1816，25 歲），王曇往訪，曾留居上海太兵備道官署一月。次年（1817，26 歲）八月，王曇死。王曇少好任俠，詩文有奇氣，喜談兵法；曾以某御史薦予和珅，平亂事敗，遂蒙不白冤，而為士林所恥。定盦對此「狂士」先輩，深知其狂，並深憐其遇。故王曇歿後，助其葬，作〈王仲瞿墓表銘〉哀之：

〔註72〕張瓚昭，字斗峰，湖南平江人。道光十五年舉人，曾官東安訓導，精於《易》學及天文輿地，著《易義原則》、《天文說》。

其爲文也，喜臚史；其爲人也，幽如閟如，寒夜屏人語，
絮絮如老嫗，匪但平易近人而已。其一切奇怪不可遍之狀，
皆貧病怨恨，不得已詐而遁焉者也。……銘曰：生曇者天，
宥曇者帝也，仇曇者海內士，識曇者四百歲之道人，十八
齡之童子。（頁146～147）

定盦對於王曇爲學爲人，乃至海內士仇視之故，及其故作「狂怪」之
狀，甚至不幸際遇，皆知而傷悼之，可謂知音。定盦不僅憐曇，殆亦
有自傷之意焉。王曇著《西夏書》、《煙霞萬古樓詩集》、《煙霞萬古樓
詞集》等。此外，嘉慶十九年（1814，23歲），龔麗正主持重修《徽
州府志》，冬，定盦曾作〈與徽州府志局纂修諸子書〉，十一月，是局
汪龍（1742～1823）、洪飴孫、武穆淳（1772～1832）、胡文水（？）
四子共復函定盦。嘉慶二十年（1815），父調任安慶知府，修府志之
事乃中止。汪龍等四子亦可謂定盦商榷史學之學友。

（二）詩文創作之同好

定盦詩文創作甚多，刪汰、亡佚復不少；兼以少有文名與狂名，
生平文士遊宴唱酬亦繁；後隨父至上海太兵備道任，所交更多。及入
宦海沉浮，自道光元年（1821，30歲）迄於道光十九年（1839，48
歲）四月下旬辭官出都，近二十年，所交文人雅士，更難以遍數。茲
概舉交游較頻繁者，加以論述。

定盦自幼隨母讀書，除深受段馴啓蒙與影響，後以外祖父之介，
又識惲敬、趙懷玉、丁履恆、管繩萊、周儀暐、董祐誠、陸繼輅等常
州文士。據〈常州高材篇，送丁若士履恆〉云：

奇才我識惲伯子，……最後乃識掌故趙（味辛），獻以十詩
趙畢酬。三君折節與我厚，我亦喜逐常人游。……勿數耆
耋數平輩，蔓及洪（孟慈）管（孝逸）張（翰風）周（伯
恬）；……曾因陸子（祁生）屢通訊，……識丁君乃二十載，
下上角逐忘春秋。（頁494～495）

惲敬爲陽湖文派宗主，爲學駁雜，與張惠言最相善；趙懷玉以詩交定
盦；丁履恆曾師事段玉裁，著《形聲類編》，除學術外，於詩文、詞

曲、書畫，無一不擅，著《思賢閣詩集》、《思賢閣文集》、《宛芳樓詞》等，二人論交在定盦十七歲時。此外，如管繩萊、張琦、周儀暐、陸繼輅等人，〔註73〕亦與之交。張琦與之時相過從，周儀暐更爲知交，二子常有詩作唱酬；而陸繼輅則曾代定盦與李兆洛聯繫，表示論交之意。

　　定盦與周儀暐、宋翔鳳賦詩唱酬之作頗多。如：嘉慶二十五年（1820，29歲），南下行至富莊驛，二人有詩相和，定盦作〈逆旅題壁，次周伯恬原韻〉云：「何日冥鴻蹤跡遂，美人經卷藏年華。」（頁450）周儀暐作〈富莊驛壁和龔孝廉自珍韻〉；後二人同舟時，周儀暐又作〈龔孝廉爲文有穆天子傳、太玄經筆意，好談釋典，近欲著蒙古八表，舟中枯坐，贈詩一章〉。至揚州，定盦也作〈廣陵舟中爲伯恬書扇〉云：「逢君只合千場醉，莫恨今生去日多」（頁450）回贈。本年，定盦更曾閱周儀暐《夫椒山館詩》稿本，有題跋。（《樊譜》，頁154）約同時，在揚州見宋翔鳳，曾和宋翔鳳側艷詩；離揚州前，宋翔鳳有〈揚州寓舍送龔定庵自珍〉送行，詩云：「逢君低首覺無端，別最淒涼見最難。豪氣莫居樓百尺，俗情大有路千盤。幾教送客青衫濕，愁取佳人錦瑟彈。珍重華燈照尊酒，渡江此水正漫漫。」〔註74〕此外，定盦有〈投宋于庭翔鳳〉云：「萬人手中一握手，使我衣袖三年香。」（頁 462）推重之情如此深厚。周儀暐、宋翔鳳均年長定盦十六歲，定盦與二人皆爲忘年交。

　　嘉慶年間，定盦所參與之雅集較少，以嘉慶二十五年（1820，29歲）秋，與趙魏、顧廣圻、鈕樹玉、吳文徵、江沅等人同集虎丘，舉秋宴爲主，有〈趙晉齋魏、顧千里廣圻、鈕非石樹玉、吳南薌文徵、江鐵君沅，同集虎丘秋讌作〉詩云：「兒童敢笑詩名賤，元氣終須老

〔註73〕管繩萊，字孝逸，江蘇武進人。道光六年任含山知縣，著《萬綠草堂詩集》、《鳳孫樓詞》。

〔註74〕〔清〕宋翔鳳：《洞簫樓詩紀》，卷2，見《清代詩文集彙編》，冊513，頁96。

輩扶。」（頁 447）詩中對趙魏等學界先輩甚爲推重。嘉慶時以詩論交者，尚有馮啓荼（？～1849）、彭蘊章（1792～1862）、吳嵩梁（1766～1834）等人。〔註75〕

　　道光年間，定盦參與文士之雅集較嘉慶時爲多，其中數度集會，多以定盦、吳嵩梁、徐寶善（1790～1838）、黃爵滋（1793～1853）爲主邀請人。如：道光三年（1823，32 歲）六月，定盦與陳用光（1768～1835）〔註76〕、徐松、張祥河（1785～1862）、潘曾沂等人集於吳嵩梁寓所舉詩會，紀念歐陽脩生辰。吳中詞人潘曾沂有詩云：「歲晚岩花樂有餘，石塘仙境紫雲居。五言敢望廬山作，一出能將崑體除。」〔註77〕道光六年（1826，35 歲）冬，定盦邀請吳嵩梁、湯儲璠、姚瑩（1785～1852）、汪元爵（1788～1833）、周仲墀、徐士芬（1791～1848）、徐寶善等七人，舉「消寒第一集」，分詠江鄉諸食物。歲末，又與汪元爵等人參與在徐寶善所舉之「消寒第二集」；徐寶善出示其六世祖徐乾學（1631～1694）之「邃園修禊卷子」，定盦有〈同年生徐編修寶善齋中夜集，觀其六世祖健庵尙書邃園修禊卷子，康熙三十年制也。卷中二十有二人，邃園在昆山城北，廢址余嘗至焉，編修屬

〔註75〕定盦有〈城北廢園將起屋，雜花當楣，施斧斤焉。與馮舍人啓荼過而哀之，主人諾，馮得桃，余得海棠，作救花偈示舍人〉、〈與彭同年蘊章同宿道觀中，彭出平生詩，讀之竟夜，送書其卷尾〉、〈桐君仙人招隱歌〉。按：馮啓荼，號晉漁，廣東鶴山人。嘉慶十五年舉人，官內閣中書，著《小弅山堂詩草》。彭蘊章，字琮達，一字詠莪，彭啓豐曾孫，江蘇長洲人。以舉人官中書，充軍機章京，道光十五年進士，改主事，著《松風閣詩鈔》、《老學庵讀書記》等。吳嵩梁，字子山，號蘭雪，江西東鄉人。嘉慶五年舉人，屢試進士不第，尋改官中書，闕貴州黔西知州，著《香蘇山館文集》、《香蘇山館詩集》、《石溪舫詩話》等。

〔註76〕陳用光，字石士，號碩士，又號瘦石，江西新城人。嘉慶六年進士，累官禮部左侍郎，爲姚鼐弟子，古文守桐城派宗旨，著《太乙舟詩集》、《太乙舟文集》。

〔註77〕〔清〕潘曾沂：《功甫小集》，卷 6，〈歐陽文忠公生日，陳丈用光招集吳嵩梁石溪魚舍，同朱丈方曾、徐松、龔自珍、黃安濤、湯儲璠、潘錫恩、張祥河、李彥章、彥彬〉，轉引《龔譜》，頁 223。

書卷尾〉題卷後。(《樊譜》,頁 286～287)道光九年(1829,38 歲)
三月,定盦參與黃爵滋、徐寶善所邀請之「陶然亭餞春會」。實際與
會者尚有顧翰、潘德輿(1785～1839)、汪喜孫、周仲墀(?)、管同
(1780～1831)、馬沅(?)、吳嘉淦、張際亮(1799～1843)、湯鵬、
潘曾綬等二十二人。(《樊譜》,頁 319～320)道光十年(1830,39 歲)
四月,又參與黃爵滋、徐寶善邀請之「花之寺詩會」,參與者尚有朱
為弼(1771～1840)、潘德輿、周仲墀、汪全德、魏源、湯鵬、潘曾
瑩、潘曾綬等人。六月二日,定盦邀張維屏(1780～1859)、周凱(?)、
張祥河、魏源、吳葆晉宴集於龍樹寺蕭葭籹。道光十六年(1836,45
歲)三月,參與徐寶善邀請之「花之寺雅集」,作〈鳳凰臺上憶吹簫〉
(白晝高眠)。(頁 570)可知定盦道光年間與文士、名流之交往甚為
頻繁,詩文往來亦多。

　　此外,道光初,定盦與陳沆(1785～1825)往來亦頻。道光元年
(1821,30 歲)至三年(1823,32 歲)夏,謝階樹(1778～1825)
與陳沆二人常往訪定盦,〔註78〕以著述出示,定盦共話古今學術源流
並勸二人購書。定盦有詩云:「讀書先望氣,謝九癯且溫。平生愛太
傅,匪徒以其孫。」、「讀書先審器,陳君虛且深。榮名知自鄙,聞道
以自任。」(〈二哀詩序〉,頁 477)期間,定盦曾應陳沆所請,評閱
所著《白石山館詩》,為寫批語、題詞。秋末前,與包世臣、何紹基
參與陳沆所設「五簋會」,黃樹賓(?)、何紹業或偶一至。(《樊譜》,
頁 192～194)可知定盦與陳沆等詩人亦時相往來。

　　道光中,定盦與吳葆晉等人詩文往還及雅集亦多。如:道光十五
年(1835,44 歲)重陽,與潘諮(?～1853)、徐松、端木國瑚(1773
～1837)、宗稷臣(1792～1867)集於吳葆晉家。(《樊譜》,頁 380)
道光十六年(1836,45 歲)五月,與程恩澤、徐松、吳葆晉合宴梁
章鉅於吳葆晉寓所,作〈送廣西巡撫梁公序三〉云:「廣西近廣東,

〔註78〕陳沆,字太初,一字秋舫,湖北蘄水人,嘉慶二十四年狀元,授修
　　　撰,著《簡學齋詩存》、《簡學齋詩刪》。

淫巧易至，食妖服妖易至，公必杜其習以豐其聚矣。」（頁 167）文中仍以國計民生爲念。立秋後，又與慶勛（1800～？）、吳葆晉、馬沅、戴綗孫、步際桐、徐啓山（？）集於積水潭秋禊，定盦塡〈念奴嬌〉（江郎老去），可謂極一時風流盛事。道光年間，以詩文切磋者尙有：尙鎔（1785～1836）、湯鵬、蔣湘南（1796～1854）、孫憲儀（1776～？）、孔憲彝（1808～1863）、孔憲庚（？）昆仲、王鴻（？）、王大淮（1785～1844）、王大堉（1812～？）等人。

（三）蒐藏書帖之先輩

定盦十六歲讀《四庫提要》，即有志爲「目錄之學」；十七歲見《石鼓》，又有志爲「金石之學」。其中以鈕樹玉、何元錫、程同文、秦恩復（1760～1843）影響最深。〔註79〕關於定盦蒐藏書帖之情形，據其〈述懷呈姚侍講元之〉，序云：

> 憶在江左之歲，喜從人借書，人來借者尤盛。鈕非石樹玉，何夢華元錫助其搜討，凡文淵閣未著錄者，及流傳本之據善本校者，必輾轉錄副歸。辛巳之京師，則有程大理同文、秦編修恩復兩君，皆與予約，每得一異書，互相借抄，無虛旬。（頁 489）

嘉慶二十一年（1816，25 歲），龔麗正任蘇松太兵備道，鈕樹玉充其記室，鈕氏常與何元錫、定盦搜求抄錄文淵閣《四庫全書》未收書與據善本校錄之本。鈕氏《匪石日記》多載與錢大昕、黃丕烈、顧廣圻諸人交游借書之事。至於何氏，阮元有〈題何夢華上舍訪書圖〉曰：「何君爲我行，時泛貫月船。寫進六十部，恩賫下木天。再訪再寫進，

〔註79〕鈕樹玉，字藍田，學者稱匪石先生，江蘇吳縣洞庭山人。師事錢大昕，精小學、善音律、好古博覽、喜聚書，著《匪石山人文集》、《匪石山人遺詩》等；何元錫，字夢華，號蝶隱，浙江錢塘人，監生。少篤好金石，藏書甚多，喜向人借書副錄，所得往往有出四庫外者，阮元深重之，愛古成癖，與江秬香爲金石交。著《秋神閣詩鈔》、《何氏叢書》。

屢得翰墨緣。副墨亦可誦，我或儲琅嬛。」〔註80〕何氏曾爲阮元訪求
《四庫》未收書甚多。嘉慶十二年（1807，16）冬，阮元進呈內府「四
庫未收書」六十種，後再續進四十種，即何氏爲之搜訪者。阮元也曾
鈔錄副本藏於琅嬛僊館，即爲《揅經室外集》中「四庫未收書提要」
之一百餘種。此批未收書，經何氏與鮑廷博（1728～1814）諸人參校
審訂，再由阮元親手改定纂寫而奏於朝。阮元〈何氏叢書序〉云：「惟
以搜訪圖籍爲事。家延抄胥數輩，有不可以力致者，則借錄副本。比
年所致之繁富，往往有出於《四庫》外者，凡予所進御之書，採訪悉
出於君。」〔註81〕何氏少愛金石，後轉好搜藏古籍，家有抄胥抄錄《四
庫》未收本，可見有功於《四庫》，且定盦藏書亦多得力於諸老。道
光元年（1821，30 歲），定盦在京時，常與程同文、秦恩復有書籍往
來。程氏精於掌故與史地之學；秦氏有《石研齋書目》，江藩、顧廣
圻皆爲之撰序，稱「『其體制之善』，……李祖望云：『是目多宋元舊
本，四冊。』」〔註82〕可知秦氏所藏多宋元善本。定盦又嘗以奇異金
石文字拓本十九種，寄秦恩復。（〈以奇異金石文字拓本十九種寄秦編
修恩復揚州，而媵以詩〉，頁 475）定盦與二人曾有「異書」借抄之
約；當時鈕、何、程、秦諸人與之皆有藏書互通及善本校錄之事。

　　嘉慶二十四年（1819，28 歲）冬，在蘇州陸氏宋松書屋，定盦
與何元錫、江沅同觀宋拓孤本《婁壽碑》，有跋。嘉慶二十五年（1820，
29 歲）十月，何元錫以「蘭陵王碑」拓本贈之，作〈跋北齊蘭陵王
碑〉。（《樊譜》，頁 138、頁 153）可知何元錫影響定盦藏書、藏帖頗
多。此外，趙魏（？）又曾與何元錫諟正定盦所著《金石墨本記》，
故定盦晚年有詩追弔：

　　　藏書藏帖兩高人，目錄流傳四十年。師友凋殂心力倦，羽
　　　琌一記亦菑榛。（〈己亥雜詩〉第 177 首，頁 526）

〔註80〕〔清〕阮元著，鄧經元點校：《揅經室集》（北京：中華書局，1993
　　　年），下冊，頁 888。
〔註81〕轉引《樊譜》，頁 94。
〔註82〕鄭偉章：《文獻家通考》（北京：中華書局，1999 年），上冊，頁 549。

是時趙魏、何元錫已辭世多年，定盦辭官之際，感慨尤深。嘉慶二十五年（1820，29 歲），定盦曾訪上海文獻藏書家李筠嘉（1764～1826），向之求順治朝文章，見張宸所爲文集三十卷，乃副錄之；六月，又應李筠嘉之請，作〈慈雲樓藏書志序〉（頁 201）。李筠嘉藏書多達四千七百種，「所藏宋刊六種，元刊二十種，明刊數百種。」〔註 83〕定盦嘗爲其藏書志作序，當錄副不少。

　　此外，龔家藏有北宋蘇洵（1009～1066）等人所編《太常因革禮》一百卷鈔本。顧廣圻曾向定盦借抄是書，〔註 84〕有跋云：「北宋三修禮書，開寶久佚，政和僅存，嘉祐《太常因革禮》，鴈湖李氏所題，載《鄱陽經籍考》，余求其書歷年不可得，意謂康熙間徐健庵司寇撰《讀禮通考》時引用俱在，未應亡也。久之，見郡城蓮涇王氏家藏書目云：『《太常因革禮》一百卷，五冊……。』益信其尚存，惟蓮涇之書久散，亦無從踪蹟也。今年乃見此本於璱人孝廉舟次，借得轉寫一部，爲之稱快，……嘉慶廿有五年歲在庚辰，元和顧千里。」〔註 85〕顧氏訪求《太常因革禮》多年不得，偶見徐乾學所著《讀禮通考》尚徵引該書，即疑其尚存；後又見王蓮涇家（？）所藏書目亦載是書，雖闕十七卷而尚存，更信其書在。至嘉慶二十五年（1820，29 歲），喜見定盦藏有此書，遂借抄錄副一部。同年，定盦又向顧廣圻出示〈漢永壽楗爲李君摩崖刻字〉拓本及所釋文，又與之共讀〈壽陽公主楊景通爲造鐘銘〉拓本。〔註 86〕道光七年（1827，36 歲），顧廣圻自蘇州寄唐睿宗（662～716）書「順陵碑」拓本，定盦以梁〈瘞鶴銘〉與北齊「文殊般若經碑」拓本共懸于齋

〔註 83〕鄭偉章：《文獻家通考》，中冊，頁 600。

〔註 84〕顧廣圻，字千里，號澗薲，元和人。年三十始補博士弟子員，嘗從江聲游，得惠棟遺學。後又問學於段玉裁，精校讎，著《思適齋集》。

〔註 85〕〔清〕顧廣圻著，王欣夫校點：《顧千里集》（北京：中華書局，2007 年），頁 297～298。

〔註 86〕〔清〕顧廣圻著，王欣夫校點：《顧千里集》，〈跋漢永壽楗爲李君摩崖刻字〉、〈跋壽陽公主楊景通爲造鐘銘〉，頁 225～226、頁 255。

中，有詩紀之。（〈顧丈千里得唐睿宗書順陵碑，遠自吳中見寄，余本以南北朝磨厓各一種懸齋中，得此而三，書於幀尾〉，頁 494）顧廣圻既卒五年，定盦嘗夢見之，感賦詩云：「萬卷書生颯爽來，夢中喜極故人回。湖山曠劫三吳地，何日重生此霸才？」（〈己亥雜詩〉第 136 首，頁 522）顧廣圻爲定盦生平論交學友中極爲推重者，自負如定盦，竟願以「霸才」稱之。

　　道光九年（1829，38 歲），定盦請于鏗（？）重摩宋刻王獻之（344～386）〈洛神賦〉九行，與會者有顧蒓、王萱齡、徐松、林則徐、魏源、何紹基、梁逢辰（1800～？）等人。（《樊譜》，頁 332～333）此外，道光十七年（1837，46 歲）春，定盦接受爲吳榮光（1773～1843）代作《吉金款識》之託。據其〈吳虹生三〉云：「舊署已辭，新銜未授，……而荷屋中丞驪從光臨，面諉一切，雨中暢讀吉金樂石，奇文異字，此皆閣下及廖鹿儕之賜。」（頁 349，按：吳榮光，字殿桓，號荷屋，南海人。）道光十八年（1838，47 歲）六月四日，定盦將《吉金款識》十二卷稿本送呈阮元審閱。六月十四日，阮元將《吉金款識》稿本傳回。（《樊譜》，頁 435～436）可知定盦與阮元亦爲金石之交，故送呈審閱。阮元晚年以貌聾避俗，況周頤（1859～1926）《選巷叢譚》卷 2 云：「阮公耳聾，逢龔必聰；阮公儉嗇，交龔必闊。」（《樊譜》，頁 461）二子知交，可見一斑。其他蒐藏書帖之同好尚有：周中孚（1768～1831）、江鳳彝（？）、李宗翰（1769～1831）、〔註87〕徐楙、葉志詵（1779～1863）等人。陸繼輅曾有詩云：「絕巘捫碑龔自珍」，〔註88〕可知定盦於蒐藏書帖所注心力之深也。雖然，道光二年（1822，31 歲）九月二十八日龔家上海藏書樓爲回祿肆虐，原約有五萬卷藏書，劫後僅千餘卷，而千餘種金石拓本亦毀於火。至此，定盦十數年心血，可謂盡付流水矣。

〔註87〕　見〈李中丞宗瀚家獲觀古拓隋丁道護書啓法師碑，狂書一詩〉，頁 496。
〔註88〕　〔清〕陸繼輅：《崇百藥齋三集》，〈讀伯游瑟人元卿近作竟，戲成一絕句〉，見《清代詩文集彙編》，冊 506，頁 311。

（四）參禪學佛之同修

定盦自幼即信轉輪，長窺大乘經典，後從江沅學佛、治釋典；又與僧人慈風（1760～1842）、居士錢鏞（？）、鎮國公裕恩（？）、龍泉寺僧人唯一（？）皆有往還；或借佛經，或論禪理，或治釋典。

江沅，字子蘭，號鐵君，吳縣人，考據名儒江聲之孫。優貢生，精《說文》，工詞，著有《說文解字音韻表》、《入佛答問》、《算沙室詩鈔》。少從彭紹升（1740～1796）學，與汪縉（1725～1792）、羅有高（1733～1788）相善，三人共研文字學，好讀佛典。定盦與江沅訂交在嘉慶二十四年（1819，28 歲）前。此後，二人時相往來。道光四年（1824，33 歲）八月，定盦曾與江沅助貝墉重刊《圓覺經略疏》。江沅晚歲受戒於常州「天寧寺」，未能忘懷世事，曾作「細慧煎春」詞傷之，定盦有綺寮怨（人去休操斷琴）一詞慰之，可見二子交情之深。

道光六年（1826，35 歲）歲末，定盦作〈寒夜吟〉詩，有與其妻偕隱之志，並懷外叔祖段玉立、僧人慈風與居士錢鏞等人。詩云：「何年捨家去，慧業改所託。掘筍慈風園，參茶東父屋。」小序云：「慈公深於相宗，錢居士東父則具教、律、禪、淨四門，乃吾師也。」（頁 481～482）可知定盦對於慈風與錢鏞甚為推重，皆尊為學佛之師。道光十三年（1833，42 歲）冬，定盦將舊作〈闢告子〉刪存，有附記云：「予年二十七，著此篇。越十五年，年四十二矣，始讀天台宗書，喜少作之闇合乎道，乃削剔蕪蔓存之。自珍自記，癸巳冬。」（頁 130）可知定盦學佛，治釋典雖早，然其觀天台宗經書乃是年之事，而所指「闇合乎道」，即此文意旨有合於其所會心之天台宗教義。道光十九年（1839，48 歲）辭官南歸途中，因持誦「陀羅尼已滿四十九萬卷，乃新定課程，日誦《普賢》、《普門》、《普眼》之文。」（〈己亥雜詩〉第 22 首自注，頁 510）可知定盦晚年確曾潛心深造佛學，又兼以長期禮誦經文，治釋典，故其心時而入世，時而出世。

慈風，僧人，浙江奉化人。曾居杭州「喬松庵」。剃髮於奉化某寺，受具於天台山之「國清寺」。早登法席，善講《華嚴》。深測禪關，

遍探龍藏。妙解四聲，尤工八法。定盦南歸重過喬松庵訪慈風，有詩
別之，云：「我言送客非佛事，師言不送非佛智。雙照送是不送是，
金光大地喬松寺。」（〈己亥雜詩〉第 165 首，頁 525）可見二人機妙
之禪理問答，當時殆亦如此也。道光二十二年（1842）正月十五日，
慈風趺坐而逝，壽八十三，法臘七十餘。

　　錢鏞，字東父，人稱伊庵先生，浙江錢塘人。居士，輯有《宗範》。
以畫名，晚年隱於禪。（《樊譜》，頁 289）道光七年（1827，36 歲），
定盦之西直門外「紅螺寺」，掃徹悟禪師（1741～1810）塔，有〈四
言六章〉云：「先覺誰子？西山徹公。我受之東父，以來報功。云何
報功？余左挈東父，右隨慈公，又挾江子，四人心同。以旅於西邦。
既至於西，西人浩浩。余慈母在焉，迎予而勞。」（頁 491）徹悟大
師早歲參禪得悟，因多病緣，後捨禪歸淨，發願求生西方淨土，日念
十萬聲佛號，終成「淨土宗十二祖」。詩中可見定盦有「生西」之願
及深懷亡母段馴之情；由是可知其與江沅、錢鏞、慈風有同道之心。
晚年，定盦曾訪之，是時錢鏞已逝，遂得其遺著《宗範》。有詩云：「震
旦狂禪沸不支，一燈慧命續如絲。靈山未歇宗風歇，已過龐家日昚時。」
（〈己亥雜詩〉第 166 首，頁 525）對錢鏞之死，深表惋惜。

　　此外，鎮國公裕恩，號容齋居士，睿親王之子，好讀內典，能識
西藏、西洋、蒙古、回部及滿漢字等七種文字；又校定全《藏》，凡
經有新舊數譯者，皆訪得而校歸。定盦有詩云：「龍猛當年入海初，
娑婆曾否有倉佉？祇今曠劫重生後，尚識人間七體書。」（〈己亥雜詩〉
第 34 首，頁 512）定盦稱容齋居士之佛學造詣，云：「自釋典入震旦
以來，未曾有也。」可謂至為推重也。

　　唯一，龍泉寺僧人。定盦時從僧唯一借佛經。據〈己亥雜詩〉第
39 首云：「朝借一經覆以簽，暮還一經龕已燈。龍華相見再相謝，借
經功德龍泉僧。」（頁 512）可見二人借經交情，頗有當年與何元錫
等人借書副錄之景。

　　其他學佛同道尚有：方廷瑚（？），字鐵珊，石門人。定盦稱

其：「論詩論畫復論禪，三絕門風海內傳。」（〈己亥雜詩〉第 309 首，頁 537）僧人達受（1791〜1858），字六舟，號小綠天庵僧。曾主西湖淨慈寺與滄浪講席。能詩，善鑒金石，「畫擅花卉，寫生得青藤老人縱逸之姿。」〔註89〕阮元稱其為「金石僧」。道光二十年（1840，40 歲），定盦客蘇時，頗與之交游。達受性耽翰墨，不受禪縛，亦才藝僧也。

（五）考索掌故之同道

定盦自八歲得舊《登科錄》讀之，有志為「科名掌故之學」；十四歲考古今官制，有志為「國朝官制損益之學」。當時與定盦談掌故、論史例、搜羅文獻者，主要有程同文、趙懷玉、昭槤等人。

定盦八歲識程同文，除西北史地之學曾受其影響，於掌故之學亦多所聞說。定盦生平頗以掌故自豪，此與其家三世官居禮部有關。其〈禮部題名記序〉云：「諸老前輩目自珍，舊事往往詢自珍，皆以自珍為嘗聞之也。」（頁 189）蓋定盦嘗聞禮部相關風氣變遷，律令制度沿革諸事於其父麗正。又，定盦曾官內閣中書、禮部主事，故對內閣、禮部等處之掌故舊聞亦多所經心。其〈己亥雜詩〉第 12 首云：「掌故羅胸是國恩，小胥脫腕萬言存。他年金匱如搜采，來叩空山夜雨門。」（頁 510）可見其嫻熟於清代掌故，並以之自負也。定盦以為衰世必有先兆，故可求諸其細者，據〈江左小辨序〉云：「其小小異同，小小源流，動成掌故。……俗士耳食，徒見明中葉氣運不振，以為衰世無足留意，其實爾時優伶之見聞，商賈之氣習，有後世士大夫所必不能攀躋者。不賢識其小者，明史氏之旁枝也夫？」（頁 200）可知定盦之勤於搜羅掌故，非道聽塗說也，實留意衰世諸細事，深察當代風氣之變，蓋有資於文獻，俾於經濟實用，實為其「學術經世」之表現。

趙懷玉，字億孫，號味辛，江蘇武進人。乾隆四十五年（1780），召賜舉人，著《亦有生齋集》。定盦〈常州高材篇，送丁若士履恆〉

〔註89〕鄭午昌：《中國畫學全史》（上海：上海世紀出版集團，2008 年），頁 320。

云：「最後乃識掌故趙（味辛），獻以十詩趙畢酬。」（頁 494）可知二人除以詩論交外，其以「掌故趙」稱之，當亦嘗聞趙懷玉談相關掌故。同詩又云：「乾家輩行能悉數，數其派別徵其尤：《易》家人人本虞氏，芟緯戶戶知何修；聲音文字各窔奧。學徒不屑談賈孔，文體不甚宗韓歐。人人妙擅小樂府，爾雅哀怨聲能遒；近今算學乃大盛，泰西客到攻如讎。常人倘欲問常故，異時就我來諮諏。」（頁 494）此詩儼然為一部常州學術及文學、掌故流變史，「常人倘欲問常故」二句，可知定盦幾以常州掌故之宗自負；其中，聞於趙懷玉之事當為不少，足見影響頗深。

昭槤，字汲修，號汲修主人，「禮親王代善」六世孫，襲封號。精通滿州民俗、清朝典章制度，著《嘯亭雜錄》。嘉慶十八年（1813，22 歲），定盦入京，與昭槤交游，聞昭槤談論史例掌故之見解，甚感欽服。據定盦〈與人箋〉云：「故和碩禮親王（諱昭槤）嘗教自珍曰：史例隨代變遷，因時而創。國朝滿洲人名易同難辟。……每一事輒言其原流正變分合，作數十重問答不倦。自珍所交賢不賢，識掌故者，自程大理同文而外，莫如王也。」（頁 343～344）可知昭槤精於掌故，不遜於程同文。定盦以為掌故能補正史之失，故聞昭槤眾說，猶又得一掌故知音也。昭槤所著《嘯亭雜錄》，所收舉凡人物、民俗、史實、宗教、傳說等，可謂清代掌故書之代表。

（六）經世實學之知交

定盦之學主於「經世實用」，所涉九流、諸子百家，所訪野史軼聞，所著政論文章，皆有「用世」之志。當時與之共論國事時弊，共商民生經濟，切磋史地水利學之知交有：程同文、徐松、丁履恆、陳裴之（1794～1826）、魏源、王鳳生（1777～1835）、李兆洛、張維屏、林則徐、包世臣、姚瑩、黃爵滋等人。

程同文，字同文，以字行，號春廬，晚號密齋，浙江桐鄉人。嘉慶四年（1799）進士，由兵部主事充軍機章京，歷官員外郎、大理寺

少卿、奉天府丞，見聞彌洽，著《元秘史譯》、《元史譯音》、《地理釋》、
《密齋詩存》、《密齋文集》。嘉慶四年（1799，8歲），定盦識父執程
同文、吳玖夫婦。程同文精研西北史地之學，「尤熟遼金元史事，地
圖、官制。他人撟舌而不能語者，歷歷如數家珍，洵今代瑋才也。」
〔註90〕道光元年（1821，30歲）春，向程同文借錄《西藏志》一通，
將其中五篇編入《續文斷》，並作《最錄西藏志》。此年，又與程同文
相約得一異書則互借抄錄，往來甚密。定盦稱其學云：「公才十伯古
太史，曰邦有獻獻有宗。」（〈祭程大理同文於城西古寺而哭之〉，頁
478）程同文修《會典》時，曾將理藩院一門及青海、西藏各圖，屬
定盦校理，此為其「天地東西南北之學之始」，當時亦因此而無暇「寫
定群經」。後撰《蒙古圖志》時，程同文已卒，無可切磋問難者，其
書遂不成。定盦有詩云：「手校斜方百葉圖，官書似此古今無。祇今
絕學真成絕，冊府蒼涼六幕孤。」（〈己亥雜詩〉第55首，頁514）
可知其對程同文此一史地宗師之推尊。道光六年（1826，三十五歲），
定盦在京，曾於城西古寺祭程同文，作〈祭程大理同文於城西古寺而
哭之〉云：

> 憶昔先皇己未年，家公與公相後先。家公肅肅公趺宕，斜
> 街老屋長贏天。閨中名德絕天下（吳玖夫人），鳴琴說詩鏘
> 珮瑱。卅年父執朝士盡，回首髻丱中悁悁。（頁478）

程同文為嘉慶四年（1799，己未）進士，而麗正為嘉慶元年（1796）
進士，可知定盦意指其父與程同文先後中進士入朝為官；而程同文為
定盦所識父執輩學人較早者，影響其史地學甚深，故定盦云：「賤子
不文復不達，愧彼後哲稱程龔。」（頁478）可知當代以「程龔」並
稱二人史地學之成就。

　　徐松，字星伯，順天大興人。嘉慶十年（1805）傳臚，由庶常授
編修。博覽群書，尤精地理，著《西域水道記》、《漢西域傳補注》、《唐

〔註90〕〔清〕程同文：《密齋詩存》，卷末，謝元淮〈跋〉，見《清代詩文集
　　　　彙編》，冊495，頁300。

兩京城坊考》、《新斠注地理志集釋》等。道光元年（1821，30 歲），
定盦與徐松同以內閣中書身分入內閣。次年（1822，31 歲）四月，
徐松曾借抄《長春眞人西游記》。（《樊譜》，191）可知二人時有往來，
切磋地理學。據定盦〈己亥雜詩〉第 42 首云：「夾袋搜羅海內空，人
材畢竟恃宗工。笥河寂寂覃谿死，此席今時定屬公。」（頁 512）定
盦推尊徐松乃繼朱筠（1729～1781）、翁方綱（1733～1818）後，好
提拔人才、獎掖後進之一代宗工。

　　丁履恆，除學術、文學外，更有用世之志，張際亮〈丁若士先生
墓誌銘〉云：「先生志欲有爲於世，嘗講求農田、水利、錢法、鹽政、
兵制，皆有論說。」〔註91〕可知丁履恆不僅以文學名於世，更有用世
之壯志。定盦自嘉慶十三年（1808，17 歲）與之論交，曾自稱「識
丁君乃二十載，下上角逐忘春秋」，至道光八年（1828，37 歲）丁氏
在京將赴山東肥城任知縣，定盦遂作〈常州高材篇，送丁若士履恆〉
一詩贈行，可見二人友誼之深厚。

　　陳裴之，〔註92〕字孟楷，號小雲，又號夢玉生，陳文述之子，
定盦從甥，浙江錢塘人。嘉慶二十一年（1816，25 歲），定盦曾向陳
裴之出示所作詩文，陳裴之有〈贈龔定盦明經自珍，即題所著詩古文
詞後〉第 2 首云：「不才未敢學君狂，湖海豪情也未忘。西北果能興
水利，東南始可論河防。徒薪今日謀宜早，籌海他年願待償（家君著
有《海運議》）。一事語君牢記取，休言阿士善文章（余爲君從甥）。」
〔註93〕陳裴之以爲水利關乎河防，宜先重之，可知雖有文名，更懷經
世壯志。據汪端〈夢玉生事略〉云：「欲以經濟幹略自見當世，……
尤留意於天文、地理、兵法、河渠、錢谷、鹽漕、農田、水利等書，
精研窮究，燦若列眉。每當賓筵當座，縱論天下大計，風發泉湧，慷

〔註91〕〔清〕張際亮：《張亨甫文集》，卷 4，見《清代詩文集彙編》，冊 601，
　　　　頁 455。
〔註92〕陳裴之著有《澄懷堂文鈔》、《澄懷堂詩集》、《夢玉詞》等。
〔註93〕〔清〕陳裴之：《澄懷堂詩外》，卷 2，轉引《樊譜》，頁 104。

慨激昂，人目之爲陳同甫、劉龍洲之流，非僅以文學名也。」〔註94〕
陳裴之潛心於經世實學，深有用世之意。道光六年（1826），陳裴之
作〈江上停雲詩・內閣中書從舅仁和龔公定庵自珍〉，懷定盦，並推
重其〈西域置行省議〉一文。詩云：「西北治水利，我文君所評。西
域置行省，君文世所驚。豈知未經歲，已見邊塵生。不幸多言中，惜
此舅與甥。」〔註95〕可知當時西北水利未修與西域未置行省之弊端已
頗嚴重，亦可見定盦與陳裴之洞察時弊之深遠。

魏源，字默深，湖南邵陽人。道光二年（1822）舉人，江蘇布政
使賀長齡（1785～1848）曾「延輯《皇朝經世文編》，遂留意經濟之
學。時巡撫陶文毅公澍，亦以文章經濟相莫逆，凡海運水利諸大政，
咸與籌議。」〔註96〕道光五年（1825，34歲），定盦客於昆山，魏源
曾往訪，魏源有〈昆山別龔定庵自珍〉云：「人神孰波濤，天地誰鐘
鼓。天昌二鳥鳴，同謫胥江浦。使爲世所譁，又爲饑所俯。……半生
湖海氣，百年漂泊旅。」〔註97〕此詩道出二人有心用世而不得志之中
年漂泊心緒。道光六年（1826，35歲）魏源編成《皇朝經世文編》，
收入定盦文〈乙丙之箸議第六〉、〈平均篇〉、〈農宗〉、〈西域置行省議〉、
〈擬上今方言表〉、〈蒙古聲類表序〉、〈蒙古字類表序〉等計十四篇。
二人齊名而交相善，定盦暴卒當月（按：道光二十一年，1841），尚
留宿于揚州魏源「絜園」，爲其姪魏彥（1834～1893）說古今人物，
並題詩於素扇相贈。（《樊譜》，頁528）二人交情之深可知。

王鳳生，字竹嶼，原安徽婺源人，占籍江蘇秣陵。著《浙西水利
圖說備考》、《工河運圖》、《淮南北場河運鹽走私道路圖》、《漢江紀
程》、《江漢宣防備考》、《河北采風錄》、《荒政備考》等。道光八年
（1828，37歲），王鳳生忽以病乞歸，定盦爲其「黃河歸棹圖」題〈水

〔註94〕〔清〕陳裴之：《澄懷堂詩集》，卷首，汪端〈夢玉生事略〉，轉引《樊
　　　譜》，頁105。
〔註95〕〔清〕陳裴之：《澄懷堂詩》，卷14，轉引《樊譜》，頁294。
〔註96〕〔清〕魏源：《魏源集》，魏耆〈邵陽魏府君事略〉，頁949。
〔註97〕〔清〕魏源：《魏源集》，頁600。

調歌頭〉（落日萬艘下）。道光十年（1830，39 歲），定盦在京，應王鳳生請，爲其「黃河歸棹圖」作〈水調歌頭〉（當局薦公起）。二人相交甚篤。

李兆洛，字申耆，江蘇武進人。少獨治《通鑑》、《通典》、《通考》，不趨考據聲氣，精音韻、史地及曆算之學，著《養一齋集》、《歷代地理志韻編今釋》、《歷代地理沿革圖》、《皇朝輿地韻編》、《皇朝一統輿圖》等。其官安徽鳳臺縣，「周歷縣境，審地形，察水道，並出教與紳士商興修事宜，首從事于田賦、保甲。……遂以其餘力葺學宮、廨舍、祠廟、津梁，百廢備舉，積年，鉅盜悉就擒。」〔註98〕常州諸學人中，定盦與李兆洛相識較遲。據其詩云：「所恨不識李夫子（申耆），南望夜夜穿雙眸，曾因陸子（祁生）屢通訊，神交何異雙綢繆？」（〈常州高材篇，送丁若士履恆〉，頁 494～495）可知至道光八年（1828，37 歲）時，二人尙未論交。道光十九年（1839，48 歲），定盦南歸經江陰時，曾晤李兆洛、蔣彤（？）師生。據定盦詩云：「江左晨星一炬存，魚龍光怪百千吞。迢迢望氣中原夜，又有湛盧劍倚門。」（〈己亥雜詩〉第 132 首，頁 522）對李兆洛之學品甚爲推重。可知此年前，二人已結識。又，道光十一年（1831，40 歲）九月十五日，定盦有〈與張南山書〉云：「自珍二十年所接學士大夫，心所恭敬者十數子，識我先生晚。先生于平生師友中，……情之深似李申耆。」〔註99〕可知二人相識當在道光八年（1828，37 歲）至道光十一年（1831，40 歲）九月十五日間。李兆洛嘗謂：「默深初夏過此，得暢談。又得讀《定庵文集》。兩君皆奇才，求之於古，亦不易得。恨不能相朝夕也。」〔註100〕二人相推重若此。定盦與李兆洛雖生不能相朝夕，卻意外同年而歿。

〔註98〕〔清〕魏源：《魏源集》，〈武進李申耆先生傳〉，頁 359。

〔註99〕〔清〕龔自珍：〈與張南山書〉，《花甲閒談》，見《四庫未收書輯刊》（北京：北京出版社，1998 年），第 3 冊，卷 6，頁 62。

〔註100〕〔清〕李兆洛：《養一齋文集》，卷 18，〈與鄧生守之〉，轉引孫文光等編《龔自珍研究資料集》，頁 11。

關於張維屏，據定盦〈與張南山書〉云：「自珍二十年所接學士大夫，心所恭敬者十數子，識我先生晚。先生于平生師友中，才之健似顧千里，情之深似李申耆，氣之淳古似姚鏡堂，見聞之彌洽似程春廬。傺指自語：何幸復獲交此人。」〔註101〕定盦以爲張維屏兼有顧廣圻之健才，李兆洛之深情，姚學塽之淳古，程同文之見聞，可謂推重備至。定盦嘗爲作〈張南山國朝詩徵序〉云：「偉夫若人！懷史佚之直，中孔門之律令，虎虎歃血龔氏之庭者哉？張維屏，字南山，番禺人，官黃梅令。」（頁207）鴉片戰爭後，張維屏有〈三元里〉等多篇反映鴉片戰爭之詩章，名動一時。此外，尙有林則徐、梁章鉅、包世臣、姚瑩、黃爵滋等人，均以經世實學與定盦相切劘，或勇於言事，或直陳利弊民苦，或治經濟實學，或力主「禁鴉片」，皆爲嘉、道年間「經世實學」之代表學者。

（七）其他九流之泛交

定盦學博交闊，又喜雜駁之學，故所交既雜且繁。其中，較爲研究所忽略者爲「天文步算之學」。定盦之學天文步算乃從羅士琳習之。

羅士琳（1784～1853），號茗香，甘泉人，阮元門生。著《春秋朔閏異同》、《演元九示》、《三角和較算例》等。少時治經，從舅氏秦恩復受舉子業，後乃棄，專力步算之學。嘉慶二十三年（1814，23歲），定盦與羅士琳有交游，曾作〈說月暈〉，向羅士琳請學渾天之術、兩儀之行，求七月之行之所在。道光三年（1823，32歲）春，又以何刻本《四元玉鑒》三卷贈羅士琳，可知定盦確嘗涉獵天文步算之學。

此外，又交嘉定七生之陳瑑（？），作〈敘嘉定七生〉；助伶人金德輝（？）弟子雙鸞（？），作〈書金伶〉；交義士劉鍾汶（？），作〈送劉三〉；交琵琶名手俞誥（？），有〈秋夜聽俞秋圃彈琵琶賦詩，書諸老輩贈詩冊子尾〉（頁173～174、頁180～182、頁463、頁500），

〔註101〕〔清〕龔自珍：〈與張南山書〉，《花甲閒談》，見《四庫未收書輯刊》，第3冊，卷6，頁62。

不勝枚舉。道光十五年（1835），定盦摯友周儀暐出都時，曾作〈三月七日偕子廣出都，憶都中雜事，雜以紀實〉云：「何必樗蒲須擔石，神仙妙手本空空（龔瑟人主事窘而好博）。」〔註102〕可知定盦因交多識廣，未慎於擇友，亦染有「好博」習氣。又，定盦中年曾追悔「不學楷書」一事，云：「嚴江宋先生璠於塾中日展此帖臨之。余不好學書，不得志於今之宦海，蹉跎一生。回憶幼時晴牕弄墨一種光景，何不乞之塾師，早早學此？一生無困阨下僚之歎矣，……大醉後題。翌日見之大哭。」（〈跋某帖後〉，頁 302）「幼時」，指十二歲從塾師宋璠讀書；「壬辰八月望」，指道光十二年（1832，41 歲））中秋。可知此文乃追憶幼年宋璠教己臨摩「楷字帖」，但因當時「不好學書」，故日後考「軍機章京」時，遂以「不擅楷書」落選，以致終生鬱鬱，故作〈干祿新書自序〉云：「先殿試旬日為覆試，……保送軍機處，有考試，……考差有閱卷大臣，……保送後有考試，考試有閱卷大臣，其遴楷法亦如之。龔自珍中禮部試，殿上三試，三不及格，不入翰林，考軍機處不入直，考差未嘗乘軺車。」（頁237～238）從覆試、保送軍機處試，到殿試，應試者之策論文筆固然重要，然重楷法工美之「館閣體」，尤為錄取關鍵；定盦因不擅楷書而不得入翰林院與軍機處，故深有此悔。

當乾、嘉時，王曇、惲敬等名士皆以「狂」著稱，且多為海內之士所忌，終「顛沛以死」，但二人皆定盦忘年交。王芑孫（1755～1818）有〈復龔瑟人書〉云：「足下年甚少，才甚高，方當在侍具慶之年，行且排金門，上玉堂，和其聲以鳴國家之盛，……至於詩中傷時之語，罵坐之言，涉目皆是，此大不可也。……足下病一世人樂為鄉愿，夫鄉愿不可為，怪魁亦不可為也。鄉愿猶足以自存，怪魁將何所自處。……海內高談之士，如仲瞿、子居，皆顛沛以死。僕素卑近，未至如仲瞿、子居之驚世駭俗，已不為一世所取，坐老荒江老屋中。足

下可不鑒戒，而又縱其心以駕於仲瞿、子居之上乎。」〔註 103〕王芑孫於定盦為先輩，實恐其為狂言傲行所誤，故極勸之，此乃老輩愛後之心，殊為可感；然定盦所以放縱高言，直陳時弊，至有罵座之語，又非無故也。蓋見一世風氣之變遷，當代弊政之紛雜，乃不得已而言之；若其以「鄉愿自存」，則「怪魁」安在哉？「定盦」安在哉？此定盦所以為定盦也歟！

二、詞友

　　清代詞壇幾經嬗變，經雍、乾兩朝，陽羨詞派已趨衰絕；至嘉、道時，更無「百派回流、名家輩出」〔註 104〕之榮景。以定盦在世之五十年而論，除牢籠詞壇百餘年之「浙西詞派」尚存，另有嘉慶時崛起之「常州詞派」及道光朝新興之「吳中詞派」。各派先後形成，不啻文學意識之自覺，更反映王朝之盛衰。故嚴迪昌云：「『陽羨』詞派的悲慨之氣濃多，是新朝鼎定之初漢族士人心態的側見；『浙西』的宗尚清空雅醇則是『盛世』時代潛在心緒的契合。到『常州』派以寄託為高境，重申『意內言外』之旨，乃是『今文經派』欲濟救衰勢之世的文化反應之一種。清詞流派的走向，與盛衰之史同步。」〔註 105〕以詞史演變脈絡而論，確如嚴氏之說。各詞派興起實非偶然，自有時代必然性；而定盦詞正是嘉、道詞壇流變與清廷中衰見證者之一。茲將定盦與浙、常、吳三派詞人之交游與唱和情形論述如下。

（一）浙派詞人

　　譚獻《復堂詞話》云：「錫鬯、其年出而本朝詞派始成。顧朱傷

〔註 103〕張祖廉《定盦先生年譜外紀》，見《全集》，頁 648。
〔註 104〕嚴迪昌之言。嚴氏云：「清順治十年（1653）前後到康熙十八年（1679）『博學鴻儒』科詔試這之間約 30 年左右，是清初詞風胚變，詞學振興的極其重要階段。按其百派回流、名家輩出的繁榮景觀而言，較之後來的經常出現定於一尊的詞壇氣象……。這是一個清詞真正堪稱『中興』的歷史時期。」見嚴迪昌：《清詞史》，頁 33。
〔註 105〕嚴迪昌：《金元明清詞精選》，〈前言〉，頁 5。

於碎,陳厭其率,流弊亦百年而漸變。……嘉慶以前,爲二家牢籠者,十居七八。」〔註106〕譚獻既指明陽羨派淺率直露之習,亦直批浙派瑣屑破碎之弊,勾勒嘉慶以前詞壇概況。浙派以朱彝尊(1629～1709)爲首之「浙西六家」,〔註107〕皆學步南宋,宗尚姜、張。其詠物諸詞,力循「清空」之旨,其上者,尚不失情趣、志意;其下者,往往不淪爲鑿虛鏤空,即入於堆砌故實或滑易淺薄一途。其後,浙派中期巨擘厲鶚(1692～1752)對「清空」、「雅正」之追求又較「浙西六家」爲近,〔註108〕故謝章鋌云:「雍正、乾隆間,詞學奉樊榭爲赤幟,家白石而戶梅溪矣。」〔註109〕雖然,其上者多有「幽雋潔靜」、「清空冷艷」之風,其下者亦有朱彝尊好堆砌典故、鏤空鑿虛之弊。厲鶚既歿,以王昶爲首之「前吳中七子」,因早享詩名,後又多爲顯要,聲氣相通,在乾隆中、後期爲浙派再延命脈,可視爲浙派詞風全盛之總結代表。其後,浙派末流已漸趨衰頹,乃至空言藻飾,餖飣窳弱,巧構形似而少實蘊。故譚獻云:

> 《樂府補題》,別有懷抱,後來巧構形似之言,漸忘古意,竹垞、樊榭不得辭其過。〔註110〕

可謂深中浙派堆砌繁縟、了無情趣意蘊之病。要之,浙派詞人力倡「清空」、「醇雅」宗旨與「詠物」詞風席捲詞壇同時,因力追「空」、「雅」之極致,卻長期輕忽詞中表「意」述「志」之抒情作用,故終入空桴無物一途矣。

〔註106〕〔清〕譚獻:《復堂詞話》,見唐圭璋編:《詞話叢編》,冊4,頁4008。

〔註107〕浙西六家除朱氏外,尚有李良年(1635～1694)、李符(1639～1689)、沈皞日(1637～1703)、沈岸登(1639～1702)、龔翔麟(?)等五人。

〔註108〕厲鶚在〈群雅詞集序〉:「由詩而樂府而詞,必企夫雅之一言,而可以卓然自命爲作者,……詞之爲體,委曲嘽緩,非緯之以雅,鮮有不與波俱靡,而失其正者矣。」見〔清〕厲鶚著、董兆熊注,陳九思標校:《樊榭山房集》,頁755。

〔註109〕〔清〕謝章鋌:《賭棋山莊詞話》,見唐圭璋編:《詞話叢編》,冊4,卷11,頁3458。

〔註110〕〔清〕譚獻:《復堂詞話》,見唐圭璋編:《詞話叢編》,冊4,頁4008。

　　嘉、道詞壇，吳錫麒（1746～1818）與郭麐（1767～1831）尚在世。吳錫麒嘗援歐陽修「窮而後工」之旨論詞，並倡「正變斯備」說，修正朱、厲以來之失，〔註111〕頗有新變之跡。此外，郭麐為「性靈詩派」詩人，其詞亦清折靈轉；晚期因詞學觀轉變，故一改門戶之見，曾針砭浙派末流徒務形似之詞，更思以「性靈」、「寄託」導諸弊於正。〔註112〕雖然，吳錫麒援「窮而後工」說以論詞，郭麐復援「性靈入詞」，二人已破浙派門戶，但終未能引發當時多數同人共鳴。值此之際，定盦亦為浙江仁和人，與浙派詞人如：改琦、袁通、汪琨、汪全德、孫麟趾、姚宗木、許乃穀、夏寶晉等人均有交游、唱和，茲分論如下，以見彼此關係。

1. 改琦

　　改琦，字伯韞，號香白，又號七薌，別號玉壺外史，先世西域，占籍江蘇華亭。詩、詞、畫三絕，「工山水、人物，有聲蘇、松間。小楷亦精，天然豐秀」，〔註113〕「擅長仕女，所繪蘭竹，亦筆情抄逸，

〔註111〕吳錫麒對浙派詞論有兩點修正。據嚴迪昌說：「一是否定詞『大都歡愉之辭工者十九，而言愁苦者十一焉耳』的說法，重申『窮而後工』之旨。他在〈張淥卿露華詞序〉中說：『昔歐陽公序聖俞詩，謂窮而後工，而吾謂唯詞尤甚。』……二是申述『正變斯備』，不主張惟白石、玉田是尊。在〈董琴南楚香山館詞鈔序〉中他說：『詞之派有二：一則幽微要眇之音，……姜、史其淵源也。本朝竹垞繼之，至吾杭樊榭而其道盛。一則慷慨激昂之氣，……蘇、辛其圭臬也。本朝迦陵振之，至吾友瘦桐而其格尊。……一陶雙鑄，雙峽分流，情貌無遺，正變斯備。』」見嚴迪昌：《清詞史》，頁438～439。

〔註112〕郭麐〈梅邊笛譜序〉云：「倚聲之學，今莫盛于浙西，亦始衰於浙西，何也？……乃後之學者徒髣髴其音節，刻劃其規樆，浮游惝恍，貌若元遠。試為切而按之，性靈不存，寄託無有，……疑若可聽，問其何語，卒不能明。……其弊屢出而不已，其救亦屢變而不窮，在學者之自得之，要之於正，不可易也。若然，則浙西之倚聲，其勿衰矣乎！」見〔清〕郭麐：《靈芬館雜著續編》，見《清代詩文集彙編》，冊485，頁456。

〔註113〕〔清〕錢泳著，張偉點校：《履園叢話》（北京：中華書局，1979年），頁307。

不染點塵。」〔註114〕著《玉壺山房詞》。據方德驥〈玉壺山房詞選跋〉云:「改七薌先生精畫理,工倚聲,嘉道間名噪大江南北。庚辛以後,零縑剩素,海內爭先巧購,詫爲異寶。」〔註115〕可知改琦爲時人推重如此之至。

嘉慶二十二年(1817,26 歲),定盦曾游南園,作〈沁園春〉,改琦亦有〈沁園春‧和龔舍人原韻〉云:

> 一昔南園,客散花飛,仙鳬小留。恰璚枝相映,攜來璧月。銀河倒卷,瀉入香甌。燕市談禪,馬塍吊古,說與飛鴻感舊游。無卿鄰,嘆王郎(仲瞿)捫虱,各有千秋。羨君搖筆滄州,直壓倒元龍百尺樓。看珠槃翠斗,醉餘可摘;珊竿鐵網,釣罷都收。水上雲萍,庭中竹柏,忽下西風雙白鷗。題糕懶,笑同簪黃菊,鬢已星稠。〔註116〕

「吾園」爲定盦友人李筠嘉在上海之別業。錢泳《履園叢話》云:「吾園在上海城西,邑人李氏別業。得露香園水蜜桃種,植數百樹,桃花開時,游人如蟻。園中有帶鋤山館、紅雨樓諸勝。桃林中築一亭,二鶴居之,每歲生雛,畜之可愛。」〔註117〕可知「吾園」爲當時文人雅士所愛游賞會飲之地。「燕市談禪,馬塍吊古」句,寫出定盦調與人違之行事風格,而以「王壘捫虱」對比,可見改琦亦頗知定盦爲人。由「笑同簪黃菊」句,可知此詞作於九日重陽夜。可惜定盦原作〈沁園春〉詞今已佚,僅能知二人嘗有交游與唱酬,故聊繫於此。

2. 袁通、汪琨

袁通,字達夫,號蘭村,袁枚嗣子,浙江錢塘人。官河南汝陽縣,著《捧月樓詩》、《捧月樓詞》。汪琨,字宜伯,號憶蘭,浙江錢塘人。太學生,官四川秀山典史,著《憶蘭室詩》、《憶蘭室詞》。嘉慶十八年(1813,22 歲),定盦曾與袁通、汪琨同游崇效寺,彼此有詞作。

〔註114〕鄭午昌:《中國畫學全史》,頁 321。
〔註115〕轉引《樊譜》,頁 123。
〔註116〕〔清〕改琦:《玉壺山房詞選》,卷上,轉引《樊譜》,頁 121。
〔註117〕〔清〕錢泳著,張偉點校:《履園叢話》,頁 538。

據定盦〈鵲橋仙〉小序云：「同袁蘭村、汪宜伯小憩僧寺，宜伯製〈金縷曲〉見示，有『望南天、倚門人老，敢云披薙』之句，余驚其心之多感，而又喜其詞之正也，倚此慰之。」可知此游有定盦、袁通、汪琨三人，且汪琨當時亦有〈金縷曲〉。定盦對汪琨詞，有「喜其詞正」之評價，可知頗愛汪琨詞之「雅正」。定盦〈鵲橋仙〉云：

> 飄零也定，清狂也定，莫是前生計左。才人老去例逃禪，
> 問割到慈恩真箇。吟詩也要，從軍也要，何處宗風香火。
> 少年三五等閒看，算誰更驚心似我。（頁 553）

定盦自六歲隨雙親移居京師，除十歲秋起曾暫留南方約兩年，至十九歲前，約有十年皆在北方。十九歲中鄉試副貢生，二十一歲考充武英殿校錄，後隨父舉家南下徽州，人生尚稱得意，可知詞中「飄零」所指。此年袁通已年近四十，汪琨不詳，定盦二十二歲；由「才人老去例逃禪」二句，可知此詞乃寬慰汪琨，兼及袁通。詞中直述其「少年擊劍更吹簫」之用世雄心，（〈己亥雜詩〉第 96 首，頁 518）而「等閒看」，即因定盦尚未中鄉試正榜舉人。〔註118〕定盦此年四月入京應順天鄉試，八月試後始南歸，可知定盦與汪琨詞作於此年四月至八月間。此年，定盦又嘗為袁通詞集作〈袁通長短言序〉云：「怪哉！使我曼聲吟歔，壽命訖而不知厭。招我魂於上九天，下九淵，旬日而不可返，泊然止寂寥兮，無愧於先王，而豈徒調夔、牙之一韻，割騷之一乘也哉！」（頁 201）可見定盦對於「詞」，不啻強調「自抒真情」與「略工感慨」之重要，更有「尊體」意識。

此外，袁通曾作〈南浦・偕汪大憶蘭、龔大自珍游崇效寺〉云：

> 花底驟驕驄，惹風鬢霧鬢滿堆香絮。小憩四禪天。尋春興，
> 又被啼鶯留住。亂紅暗鎖，門前不見天涯路。竹裡瓶笙聽
> 漸熟，難得此間萍聚。　　　未須同怨飄零，被汀鷗樑燕笑

〔註118〕劉逸生云：「考中副榜第二十八名，那時只有十九歲。但在龔自珍自己看來，還是很不如意的。因為鄉試的副榜貢生，在一般人心目中還不是正式舉人，比秀才高不了多少。」見劉逸生等注：《龔自珍編年詩注》，頁 425。

人辛苦。彈指幾番來，庭前柳，高出檐牙如許。畫墻粉涴，

低迷忘卻前游句。只合問他今夜月，可記舊題詩處？〔註119〕

樊克政考證此詞當係嘉慶十八年（1813）同時所作，楊柏嶺亦採納樊說。〔註120〕然定盦是年四月已先入都應鄉試，至值夏旱；〔註121〕袁通詞卻云：「尋春興，又被啼鶯留住。亂紅暗鎖，門前不見天涯路。」時既夏旱，如何尋春？又何有「亂紅暗鎖」乎？兼以「畫墻粉涴，低迷忘卻前游句。只合問他今夜月，可記舊題詩處？」種種跡象顯見此詞非嘉慶十八年（1813，22 歲）所作。細檢其生平，定盦此年後再度入都為嘉慶二十四年（1819，28 歲）事，乃為應三月會試；而是年早春，吳文徵等友人於虎丘餞行之，並有詩（〈吳山人文徵、沈書記錫東餞之虎邱〉，頁 439）；可見定盦到京時仍為春日，如此則袁通詞中所稱「尋春興」、「畫墻粉涴，低迷忘卻前游句」等句便能解釋。此外，由「難得此間萍聚」可知定盦是年初度與袁通、汪琨同游崇效寺；而「彈指幾番來」亦見袁通此年曾數度往游「崇效寺」。此外，定盦曾為袁通作〈袁通長短言序〉，兼之定盦與袁枚從子袁桐八歲（嘉慶四年，1799）即已結識，可見定盦與袁通當結識在嘉慶十八年（1813，22 歲）以前。

嘉慶二十四年（1819，28 歲），定盦又有〈行香子・道中書懷，與汪宜伯〉云：

跨上征鞍。紅豆拋殘。有何人來問春寒。昨宵夢裏，猶在長安。在鳳城西，垂楊畔，落花間。　　紅樓隔霧。珠簾

〔註119〕〔清〕袁通：《捧月樓綺語》，卷6，轉引《樊譜》，頁68。

〔註120〕樊克政云：「同為游僧寺所作，游者亦相同，該詞小序與袁詞均有『小憩』一詞，該詞提及『飄零』，袁詞亦云『未須同怨飄零』，故二詞當係同時所作。」見《樊譜》，頁70、楊柏嶺：《龔自珍詞箋說》，頁169～170。

〔註121〕定盦〈乙丙之際箸議第十九〉云：「自珍壬申春出都，近畿小旱，……明年入都，又旱。」，頁10。按：壬申，嘉慶十七年，隨雙親舉家南下徽州，近畿直隸已見小旱；明年即嘉慶十八年，更是「直隸、山東、河南三省大旱之年（詳見本文頁57），可知定盦是年到京時確為「夏旱」。

卷月。負歡場詞筆闌珊。別來幾日，且勸加餐。恐萬言書，
千金劍，一身難。（頁 557）

詞末自注云：「初相見，蒙填詞見詒，有『萬言奏賦，千金結客』二
語。」小序所云「初相見」乃指「嘉慶十八年（1813，22 歲）崇效
寺之游」，當時定盦與袁通為舊識，與汪琨卻為新知。可知此詞作於
是年定盦會試初度落第出都途中，「春寒」非實寫時序之春，乃暗指
「春闈會試」落第。從「歸途客夢」誤以為尚在「長安」與汪琨、袁
通等人飲酒賞花、笑談填詞；「負歡場」更道出落第不甘；結句十字
則是壯志未酬之慨。前此，在京所作〈雜詩，己卯自春徂夏，在京師
作得十有四首〉，已有「偶賦山川行路難」、「丈夫三十愧前輩，識字
游山兩不能」等自傷不遇之心聲，更有「才流百輩無餐飯，忽動慈悲
不與爭。」（頁 442）此等既怨又奇之語。同時，汪琨亦有〈水龍吟·
送龔璱人出都〉云：

長安舊雨都非，新歡奈又搖鞭去。城隅一角，明箋一束，
幾番小聚。說劍情豪，評花思倦，前塵夢絮。縱閒愁鬭螘，
羈魂幻蜨，尋不到，江南路。從此齋鐘衙鼓，料難忘，分
襟情緒。瓜期漸近，萍蹤漸遠，合幷何處？易水盟蘭，豐
臺贈芍，離懷觸忤。任紅蕉題就，翠筠書徧，餞詞人句。
（頁 557）

汪琨此詞傷故友四散，新知定盦又將出都南歸，遙思日前同游之景，
今則滯留京師，不免有感。汪琨所云：「幾番小聚」與袁通〈南浦〉
詞所指「彈指幾番來」可互證，此年三人在京當多有聚會同游之事。
可見定盦與袁通、汪琨有詞作唱酬，其中，定盦又頗愛汪琨其人其詞。

3. 汪全德

汪全德，字竹素，又字修甫，號小竹，江蘇儀徵人，汪端光（1748
～1826）次子，汪全泰（？）之弟。嘉慶十年（1805）進士，歷官工
部都水事主事、員外郎，江西吉南贛寧道，曾署江西布政使，著《竹
如意齋詩選》、《崇睦山房詞》。

嘉慶十八年（1813，22歲）七夕前後，在汪全德齋中，[註122]曾作〈惜秋華〉（瑟瑟輕寒）、〈減蘭〉（闌干斜倚）、〈露華〉（一痕輕頓）等七闋（四闋已佚）。據定盦〈小奢摩詞選跋〉云：「右近作《小奢摩詞》一卷，本三十三闋，刪存十五首，補入舊作，合爲二十首，癸未（1823）六月付刊。」[註123]可知定盦編選於道光三年（1823，32歲）之《小奢摩詞》一卷，有「五闋舊作」。又，據〈惜秋華〉小序云：「癸酉初秋，汪小竹水部齋中，見秋花有感，一一賦之，凡七闋，棄敗篋中，已十一年矣。茲補存其三闋，以不沒當年幽緒云。」（頁572）「癸酉初秋」，即嘉慶十八年（1813，22歲）秋。又，定盦妻段美貞卒於是年七月。[註124]八月應順天鄉試後，旋南歸。由三詞研判，應尚未知噩耗，故當作於七夕前後。可知七闋存三：〈惜秋華〉（瑟瑟輕寒）、〈減蘭〉（闌干斜倚）、〈露華〉（一痕輕頓），[註125]分詠「玉簪」、「牽牛」、「海棠」；而棄篋十一年後仍補入，可見其念舊之情。由其哭夏璜，葬王曇，殆可知之。其〈減蘭·詠牽牛〉云：「秋期此度，秋星淡到無尋處。宿露休搓，恐是天孫別淚多。」（頁573）三詞爲定盦在汪全德書齋見秋花所感作，皆爲「詠物詞」，但無浙派「蹈虛空泛」、「意旨枯寂」之弊。所寫緊扣七夕牽牛、織女典故。以牽牛花喻牽牛星，以爲「七夕秋期」既度，牽牛、織女漸別漸遠，織女在天，牽牛在地（同喻花），別日久而「織女星」已淡到無處可

〔註122〕汪全德，字修甫，號竹素、小竹，江蘇儀徵人，汪全泰之弟；嘉慶十年進士，官江西吉南贛寧道，曾署江西布政使。

〔註123〕轉引《龔譜》，頁236～237。

〔註124〕據段玉裁〈龔自珍妻權厝誌〉云：「至癸酉七月，卒於府署，年二十有二。傷哉！時自珍先於四月赴京師應鄉試，出闈後歸，不見其人矣。」見〔清〕段玉裁撰，鍾敬華校點：《經韻樓集》，頁223。

〔註125〕五闋舊作除此三闋外，尚有〈湘月〉（勾留幾日）、〈浣溪紗〉（春倦如云）二闋，頁573～574。按：以上五闋原在《懷人館詞》卷中，而〈惜秋華〉（瑟瑟輕寒）、〈減蘭〉（闌干斜倚）、〈露華〉、（一痕輕頓）三闋作於嘉慶十八年秋，可知嘉慶十七年段玉裁所見《懷人館詞》三卷非定稿，此後尚有詞作補入。

尋。末以織女離思「墮淚」，落至人間，遂成牽牛之「宿露」，故云「宿露休搓」，寓同情也。此詞雋永味長，尤深於情。又，〈露華・詠佛手〉下片云：

> 空空妙手親按。是金粟如來，好相曾現。祇樹天花，一種莊嚴誰見。想因特地拈花，悟出真如不染。維摩室，茶甌經卷且伴。（頁573）

此詞用大量佛教名詞、人物、常用語，如前所論，「定盦在嘉慶十八年（1813，22歲）以前，當已窺釋典；嘉慶二十四年（1819，28歲）前，又從乾嘉考據名儒江聲之孫江沅（1767～1838）學佛、治釋典。」此詞上片以賦筆寫「植物佛手」之外在本相，下片則以比興之法寫「佛手」，興起一種「莊嚴如來法相」，又以「拈花微笑」之佛教典故喻己參悟之心，結句「維摩室，茶甌經卷且伴」，隱然暗指汪全德書齋中亦有禪室及釋典，然則定盦或嘗與之論禪耶？

　　孫麟趾曾選《清七家詞選》，收屬鶚、林蕃鍾（？）、吳翌鳳、吳錫麒、郭麐、汪全德、周之琦（1782～1862）七家，顯然以詞風近於浙派而選為代表詞人，然嚴迪昌論汪全德所以入七家，「是因其恪守浙派風尚，按成就不足與其他諸家並稱。」〔註126〕可知汪全德之詞仍未越浙派宗旨，故成就較小。張德瀛（？～1914）《詞徵》亦云：「汪小竹全德詞，如深閨少婦，畏見姑嫜。」又云：「龔定庵自珍詞，如琉璃硯匣，光彩奪目。」〔註127〕已指出二人詞風之迥異，然定盦早年實不乏「深閨少婦」之詞，如〈菩薩蠻〉云：「文廊匼匝屏風曲，輕寒惻惻侵簾箔」、〈夢芙蓉〉云：「背燈敧鳳枕，見一珠秋弄，水裙風鬢」、〈點降唇〉云：「日落花梢，懨懨春倦何時省？（頁541～542）」皆少婦言愁懷思，傷春愁蝶之音，又豈如「琉璃硯匣，光彩奪目」之詞乎？蓋知張德瀛乃取詞人主要詞風而論也。

〔註126〕嚴迪昌：《清詞史》，頁452。
〔註127〕〔清〕張德瀛：《詞徵》，見唐圭璋編：《詞話叢編》，冊5，頁4185。

4. 孫麟趾、姚宗木

孫麟趾，字清瑞，號月坡，江蘇長洲人。道光元年（1821）諸生，師湯貽汾（1778～1853），爲道、咸間浙派知名詞人；家貧嗜學，長年爲客，晚始歸里，居陋巷，著《鳳簫詞》、《秋露詞》、《問玉詞》、《詞逕》等，輯《絕妙近詞》、《清七家詞選》。姚宗木，字半林，浙江山陰人。歲貢生，後選訓導，其詞「半皆尊前酒邊之作，風旨於彈指爲近。」〔註128〕著《近唐小令詩》、《詞隱生新樂府》。

定盫與二人交游當在道光二十年（1840，49 歲）前。是年定盫晤孫麟趾、姚宗木於江寧，有〈醜奴兒令‧答月坡、半林訂游〉云：

> 游蹤廿五年前到，江也依稀。山也依稀。少壯沈雄心事違。
>
> 詞人問我重來意，吟也淒迷。說也淒迷。載得齊梁夕照歸。
>
> （頁 583～584）

二十五年前，即嘉慶二十一年（1816，25 歲）春，當時定盫將赴上海侍任，中途游江寧，作〈賣花聲‧舟過白門有紀〉（《樊譜》，頁 90），詞中有「如此六朝山，消此鴉鬟，雨花雲葉太闌珊」（頁 561），可知即此年。定盫去年（1839，48 歲）空懷壯志而不得已辭官南歸，故今日重過江寧，見六朝古都，思古撫今之餘，其語發「少壯沈雄心事違」，帶有一股頹唐蒼涼之氣，自不意外。由此詞觀之，三人相識當在此年前，孫、姚二人雖有他日再游之邀，然定盫似無游興，而「載得齊梁夕照歸」一句，尤有深悲淒鬱之不自得也。約同時，定盫又爲孫麟趾作〈謁金門‧孫月坡小影〉云：

> 琴與劍，此是孫郎真面。孫楚樓頭邀一見，撐腸三萬卷。
>
> 別有香奩清怨，禪與風懷相戰。除卻海天兜率畔，春愁何
>
> 處遣？（《樊譜》，頁 508）

琴、劍對舉之例，求諸《全唐詩》甚多，二者本爲古人隨身之物，然亦有其傳統象徵精神；「琴」有「隱逸」象徵，「劍」有「經世」象徵，

〔註128〕〔清〕沈鑾：《沈晴厓詩文集》，卷 4，《留漚吟館詞草‧柳梢青》，轉引《樊譜》，頁 508。

蓋取用世後而歸隱之意。《（同治）蘇州府志》卷 89 稱孫麟趾：「有才不遇，久客於外，晚乃歸里，居城東陋巷，賃屋一椽，析其半爲臥室，麟趾傴臥其間。客至則邀入茶寮酒肆，掀髯談藝。自言：『作客數十年，不名一錢，惟以十餘卷詞付之梓人而已。』」〔註 129〕其於嘉、道年間之潦倒不遇，可知也。定盦此詞蓋嘆其有才而不售，坐老江寧茶寮酒樓中談藝；又憐其「禪與風懷相戰」，約略透露孫麟趾亦參禪學佛，故勸之更精進深造佛學，以遣春愁。此外，定盦在江寧將歸杭州時，孫麟趾有詞贈別，並託寄家書，孫麟趾〈金縷曲〉云：

> 把酒留無計！渺煙波，西風一舸，載花歸矣。囊底黃金原易散，空使英雄短氣。問甚日重游勝地？名士高僧何足算，有傾城解珮成知己。題豔句，綠窗裏（謂阿簫校書）。
>
> 飄零我獨懷難理。嘆秋宵寒食病枕，夢魂千里。鏡閣偎香無此福，冷巷重門深閉。怕憶起舊時羅綺。蝶怨蛩淒書不盡，只封將淚點教君寄。橋畔路，可能記？（頁 582）

此詞亦爲同年（1840，49 歲）秋所作，上片多有羨慕定盦得紅顏知己之情，下片又自憐福薄，兼以離懷難以自抑；至「冷巷重門深閉」句，尤顯悲辛淒愴，蓋自身「黃金散盡」，窮困冷巷多年，雖有舊時紅顏，不堪重憶往事。同時，定盦亦有詞別孫麟趾、姚宗木。定盦作〈臺城路・同人皆詗知余近事，有以詞來賺者，且促歸期，良友多情，增我迴腸盪氣耳〉，下片云：「覺來誰與相遇？有卷中姚合，樓上孫楚。催我歸舟，鴛鴦牒緊，莫戀閒鷗野鷺。青谿粥鼓，道來歲重尋，須攜蕭侶。多謝詞仙，低回吟冶句。」（頁 582）小序所指良友以詞來賺，即指孫麟趾以〈金縷曲〉贈行一事。詞中「姚合」、「孫楚」即喻姚宗木與孫麟趾，「催我歸舟」三句，謂家書催歸。末數句以來歲再攜靈簫重游故地。定盦與孫麟趾、姚宗木交游雖少，目前可知者僅在定盦晚年；然以諸詞觀之，定盦與孫麟趾交情亦非淺；彼此酬答，雖難見影響，但稱孫麟趾爲「詞仙」，當頗見推重其詞。其在江寧酬贈孫麟趾之詞即有三闋，殆別有深意焉。

〔註 129〕轉引楊柏嶺：《龔自珍詞箋說》，頁 491。

5. 許乃穀、夏寶晉

　　道光二年（1822，31 歲）閏三月，定盦與周仲墀、許乃穀、夏寶晉等十四人，參與吳嵩梁邀請之「崇效寺」小集，定盦填〈一萼紅〉，夏寶晉次其韻。許乃穀，字玉年，號玉子，浙江仁和人。道光元年（1821）舉人，官甘肅環縣、敦煌知縣，精詩詞、書畫，著《瑞芍軒詞稿》。夏寶晉，字玉延，號慈仲，江蘇高郵人。嘉慶十八年（1813）舉人，累官朔州知州，郭麔之外甥兼女婿，少孤貧，「古文詩詞親炙於外舅吳江郭麔。弱冠後，名噪一時。」〔註 130〕著《笛椽詞》、《湖中明月詞》等。定盦當日所作〈一萼紅〉已佚，而夏寶晉和詞〈一萼紅〉云：

> 早晴天，向花陰小立，春事在誰邊？雨灑橫街，風回別院，飛絮猶自纏綿。有幾客流連不去，更低唱綺語出樽前。游便題名，飲須破戒，休負今年。　　難得蕭閑事外，愛馬頭潑翠，車腳尋煙。瓊島摘豪，玉堂限韻，那及對景裁箋。切莫誦權公危語，怕花外容易墮吟鞭。且與閑游醉鄉，一夢蘧然。（自注：權文公〈危語〉云：「舉人看榜聽曉鼓」）
> 〔註 131〕

此詞看似寫暮春「崇效寺」之風景，但以「早晴天」落筆，道出春日聽榜前友人之各自期望。「雨灑橫街」數句，更透露複雜不安之情。此詞在一片暮春時節，從容閑適中，隱然雜有朝士與舉人聽榜前之曲折心緒。此亦可見道光初，定盦與文士、詞人雅集唱和之概況。無奈是年會試，定盦再度落第。

　　關於浙、常二派之消長，嚴迪昌《清詞史》云：「嘉慶一朝『浙派』未退，張惠言《詞選》尚不彰於世。」〔註 132〕所論甚是，即入道光朝，浙派仍有多數詞人活躍於詞壇。郭麔辭世之年（按：道光十一年，1831），張惠言《詞選》與其詞學思想雖已在詞壇流播三十五年，距周濟《宋四家詞選》成書及其詞學思想完成（按：道

〔註 130〕轉引《龔譜》，頁 189。
〔註 131〕〔清〕夏寶晉：《笛椽詞》，卷 2，轉引《龔譜》，頁 187。
〔註 132〕嚴迪昌：《清詞史》，頁 471。

光十二年，1832）亦甚近；但因浙派個別詞人之詞風有所新變，又不盡為「蹈虛空浮」、「意旨枯寂」之作，故浙派末流雖衰而未絕。嘉、道之際，定盦雖未有明顯之宗派意識，但其與浙派改琦諸人之交游、唱和，除地緣關係外，亦與師友交游群體有關。彼此間交流、酬贈，雖難斷定其受浙派詞人影響之程度，但如其稱賞汪琨之「詞正」，又譽孫麟趾為「詞仙」，可知定盦對浙派若干詞人之觀感，又非盡如後代詞論家之壁壘分明也。

（二）常派詞人

嘉、道時期，當浙派衰而未退之際，一群位於常州際遇困頓、胸懷壯志之文士與經生，正逐步趨向詞壇。關於常派學者與詞人，定盦曾云：「《易》家人人本虞氏，恖緯戶戶知何修；……人人妙擅小樂府，爾雅哀怨聲能遒。」（〈常州高材篇，送丁若士履恆〉，頁494）可知常州一郡學者受張惠言影響，不僅多治虞翻《易》學，且多擅倚聲，當時雖未風靡嘉、道詞壇，但亦薰染部分域外詞人矣。龍榆生〈論常州詞派〉云：

> 常州派繼浙派而興，倡導於武進張皋文（惠言）、翰風（琦）兄弟，發揚於荊溪周止庵（濟，字保緒）氏，而極其致於清季臨桂王半塘（鵬運，字幼霞）、歸安朱彊村（孝臧，原名祖謀，字古微），流風餘沫，今尚未全衰歇。……然在張氏兄弟之前，無常州詞派之目。迨張氏《詞選》刊行之後，戶誦家弦，由常而歙，由江南而北被燕都，……前後百數十年間，海內倚聲家，……其不為常州所籠罩者蓋鮮矣！
> 〔註133〕

龍氏之說，勾勒常派形成、發展及其影響之大略。嘉、道之際，亂象百出，不啻吏治中衰，水旱頻仍，民生日蹙，內憂不斷，值此社稷傾頹之際，張惠言、惲敬等常州學者雖落拓清貧，官小位卑，皆慨然有

〔註133〕龍榆生：《龍榆生詞學研究論文集》（上海：上海古籍出版社，1997年），頁387～388。

經世之志。據陸繼輅〈哭張編修惠言〉云:「憶昔逢君日,相期第一流。」〔註 134〕張惠言等常派學者正因見時弊日深,世變日亟,故多由「純治經」轉而致力「經世致用」之實學。其中,張惠言更「以經術治古文」,甚至「援經入詞」,堪稱常派奠基宗師。

嘉慶二年(1799),張惠言館於安徽歙縣漢學家金榜家,授經問學之暇,為向金氏子弟講論詞學,故與其弟張琦合編《詞選》,後遂成標舉常派詞學思想之作。以張惠言為主之《詞選·附錄》詞人群多半為經生,並非以詞鳴於時,又多為「懷才不遇」之典型經生或文士。《詞選·附錄》所收,題多「詠物」與「閨情」,而言多寄託,正是常派等不遇者曲折達意之心聲。《詞選·附錄》所收 12 家,〔註 135〕其中,惲敬、張琦、李兆洛、丁履恆、陸繼輅等五人與定盦皆為舊識,彼此雖有學術往來,但因無詞作唱和,故不贅述。茲就定盦與宋翔鳳、周儀暐二子之交游與唱和,分論如下:

1. 宋翔鳳

宋翔鳳,字于庭,江蘇長洲人。嘉慶五年(1800)舉人,官湖南新寧知縣,以老乞歸。精小學,治經能傳莊氏家學;兼工詩詞古文,少嘗從張惠言受學古文法,著《洞簫詞》、《碧雲盦詞》、《香草詞》、《浮谿精舍詞》等。據宋翔鳳〈浮谿精舍詞自序〉云:「余弱冠後始游京師,就故編修張先生受古今文法。」〔註 136〕可見宋翔鳳經學受外家莊氏之學影響,古文亦受張惠言影響;宋翔鳳雖為長洲人,但其學術及文章實可視為「常州」一派之裔傳。

嘉慶二十四年(1819,28 歲),定盦初識宋翔鳳,二人為忘年交,此後,時相過從。嘉慶二十五年(1820,29 歲),宋翔鳳以迴避不預會試,定盦嘗作〈紫雲迴三疊〉,送之出都,有小序:「宋于庭妹之夫曰繆

〔註 134〕〔清〕陸繼輅:《崇百藥齋文集》,見《清代詩文集彙編》,冊 506,頁 85。

〔註 135〕據鄭掄元序可知黃景仁等七家原為張惠言授意而選錄者,鄭掄元後又以自作並張惠言兄弟及金應城、金式玉等五家增入。

〔註 136〕〔清〕宋翔鳳:《浮谿精舍詞》,見陳乃乾輯《清名家詞》(上海:上海書店,1982 年),卷 7,頁 1。

中翰，分校禮部試，于庭以回避不預試。予按樂府有〈紫雲迴〉之曲，其詞不傳，戲補之，送于庭出都。」其詩有「別有傷心聽不得，珠簾一曲〈紫雲迴〉」、「爭似芳魂驚覺早，天雞不曙渡銀河」（頁449）等句，詩中不僅寬慰宋翔鳳，更痛斥譏嘲「回避」制度之不公。同時，宋翔鳳亦作〈珍珠簾〉酬答，小序云：「余庚辰應禮部試，以回避先出都門，龔定庵賦〈紫雲迴〉三絕相送。紬繹已久，因度此詞以答之。」宋翔鳳詞云：

> 斷腸只有春明路，盡年年，水瑟云璈空賦。不盡玉階情，
> 又一番風露。但見蘆溝橋上月，肯照取寒驢歸去？難去，
> 爲引夢千絲，傷心幾樹。〔註137〕

宋翔鳳此詞頗見哀傷自憐之情，因多年應會試不第，又遭此「回避」制度，故猶淒婉有恨。「盡年年」二句，幽怨淒然，頗見身世之感。「但見蘆溝橋上月」數句，則寄託委婉，眞摯感人；「難去」二字，更引出詞人中年複雜心事。此詞深寓長年落第與奔走下塵之身世悲音。此年會試不僅宋翔鳳「回避」未試，定盦亦落第，故南歸途中，道經揚州，與宋翔鳳有〈高陽臺〉唱和，茲引二詞：

> 宮燭淒煙，庭梅妒月，揚州曾記元宵。幾度相逢，雲萍依
> 舊飄蕭。謝娘風格清寒甚，捧紅絲勸寫無聊。儘摹他，明
> 月樓臺，夜夜吹簫。　　明知相約非相誤，奈鸞期不定，
> 鸞鏡終抛。萬一重逢，墨痕留認鮫綃。青衫不漬清樽影，
> 只模糊、紅淚難銷。且禁他，今夜江風，明夜紅潮。（龔定
> 盦〈高陽臺〉，頁575）

> 雲疊離情，風牽別緒，過來幾個今宵。人在天涯，芳時各
> 恨飄蕭。尊前莫唱傷心曲，有年時種種無聊。怕蹉跎，冷
> 到瓊花，咽到瓊簫。　　休憎一水盈盈隔，喚蘭舟渡去，
> 遙想全抛。如此相逢，淚斑總漬冰綃。銷愁總是杯中酒，
> 爲愁多、酒也難銷。又無端，玉頰微侵，欲暈紅潮。（宋翔
> 鳳〈高陽臺・次龔定盦韻〉）〔註138〕

〔註137〕 劉逸生等注：《龔自珍編年詩注》，頁64。

〔註138〕〔清〕宋翔鳳：《浮谿精舍詞》，卷下，轉引孫文光等編《龔自珍研究資料集》，頁19～20。

二詞為此年會試落第後在揚州作。定盦詞寫重過揚州，追憶舊時上元夜在揚州情事；又兼抒懷自身落第與宋翔鳳不預會試之際遇。「謝娘」數句則言曾有歌妓勸題詩詞，而今落第，辜負歌妓夜夜吹簫思歸之心。此外，定盦此詞甚為淒惻，如：「明知相約非相誤，奈鴛期不定，鸞鏡終拋。萬一重逢，墨痕留認鮫綃。」此數句顯見傷心縈懷不已。宋翔鳳似知定盦情事，故詞中多有寬慰語，如：「怕蹉跎，冷到瓊花，咽到瓊簫」、「休憎一水盈盈隔，喚蘭舟渡去，遙想全拋。」宋翔鳳對自身「不預會試」固有深慨，但見小友定盦離懷慘淡，故語多寬慰之辭。是年定盦二十九歲，宋翔鳳已四十四歲，長者厚小友，若此之至也。

　　道光二年（1822，31 歲），定盦曾作〈投宋翔鳳于庭〉云：「游山五嶽東道主，擁書百城南面王。萬人叢中一握手，使我衣袖三年香。」（頁 462）對宋翔鳳此一忘年交之性情、學識、人格皆極為推重。道光四年（1824，33 歲）除夕，宋翔鳳於彭澤舟中，嘗讀《定盦初集》，作〈除夕守風彭澤舟中，讀龔舍人自珍定盦初集十六韻〉云：「懷人渺吳越，開卷恨波濤。三載心如結，重雲首自搔。……何時泛春水，相與析秋毫。念子馳千里，如予嘆二毛」，〔註 139〕可知道光二年（1822，31 歲），二人曾晤面，更欲約共游山水，笑談細論詩詞文章，然思故人不得見，今又垂垂老矣，故心為之百轉千結。此外，宋翔鳳有〈百字令‧歲暮舟中讀龔定庵詞〉云：

　　　　相逢能幾？儘相思，頻過花開時節。料理平生惟有恨，卻羨詞人能說。瓊宇層層，瓊樓曲曲，護爾成冰雪。言愁偏我，迴腸今夜空熱。　　誰計歲月都深，新來瘦損，那是前番別。拍遍新聲疑夢裏，看盡殘釭明滅。風雨長宵，天涯多感，一片心魂結。不須頻問，暮笳何事淒絕？〔註 140〕

此詞未知年月，但小序與前詩詩題皆云「歲暮」、「除夕」在舟中所作，且《定盦初集》（按：即定盦四種詞選）付刊於道光三年（1823）夏，

〔註 139〕〔清〕宋翔鳳：《洞簫樓詩紀》，卷 7，見《清代詩文集彙編》，冊 513，頁 137。

〔註 140〕〔清〕宋翔鳳：《洞簫詞》，見《清代詩文集彙編》，冊 513，頁 287。

故暫繫此年。詞中對定盦詞頗有評價，所稱「料理平生惟有恨，卻羨詞人能說」，指出定盦詞能直道隱微之事，不似己詞隱微、寄託，苦不得言，即譚獻《復堂詞話・篋中詞》所云：「定公能爲飛仙劍客之語。」〔註141〕蓋宋翔鳳詞風與常派諸人相近，兼以屢試不售而年愈大，自傷身世，故其詞多愁絕淒婉之音，如：「言愁偏我，迴腸今夜空熱」、「疑夢裏」、「殘釭明滅」、「心魂結」之句。逮及道光五年（1825，34歲），定盦知故人之念己，遂與江沅往訪宋翔鳳，宋翔鳳也作〈江鐵君沅、龔定庵自珍過訪草堂〉云：「歲月積相思，鄉園見屢疑。還家如過客，握手即臨歧。學術宜經世，文章莫炫奇。雜花生樹後，望遠正無涯。」〔註142〕定盦此年以丁母憂，十月前無詩。宋翔鳳「思友之情」流露無遺，除敘舊誼外，更規勸定盦治有用學問，爲文戒奇，除可知長者關愛，更見嘉、道年間，常派詞人「學術經世」之學風。

二人忘年相交，時有詩詞唱和，定盦又與宋翔鳳外家兄弟劉逢祿、莊綬甲爲師友，彼此皆有深交。道光十九年（1839，48歲），定盦重過揚州，曾作〈己亥六月重過揚州記〉云：

> 嘉慶末，嘗於此和友人宋翔鳳側豔詩，聞宋君病，存亡未可知，又問其所謂賦詩者，不可見，引爲恨。臥而思之，余齒垂五十矣，今昔之慨，自然之運，古之美人名士富貴壽考者幾人哉？此豈關揚州之盛衰，而獨置感慨於江介也哉？抑予賦側豔則老矣；甄綜人物，蒐輯文獻，仍以自任，固未老也。……予之身世，雖乞糴，自信不遽死，其尚猶丁初秋也歟？（頁186）

此文不僅流露定盦對故人際遇、時事國政之關心，兼有對天地間生命、盛衰之體悟與感慨。由「抑予賦側豔則老矣；甄綜人物，蒐輯文獻，仍以自任」數句，不啻可見其老而彌堅之自信，更道出晚年辭官南歸後，生計困頓，窘迫乞糴之處境。此外，更見定盦與宋翔鳳二子之終始厚誼。

〔註141〕〔清〕譚獻：《復堂詞話》，唐圭璋編《詞話叢編》，冊4，頁4011。
〔註142〕〔清〕宋翔鳳：《洞簫樓詩紀》，卷8，見《清代詩文集彙編》，冊513，頁140。

2. 周儀暐

周儀暐，字伯恬，江蘇陽湖人。嘉慶九年（1804）舉人，官安徽宣城訓導、陝西山陽、鳳翔知縣，著《夫椒山館詩集》、《夫椒山館駢文》。嘉慶二十五年（1820，29 歲）五月四日，南歸途中，周儀暐於驛壁填詞，定盦作〈南浦〉和之，詞云：

> 羌笛落花天，辨香韉兩兩愁人歸去。連夜夢魂飛，飛不到，天塹東頭煙樹。空郵古戍，一燈敗壁然詩句。不信黃塵消不盡，摘粉搓脂情緒。　　登車切莫回頭，怕回頭還見高城尺五。城裏正端陽，香車過，多少青紅兒女。吟情太苦，歸來未算年華誤。一劍還君君莫問，換了江山詞賦。（頁 575）

周儀暐題壁之詞，定盦以爲「淒瑰曼絕」，故繼聲而作。周儀暐與宋翔鳳皆數試不第之士，故其詞亦多淒苦不遇之音。上片寫在落花時節，定盦與周儀暐等落第舉人懷愁離京，因路遠思鄉，遲遲未達。「空郵古戍」二句，寫周儀暐驛壁填詞之事。「不信黃塵」二句，自嘲長年汲汲營營奔走下塵，僅爲求得一第恩榮之窘境。下片以「登車切莫回頭」起筆，自傷酸楚之辭。「高城」喻紫禁城，「怕回頭」，但恐徒添傷情；「吟情太苦」二句，則寬慰周儀暐之「淒瑰曼絕」，亦是自我解嘲。結語「一劍還君」二句，所以再度落第所致，悲用世之志不酬，不如收劍入匣，持還故人，蓋發一時牢騷爾，非眞欲以文章度餘生也。此詞可與定盦約作於同時之詩互證。據其〈逆旅題壁，次周伯恬原韻〉云：「名場閱歷莽無涯，心史縱橫自一家。秋氣不驚堂內燕，夕陽還戀路旁鴉。東鄰嫠老難爲妾，古木根深不似花。何日冥鴻蹤跡遂，美人經卷葬年華。」（頁 449～450）此詩寫定盦對科舉名場之觀感。其敏銳察覺時代之「秋氣」、「夕陽」已至，雖以落第而語帶牢騷；但終因「攬轡澄清」之壯志，而仍未對科舉心死。

定盦自幼即因外祖父段玉裁而論交常州先輩學者、詞人。常派詞人大多出身清寒而殫力於學，然命際數奇，故詞風多哀感善愁；縱偶得一縣令，迫於生計，不得已仍奔赴數百里而就之，其坎壈之遇，可憫復可哀也。常州學風值嘉、道多難之際，故一時志士、詞人始自覺

轉治「經世實用」之學，若張琦、李兆洛、丁履恆、周濟等人，實有
用世之意，而未必卒有其遇；故發於詞，託意深隱，至有莫知其旨者，
尤具淒婉哀絕之音。定盦所以喜交常人，固有先輩惲敬等人折節下交
之厚誼，然其恃才跅弛，與惲敬、周濟相近，此又聲氣相通也。此外，
定盦少懷攬轡澄清之志，亦與常派學風爲近；故長年與常派諸人往
來，學風、詞風多少亦有常派影響之跡，而與宋翔鳳、周儀暐等知交
之詞作唱酬，彼此雖不相類，但其寄託、比興之法，約略相似，又不
盡同，此乃定盦受常州《公羊》學「微言大義」之影響也。

（三）吳派詞人

自嚴迪昌《清詞史》將戈載（1786～1856）爲首之「後吳中七子」
視爲浙派後期以降，〔註143〕大抵學界多從其說，故較少將「吳中詞
人群」視爲另一詞派研究；但亦有學者如：蕭鵬〈「吳中七子」與吳
派詞人群〉、〈清代吳中詞派初探〉及沙先一之專著《清代吳中詞派研
究》，〔註144〕皆將吳中詞人自浙派中獨立而撰專文研究。嚴迪昌視「後
吳中七子」等人爲浙派後期，而蕭鵬、沙先一則以戈載等人爲「吳中
詞派」之開山。此外，張宏生對南宋「江湖詩派」之界說，有令人深
省之論，〔註145〕可資參考。本論文從蕭鵬、沙先一等人之說，將「吳
中詞派」視爲個別詞派，加以考察定盦與吳派詞人群之交游關係。

〔註143〕嚴迪昌云：「『吳中七子』特別是戈載則是嘉道之際名噪詞苑的聲律
派代表人物，也是『浙派』詞風最後堅守者。」見嚴迪昌《清詞史》，
頁 451。嚴迪昌之後，遲寶東《常州詞派與晚清詞風》也將吳中詞
人群視爲「浙派末流：衰而不絕」，見遲寶東《常州詞派與晚清詞
風》，頁 132～137。

〔註144〕蕭鵬：《詞學》第十一輯，（上海：華東師範大學出版社，1993 年）、
蕭鵬：《中國詩學》第三輯，（南京：南京大學出版社，1995 年）；
沙先一：《清代吳中詞派研究》，（北京：人民文學出版社，2004 年）。

〔註145〕張宏生云：「中國古代的文學流派有著非常多元複雜的形態，根本
無法用某一個固定的標準去衡量。以前我在研究南宋江湖詩派時，
發現這個詩派的流品很雜，比較一致的倒是他們的生活形態。事實
上，當時以及後世把他們稱作『江湖詩人』，正是從這一點出發的，
至於它們是否具有一致的創作風格，倒不是一個特別受人關注的問
題。」見沙先一：《清代吳中詞派研究》，張宏生〈序〉。

關於「吳中詞派」標舉之宗旨，道光元年（1821），顧廣圻爲戈載序《詞林正韻》時，曾云：

> 每聞其言云：「詞之大要有二：曰律、曰韻」，病夫率爾倚聲者，都不以此爲事，於是欲起而救正之，各著一書。〔註146〕

據顧廣圻之言，可知戈載不滿當時詞壇不講「聲律詞韻」，率爾塡詞之風，欲正清浙派末流淺薄之弊，故標舉「聲律」大旗，一改亂象，進而有意爲「詞林指南」。戈載是繼常派張惠言倡舉「意內言外」之旨後，另一深具「尊體」意識之詞人。

吳派之樹幟始於道光二年（1822）春，戈載與王嘉祿倡刻《吳中七家詞》，吳派詞人群活躍期約六、七十年，〔註147〕對晚清以降詞壇仍具影響。前此，秦恩復、江藩、顧廣圻等「吳派先聲」，〔註148〕對吳派亦有先導與潛在影響。道光年間之吳派詞人群，以戈載、沈彥曾（？）、朱綬（1789～1840）、陳彬華（1790～1857後）、吳嘉洤、沈傳桂（1792～1849）、王嘉祿等「後七子」爲主，而以潘世恩（1769～1854）一門等吳中詞人群爲輔，〔註149〕潘氏詞人更是吳派詞風得以在詞壇流播之一支勁旅。嘉、道年間，定盦與顧廣圻、秦恩復、江

〔註146〕〔清〕顧廣圻，王欣夫輯：《顧千里集》，卷14，頁211。

〔註147〕《吳中七家詞》乃集戈載《翠薇花館詞》、沈彥曾《蘭素詞》、朱綬《湘弦別譜》、陳彬華《瑤碧詞》、吳嘉洤《秋綠詞》、沈傳桂《二白詞》（存目，因故未刻）、王嘉祿《桐月修簫譜》。見沙先一：《清代吳中詞派研究》，頁46～47。

〔註148〕秦恩復，精於律，著有《享帚詞》四卷。道光八年（1828），又校刻《樂府雅詞》、《詞源》、《草堂詩餘》、《詞林韻釋》、《陽春白雪》、《日糊漁唱》等六種爲《詞學叢書》二十三卷。又，江藩，論詞主「音律」，嚴於用韻，著《扁舟載酒詞》二卷。

〔註149〕杜文瀾云：「吳縣潘太傅文恭公，以殿撰居首揆，……著述等身，而詞無刊本。……長公功甫舍人曾沂，……所著有……《船庵詞》一卷。……星齋侍郎曾瑩，爲太傅仲子。所著《小鷗波館詩集》十卷，附詩餘一卷，……紱庭侍讀曾綬，太傅叔子、伯寅尚書尊人也。……有《睡香花室詞》、《秋碧詞》、《同心室詞》、《憶佩居詞》、《蝶園詞》、《花好月圓詞》，凡六種。……季玉觀察曾瑋，太傅公季子。……所刊《玉泉詞》百餘闋。」見〔清〕杜文瀾：《憩園詞話》，卷2，唐圭璋編：《詞話叢編》，冊3，頁2879。

藩及江沆等人甚爲深交，亦與吳嘉洤、陳裴之、王嘉祿、潘曾沂、潘曾瑩、潘曾綬兄弟及沈鑅等吳派詞人皆有往來；其中，定盦與顧廣圻、江沆、沈鑅有詞作往來、唱和，茲分論如下，以見彼此交游關係。

1. 顧廣圻

　　顧廣圻，乾嘉考據名儒，精校讎，著《思適齋詞》，計29闋。〔註150〕嘉慶二十年（1815）秋，爲江藩作〈扁舟載酒詞序〉云：「蓋聞塡詞之有宮律，譬則規矩也，其詞句之美，譬則巧也，所謂能事者，盡規矩之道以施夫巧者也。……迨至國朝，復起其廢，善言宮律者，椎輪萬氏，囊括《詞塵》是已。善用宮律而詞句兼美者，吾友江子屛，方今之一也。……故敢首揭此旨，將以待聞弦賞音者之擊節云。」〔註151〕可見顧廣圻、江藩力主「宮律」、「辭句」兼美之詞學觀，可視爲吳中詞派「標舉聲律」此一詞學主張之先河。顧廣圻與戈載之父戈宙襄過從甚密。〔註152〕其〈吳中七家詞序〉亦云：

> 其論詞之指，則首嚴於律、次辨於韻、然後選字練句、遣意命言從之。……是故名家之詞，……譬猶善歌者聲聲歸宮，字字入調，使人移情，而莫尋其分刌節度之跡也。詞非若此，固不足稱一時之盛，……予故弗惜饒舌，拈而出之曰：「此實唐、宋到今一線孤傳之金針也，諸子度得之矣，曷不更以與天下之思度者」。〔註153〕

顧廣圻不僅明揭後七子論詞首重「嚴律」及「辨韻」之詞學宗旨，亦強調須兼及「辭情兼勝」之文學美感。最末，又指後七子之詞能臻「聲」、「辭」、「情」兼美，而如善歌者「聲聲歸宮，字字入調，使人移情」，造語天然，而無雕琢之痕。顧廣圻標舉「聲律說」，除

〔註150〕王欣夫輯顧廣圻詞爲一卷，計29首，見〔清〕顧廣圻，王欣夫輯：《顧千里集》，頁59～71。

〔註151〕〔清〕顧廣圻，王欣夫輯：《顧千里集》，卷14，頁208。

〔註152〕顧廣圻與戈宙襄爲至交，可參見顧氏〈半樹齋文集序〉、〈詞林正韻序〉、〈閉門研思圖序〉、〈戈順卿塡詞圖序〉、〈清故孝子戈君之銘〉等文。

〔註153〕〔清〕顧廣圻，王欣夫輯：《顧千里集》，卷14，頁210。

此序外，尚見於〈扁舟載酒詞序〉、〈詞林正韻序〉、〈戈順卿填詞圖序〉、〈詞學叢書序〉等文，對吳派有推波助瀾之效，無疑是吳派之「傳道者」。正因對後生提攜之誼，故所作〈詞林正韻序〉、〈吳中七家詞序〉等文，不無過譽、溺情之辭，故爲謝章鋌所痛斥，云：「寶士（按：戈載字）素與顧千里廣圻遊，受其吹噓，千里於古文詩詞皆非當家，吾觀其所作戈氏父子諸文，多怪憤浮宕，而寶士填詞圖序，尤可失笑。……其詞才亦未知去陳氏幾由旬也，而千里又爲推倒迦陵，豈溺情而不自覺歟。」〔註154〕謝章鋌之言，可謂深中其病。

定盦與顧廣圻爲忘年知交，除有頻繁學術往來，亦有詞作酬贈。據定盦〈與張南山書〉云：「自珍二十年所接學士大夫，心所恭敬者十數子……，才之健似顧千里。」〔註155〕可知定盦甚爲推重其才學。嘉慶二十五年（1820，29歲），顧廣圻曾爲定盦所藏葉小鸞（1616～1632）眉子研賦〈浪淘沙〉云：

> 黛色割遙嵐。墨瀋微酣。是誰收拾小檀奩。留得寒簧天上影，長對初三。居士借經龕。位置偏諳。偷窺曉鏡語重參。
> 不許花箋題煮夢，解脫春蠶。〔註156〕

「研」，硯也。此詞上片詠物，以想像之筆先從眉色下筆，次寫佳人斜倚寒竹姿態，化用杜甫〈佳人〉「天寒翠袖薄，日暮倚修竹」之靜好形象，〔註157〕以喻定盦長對佳人「葉小鸞」之眉嫵也。下片寫來向定盦借「經龕」，顧廣圻嘗參禪學佛，有號澗蘋居士、思適居士。「偷窺曉鏡」則寫其心未定，仍有風懷，故云：「語重參」。結句則頗具禪理，蓋指定盦結習未盡，仍難以自解風流情事。

〔註154〕〔清〕謝章鋌：《賭棋山莊詞話續編》，見唐圭璋編：《詞話叢編》，冊4，頁3560。
〔註155〕〔清〕龔自珍：〈與張南山書〉，《花甲閒談》，見《四庫未收書輯刊》，冊3，卷6，頁62。
〔註156〕〔清〕顧廣圻，王欣夫輯：《顧千里集》，頁64。
〔註157〕〔唐〕杜甫著，〔清〕楊倫箋注：《杜詩鏡詮》（臺北：天工書局，1994年），頁231。

此外，道光元年（1821，30 歲）正月，二人嘗同往蘇州鄧尉山，作探梅之游。冬，定盫以北京石墨數種拓本寄顧廣圻，作〈清平樂〉云：

> 黃塵撲面。寒了盟鷗願。問我名場誰數見？冷抱寒陵一片。
> 別來容易經秋。吳天清夢悠悠。夢到一灣漁火，西山香雪
> 歸舟。（頁 577）

是年定盫以中書入內閣，故以「黃塵撲面」喻之；寫既入宦海，恐將難以「歸隱」，故有「寒了盟鷗願」之句，此當爲定盫曾與顧廣圻談及歸隱事。「問我」二句，寫此年雖爲內閣中書，然實則舉人身分，尚未登進士第，故頗有才命兩妨之嘆。下片寫歲月既遷，故人在吳地閒居治學，頗思正月與之同游蘇州鄧尉山探梅之事。詞中頗多感慨，又可見其心在用世、歸隱間游移也。顧廣圻詞今存不多，難窺全貌，但顧廣圻力主「宮律」、「辭句」兼美之詞學觀，顯見與定盫以「尊情」爲主之詞學觀迥異。雖然，亦無損二子交情，讀二子詞，彷彿可感交誼之深厚。

2. 江沅

江沅，有《染香庵詞鈔》、《算沙室詞鈔》。定盫之外祖父段玉裁與江沅之祖父江聲爲至交，故定盫與江沅之交游亦有先輩學緣。二子時相過從，定盫又嘗從之學佛、治釋典，江沅晚歲受戒於常州「天寧寺」，因未能忘懷世事，曾作「細慧煎春」詞傷之，故定盫作〈綺寮怨〉相慰。定盫詞云：

> 一榻茶煙午寂，落花天易陰。何人向花外吹簫？惹清夢飛
> 出幽林。江東俊游今倦，被怨曲撥起情怎禁？種閒愁容易
> 生苗，怕紅豆綠蕪春又深。　　人去休操斷琴。他生何許？
> 此生有約難尋。煙鎖登臨，門巷晝沉沉。天涯美人憔悴，
> 雲水外，定傷心。傷心怕吟，要消遣除聽千偈音。（頁 576）

此詞小序云：「江鐵君近有詞云：『細慧煎春，枯禪矗夢，都付落葉哀吟。』讀之潸然，因填此解，用宋人史邦卿韻。」可知江沅受戒出家後，又因心繫紅塵，而填此哀絕之詞。「細慧煎春」三句，以細慧「煎」

春，枯禪「蠹」夢，見江沅情禪交戰下，「情」勝乎禪，禪非但不能銷其傷心，轉成「煎」春、「蠹」夢之枷鎖。此十四字，句句扣魂，字字哀絕，令人不忍卒讀也，無怪定盦讀之潸然淚下。江沅不僅爲定盦學佛第一導師，更是段玉裁門生，二人亦師亦友，故交情尤深。上片「一榻茶煙午寂，落花天易陰」二句，乃就「細慧煎春」句而寬慰江沅，寫時間之影響也；「何人向花外吹簫？惹清夢飛出幽林」二句，更就「枯禪蠹夢」句寬慰江沅，寫空間之影響也；「江東俊游今倦，被怨曲撥起情怎禁」二句，亦就「都付落葉哀吟」句寬慰江沅，寫今昔異同之影響也。「種閒愁容易生苗，怕紅豆綠蕪春又深」二句，勸告江沅莫讓本心爲閒愁所牽，亦莫讓本心爲相思所動，意即了卻佛教所稱三毒之「癡」。〔註158〕下片以伊人已遠，此生不可復尋，勸勉江沅勿登高懷逝，不然，伊人定因故人之哀絕而更傷心。結句則寬慰江沅當勤於持誦佛經，以銷閒愁、相思之情。定盦長年從江沅學佛、治釋典，後乃反寬慰之；又定盦詞，亦多有禪味與佛教典故，顯見二人之佛學思想及詞學觀，彼此互有影響也。

3. 沈鋆

　　沈鋆，原名杰，一名元述，字偉長、秋白，號晴庚，江蘇無錫人。道光十二年（1832）補貢生，著有《留漚吟館詞存》。秦湘業（？）〈沈晴庚小傳〉云：「家貧力學，工詩賦，兼精篆刻。……後君客袁浦萬氏，喜從龔定盦、戈順卿諸君游，而與郭頻伽子桐尤習，遂工倚聲。是時，順卿講詞律甚嚴，君宗之。然戈所爲《翠薇花館詞》重腦無性靈，而君則清言遠旨，不失南宋人遺意，論者以爲實勝於戈。……著作散佚甚多。」（《樊譜》，頁 524）。可知沈鋆從定盦、戈載、郭麐

〔註158〕 三毒，亦稱「三垢」、「三火」。佛教用語。指貪、瞋、癡三種煩惱。……《大乘義章》卷 5 云：「然此三毒，通攝三界一切煩惱。」《別譯雜阿含經》卷 11 云：「能生能欲，瞋恚，愚痴，常爲如斯三毒所纏，不能遠離獲得解脫。」見任繼愈主編：《宗教辭典》（上海：上海辭書出版社，2009 年），頁 45。

嗣子郭桐（？～1849）等人游，頗受定盦晚年詞風、戈載「辨律審音」之詞學觀及浙派郭桐之影響；故沈鑅之詞宗法南宋，雖尊戈載「審音辨律」之說，但其詞風清新，託意亦遠，能自抒性靈；不似戈載之詞，過度強調「詞律」，而少有情趣。

　　道光二十一年（1841）夏，定盦因事過袁江，晤沈鑅。據沈鑅《懷舊錄·仁和龔定盦先生》云：「辛丑夏，先生有事爰（袁）江，禮先于予，一見即誦予詩詞，蓋皆酒邊贈友之作，先生見之京師者。時相聚匝月，談宴無虛日。」〔註159〕可知定盦與沈鑅相識甚晚，但二人詞作往來頗多。定盦有〈水調歌頭〉贈之，沈鑅依原韻作詞爲酬。沈鑅〈水調歌頭·定盦禮部迭次見示，並蒙贈詞，爰倚韻奉答〉云：

> 長揖謝卿相，翰墨結新緣。少年豪氣仍在，高踞萬峰巔。到處珠槃玉敦，照耀江山風月，還往總宜船。來日莫怊悵，今夜擁花眠。　　驢背上，僧寮裡，酒壚前。人生富貴妄耳，何用勒燕然。我本頭街漫士，不羨龍門掉尾，水擊路三千。準擬譜漁笛，醉和石湖仙。〔註160〕

此詞上片寫二人因「詩詞」結緣而成新知，定盦是時雖已辭官南歸，但仍不減當年之「少年豪氣」。下片則對定盦晚年潦倒困頓之生計，試以寬慰。以「驢背上，僧寮裡，酒壚前」三句，引出定盦晚年非「訪僧論禪」，即與文人飲酒論詩詞之雅士形象；而「人生富貴妄耳，何用勒燕然」以下五句，則筆鋒一轉，對功名富貴之事，一笑置之，此兼自解與寬慰之辭也。結句「準擬譜漁笛」，是沈鑅自指精於詞律，一如精音律，能爲自度曲之姜夔（1155～1221）；而「醉和石湖仙」，則以范成大（1126～1193）喻定盦（按：范成大，號石湖居士）。蓋借指與范成大同爲一代大詩人，又兼有詞名之定盦。此外，定盦曾向沈鑅出示晚年所著《庚子雅詞》，沈鑅爲題〈一斛珠·定盦禮部以近

〔註159〕〔清〕沈鑅：《沈晴庚詩文集》，卷5，轉引《樊譜》，頁523～524。
〔註160〕〔清〕沈鑅：《留謳吟館詞存》，轉引孫文光等編：《龔自珍研究資料集》，頁45。

制庚子雅詞見示，索題其後〉云：

> 珠塵玉屑，側商調苦聲嗚咽。愁心江上山千疊。但有情人，
> 才絕總愁絕。　　板橋楊柳金閶月，累儂也到愁時節。一
> 枝瘦竹吹來折。恰又秋宵，風雨戰梧葉。〔註161〕

此詞乃沈鎣題於定盦晚年詞集《庚子雅詞》之作，可視爲其品評定盦此一詞集之評價。沈鎣指出《庚子雅詞》多情淒恨蒼涼之詞風，以「側商調苦」、「愁心」、「愁絕」等句，形容定盦工於寫情言愁，有百轉千折之委婉寄託。又以「瘦竹吹來折」、「風雨戰梧葉」等具體物形容定盦詞之激烈哀感，可謂深知定盦詞者。

　　浙、常、吳三派對兩宋詞人之宗尚與貶抑，不僅關乎其開宗立派之根本，更體現清代詞學南、北宋之爭。三派詞人彼此多有過從、唱酬與集會分韻，或論詞評跋、作序，足見嘉、道詞壇之多元詞風與詞人之相互影響。定盦與三派詞人多有交游、唱酬。道光三年（1823）夏，定盦詞集付刊前，曾自選去取甚嚴，故今傳世之詞，遠非全貌，其與嘉、道詞人之關係，亦難以全面考察。但經筆者考察，以浙派而言，定盦與改琦、袁通、汪珵、汪全德、孫麟趾、姚宗木、許乃穀、夏寶晉等人交游較爲密切，亦有詞作往來；其中，對汪珵及孫麟趾詞有較高之評價，而定盦晚年曾自悔舊作，其《庚子雅詞》又以「雅」字冠詞集，實可略窺端倪。而常派詞人中，丁履恆、張琦、李兆洛等人，與定盦雖無詞作唱酬，然常派學者詞人群之「經世」學風，實則曾影響定盦「文學經世」之思想。又，定盦與宋翔鳳、周儀暐二子交游、唱酬較多，情亦深厚，彼此詞風難免有所影響。此外，吳派詞人中，定盦與後七子之吳嘉洤、王嘉祿及陳裴之、潘曾沂、潘曾瑩、潘曾綬兄弟皆有交游，更與顧廣圻、江沅、沈鎣三人均有詞作往來。其中，江沅之佛學思想曾影響定盦詞風，而沈鎣又嘗受定盦若干詞風影響。

〔註161〕〔清〕沈鎣：《留漚吟館詞存》，轉引孫文光等編：《龔自珍研究資料集》，頁45。

　　定盦雖與三派詞人有或密或疏之往來，然自彼此交流之詞作、唱酬、集會中，未見定盦全然傾向某一派或個別詞人，此蓋定盦詞以尊「情」反「僞」之「人詞合一」爲主；重視詞人自我感慨之抒發，兼之自幼即有「尊體觀」，故雖受三派詞人若干影響，卻仍可見「自鑄其詞」之眞我面目。譚獻《復堂詞話》論定盦詞，云：「綿麗沉揚，意欲合周、辛而一之，奇作也。」〔註162〕譚獻之說，不爲無識。定盦詞之慷慨悲壯處，與稼軒爲近；而其清新綿麗處，又似清眞。二者不可以合，合之而爲一，自定盦始。此其詞所以不爲各派所牢籠之故也！

〔註162〕〔清〕譚獻：《復堂詞話》，見唐圭璋編《詞話叢編》，冊4，頁3997。

第三章　常州學派與龔定盦詞學

　　嘉、道學界雖以考據為主，但深究「微言大義」，上追聖王理想之常州學派時雖不顯，亦並存焉。定盦除受龔氏家學與外家段氏考據之學影響外，後又嘗師從劉逢祿治常州莊氏《公羊》學，知交如宋翔鳳與魏源皆為常州派之重要學者。定盦之學不專主一格，其學術思想以「經世致用」為主，其詞亦有「文學經世」之目的；故欲知其詞，必先論其學術思想，而後知學術思想對其詞之影響。

第一節　常州學派與龔定盦之學術淵源

　　在乾、嘉考據學風籠罩下，以莊存與、莊述祖（1750～1816）、劉逢祿、宋翔鳳、莊綏甲等常州學者為主，悄然興起一股以策論發揚經學中「微言大義」之學風，學界稱「常州學派」。[註1] 嘉、道以降，

〔註1〕周予同云：「常州學派又稱公羊學派、清今文學派。今文學發展到清代，只留存《公羊》學了。《公羊》學是今文學的齊學。後期清學，是以反東漢古文學而恢復西漢今文學為特徵。」見周予同：〈中國經學史講義〉，收入王元化主編：《學術集林》第 8 卷（上海：上海遠東出版社，1996 年），頁 77。關於常州學派之興起，錢穆、蔡長林等人看法歧異。錢穆說：「考據既陷絕境，一時無大智承其弊而導之變，徬徨回惑之際，乃湊而偶泊焉。其始則為公羊，又轉而為今文，而常州之學，乃足以掩脅晚清百年來之風氣而震盪搖撼之。」見錢穆：《中國近三百年學術史》，頁 582。按：錢穆之說，乃以「常州學派起於

「積威日弛，人心已漸獲解放，而當文恬武嬉之既極，稍有識者，咸知大亂之將至。」〔註2〕當是時，定盦、魏源此等有識之士皆思有以救之，二人嘗從劉逢祿受《公羊》學，更引《公羊》譏切時政，非無故也。

一、常州學派與莊存與

常派與以考據學爲主之吳、皖、揚三派學術定位不同，亦各異趣。蔡長林論「常州學派」，以爲常派乃「廟堂之學」，吳、皖、揚三派爲「在野之學」，云：

> 常州莊氏所爲經義策論，乃廟堂之學；至於吳、皖、揚所爲考據之業，則在野之學，常州學派與當時學風之不相入，理應由廟堂儒學與在野儒學的差異思考之，而今文學意識的萌牙，也產生在此兩種不同學風的激盪中。然究其底蘊，實爲文士與經生背景之異耳。〔註3〕

蔡氏之說不僅釐清常派之學術定位與今文學萌牙之因，並指出其異於吳、皖、揚三派學術之關鍵，更道破「文士」、「經生」之分歧，正是「經義策論」與「考據之業」迥異之根本要因。而常州莊氏「廟堂之學」，即是乾隆年間莊存與以經術任成親王之師傅爲始也。〔註4〕

考據之衰」而論定之。但蔡長林則持異見：「常州學派可謂與乾、嘉相終始，……而表現出來的學術特徵，是當代兩種不同學術信念之間的對話，而不是後起者對前人學術的批判。所以梁（按：梁啓超）、錢二先生由考據之衰以論常州之起，只能說明常州傳衍在晚清的興盛之勢；其常州學派起於考證之衰的論斷，竊以爲恐不足以盡之。」見蔡長林：《從文士到經生——考據學風潮下的常州學派》，頁27。

〔註2〕梁啓超：《清代學術概論》（北京：中華書局，2010年），頁107。

〔註3〕蔡長林：《從文士到經生——考據學風潮下的常州學派》，頁12。

〔註4〕魏源〈武進莊少宗伯遺書序〉云：「武進莊方耕少宗伯，乾隆中以經術傅成親王于上書房十有餘載，講幄宣敷，茹吐道誼，子孫輯錄成書，爲《八卦觀象上下篇》、《尚書既見》、《毛詩說》、《春秋正辭》、《周官記》如干卷。」見〔清〕魏源：《魏源集》，頁237。

　　莊存與，〔註5〕生平著作等身，治學以六經爲宗，專明「先聖微言大義」，雖被學者譽爲清代「今文學啓蒙大師」，〔註6〕並以其《春秋正辭》爲刊落訓詁名物，專求聖人「微言大義」之作，但亦有學者如：張壽安以爲莊存與「不爭今、古文」，蔡長林亦以爲若從「經學概念」、「著作屬性」觀之，莊存與實未有今、古文經學之問題或立場。〔註7〕阮元〈莊方耕宗伯經說序〉曾云：

〔註 5〕莊存與，字方耕，號養恬，江蘇武進人，少從其舅錢氏講肆，奠定其學根柢，乾隆十年進士，歷主浙江、湖北鄉試，曾督學順天、河南，官至禮部侍郎，著有《春秋正辭》、《春秋舉例》、《春秋要指》、《毛詩說》、《尚書既見》、《周官記》……等，輯爲《味經齋遺書》。

〔註 6〕梁啓超：《清代學術概論》，頁 113。

〔註 7〕張壽安云：「（莊存與）即治群經，亦不辨其僞，不爭今、古文。故於公羊之外，兼治周官、毛詩，著有《周官記》、《毛詩說》等書。這和後來的常州學者專治公羊，罷黜古文不同。」見張壽安：《龔自珍學術思想研究》（臺北：文史哲出版社，1997 年），頁 81。又，蔡長林亦云：「今、古文觀念之分，或者說，要成爲一個今文學者的基本條件，可先由學者對六經的排列順序來談。今文家以《詩》、《書》、《禮》、《樂》、《易》、《春秋》爲次，作爲經典研習進階之序，《漢書·藝文志》以前，典籍所載，多以此序；古文家以《易》、《書》、《詩》、《禮》、《樂》、《春秋》爲次，表明文獻時代之先後，《漢書·藝文志》所載，可爲代表。……筆者觀《味經齋遺書》目錄，於諸經之排列亦同《漢志》之序，其中意義，正顯示出莊氏的經學概念中，並未存在著今、古文學的問題。若存與的學術概念近於今文學，或自以爲是今文家，則於此大關鍵處，必不含糊。再從今、古文的角度來看存與著作之屬性。存與之《易》，貫串群經，根源朱子。存與之《尚書》，……又存與著《毛詩說》，講的是古文《毛詩》……其《三禮》之學，講的是古文《周禮》，……又今文學者以爲《樂》本無經，古文學者則認爲《樂》本有經而亡佚。而存與有『譜其聲，論其理，可補古《樂經》之闕』的《樂說》行世。所以，從今、古文經學的立場觀之，存與之學理應是古文學的成份居多。至於《春秋》，莊存與經說雖有右《公羊》駁《左氏》之處，然所持理由與其右《毛傳》駁《鄭箋》是一致的，同是以誰得聖人眞義爲依據，而非立足於今、古文學之立場判其優劣，此爲尤須注意者。……他的《春秋正辭》體質應是近於啖、趙以來的《春秋》學傳承，所欲探究者乃《春秋》之精神，僅執《公羊》以視《正辭》，目莊氏爲今文學家，尊爲晚清今文學之祖，實非眞能原莊氏之意者。」見蔡長林：《從文士到經生——考據學風潮下的常州學派》，頁 31～34。

> 于六經皆能闡抉奧旨，不專專爲漢、宋箋注之學，而獨得
> 先聖微言大義于語言文字之外。斯爲昭代大儒。……通其
> 學者，門人邵學士晉涵，孔檢討廣森及子孫數人而已。〔註8〕

可見莊存與治《公羊》，不僅兼采左、穀之學，其治經態度實與乾、
嘉考據學大異其趣，故難顯於世，而莊存與亦秘不示人。除其徒邵晉
涵、孔廣森能通其學外，其學一傳爲其姪莊述祖，再傳爲外孫劉逢祿
與宋翔鳳；定盦與魏源則師承劉逢祿而友宋翔鳳、莊綬甲，〔註9〕故
可謂常州莊氏之學之嫡傳弟子。

　　莊存與年輩盧文弨、江聲、王鳴盛、戴震、紀昀、程瑤田、趙翼、
錢大昕、朱昀等漢學家相近；又與乾、嘉名儒戴震、朱珪等人有所往
還。其學當時雖不顯，但亦因莊存與「亦秘不示人」，故「自韜污受
不學之名」。據定盦〈資政大夫禮部侍郎武進莊公神道碑銘〉云：

> 學足以開天下，自韜污受不學之名，爲有所權緩亟輕重，
> 以求其實之陰濟於天下，其澤將不惟十世；以學術自任，
> 開天下知古今之故，百年一人而已矣。若乃受不學之名，
> 爲有所權以求濟天下，其人之難，或百年而一有，或千載
> 而不一有……。（頁 141）

定盦推尊莊存與，以爲「學足以開天下」，認爲以學術自任，其學實
能「陰濟於天下」。但錢穆《中國近三百年學術史》論常州之學，云：
「莊氏爲學，既不屑屑於考據，故不能如乾嘉之篤實，又不能效宋明
先儒尋求義理於語言文字之表，而徒牽綴古經籍以爲說，又往往比附
以漢儒之迂怪，故其學乃有蘇州惠氏好誕之風而益肆，其實則清代漢
學考據之旁衍歧趨，不足爲達道。」〔註10〕錢氏以爲莊氏之學出於蘇
州吳派，既無篤實考據，卻有惠棟之學講究家法與好誕流弊。錢說較
之張壽安、蔡長林之言，不免過苛。

〔註8〕〔清〕莊存與：《味經齋遺書》（光緒八年刊本），卷首，阮元序。
〔註9〕莊綬甲，字卿珊，存與之孫，述祖之從子，諸生；能克紹家學，於經
　　　無所不窺，著《周官禮鄭氏注箋》、《尚書考異》、《釋書名》等。
〔註10〕錢穆：《中國近三百年學術史》，頁 582。

學者多以莊存與《春秋正辭》一書探原莊氏推尊「西漢今文學」，但蔡長林則以爲莊氏之學術理想在「三代」而非「西漢」，蔡氏云：「正如同存與取資《公羊》而意實在《春秋》之褒貶，其重於西漢者，實在據以可推三代理想，所以他所重視者，並不在《公羊》或西漢本身。……莊氏論學，所陳多三代聖王之理想，而一以孔子爲據。……故與其說存與學宗西漢，不如說他的學術理想在三代，如阮元所云『獨得先聖微言大義于語言文字之外』，或如李兆洛所謂『融通聖奧，歸諸至當』者，差堪近之。存與之推崇《周禮》，以及對僞《古文尙書》的辯護，亦可以從這個角度來觀察。這一切的論學傾向，與其仕在禁近，爲皇家導師，關係密切。」〔註11〕莊存與既不爲漢、宋之辨，又不喜考據之學，以其皆非三代聖王之道。正因莊氏之學非漢非宋，不顯于時，故通其學者僅有邵晉涵、孔廣森二徒、其姪莊述祖與外孫劉逢祿、宋翔鳳及其孫莊綬甲數人而已。

在乾、嘉考據學風潮下亦形成一種學術壓力，此一壓力又不僅限於常州學人，「例如雖治漢學而堅持尊宋立場的翁方綱與程晉芳，例如在四庫館孤立無援的姚鼐與桐城派，例如一介文人的錢載與袁枚，又例如始終以戴震爲假想敵的章學誠。」〔註12〕如此即可釋疑何以章學誠曾數度譏彈戴震。〔註13〕正因乾、嘉學者爭執非惟止於「學問」，

〔註11〕　蔡長林：《從文士到經生──考據學風潮下的常州學派》，頁36～37。
〔註12〕　此一學術壓力，蔡長林將之析論云：「是考據學對科舉文人行之久遠的學問表現方式──辭章之學的否定，以爲是『藝』而非『道』。若涉及到經典解釋這一層次，則是經生的知識性解釋對文士的價值解釋之否定。而且這種否定從形式（辭章不足以表現學問）到內容（漢學家對宋學強調政治性與道德性話語的厭惡心理）又輻射到文人賴以生存的八股取士制度上（以漢學知識在二、三場與文士較長短）」。見蔡長林：《從文士到經生──考據學風潮下的常州學派》，導言。
〔註13〕　據章學誠《章氏遺書・記與戴東原論修志》載，章學誠與戴震曾於乾隆三十八年（1773）夏晤面於浙江寧波，就地方志纂修體例各抒己見，後不歡而散。此後，章學誠更數度批評戴震學行，相關文章可參見章學誠之〈書朱陸篇後〉、〈又答朱少白書〉、〈又與朱少白書〉等篇。

更涉及學者自身言行與仕途等問題，故漢、宋之爭在此學術壓力下所展現者，除經學、理學門戶之歧見外，更有學者對義理、詞章、考據三者之各自抉擇。在以「漢學考據」爲主之乾、嘉學界，莊存與可稱乾隆朝中嚴守儒家「經世傳統」之代表，但論經與解經終究不同，文士與經生亦異途，〔註14〕致使此一以莊存與爲代表之「經義策論」鮮爲時人所接受，遂難顯於世也。〔註15〕由定盦所作之〈資政大夫禮部侍郎武進莊公神道碑銘〉一文，可知其不啻推重莊存與學術，更深感其「受不學之名，爲有所權以求濟天下」之「經世致用」精神，蓋爲有所「裨益時務」，非徒爲「辨古籍眞僞」而已。

二、常州學派之關捩——莊述祖

莊述祖，〔註16〕十歲而孤，隨伯父莊存與游，潛心經術，爲嘉慶年間常州學派承先啓後之關捩。莊述祖不僅上繼莊存與之家學，更是劉逢祿、宋翔鳳二子之師承，可謂間接影響定盦學術者，然學者往往忽略之。莊述祖不啻與段玉裁、章學誠、邵晉涵、汪中、王念孫、洪亮吉、劉台拱、孔廣森、孫星衍、凌廷堪、張惠言、江藩等學者年輩相近；其中又與孫星衍、段玉裁、王念孫、張惠言、洪亮吉、洪飴

〔註14〕文士與經生之分途，屢見於乾、嘉學者之文章，如：定盦外祖段玉裁所作〈懷人館詞序〉即冀望其用心於經史，而勿爲有害治經史性情之「倚聲」。又，段氏〈與外孫龔自珍札〉也引萬斯同勸戒方苞之言，期勉定盦勤讀經史，努力爲名儒、名臣，而「勿爲名士」。二文作於嘉慶十七年（1812）及十八年（1813），可見當時「文士」與「經生」分歧之深。

〔註15〕董士錫云：「莊先生存與……未嘗以經學自鳴，成書又不刊版行世，世是以無聞焉。」見〔清〕莊存與：《味經齋遺書》（光緒八年刊本），卷首，董士錫〈易説序〉。

〔註16〕莊述祖，字葆琛，莊培因之子，存與之姪。乾隆四十五年進士，官山東濰縣、桃源同知，學者稱「珍藝先生」，著有《歷代載籍足徵錄》、《五經小學述》、《毛詩考證》、《尚書今古文考證》、《珍藝宧文鈔》、《夏小正經傳考釋》……等。按：黃開國統計張廣慶與蔡長林二氏關於莊述祖之著作之數，以爲應在四十種以上。見黃開國：《清代今文經學的興起》（成都：巴蜀書社，2008年），頁188。

孫父子、惲敬等人皆有書信往還或交游，〔註17〕可見莊述祖與乾、嘉學者仍有相當之學術往來。其外甥宋翔鳳作〈莊珍藝先生行狀〉云：

> 同時王給事念孫作《廣雅疏證》，段大令玉裁作《說文正義》，每采先生之說，歎爲精到。不知其尚爲微文碎義，非其至者也。〔註18〕

可知莊述祖之小學造詣頗高，亦見其與乾、嘉學者多有論學往來，而其治經雖雜以考據之法，但經學思想卻又迥異於王念孫、段玉裁等學者。莊述祖於五經皆有著述，而尤勤於考證《尚書》、《毛詩》、《夏小正》。其論學仍襲伯父莊存與關於經說中之「聖王之道」之發揮，校勘及考釋所作《歷代載籍足徵錄》、《五經小學述》、《毛詩考證》、《尚書今古文考證》等書，一以今、古文家法爲取捨準繩；不僅影響外甥劉逢祿與宋翔鳳之治經態度與學術取向，亦間接影響定盦與魏源之學術。

　　莊述祖雖承家學，但論學既不同於莊存與「不主今文學」之立場，又與定盦、魏源等後學迥異。莊述祖治《尚書》，一折衷於〈書序〉；魏源治《尚書》，則闡西漢伏、孔、歐陽、夏侯之幽。〔註19〕然莊述祖治《春秋》，專主董仲舒、何休之《公羊》，而斥《左傳》、《穀梁》；〔註20〕劉逢祿、宋翔鳳治《春秋》，亦受莊述祖影響而重《公羊》。故蔡長林云：「蓋逢祿述舅氏莊述祖之學，於《春秋》多所創獲，所重者在宗《公羊》，而斥《左傳》、《穀梁》，大異外祖父莊存與平視《三

〔註17〕　可參見莊述祖所著《珍藝宦文鈔》，卷6。
〔註18〕　〔清〕宋翔鳳：《樸學齋文錄》，卷4，見《清代詩文集彙編》，冊513，頁385～386。
〔註19〕　莊述祖〈答孫季逑觀察書〉云：「述祖嘗學《尚書》，病其無可依據，《僞孔傳》又陋且略，求之於伏生傳，馬、鄭、王諸家注，時亦有所去就，而一折衷於〈書序〉。」見〔清〕莊述祖：《珍藝宦文鈔》（上海籍出版社影印清嘉慶道光間武進莊氏脊令舫刻珍藝宦遺書本），卷6，頁1。又，〔清〕魏源：《魏源集》，〈書古微例言上〉，頁115。
〔註20〕　莊述祖：〈夏小正經傳考釋三〉云：「凡學春秋者，莫不知《公羊》家，誠非《穀梁》所能及，況左氏本不傳《春秋》者哉！」見〔清〕莊述祖：《珍藝宦文鈔》，卷5，頁5。

傳》之態度。翔鳳既衍其緒,欲以《公羊》攝群經,又獨標以西漢爲宗。二子影響龔、魏,而今文、古文之分遂起;其後廖平(1852～1932)、康有爲(1858～1927)、崔適(1852～1924)專以今文爲門戶,今、古文之爭亦起,晚清今文學派之名實即由此而來。然詳其根源,實始於莊述祖關於《尚書》與《春秋》之論說。」〔註21〕蔡氏之論,可稱卓識。可見莊述祖於常州學派三代學術間傳承與轉化之重要,其經學思想較之伯父莊存與,更具西漢今文學之色彩。雖然,莊述祖之治學形態卻由文士走向「經生」,由經術文章走向「漢學考據」,並以文獻考索的之面目隱藏其政治理想之學術轉變。〔註22〕

三、龔定盦與常州公羊學

　　嘉慶時,學術界仍爲漢學考據所牢籠,多數學者尚潛心於文字、聲韻、典章、制度、輯佚上,同時,漢學家猶昧於現實,而不談「經世致用」所衍生之弊亦日漸浮現。此時,「文字獄」較之乾隆朝可謂甚寬,但清廷國勢已現中衰之象,少數具憂患意識之學者、文士,亦自覺向漢、宋之學外,力尋其他救衰振頹之良徑。

(一)劉逢祿與宋翔鳳

　　在莊述祖歿後(按:嘉慶二十一年,1816),嘉、道年間,常州莊氏之學以劉逢祿、宋翔鳳領軍,二人年輩與焦循、黃丕烈、阮元、洪頤煊(1765～1833)、王引之、顧廣圻、臧庸、方東樹、馬瑞辰(1782～1853)、陳奐等學人爲近。莊述祖治《公羊》,其甥劉逢祿成其業,而宋翔鳳羽翼之。〔註23〕劉逢祿交游之先輩如:段玉裁、王念孫、孫

〔註21〕蔡長林:《從文士到經生——考據學風潮下的常州學派》,頁42～43。

〔註22〕蔡長林以爲莊述祖「雖未嘗背離存與的路線;然其學術理想已因後繼者失去發揮於上層政治舞臺之機會,僅能表現於學術場域,而融入於考據語境之中,以故在表現方法上未能跳脫訓詁考據,而背離了莊存與以經術文章發揮經典微言大義的模式。」見蔡長林:《從文士到經生——考據學風潮下的常州學派》,頁44。

〔註23〕宋翔鳳〈莊珍藝先生行狀〉云:「嘗云:『吾諸甥中,劉申受可以爲

星衍等學者；友人如：丁履恆、張琦、董士錫、李兆洛、惲敬、陸繼輅、周儀暐、陳奐等人，〔註24〕門生承其《公羊》學者，則定盦與魏源。後代今文經學之樹立，當溯源至劉逢祿治經重「家法」與「師傳」。

劉逢祿，〔註25〕少受經學，好董仲舒、何休之書，其學出於舅氏莊述祖，盡得外家莊氏遺緒。據劉逢祿自稱：「從舅氏莊先生治經，始知兩漢古文、今文流別。」〔註26〕指明其對治經態度仍循莊述祖「一以今、古文家法為取捨準繩」。劉逢祿嘗謂於《春秋》獨有神悟，又稱各經中能顯微闡幽者僅有《公羊》，故探原董仲舒，發揮何休之學。蓋董、何二氏皆傳《公羊》學，其中以何休最精於「條例」。劉氏治《春秋》，推尊《公羊》，斥《左傳》、《穀梁》，又特重家法，故「生平著作甚豐，其屬春秋之書者十有餘種，專興何氏一家之言。」〔註27〕可知對何休之重視。又著《左氏春秋考證》，以為「左氏是史」，非解經之傳；作〈春秋論〉，以為「無三科九旨則無公羊，無公羊則無春秋，尚奚微言之與有？」〔註28〕此外，更進而探求聖人之「微言大義」，云：「董、何之言，受命如響，然則求觀聖人之志，七十子之所傳，舍是悉適焉？」〔註29〕故作《春秋公羊經何氏釋例》，以發明何休「張三世」、「通三統」、「絀周王魯」之大義。張壽安論劉逢祿之

師，宋于庭可以為友。』」見〔清〕宋翔鳳：《樸學齋文錄》，卷4，見《清代詩文集彙編》，冊513，頁385～386。

〔註24〕劉承寬〈先府君行述〉，見〔清〕劉逢祿：《劉禮部集》（道光十年思誤齋刊本），附錄，頁8。

〔註25〕劉逢祿，字申受，武進人，莊述祖外甥，莊存與外孫，嘉慶十九年進士，官禮部主事，著有《劉禮部集》。

〔註26〕〔清〕劉逢祿：《劉禮部集》，卷9，頁20。

〔註27〕陸寶千：《清代思想史》（上海：華東師範大學出版社，2009年），頁224。

〔註28〕劉逢祿〈左氏春秋考證自序〉、〈春秋論下〉，見徐世昌等編，沈芝盈等點校：《清儒學案》（北京：中華書局，2008年），冊3，卷75，〈方耕學案下〉，頁2875、2895。

〔註29〕劉逢祿〈春秋公羊經何氏釋例自序〉，見徐世昌等編，沈芝盈等點校：《清儒學案》，冊3，卷75，〈方耕學案下〉，頁2872。

學，云：「逢祿治春秋獨尊公羊，雖不斥古文，然其治學態度之重家法、條例，卻已啓後世『尊今文之有家法，斥古文之無師傳』之端倪矣。」〔註30〕此說甚確矣！

如前所述，莊存與雖求先聖「微言大義」之作，非但不主今文學，更是平視《三傳》；而莊述祖關於《尚書》與《春秋》之論說，如：「嘗學《尚書》，病其無可依據，……而一折衷於〈書序〉」、「凡學《春秋》者，莫不知《公羊》家，誠非《穀梁》所能及，況左氏本不傳《春秋》者哉」，所說影響劉逢祿之治學甚深。而劉逢祿獨宗《公羊》，黜斥《左傳》、《穀梁》，其重家法、師傳之態度，已揭今、古文經學分界之意。〔註31〕

關於定盦受學於劉逢祿一事，始於嘉慶二十四年（1819，28歲）。當時定盦應會試，落第後留京，遂從劉逢祿問學《春秋》，有詩紀之：「昨日相逢劉禮部，高言大語快無加。從君燒盡蟲魚學，甘作東京賣餅家。（就劉申受問公羊家言）」（〈雜詩，己卯自春徂夏，在京師作，得十有四首〉第 6 首，頁 441）又，〈己亥雜詩〉第 59 首自注：「年二十有八，始從武進劉申受受《公羊春秋》。」（頁 514）可知此年是定盦經學思想雜入常州《公羊》學之始，亦是其經學思想轉變之時。道光十九年（1839），劉逢祿既卒之十年，定盦辭官南歸途中，曾感懷其師，作〈己亥雜詩〉第 59 首云：「端門受命有雲礽，一脈微言我敬承。宿草敢祧劉禮部，東南絕學在毘陵。」（頁 514）指出常州莊氏在東南之學術地位，亦見其師生之情篤厚也。此外，與劉逢祿同為莊述祖外甥，並傳莊氏家學者，尚有定盦摯友「宋翔鳳」。

〔註30〕張壽安：《龔自珍學術思想研究》，頁 85。
〔註31〕劉逢祿〈詩古微序〉云：「今學之師承，遠勝古學之鑿空。非若左氏不傳《春秋》，逸《書》、逸《禮》絕無師說，費氏《易》無章句，毛《詩》晚出，自言出自子夏，而序多空言，傳罕大義，非親見古序之有師法之言與？」見徐世昌等編，沈芝盈等點校：《清儒學案》，冊 3，卷 75，〈方耕學案下〉，頁 2899。

　　宋翔鳳，〔註32〕少時深受考據學影響，兼治辭章，故文集名曰
《樸學齋文錄》。據蔡長林云：「翔鳳曾兩撰〈憶山堂詩錄序〉，皆言
及年少時居里中學爲考據之情形，如嘉慶二十三年（戊寅，1818，42
歲）所作〈憶山堂詩錄序〉云：『余十幾歲，里門耆宿方談古文訓故
之學，聞而竊慕。』又嘉慶二十五年（庚辰，1820，44歲）所作〈憶
山堂詩錄序〉亦云：『余初事篇什，風氣已降，爲者空疏無事，學問可
率意而成，遂不甚致力，乃學爲考據，則如拾瀋，莫益於用，而又置
之。」〔註33〕其考據學由其父宋簡（？）及其師汪元亮（？）所授。
嘉慶四年（1799），隨母歸常州，曾留常州依舅氏莊述祖受外家之學。
〔註34〕同時，又嘗從段玉裁治《說文》，〔註35〕遂通訓詁名物。段玉
裁宗許、鄭之學，外家莊氏則宗西漢家法，以發揮先聖微言大義；二
者皆有影響，故宋翔鳳調和二者，以成就其學。

　　歷來學者對定盦與魏源同受劉逢祿《公羊》學影響，遂開後世「援
經議政」之風，言之多矣；然較少論及宋翔鳳在「常州學派」之作用。
誠如蔡長林所云：

> 學者不應忽略章太炎的兩位老師譚獻與俞樾，都曾受到宋
> 翔鳳的影響，前者爲詞學名家，而以常州學派自居；後者
> 雖承乾、嘉學術之脈，然治《春秋》而袒右《公羊傳》，其
> 中所顯示出的學術傳播之意義。〔註36〕

〔註32〕宋翔鳳，莊述祖外甥，莊存與外孫，著有《論語說義》、《周易考異》、
　　　　《尚書略說》、《尚書譜》、《大學古義說》、《五經要義》、《五經通義》、
　　　　《過庭錄》等，統名曰《浮溪精舍叢書》。
〔註33〕蔡長林：《從文士到經生——考據學風潮下的常州學派》，頁370～371。
〔註34〕宋翔鳳〈莊珍藝先生行狀〉云：「先母爲先生女弟，己未歲歸寧，命
　　　　翔鳳留常州，先生教以讀書稽古之道，家法緒論，得聞其略。」見
　　　　〔清〕宋翔鳳：《樸學齋文錄》，卷4，見《清代詩文集彙編》，冊513，
　　　　頁385～386。按：己未即嘉慶四年（1799），宋翔鳳二十三歲。
〔註35〕桂文燦云：「長洲于廷許大令翔鳳，金壇段茂堂大令弟子。」見〔清〕
　　　　桂文燦：《經學博采錄》，《續修四庫全書》，第179冊，（影印民國三
　　　　十一年刻《敬躋堂叢書》本），卷4，頁6。
〔註36〕蔡長林：《從文士到經生——考據學風潮下的常州學派》，頁364～365。

蔡氏不啻指出宋翔鳳對常派詞學及學術之深遠影響，更道出常派學者、詞人與乾、嘉考據學間複雜且難以切割之關係。定盦與宋翔鳳即爲兼容「常派學術」與「乾、嘉考據學」之重要學者詞人；此外，譚獻與宋翔鳳、龔橙之交游關係，亦影響其對定盦詞之評價。宋翔鳳不僅治考據之業與常州莊氏之學，又兼工詩、詞、古文、駢文。其學術論交有：趙懷玉、張惠言、李兆洛、丁履恆、陸繼輅、周伯恬、方履籛、董士錫、洪孟慈等常州學人，此外，與漢學家如：錢大昕、段玉裁、王念孫父子、孫星衍、阮元、陳壽祺、臧庸、鈕樹玉等人亦有學術往來。〔註37〕宋翔鳳既不似劉逢祿直斥《左傳》，於各經亦有所去取。其晚年所編定之《過庭錄》，可視爲治經代表作。此書「不論是經史的考證，還是文論的抒發，隨處可見外家之身影，尤以對《周易》、《尚書》、《詩經》、《春秋》、《老子》的討論最明顯。……張舜徽云：『翔鳳精研名物訓詁，以進求微言大義，……。』……正可爲《過庭錄》的學術特性作蓋棺論定之語，亦可謂翔鳳一生學術之寫照。」〔註38〕蔡氏此言詳確。

宋翔鳳不僅爲常派學者，亦是常派詞人，與定盦多有倚聲唱和。二人相識於嘉慶二十四年（1819），二人詞學交游已詳如前章。道光十九年（1839，48 歲），定盦路過宋翔鳳故鄉長洲時，宋翔鳳已以年邁之軀（按：64 歲）至湖南爲縣令，定盦對此忘年知交之不幸際遇，曾作詩云：「玉立長身宋廣文，長洲重到忽思君。遙憐屈賈英靈地，樸學奇材張一軍。」（〈己亥雜詩〉第 139 首，頁 522）詩中流露對年邁故人仍出任異鄉一小縣令，深惜其才命兩妨也。

〔註37〕可參見鍾彩鈞：〈宋翔鳳的生平與師友〉，收入國立中山大學清代學術研究中心編：《清代學術論叢》第 3 輯，頁 157～176。按：周伯恬，即周儀暐，字伯恬；洪孟慈，即洪飴孫，字孟慈。

〔註38〕蔡長林：《從文士到經生——考據學風潮下的常州學派》，頁 420～421。

（二）今文經之樹立──魏源

魏源，〔註 39〕嘗從劉逢祿《公羊》學，〔註 40〕以爲「古學之廢興，關乎世教之隆替」，〔註 41〕西漢經師承七十子之「微言大義」，至東漢，鄭玄之學大行於世；今、古文遂爲東漢諸儒所亂，《公羊》、《穀梁》早已各半存亡，幾成絕學；「讖緯盛」而「經術卑」，以致「儒用絀」，故著《兩漢經師今古文家法考》，闡明漢儒群經之傳授淵源。據魏源〈兩漢經師今古文家法考〉云：

> 今日復古之要，由訓詁聲音以進于東京典章制度，此齊一變至魯也；由典章制度以進于西漢微言大義，貫經術故事文章於一，此魯一變至道也。〔註 42〕

常州《公羊》學傳至魏源時，更倡「發明西漢《尙書》今、古文之微言大誼」，而「闢東漢馬、鄭古文之鑿空無師傳也」。〔註 43〕此說影響晚清今文經學派。對於《詩經》，亦主「發揮齊、魯、韓三家詩之微言大誼」，〔註 44〕故著《詩古微》以張皇其幽渺。魏源以爲《毛詩》晚於三家詩而後出，其美、刺、正、變之例已久滯，難明周、孔制禮作樂之用心。故張壽安云：「魏源雖未曾一一言及群經之今文，然其《書古微》、《詩古微》之作，獨尊西漢尙書及齊、魯、韓三家詩，實已開『今文經學』之端緒。」〔註 45〕張氏此說甚確。此外，魏源尚留心「當世時務」，對於漕運、水利、河防、海運、軍儲、制夷之法等多有論述，並著《聖武記》、《海國圖志》等書；然因治經「重家法」，

〔註 39〕 魏源著有《聖武記》、《海國圖志》、《兩漢今古文家法考》、《書古微》、《詩古微》、《董子春秋發微》、《古微堂集》……，並輯《皇朝經世文編》等。

〔註 40〕 〔清〕魏源：《魏源集》，魏耆〈邵陽魏府君事略〉，頁 948。

〔註 41〕 〔清〕魏源：《魏源集》，〈書古微例言中〉，頁 117。

〔註 42〕 〔清〕魏源：《魏源集》，〈兩漢經師今古文家法考〉、〈劉禮部遺書序〉，頁 152、242。

〔註 43〕 〔清〕魏源：《魏源集》，〈書古微序〉，頁 109。

〔註 44〕 〔清〕魏源：《魏源集》，〈詩古微序〉，頁 119～120。

〔註 45〕 張壽安：《龔自珍學術思想研究》，頁 88。

仍不免落考據窠臼，故錢穆批評：「非能眞於微言大義、經術政事處見精神也。」〔註46〕錢氏之說，非無故也。

　　嘉、道年間，推闡常州莊氏之學者，除魏源外，更有生平不收門弟子，「但開風氣不爲師」（〈己亥雜詩〉第104首，頁519）之定盦。而常州莊氏之學傳至龔、魏時，一變「微言大義」之用，遂援「經義」入「政事」，開一代「援經議政」之風，已可見日後常州《公羊》學風靡海內之兆。

（三）援經議政之先聲──龔定盦之治學態度

　　定盦幼承家學與外家段氏之學，初雖無意以「經生」終其身，然濡染外祖父段玉裁、其父龔麗正之考據學，受段玉裁「重經史」之教與「不偏廢一家說」之影響，年少即已留心「治道時務」。弱冠後所作〈明良論〉四篇，切中時弊，深受段玉裁肯定，〔註47〕已見其「經世實用」之思想。觀其〈明良論三〉云：

> 因閱歷而審顧，因審顧而退葸，因退葸而尸玩，仕久而戀
> 其籍，年高而顧其子孫，儡然終日，不肯自請去。或有故
> 而去矣，而英奇未盡之士，亦卒不得起而相代。（頁33）

其針砭「老邁在位」與「資格限才」等政策，可謂膽大識閎，開嘉、道學者議政之風。定盦又有〈乙丙之際箸議〉，對嘉慶年間水、旱災不絕，民生困境，吏治中衰等亂象問題，有「一祖之法無不敝，千夫之議無不靡，與其贈來者以勁改革；孰若自改革？抑思我祖所以興，豈非革前代之敗耶？前代所以興，又非革前代之敗耶？」（頁6）此等憂心疾呼「通變改革」之論，正以洞悉時弊，亦深中國家之病，故摯友莊綬甲曾勸定盦狂刪〈乙丙之際箸議〉諸文，以免招禍。據定盦〈雜詩，己卯自春徂夏，在京詩作，得十有四首〉第2首云：「常州

〔註46〕錢穆：《中國近三百年學術史》，頁529。
〔註47〕段玉裁評定盦〈明良論〉：「四論皆古方也，而中今病，豈必別製一新方哉？髦矣，猶見此才而死，吾不恨矣。甲戌秋日」，頁36。按：甲戌即嘉慶十九年（1814），定盦年二十三。

莊四能憐我，勸我狂刪乙丙書。」（頁 441）可知定盦受常州《公羊》學影響前，已有「經世議政」之心與「學術經世」之論矣。

　　定盦早年有「寫定群經」之志，友人李銳、陳奐、江藩與先輩姚學壎皆曾勸定盦寫定群經，但定盦當時方讀百家，好雜家之學，後又以潛究西北史地之學，加以「中年著書復求仕」（〈己亥雜詩〉第 281 首，頁 535），故歷十年，卒不能「寫定群經」。其間透露其對「好學爐古」之考據治學頗為存疑，故同時留心經世致用之「實學」，此可視為定盦對乾、嘉考據學之省思。此外，嘉慶年間，諸弊叢生，天災頻仍，起義不絕，定盦洞見清廷中衰，深感考據於治道、人心無所補益，故深思裨國濟民者，以挽救頹勢也。其〈農宗〉云：「龔子淵淵夜思，思所以撢簡經術，通古近，定民生，而未達其目也。」（頁 49）此文作於嘉慶二十五年（1820，29 歲），正是定盦從劉逢祿受《公羊》學之次年，可見定盦雖屢試不售，但未忘懷國事民生。張壽安論定盦經學態度之轉變，云：

　　哀於將萎之華，將夕之日，悱惻於天下蒼生，遂不得不易
　　『好學爐古』（寫定群經）的經學態度，轉為『通古近，定
　　民生，以治天下』的經學態度。〔註48〕

張氏雖指出定盦「經學態度」嘗有轉變，卻失於精確。其〈明良論〉、〈尊隱〉、〈平均篇〉、〈乙丙之際箸議〉諸篇均作於嘉慶二十一年（1816，25 歲）前，諸篇已透露「經世實用」之治學態度；可知在結識莊綬甲、宋翔鳳、劉逢祿等人前，其治學態度雖為「好學爐古」，卻兼有「通古近，定民生，以治天下」之治學態度。定盦少受段玉裁影響，治學除「重經史」外，更潛心於經學、小學，金石文字、掌故諸學，目的乃取考據之長以資「經世實用」者，成就其「學術經世」，乃至「文學經世」。要之，定盦自少因受段玉裁影響，即有「通乎古」、「用於今」之治學態度。

　　嘉慶二十四年（1819，28 歲），是定盦治學思想變異之年，與其

〔註48〕張壽安：《龔自珍學術思想研究》，頁 9。

初度會試落第有關。〔註49〕是年落第，留京從劉逢祿受《公羊春秋》，前此，已識莊綏甲；同年，又識宋翔鳳，〔註50〕相與切磋問難，遂通西京「微言大義」之學，可知定盦與常州莊氏學淵源，除劉逢祿外，尚有莊綏甲及宋翔鳳之影響。其中，宋翔鳳之「精研名物訓詁，以進求微言大義」，與定盦之「考古知經鑑史，以通乎當世之務」，同受段玉裁考據學及常州莊氏《公羊》學影響，雖所取不同，所用亦異，源流則一也。

　　定盦雖從劉逢祿受《公羊》學，但其治經兼采今、古文學說，治《春秋》亦不偏廢三傳，重在「微言大義」之發揮；雖受常州莊氏之學影響，但又異於業師劉逢祿治《公羊何氏釋例》、《公羊何氏解詁箋》與魏源治《董子春秋發微》之獨重「家法」，以歸納義例發論。據定盦〈最錄段先生定本許氏說文〉云：

> 段先生曰：漢氏之東，若鄭若許，五經大師，不專治博士
> 說，亦不專治古文說，《詩》稱《毛》而兼稱三家，《春秋》

〔註49〕此年落第，對其學術思想頗具影響，所作詩文亦哀感甚重，如〈行路易〉云：「東山猛虎不吃人，西山猛虎吃人。……我欲食江漁，江水澀嚨喉。」，頁440；〈鄰兒半夜哭〉云：「我有一簏書，屬草殊未成，塗乙迨一紀，甘苦萬千并。……萬一明朝死，墮地淚縱橫。」；〈雜詩，己卯自春徂夏，在京師作，得十有四首〉有「少小無端愛令名，也無學術誤蒼生」、「常州莊四能憐我，勸我狂刪乙丙書」、「情多處處有悲歡，何必滄桑始浩歎」、「夢中自怯才情減，醒又纏綿感歲華」、「偶賦山川行路難」、「丈夫三十愧前輩，識字游山兩不能」、「才流百輩無餐飯，忽動慈悲不與爭」之句；〈題洪蕙花詩冊尾〉云：「眼前誰是此花身？寂寞猩紅萬古春。」，頁441～443；〈書金伶〉云：「噫！江東才墨之藪，樓池船楫之觀，燈酒之娛，春晨秋夕之游，……當我生之初，顧有存焉者矣。」頁182。按：定盦生於乾隆末，國勢漸衰，其詩文常有對「盛世」之神往，參見許永德：〈經濟文章磨白晝——龔自珍之藏書研究〉，《有鳳初鳴年刊》第6期（2010年），頁322～323。

〔註50〕定盦〈資政大夫禮部侍郎武進莊公神道碑銘〉後附自記：「嘉慶戊寅，莊君綏甲館予家，……越己卯之京師，識公外孫宋翔鳳。」，頁143。按：可知嘉慶二十三年，因莊綏甲受聘於龔家，故定盦先識莊綏甲；二十四年，落第留京，從劉逢祿受《公羊》，同年，又識宋翔鳳。

稱《左》而兼稱《公羊》、《穀梁》，餘經可例推。……以上
十條，自珍親聞之外王父段先生。先生書今行海內，學士
能自得之，毋俟自珍述。自珍聞之爲最早爾。（頁 260）

此文作於道光十年（1830，39 歲）冬，可見在段玉裁辭世（嘉慶二
十年九月，1815）前，定盦已受段玉裁治學不專主一家，兼採眾長之
影響；及至晚年亦如此。再者，〈己亥雜詩〉第 63 首自注云：「予說
詩，以涵泳經文爲主，於古文、毛、今文三家、無所尊，無所廢。」
（頁 441）可見定盦治學深受段玉裁影響，故雖受常州《公羊》學影
響，但重「微言大義」之發揮，而自異於劉逢祿、魏源等師友之治經
態度。

　　道光二年（1822）歲末，定盦應莊綬甲之請，爲其祖作〈神道碑
銘〉時，對莊存與「受不學之名，爲有所權以求濟天下」之治學態度，
極爲推尊。文中可見其思想之異於昔，已由「訓詁治經」以濟世，一
變而爲「取五經大義」以濟世；惟其「甄綜人物，蒐輯文獻」之少志，
雖至晚年亦不廢。此一轉變可從其〈五經大義終始論〉、〈五經大義終
始答問〉考察。道光三年（1823）春、夏間，（《龔譜》，頁 216～217）
定盦作〈五經大義終始論〉云：

昔者仲尼有言：「吾道一以貫之。」又曰：「文不在茲
乎！」……聖人之道，本天人之際，臚幽明之序，始乎飲
食，中乎制作，終乎聞性與天道。……夫禮據亂而作，故
有據亂之祭，有治升平之祭，有太平之祭。（頁 41～42）

定盦以爲「聖人之道」，貴乎終始而能「一以貫之」，故取公羊「三世
說」，融合五經大義與其終始治道而發揮。以爲不僅《春秋》有三世，
五《經》亦各有三世，而三世又各有其治道，如：「〈洪範〉八政配三
世，八政又各有三世。」故又作〈五經大義終始答問一〉云：

食貨者，據亂而作。祀也，司徒、司寇、司空也，治升平之
事。賓師乃文致太平之事，孔子之法，箕子之法也。（頁 46）

依定盦所言，「據亂世」，當以食貨止亂以安國，此爲「始乎飲食」。「升

平世」，應以禮樂刑政以治國，此爲「中乎制作」。「太平世」，則可大行文教以治國，此即「終乎聞性與天道」。定盦以此終始大義闡明三世之治，各有應合之法，以體現其「張三世」之學術觀。由此可知定盦治經因受常州《公羊》學影響，其治學態度已由「訓詁治經」以濟世，變爲「取五經大義」以濟世，顯見其學術思想前、後期之不同矣。

第二節　學術思想對龔定盦詞之影響

一、龔定盦經學思想中之「經世實用」思想

定盦治經雖受劉逢祿所傳常州《公羊》學與莊綏甲、宋翔鳳等人影響，但仍有所去取；首重經學蘊含之「微言大義」，又取何休所謂「非常異義可怪之論」關於「變」之思想加以闡發，蓋何休之說已暗合定盦之「經世觀」。定盦雖著〈春秋決事比〉、〈太誓答問〉等文，但不守門戶之見，故能不爲今文「家法」所縛。其〈春秋決事比自序〉云：

> 自珍既治《春秋》，……文直義簡，不俟推求而明，不深論。乃獨好刺取其微者，稍稍迂迴贅詞說者，大迂迴者。凡建五始，張三世，存三統，……純用公羊氏；求事實，間采左氏；求雜論斷，間采穀梁氏，下采漢師，總得一百二十事。（頁 233～234）

再者，〈己亥雜詩〉第 63 首云：

> 經有家法夙所重，詩無達詁獨不用。……。（予說《詩》，以涵泳經文爲主，於古文毛、今文三家，無所尊，無所廢。）
> （頁 515）

由「獨好刺取其微者，稍稍迂迴贅詞說者，大迂迴者」數句，可知定盦治《春秋》，獨重闡發「微言大義」，且迂迴其說；此外，定盦既不斥《左傳》、《穀梁》，亦兼採漢代經師之說。其治《詩經》，於毛、齊、魯、韓四家皆持平而論，亦不獨守「今文家法」，可見其「通變求實」、不爲門戶所宥之經學思想。

　　《公羊》學之中心思想爲「大一統」，定盦論著少及之，多自「張三世」、「通三統」之義以言變革，進而落實於治道，以見其「經世思想」。其〈五經大義終始答問七〉云：

　　問：太平大一統，何謂也？答：宋、明山林偏僻士，多言夷夏之防，比附《春秋》，不知《春秋》者也。……伐我不言鄙，我無外矣。詩曰：「無此疆爾界，陳常于時夏。」聖無外，天亦無外者也。然則何以三科之文，內外有異？答：據亂則然，升平則然，太平則不然。（頁48）

定盦所言「大一統」，乃「據亂」至「升平」，而後至「太平」之變異說。其所以斥宋、明山林之士「多言夷夏之防」之論，端緣以「據亂世」自居，雖暗蘊其意，卻不得直言之，而發諸「微言」。據張壽安云：「自珍之世屬何？自有詩云：『此是春秋據亂作，昇平太平視松竹。何以功成文致之？攜簫飛上羽琤閣。』是自珍以『據亂世』自居耳。據亂世言夷夏之防，爲是自珍處異姓之下，不得直言，故往往委曲隱晦其意於文字蔽障之中，觀其文字之設喻，及春秋之『比』法，良可深味。」〔註51〕張說可謂得之。其指出定盦經學思想，乃取「微言大義」，設喻其旨，迂迴其說，以論其「經世思想」。觀道光九年（1829，38歲）殿試時，定盦所作〈對策〉云：「人臣欲以其言裨於時，必先以其學考諸古。不研乎經，不知經術之爲本源也；不討乎史，不知史事之爲鑑也。不通乎當世之務，不知經、史施於今日之孰緩、孰亟、孰可行、孰不可行也。」（頁114）可知其重經術源流與借鑑史事，皆爲通乎「當世之要務」，而施行於當時，以切合國事民生之用。蓋定盦以爲：「經史之言，關方書也，施諸後世之孰緩、孰亟，譬用藥也。宋臣蘇軾不云乎：藥雖呈於醫手，方多傳於古人。若已經效於世間，不必皆從於己出。至夫展布有次第，取舍有異同，則不必泥乎經、史。要之不離乎經、史，斯又《大易》所稱神而明之，存乎其人者歟？」（〈對策〉，頁117）定盦之學術思想，既「不泥乎經、史」，亦「不

<hr>

〔註51〕張壽安：《龔自珍學術思想研究》，頁106。

離乎經、史」，取經、史之言可用於當世急務者施行之，不以其古而盡棄，正見定盦「知微通變」之「經世實用」思想，是故魏源〈定盦文錄敘〉云：「若君之學，謂能復於本乎？所不敢知。要其復於古也，決矣」、「以朝章國故、世情民隱爲質幹」，〔註52〕魏源稱定盦學術有「復古」思想，並指其具「經世實用」之本質，正言此也。定盦經學思想中之「經世實用」思想，除受龔氏家學、外家段氏之學及常州《公羊》學影響外，更與嘉、道年間百弊叢生、內憂外患有關。

二、龔定盦史學思想中之「通變改革」思想

定盦之史學觀，雖嘗承鄉先輩章學誠之緒者，〔註53〕實更受段玉裁之影響。如其〈對策〉所論，以爲研討經史，知源流正變得失，審當世急務，而能通古今利弊而施於政；此實深受段玉裁「重經史」之教，亦見其史學觀具「通變思想」。

定盦學術中，有「尊史」說，蓋因國與史不可分；「史存而周（國）存，史亡而周（國）亡」也。（〈古史鉤沈論二〉，頁21）然則史與國之關聯爲何？定盦以爲「自周而上，一代之治，即一代之學也；一代之學，皆一代王者開之也。……天下不可以口耳喻也，載之文字，謂之法，即謂之書，謂之禮，其事謂之史職。……是道也，是學也，是

〔註52〕〔清〕魏源：《魏源集》，〈定盦文錄敘〉，頁239。
〔註53〕關於定盦受章學誠「六經皆史」說之影響，學界說法較頗爲分歧。
　　　　如：張壽安《龔自珍學術思想研究》云：「自珍六經皆史說，立論在『古代政教官師合一』的觀念上；這和章學誠的『六經皆史』是一脈相承的。不過二人立論之『旨』、立論之用心，卻有殊異。章學誠『六經皆史』論的提出，是爲了箴砭當時樸學『道在六經』、『尋詁訓以明道』的治學弊病。同時在『六經皆先王行事之跡，非有意立爲文字』的主脈下，創說了一套『道』的體系，即『明道』『通經』以致用的方法。」見張壽安：《龔自珍學術思想研究》，頁62。又，鄭吉雄說：「龔自珍的『尊史』思想，頗受到清代浙東學者重視史學的思想與學風影響，而其受章學誠之影響尤深。」分爲治學合一、經史一體、重視掌故、探討源流四部分論述。見鄭吉雄：《龔自珍「尊史」研究》（臺北：國立臺灣大學中國文學研究所博士論文，1996年），頁31～33。

治也，則一而已矣。」（〈乙丙之際著議第六〉，頁4）可見定盦主「道」、「學」、「治」三者一以貫之，始爲「治世」，是故定盦〈尊史〉云：

> 史之尊，非其職語言，司謗譽之謂，尊其心也。（頁80）

定盦以爲「尊史」，非尊其「錄實之文」，乃尊「史之心」，亦即《舊唐書‧魏徵傳》所云：「以古爲鏡，可以知興替」〔註54〕之義。至於如何尊心？定盦以爲須能「善入」與「善出」。其言云：

> 曰善入。何謂入？天下山川形勢、人心風氣，土所宜，姓所貴，皆知之。國之祖宗之令，下逮胥之所守，皆知之。其於言禮、言兵、言政、言獄、言掌故、言文體、言人賢否，如言其家事，可謂入矣。（頁80～81）

定盦認爲觀史者，其心要能對山川形勢、風俗民情、國家政令制度，乃至通於古今之事（掌故）、文學範疇及人才等諸事皆瞭如指掌，如言自家事，即爲「善入」。此外，定盦以爲亦須「善出」，云：

> 曰善出。何謂出？天下山川形勢、人心風氣，土所宜，姓所貴，皆知之。國之祖宗之令，下逮胥之所守，皆有聯事焉，皆非所專官。其於言禮、言兵、言政、言獄、言掌故、言文體、言人賢否，如優人在堂下號咷舞歌，哀樂萬千，堂上觀者肅然踞坐，眡睞而指點焉，可謂出矣。（頁81）

定盦又以爲山川形勢、風俗民情、國家政令制度，乃至通於古今之事（掌故）、文學範疇及人才等諸事，如同優人唱戲，各有其哀樂而不能自言，故觀史者似「傳奇」之劇作家，審視史實興替、人物得失、經濟利弊等，而能自出「經世濟民」之史學觀，此即「善出」。蓋歷代制度皆有因革，學風亦有所遷易，須有能「善入」與「善出」之觀史者，乃可稱良史，始爲「尊史」。故定盦又云：「出乎史，入乎道。欲知大道，必先爲史。」（頁81）可知以「通變」之史學觀切合當代治道，是定盦「尊史」思想中之要義，亦其經世思想之底蘊。張壽安云：「自珍所謂尊史，並非尊史之文字；自珍所謂尊史，亦非單指歷

〔註54〕〔後晉〕劉昫等著，楊家駱主編：《新校本舊唐書》（臺北：鼎文書局，2000年），列傳第21，頁2561。

代之典籍、文獻。故與乾嘉史家錢大昕、王鳴盛之治史著眼於考證史事大異。……而是尊史以為鑑之意，尊史文背後的實用『精神』。」〔註55〕此言殊為得之。

　　定盦以為「史」自周之後，有失材、失志、失器、失情、失名、失祖等「六失」，〔註56〕遂使後世不能得觀全貌，故嘗鉤沈古史欲以「存史統」。其所指「三尺童子，瞀儒小生，稱為儒者流則喜，稱為群流則慍，此失其情也。號為治經則道尊，號為學史則道詘，此失其名也。」可知定盦對於學者喜「儒者」之名，而斥「雜家」之學；以「治經」為重，而鄙「治史」之治學態度，深為非議，亦可見其「通變」思想。此外，為辨經、史之源，以正「史失其名」，其〈古史鉤沈論二〉云：

> 夫六經者，周史之宗子也。《易》也者，卜筮之史也。《書》也者，記言之史也；《春秋》也者，記動之史也；《風》也者，史所采於民……。《雅》、《頌》也者，史所采於士大夫也。《禮》也者，一代之律令，史職藏之故府，而時以詔王者也。……故曰：「五經者，周史之大宗也。」（頁21）

定盦主「五經皆史」之說，認為《易》、《書》、《春秋》三經，僅所記題材不同，而《詩》為史官所采，《禮》亦史官所藏，皆為「史」也，故曰：「五經者，周史之大宗也。」又作〈六經正名〉云：「孔子之未生，天下有六經久矣。……若夫孔子所見《禮》，即漢世出于淹中之五十六篇；孔子所謂《春秋》，周氏所藏百二十國寶書是也。是故孔子曰：『述而不作。』」（頁36～37）可知定盦對孔子關於六經「述而不作」之說，深以為是。又云：「孔子述六經，則本之史。」（〈古史鉤沈論四〉，

〔註55〕張壽安：《龔自珍學術思想研究》，頁56。

〔註56〕定盦〈古史鉤沈論二〉云：「夫周，自我史佚……史邱明而後，無聞人焉，此失其材也。七十子之徒，不之周而之列國，此失其志也。不以孔子之所憑藉者憑藉，此失其器也。三尺童子，瞀儒小生，稱為儒者流則喜，稱為群流則慍，此失其情也。號為治經則道尊，號為學史則道詘，此失其名也。知孔氏之聖，而不知周公、史佚之聖，此失其祖也。」，頁24。

頁28）關於史統，〈古史鉤沈論二〉亦云：「孔修統也，史無孔，雖美何待？孔無史，雖聖曷庸？」（頁24）定盦以爲孔子於史統有「存亡續絕」之功，強調「史」之重要，以會通「經」、「史」淵源，頗有斥群儒「號爲治經則道尊，號爲學史則道詘」之況，其「尊史」用意甚明。定盦晚年答其子龔橙問《公羊》及《史記》疑義時，嘗謂：

> 欲從太史窺《春秋》，勿向有字句處求。抱微言者太史氏，
> 大義顯顯則予休。（〈己亥雜詩〉第305首，頁537）

定盦以爲《春秋》是經，亦是史，《春秋》有微言大義，《史記》亦有之；爲學勿徒求文句，當探箇中「微言大義」，顯見其「通變」思想與「學術經世」之用心。

　　關於定盦史學思想中另一要義：「賓賓」之說。〔註57〕據其〈古史鉤沈論四〉云：

> 賓也者，三代共尊之而不遺也。夫五行不再當令，一姓不
> 再産聖。興王聖智矣，其開國同姓魁傑壽耉，易盡也。賓
> 也者，異姓之聖智魁傑壽耉也。（頁27）

可知定盦所謂「賓」，即前朝聖智遺老。當易代改朝之際，應尊攬前朝聖智遺老，以備當代施政，更不應有「同姓」、「異性」之別，如三代共尊而野無遺賢。定盦以爲「祖宗之兵謀，有不盡欲賓知者矣；燕

〔註57〕定盦《全集》中〈古史鉤沈論四〉一文，王佩諍注：「朱刻本題曰〈賓賓〉。」，頁26。關於「賓賓」之說，張壽安云：「自珍的六經皆史，卻在滿漢不平等的時代意義下，發揮了另一套創意。此一創意的基石，則爲『賓賓』之失。」見張壽安：《龔自珍學術思想研究》，頁62。又，鄭吉雄說：「他的『尊賓』說，無疑是極力呼籲統治者誠懇地尊重漢族二千年舊禮制傳統，並從中汲取經驗，以作爲當前政治結構與政治運作的參考，顯然地，他注意到了滿清政府恐懼滿族文化被漢族文化消滅，因此對於漢族的禮樂文化存在一種想利用又不想尊崇之的矛盾心理，以及這種心理落實在政治運作上產生的不協調狀態。……只有眞誠地去「尊賓」，將滿漢兩個不同的治統綜匯結合在一起，才有改革的可能。」見鄭吉雄：《龔自珍「尊史」研究》（臺北：國立臺灣大學中國文學研究所博士論文，1996年），頁213～214。按：「賓賓」說，鄭吉雄《龔自珍「尊史」研究》作「尊賓」說。

私之祿，有不盡欲與賓共者矣；宿衛之武勇，有不欲受賓之節制者矣；
一姓之家法，有不欲受賓之論議者矣。四者，三代之異姓所深自審
也。……其異姓之聞人，則史材也。」（頁27）正因一姓之王不盡欲
「賓」與聞其祖宗兵謀、共燕私之祿、節制宿衛武勇、論議一姓家
法諸事，故凡「異姓之聞人」當退避疑忌，以研討史學而「存史」。
至若待「賓」之禮，定盦云：

> 故夫賓也者，生乎本朝，仕乎本朝，上天有不專爲其本朝
> 而生是人者在也。是故人主不敢驕。夫嬴、劉之主，驕於
> 三代者何也？賓籍闕也。（〈古史鈎沈論四〉，頁28）

可知「賓」不專爲一朝而生，亦不專仕一朝，若人主驕如秦皇、漢帝，
不尊賓，則賓籍必失；定盦此說已隱然暗含「以待後王」之思變用心。
張壽安《龔自珍學術思想研究》云：「綜觀自珍『六經皆史』之論，
其先確是承章氏之緒，然其間之推衍發揮，實有溢出章氏者在，此亦
時代背景使然耳。然則其發揮處，多有『非常可怪』之論，然自珍之
才，本爲不拘，取義經世，自多有牽強；識自珍者，當自其時代精神
下觀之，未作毛疵之求。」〔註58〕張壽安之考察，細而要，亦不爲賢
者諱，可稱解人也。可知定盦「賓賓」之說，除痛批「人才」不見重
外，更有「通變改革」之思想。

魏源總論定盦之學術及文學思想，曾云：

> 於經通《公羊春秋》，於史長西北輿地。其書以六書小學爲
> 入門，以周秦諸子、吉金樂石爲庄郭，以朝章國故、世情
> 民隱爲質幹。晚尤好西方之書，自謂造深微云。〔註59〕

魏源指出定盦治學重《公羊》外，於史地學、小學、諸子學、金石學，
乃至國朝掌故、民情世隱、佛學典籍等皆有深究與造詣，而抒以己見，
成就一家之言。正因定盦非僅於典籍中追求先聖之「微言大義」，同
時，更關心民情世隱及當世急務，故乃將論學於「典籍」一轉爲論政
於「時務」，進而首開晚清學者「援經議政」風氣之先聲。

〔註58〕 張壽安：《龔自珍學術思想研究》，頁 66。
〔註59〕 〔清〕魏源：《魏源集》，頁 239。

定盦晚年過曲阜時，曾拜謁孔子，感慨賦詩云：「少年無福過闕里，中年著書復求仕。仕幸不成書幸成，乃敢齋祓告孔子。」（〈己亥雜詩〉第 281 首，頁 535）、「少爲賤士抱弗宣，壯爲祠曹默益堅。議則不敢腰膝在，廡下一揖中夷然。」（〈己亥雜詩〉第 282 首，頁 535）定盦雖被當世目爲「狂狷之士」，往往有傷時罵座之言，但其學術態度則嚴肅不苟。自道光三年（1823）至十三年（1833），分別寫定〈五經大義終始論〉、〈群經寫官答問〉、〈六經正名〉、〈古史鉤沈論〉等思想要著，對其學術深具要義，〔註 60〕故晚年辭官南歸過曲阜時，「乃敢」齋戒後拜謁孔子，一償「寫定群經」之少志。清孔廟東、西兩廡各有「從祀先儒」，「東廡」有公孫僑以至邵雍等人，「西廡」則有蘧瑗以至陸世儀等人。〔註 61〕定盦自少爲學，及著書求仕，乃至禮部任官，對於公孫僑等先儒學說，非盡以爲是，故有拜，有不拜，而僅「一揖作禮」而已。事雖細，於定盦學術態度及人格堅持，亦可知矣。

三、龔定盦「經世變革」思想對其詞之影響

定盦學術既受考據學及常州《公羊》學影響，又目睹嘉、道年間政治、經濟、社會、外交等諸多問題，對民情世隱、當世急務多所關心；兼之其經學具有「經世實用」之思想，其史學亦具有「通變改革」之思想，故其「經世變革」思想不啻開「援經議政」之先聲，亦頗影響其詞。定盦學術與其詞之關係，譚獻《復堂詞話》有數則記載，值得細思。譚獻云：

> 近世經師惠定宇、江艮庭、段懋堂、焦里堂、宋于庭、張皋文、龔定庵多工小詞，其理可悟。〔註 62〕

〔註 60〕　定盦少有「寫定群經」之志，兼之李銳、陳奐、江藩等學友及先輩姚學塽都曾勸其寫定群經，但因諸事繁雜，終不克寫定。今既有成，非惟一償少志，更堪慰李銳、陳奐、江藩等學友及先輩姚學塽之心。

〔註 61〕　〔清〕龔自珍著，劉逸生注：《龔自珍己亥雜詩注》，〈己亥雜詩第 282 首〉劉氏注，頁 343。

〔註 62〕　〔清〕譚獻：《復堂詞話》，見唐圭璋編：《詞話叢編》，冊 4，頁 3999。

惠棟爲吳派經學宗主,段玉裁爲皖派經學大師,二人詞皆不見流傳;
〔註63〕關於江聲工詞之說,或出於錢泳《履園叢話》,〔註64〕而爲譚
獻所據;此外,焦循與宋翔鳳雖以治經爲主,卻兼擅文辭,各有詞集。
〔註65〕張惠言雖爲常派推爲開山宗師,然其詞乃以「餘力爲之」。〔註
66〕至於定盦,其學術淵源,少受家學及外家段氏之學,又得常州莊
氏之學;其學駁雜精要,具有「經世變革」思想,故發於倚聲,不免
亦有「微言」。段玉裁爲定盦所作〈懷人館詞序〉云:「余索觀其所業
詩文甚夥,間有治經史之作,風發雲逝,有不可一世之概;尤喜爲長
短句,其曰《懷人館詞》者三卷,其曰《紅禪詞》者又二卷。造意造
言,幾如韓、李之於文章,銀盌盛雪,明月藏鷺,中有異境。此事東
塗西抹者多,到此者眇也。自珍以弱冠能之,則其才之絕異,與其性
情之沈逸,居可知矣。」〔註67〕是年爲嘉慶十七年(1812),定盦二
十一歲。段玉裁以爲:外孫定盦年纔弱冠,已有絕異之才及沈逸性情,
殊爲難得;而所作「詩文甚夥」且「間有」治經史,「倚聲」亦有五
卷。段玉裁固稱美其詞,以爲堪與韓愈(768~824)、李翶(774~836)
比肩,更有「銀盌盛雪,明月藏鷺」之勝境。此蓋紀實之言。可知段
玉裁是年所見定盦少作,以詩文最多,倚聲之作更達「五卷」之數,
而「經史之作」頗少。如此,身爲定盦「學術啓蒙師」之段玉裁,
〔註68〕實是憂喜參半。是故段玉裁又引自身「少時慕爲詞」之經驗誨

〔註63〕 惠棟詞未見存世,或與其年四十後厭棄博雜之學,專心倡尊漢學有
關;段玉裁詞不傳於後,與其早年報詞不填有關。

〔註64〕 錢泳論江聲:「生平不作詩賦時文,而好填詞,有〈烏雲〉、〈春山〉、
〈櫻桃〉、〈藕簪〉、〈金蓮〉諸闋,柔情旖旎,又絕似宋、元人筆墨。」
見〔清〕錢泳,張偉點校:《履園叢話》,頁104。

〔註65〕 焦循著《紅薇翠竹詞》、《仲軒詞》、《雕菰樓詞話》;宋翔鳳著《洞簫
詞》、《碧雲盦詞》等。

〔註66〕 張惠言《茗柯詞》僅收詞46首。

〔註67〕 〔清〕段玉裁著,鍾敬華校點:《經韻樓集》,頁222。

〔註68〕 定盦〈己亥雜詩〉第58首云:「年十有二,外王父金壇段先生授以許
氏部目,是平生以經說字、以字說經之始。」,頁514。可知定盦年十
二,段玉裁親授許慎《說文解字》部目。其後,又因段玉裁之故,識

外孫，云：

> 予少時慕爲詞，詞不逮自珍之工。先君子誨之曰：「是有害
> 於治經史之性情，爲之愈工，去道且愈遠。」予謹受教，
> 輒勿爲。一行作吏，俄引疾歸，遂銳意於經史之學，此事
> 謝勿談者五十年。今見自珍詞，乃見獵心喜焉。昔伊川於
> 晏叔原「夢踏楊花」之句，徘徊賞之，矧余遠不逮伊川者，
> 爲所動宜矣。雖然，余之愛自珍之詞也，不如其愛自珍也；
> 予之愛自珍也，不如其自愛也。李伯時之畫馬，黃魯直之
> 爲空中語，規之者皆以爲有損於性情，況其入之愈幽而出
> 之愈工者耶！余髦矣，重援昔所聞於趨庭者以相贈也。茂
> 堂老人序時年七十有八。〔註69〕

段玉裁先以其學詞經驗規勸定盦。關於段玉裁「少時慕爲詞」之年，
據段氏〈蔡一帆先生傳〉云：「一帆先生，一字淵珠，諱泳，金壇人，
姓蔡氏。先生生而穎異，時義詩辭律賦，髫年即工爲之，弱冠爲名諸
生……，蹉跎至五十乃拔貢入都，以考職第一，例銓州同而止……長
吾父將十年，吾父友之。玉裁弱冠時從先生遊，得詩賦時義之說……
晚歲於詩餘有《詞式精華》之選。《詞式精華》者，取萬紅友《詞律》
以正諸譜之，簡唐、宋、元、明詞之最佳者，以正《花間》、《草堂》
之失……蓋言詩餘者至善之本也。其於韻學著有《律韻辨通》。……
玉裁之言古韻實權輿於是。其詩集今不傳……」〔註70〕可知蔡泳（？）
少工時義詩辭律賦，亦精詞韻，著《詞式精華》、《律韻辨通》等，友

諸多常州學者，如：臧庸、顧明、惲敬、孫星衍、趙懷玉，臧庸等五
人年輩皆高於定盦，而其中惲敬、孫星衍、趙懷玉三人又厚待之，與
定盦結爲忘年交，是故定盦愈喜交常州學者、文士。後又交年輩較相
近者，如：洪飴孫、管繩萊、莊綬甲、張琦、周儀暐、丁履恆、陸繼
輅、李兆洛、劉逢祿等人。詳見定盦〈常州高材篇，送丁若士履恆〉，
頁494～495。按：定盦深受外祖父段玉裁影響，不僅其學術啟蒙，其
與常州學人、文士之交游切磋及學術思想之轉變，尤其在定盦受劉逢
祿《公羊》學後，皆有深遠之影響。此吾人於研究定盦學術、思想及
其文學時，尤不可忽略也。

〔註69〕〔清〕段玉裁著，鍾敬華校點：《經韻樓集》，頁223。
〔註70〕〔清〕段玉裁著，鍾敬華校點：《經韻樓集》，頁230～231。

段玉裁之父段世續（1710～1803）。段玉裁弱冠（乾隆十九年，1754）從蔡泳遊，得其詩賦時義之說及古韻大略，而蔡泳又著《詞式精華》，段玉裁推爲「詩餘者至善之本」，則不免爲蔡泳詞學造詣影響，而「少時慕爲詞」。又，段玉裁作〈懷人館詞序〉已時年七十八，自言「此事謝勿談者五十年」，可知其塡詞當在二十八歲（乾隆二十七年，1762）前。如此，段玉裁之塡詞當在二十歲至二十八歲間，細覈其《經韻樓集》並無存詞，集中僅存四詩，亦後人補入，非段玉裁所定。集名曰：《經韻樓集》，其以經學、聲韻爲學術研究之志，可知也。段玉裁規勸定盦：予少亦塡詞，然詞不如定盦之工，再引其父規己勿塡詞之言，蓋因塡詞有害「治經史」之性情，愈工愈遠，故潛心「治經史」而「戒塡詞」已五十年；亦期定盦勿爲有損性情之時藝，當努力勤治經史。〔註71〕

　　段玉裁又引程頤（1033～1107）聞人誦晏幾道（？）〈鷓鴣天〉：「夢魂慣得無拘檢，又踏楊花過謝橋」之詞，笑曰：「鬼語也。」意亦賞之。〔註72〕段玉裁引此典，實則意謂：「余愛外孫」遠勝「余愛其詞」、「外孫當自愛」，此正合去年（嘉慶十六年，1811）段玉裁應龔麗正之請爲定盦取表字「愛吾」一事。〔註73〕故復引李公麟（1049

〔註71〕段玉裁此一規勸，又見於隔年（嘉慶十八年，1813）所作之〈與外孫龔自珍札〉，文中引萬斯同誡方苞之言：「勿讀無益之書，勿作無用之文。」嘉慶十九年（1814），定盦遂有〈明良論〉四篇，段玉裁評定盦〈明良論〉云：「四論皆古方也，而中今病，豈必別製一新方哉？髦矣，猶見此才而死，吾不恨矣。甲戌秋日」，頁36。按：甲戌即嘉慶十九年（1814）。可知段玉裁深愛外孫定盦此人此才，故數勉定盦努力「治經史」。雖然，段玉裁對倚聲仍存「有害治經史之性情」，但顯見此並無損二人之祖孫情。

〔註72〕〔宋〕邵博著，劉德權等校點：《邵氏聞見後錄》（北京：中華書局，1983年），卷19，頁151。

〔註73〕段玉裁〈外孫龔自珍字說〉云：「龔璋之子，小字阿珍，嘉慶庚午，其父名以『自珍』……請字於余。余曰：字以表德，古名與字必相應。名曰自珍，則字曰愛吾宜矣。夫珍之訓，藏也，藏之未有不愛之者也。……未有不愛君親民物，而可謂自愛者；未有不自愛而能愛親、愛君、愛民、愛物。」見〔清〕段玉裁著，鍾敬華校點：《經韻樓集》，頁221。

～1106）「畫馬」與黃庭堅（1045～1105）「爲空中語」事規之。李
公麟「畫馬」事，據《筆殄記》云：「李伯時善畫馬，鐵面秀和尙呵
之曰：『汝士大夫乃以畫名，況又畫馬，期一人誇妙，妙入馬腹中，
亦足懼矣。』伯時遂罷筆，師勸畫觀音贖過。」可知李公麟因法秀
之勸而罷「畫馬」。至於黃庭堅「爲空中語」一事，據宋惠洪（1071
～1128）《冷齋夜話》卷十云：「法雲秀老，關西人，鐵面嚴冷，能
以理折人。魯直名重天下，詩詞一出，人爭傳之。師嘗謂魯直曰：『詩
多作無害，艷歌小詞可罷之。』魯直笑曰：『空中語耳，非殺非偸，
終不至坐此墮惡道。』師曰：『若以邪言蕩人淫心，使彼逾禮越禁，
爲罪惡之由，吾恐非止墮惡道而已。』魯直領之，自是不復作詞曲。」
〔註74〕據此可知「爲空中語」，即「作艷歌小詞」。段玉裁引黃庭堅
此事，規勸定盦「詩多作無害，艷歌小詞可罷之。」又，定盦自稱：
「幼信轉輪，長窺大乘」（〈齊天樂〉小序，頁 575）。自幼信佛，長
而學佛、治釋典，就《全集》而言，僅佛學論著即有七分之一多。
〔註75〕據樊克政考證，定盦已窺釋典之年當在嘉慶十八年（1813）
以前，亦即定盦至吳中見段玉裁時，應已略解佛學。故段玉裁引法
雲秀規黃庭堅之語，又有此一義；則《經韻樓集》不存倚聲，亦可
知也。雖然，段玉裁與定盦之祖孫情，至段玉裁身後仍不廢。定盦
雖信轉輪，窺釋典，學佛參禪，但仍作所謂「艷歌小詞」，此固與其
「莫從文體論高卑」之「尊體觀」有關；（〈三別好詩〉，頁 466）但
其佛學思想亦影響其詞學觀，故有「塡此闋奉報，蹈綺語戒，雖未知
後何如，要不免流轉文字海也。」（〈齊天樂〉小序，頁 575）

〔註74〕〔宋〕惠洪著，黃寶華整理：《冷齋夜話》，卷 10，見朱易安等主編：
　　　　《全宋筆記》（鄭州：大象出版社，2006 年），冊 9，頁 81。

〔註75〕據樊克政考證定盦學佛、治釋典之時日，說：「龔自珍至遲於嘉慶二
　　　　十四年已從江沅正式學佛和治釋典。至於他開始接觸佛學的時間則
　　　　不會晚於嘉慶十八年。」見樊克政：《龔自珍生平與詩文新探》（天
　　　　津：天津人民出版社，1992 年），頁 33～38。按：嘉慶十八年（1813），
　　　　年二十二，嘉慶二十四年（1819），年二十八，可知定盦二十二歲前
　　　　已嘗窺釋典。

關於定盦經學與其詞學之關係，譚獻又嘗引與馮志沂（？）游從談藝之言：

> 魯川廉訪官比部時，予入都游從，屢過談藝。一日酒酣，忽謂予曰：「子鄉先生龔定盦言，詞出于《公羊》，此何說也？」予曰：「龔先生發論，不必由衷，好奇而已。第以意內言外之旨，亦差可傅會。」魯翁曰：「然則近代多艷詞，殆出于《穀梁》乎？」蓋魯翁高文絕俗，不屑爲倚聲，故尊前諧語及此。〔註76〕

譚獻所指「魯川廉訪」，即馮志沂也。據吳昆田《師友記‧馮魯川廉訪》云：「馮魯川，諱志沂，山西代州人。道光丙申進士。」〔註77〕可知「魯川廉訪」即馮志沂也，爲道光十六年（1836）進士，官皖南道，著有《西陔山房全集》。關於馮志沂問譚獻：龔定盦言「詞出于《公羊》」，此有何據？譚獻答之：「龔先生發論，不必由衷，好奇而已。第以意內言外之旨，亦差可傅會。」筆者以爲譚獻之說，半是半非。

定盦既從劉逢祿受常州《公羊》學，治學重「微言大義」之發揮，當其子龔橙來書問《公羊》及《史記》疑義時，定盦曾告以爲學「勿徒求文句」，當探其間「微言大義」；況定盦本非如馮志沂有鄙視「倚聲」之意，雖晚年嘗「悔存少作」，但終與「不屑爲倚聲」之馮志沂有異。據定盦〈長短言自序〉云：

> 龔子之爲長短句何爲者耶？其殆尊情者耶？情孰爲尊？無住爲尊，無寄爲尊，……道則有出離之樂，非道則有沈淪陷溺之患。雖曰無住，予之住大矣；雖曰無寄，予之寄也將不出也。（頁232）

此序指明其「尊情」之詞學觀，此「尊情」觀，實由「鋤情」經「宥情」終至「尊情」，曾經數番「情、禪相戰」之過程。定盦始以「無

〔註76〕〔清〕譚獻：《復堂詞話》，見唐圭璋編《詞話叢編》，冊4，頁4014。

〔註77〕〔清〕吳昆田：《漱六山房全集》，卷11，見《清代詩文集彙編》，冊629，頁538。

住」、「無寄」爲尊，「無住」即佛家所稱「無著」；「無寄」，蓋「無寄託」也。末則云「雖曰無住，予之住大矣；雖曰無寄，予之寄也將不出也。」蓋定盦嘗自稱「幼信轉輪，長窺大乘」，故其心時有入世之「幽情麗想」與出世之「參禪學佛」彼此相矛盾，亦即「道則有出離之樂，非道則有沈淪陷溺之患」也；但定盦終因情、禪交戰於心，難盡捨「情」就「禪」，故其詞亦未能無住與無寄，而反成「住之大，寄之深」。正以此，故定盦詞時予人不可解、不可說之「隱晦」感，兼以其經學受《公羊》「微言大義」之影響，故定盦詞中兼有「微言」與「寄託」筆法。定盦「寄託」筆法頗得於常派，故譚獻云：「第以意內言外之旨，亦差可傅會。」此外，定盦實有意援《公羊》「微言大義」之法入詞，借此委曲隱晦其言，以體現其「文學經世」之目的。

　　常派詞人多尊張惠言〈詞選序〉之說，關於〈詞選序〉所指「《傳》曰：『意內而言外謂之詞』。」〔註78〕嚴迪昌以爲：「借《說文解字》著者許愼所轉引的東漢孟喜《周易章句‧繫詞上傳》中『意內而言外謂之詞』一語爲據，強調詞『非苟爲雕琢曼辭而已』，即要『意』。……力主比興寄託手法，認爲『《詩》之比興，變風之義，騷人之歌』應是詞的典範。」〔註79〕嚴氏指明張惠言強調「意」之重要。又，遲寶東亦以爲張惠言所說之「詞」，乃從許愼《說文解字》借用此一術語，對詞之「內蘊」高度重視。〔註80〕如此，《公羊》重「微言大義」之論與張惠言倡「意內言外」之說，其所相通，即在微言之「意蘊」。蓋如張惠言〈詞選序〉所云：「其緣情造端，興於微言，以相感動，極命風謠里巷，男女哀樂，以道賢人君子幽約怨悱不能自言之情，低徊要眇，以喻其致。」〔註81〕所指「興於微言」之「微言」與定盦治經獨重「微言大義」之「微言」，皆委曲其言，具「隱晦」而深富「意

〔註78〕〔清〕張惠言著，黃立新校點：《茗柯文編》，頁58。
〔註79〕嚴迪昌：《清詞史》，頁473。
〔註80〕參見遲寶東：《常州詞派與晚清詞風》，頁37。
〔註81〕〔清〕張惠言著，黃立新校點：《茗柯文編》，頁58。

蘊」之特質，同有「賢人君子幽約怨悱不能自言之情」，此異曲同工
也。二人皆刻意援「經」入「詞」，以成其說。惟張惠言借《周易章
句・繫詞上傳》，強調「詞之意蘊」，進而透過比興、寄託筆法，以「尊
詞體」；而定盦則借《公羊春秋》之「微言大義」，對民情世隱與當世
急務加以針砭，以寄其「經世變革」思想。況定盦本有「尊詞體」之
意，故細繹其詞，不乏深具「微言」之作，如：〈水調歌頭〉（落日萬
艘下）、〈水調歌頭〉（當局薦公起）、〈洞仙歌〉（香車枉顧）、〈水龍吟〉
（君家花月笙歌）、〈臺城路〉（山陬法物千年在）等闋，對國事民生，
均有所譏刺，可見其經學「經世實用」之思想與史學「通變改革」之
思想，皆切合其以「文學經世」之目的。故嚴迪昌云：

> 龔自珍詞在藝術手段上多用微言大義的議論和象徵寄託之
> 法。前者與他「詞出於《公羊》」的觀念有直接關係，後者
> 則是運用傳統的表現手法。〔註82〕

嚴氏之說，實非無據也。細繹、推敲定盦詞，如：〈鵲踏枝〉（漠漠春
蕪蕪不住）、〈減蘭〉（人天無據）、〈鷓鴣天〉（雙槳鷗波又一時）等闋，
皆具傳統象徵寄託之法。故探論定盦詞，當細繹其詞隱微處，推敲其
「言外言」，細品其「味外味」，乃可知定盦詞心所在。此筆者所以稱：
「譚獻半是半非」也。要之，定盦學術與其詞間確有不可切割之關聯，
故欲論定盦詞，則不可不先明其學術思想，方能更近全貌。

〔註82〕嚴迪昌：《清詞史》，頁508。

第四章　龔定盦詞集綜論

　　定盦年十九始倚聲塡詞，所作多有刪選，今存詞約 161 闋；二十一歲，已著《懷人館詞》三卷、《紅禪詞》二卷；〔註1〕三十一歲勒爲六卷，三十二歲付刊《定盦別集》四卷（即《無著詞選》、《懷人館詞選》、《影事詞選》、《小奢摩詞選》）。其後十九年，流傳之詞僅數闋，迨及四十九歲，又作《庚子雅詞》；辭世之年（1841，50 歲）七月，猶作〈鷓鴣天‧題于湘山舊雨軒圖〉一詞。〔註2〕就目前流傳文本而言，至少有五集傳世，即《無著詞選》、《懷人館詞選》、《影事詞選》、《小奢摩詞選》、《庚子雅詞》。其中，《無著詞選》、《懷人館詞選》多爲早年（二十一歲前）所作；《影事詞選》、《小奢摩詞選》多二十一歲至三十一歲間所作；《庚子雅詞》則爲四十九歲時所作。

　　今傳世五集中，除定盦手自刪選外，長子龔橙亦有「手抄本」傳世，加之後人再刊本、手抄本等問世，實爲研究定盦詞集版本多有所助。1997 年，程昇輝撰《龔自珍詞研究》時，因當時文獻不足，故對定盦詞之精確繫年有限；近年來，樊克政《龔自珍年譜》、楊柏嶺

〔註1〕〔清〕段玉裁著，鍾敬華校點：《經韻樓集》，頁 222。

〔註2〕樊克政將此詞編於道光二十一年七月，而是年夏，定盦亦曾向友人出示《庚子雅詞》。見《樊譜》，頁 526～527。又，此詞定盦自注云：「辛丑初秋，余克袁浦，頗有盛於己亥之游，正欲制圖以寄幽恨，適湘山詞兄以〈舊雨軒圖〉屬題，即自書其所欲言以報命，自記。」頁 569。

《龔自珍詞箋說》相繼問世，對筆者關於定盦詞之繫年頗多裨益。此外，程昇輝對「六卷本與《紅禪室詞》」一事，未嘗質疑，筆者此章則對此加以考證、論述，以見異同。本章分論定盦詞集之刊版、六卷本與《紅禪室詞》之疑問、定盦詞之輯佚與繫年等，以期爲定盦詞集取得較完整之面貌。

第一節　龔定盦詞集之刊版

定盦詞除生前親手刪選付刊外，亦有後人輯校付刊者，更有手抄本問世，故本節將以定盦詞著錄刊版情形，擇其要而析論，以見其詞流傳概況。

一、龔定盦自輯刪選之本與刊版之本

（一）段玉裁所見之《懷人館詞》三卷本與《紅禪詞》二卷本

嘉慶十七年（1812，21 歲），是年定盦見外祖父段玉裁於蘇州，並出示詩文及此二本。據段玉裁〈懷人館詞序〉云：「仁和龔自珍者，余女之子也。嘉慶壬申，其父由京師出守新安，自珍見余吳中，年才弱冠。余索觀其所業詩文甚夥，間有治經史之作，風發雲逝，有不可一世之概；尤喜爲長短句，其曰《懷人館詞》者三卷，其曰《紅禪詞》者又二卷。」〔註3〕由此可知，定盦從十九歲始爲倚聲塡詞，至嘉慶壬申（嘉慶十七年，1812 年，21 歲）時，已自輯少作詞達五卷，可謂甚夥，惜此二本當時未刊版問世，無以窺其全貌。

（二）定盦「壬午歲勒爲六卷」本

據定盦〈己亥雜詩〉第 75 首自注云：「年十九，始倚聲塡詞，壬午歲勒爲六卷，今頗悔存之。」（頁 516）壬午，即道光二年（1822，31 歲），可知定盦自稱是年嘗勒其詞爲「六卷」。又，張祖廉（1873

〔註3〕〔清〕段玉裁著，鍾敬華校點：《經韻樓集》，頁 222。

～？）《定盦先生年譜外紀》云：「道光壬午歲，勒所作詞爲六卷，曰《紅禪詞》，曰《無著詞》，曰《懷人館詞》，曰《影事詞》，曰《小奢摩詞》。」（頁 642）張祖廉之說並未明指各集幾卷，僅列五種詞，又不詳說，可知未必眞曾見「六卷本」，可見其言矛盾；程昇輝《龔自珍詞研究》從其言，〔註4〕轉相誤矣。定盦所指「六卷」本究竟爲何？詳見後說。

（三）《定盦初集》本中之《定盦別集》四卷

平步清（1832～1896）云：「龔定盦儀部，初刻《定盦文集》三卷於道光癸未六月，卷端總目列文集上卷（開雕二十六篇），中卷（開雕十二篇），下卷（開雕八篇）。《定盦餘集》上、中、下卷（均未刻）。附少作一卷（十八篇開雕五篇）。《定盦詩集》上、中、下卷（均未刻）。……《定盦別集》四卷（刻），大凡十有九卷。……末篇自記云：余編初集二百二十篇竟，其正集九十又八篇，以此文竟，過是爲《定盦二集》」〔註5〕可知定盦於道光三年（癸未，1823）六月，編有《定盦文集》十九卷，然未盡數開雕，其中已開雕之《定盦別集》四卷，即其四種詞選集。

關於《定盦別集》四卷，據樊克政考證，云：

> 龔自珍於道光三年自刻的《定盦別集》四卷，即《無著詞選》、《懷人館詞選》、《影事詞選》、《小奢摩詞選》各一卷。……又吳煦附記云：『同治己巳，補刊龔定盦先生遺文……由此可知，吳煦刊印的統屬《定盦別集》的《無著詞選》、《懷人館詞選》、《影事詞選》、《小奢摩詞選》共四卷，是以道光三年自刻本爲底本的。所以，這個自刻本也只能是《定盦初集總目》所著錄的《定盦別集》四卷。（《樊譜》，頁 238）

〔註4〕程昇輝：《龔自珍詞研究》（臺中：中興大學中文研究所碩士論文，1997年），頁 73。

〔註5〕〔清〕平步青：《霞外攟屑》卷6，〈龔定庵集〉，轉引孫文光等編《龔自珍研究資料集》，頁 91～92。

由樊氏考證可知，同治八年（1869），吳煦（1809～1873）刊版《定
盦文集補》所收之《定盦別集》四卷《詞選》，即以《定盦初集》本
中《定盦別集》四卷爲底本。

（四）《庚子雅詞》一卷本

《庚子雅詞》一卷，所收係道光二十年（1840）所作。沈鎣《留
漚吟館詞存・一斛珠》小序云：「定盦禮部以近製《庚子雅詞》見示，
索題其後。」〔註6〕可知當時定盦曾編而未刻。直至同治八年（1869），
始由吳煦據何兆瀛（1809～1890）向吳派詞人潘曾瑋借得之抄本，刻
入《定盦文集補・詞錄》中。據何兆瀛〈定盦詞錄後記〉云：「此玉
淥潘丈所錄《定盦詞》，余借讀將十年。昨復攜至武林，適曉帆吳方
伯刊《定盦文》成，後蒐得詩草，刊附文集後。余因出此詞，請附其
詩并刊之，使定盦著作各見一斑也，同治戊辰十二月。」「玉淥」，吳
派詞人潘曾瑋之號，有《玉淥詞》、《詠花詞》。其伯兄潘曾沂與定盦
同年入內閣爲中書，甚有交游；仲兄潘曾瑩、叔兄潘曾綬，道光時，
亦與定盦有交游；潘曾瑋所錄《定盦詞》，或得之於其兄；而何兆瀛
之轉借、吳煦之助刊，亦使此版本得以傳世；「同治戊辰」，即同治七
年（1868）。又據吳煦〈定盦詞錄後記〉云：「同治己巳，……承何青
士觀察假定公詞抄本，正在付梓。適趙益甫廉過杭，攜有定公詞四卷，
乃先生手定，刻於道光癸未。取校何本，增多不少，惟《庚子雅詞》
一卷，則未刻本也。遂改依原刻本重刊，而以《庚子雅詞》附後。」
〔註7〕同治「己巳」，同治八年（1869），《庚子雅詞》一卷，存詞三十
五闋，定盦生前手定（未刻本），可見此本流傳問世之多艱也。

此外，沈鎣《懷舊錄・仁和龔定庵先生》云：「著有……《庚子
雅詞》四卷。」〔註8〕定盦晚年與沈鎣過從甚密，不知沈鎣此說何據，
附此俟考。

〔註6〕吳昌綬：《定盦先生年譜》，見《全集》，頁626。

〔註7〕轉引孫文光等編《龔自珍研究資料集》，頁69～71。

〔註8〕沈鎣：《沈晴庚詩文集》卷5，轉引樊克政《龔自珍生平與詩文新探》，
頁228。

二、他人校輯刪刊本與手抄本

　　除上述幾版本外，定盦生前曾自輯刪選，所刊落者多，故今流傳
之詞皆非全貌。時人與後世又將其詞或輯校，或手抄，或刊印，欲使
定盦詞集能更完善以流傳。定盦既歿，長子龔橙曾將遺集就正於其父
摯友魏源。據魏源〈定盦文錄敘〉云：

> 道光二十有一載，禮部儀制司主事仁和龔君卒于丹陽。越
> 明年夏，其孤橙抱其遺書來揚州，就正於其摯友邵陽魏源。
> 源既論定其中程者，校正其章句違和者，凡得文若干篇，
> 爲十有二卷，題曰《定盦文錄》，又輯其考證雜著詩詞十有
> 二卷，題曰《定盦外錄》，皆可殺青付繕寫。〔註9〕

然此二十四卷魏源校定本，實曾復經龔橙重定，而成「文九卷」、「詩
詞三卷」之十二卷本。據樊克政引鄧實（1877～1951）於《風雨樓叢
書》本《龔定盦別集詩詞定本》之序，云：「『今觀孝拱所編定者，文
九卷、詩詞三卷，共十二卷。然則此本既經孝拱重定，則爲魏氏所原
定者，已失其眞。……今幸所存者，猶有孝拱重定之定本十二卷而已。
雖其前八卷，亦已不復見，……其第十二卷，則《定盦詞定本》也。』
由以上鄧實所言可知，龔橙於道光二十二年請魏源編校的龔自珍『遺
書』，實爲他命寫人所錄的清稿本，而非龔自珍的手稿。……龔橙於
咸豐十年重加編校的十二卷。……其卷九至十二，由傅華於宣統二年
交給鄧實。」〔註10〕可知魏源於道光二十二年（1842）所定之二十四
卷本，今已失眞；而龔橙於咸豐十年（1860）重定之十二卷本，亦僅
剩四卷；至宣統二年（1910），鄧實乃刊版《定盦詞定本》五種流傳。
茲擇要介紹數種定盦詞之版本與抄本。

（一）龔橙手校《定盦詞》五卷抄本

　　龔橙手抄本《定盦詞》一冊，現藏北京圖書館。據樊克政云：「北
京圖書館藏有抄本《定盦詞》一冊，內爲《無著詞》、《懷人館詞》、《小

〔註 9〕〔清〕魏源：《魏源集》，頁 238。
〔註10〕樊克政：《龔自珍生平與詩文新探》，頁 197～198。

奢摩詞》、《影事詞》、《庚子雅詞》各一卷。書末有龔橙手跡；『此先集定本，咸豐辛酉冬識。子山先生上海索觀詞稿，錄副請正，龔橙校上。』〔註11〕可知該冊爲龔橙於咸豐十一年（1861）手抄親校本。樊氏又指出：此本《無著詞》收詞45首、《懷人館詞》收詞23首、《小奢摩詞》收詞8首、《影事詞》收詞3首、《庚子雅詞》收詞42首。可知龔橙手校此五卷本，共計收詞121首。此本多遭龔橙刪改，較之吳煦據同治七年（1868）刻本頗多重出，有16首爲吳刻本所無。

宣統元年（1909）九月，此本又易名《孝珙手抄詞》，收入上海國學扶輪社本《精刊龔定盦全集》，編者皡皡子，即王文濡（1867～1935）別號。1935年四月，王文濡重校此書，易書名爲《評校足本龔定盦全集》，內附《孝珙手抄詞》，收詞亦121首。

（二）吳煦刻本《定盦文集補》：《詞選》一卷，《詞錄》一卷

同治八年（1869），吳煦依定盦原刻本重補刊而成。此本有《詞選》一卷，即《無著詞選》、《懷人館詞選》、《影事詞選》、《小奢摩詞選》各一種。各選集後有定盦跋，云：

> 《定盦文集補・詞選》第八頁〈無著詞選跋〉：「右《無著詞》一卷，始名《紅禪詞》，凡九十二闋，壬午春選錄四十五首，癸未夏付刊。」

> 《定盦文集補・詞選》第十六頁〈懷人館詞選跋〉：「右《懷人館詞》一卷，原集凡九十闋，辛巳春日選錄三十二首，癸未六月付刊。」

> 《定盦文集補・詞選》第十八頁〈影事詞選跋〉：「右《影事詞》一卷，原集十九首，辛巳春選錄六首，癸未六月付刊。」

> 《定盦文集補・詞選》第二十三頁〈小奢摩詞選跋〉：「右近作《小奢摩詞》一卷，本三十三闋，刪存十五首，補入

〔註11〕 樊克政：《龔自珍生平與詩文新探》，頁230。

舊作，合為二十首，癸未六月付刊。」〔註12〕

據四跋可知，道光三年（1823）夏，定盦刊刻《無著詞選》、《懷人館詞選》、《影事詞選》、《小奢摩詞選》各一卷（初刻）共計四卷，四種原集計有234首，前三種選錄部分，後一種刪存並補舊作，選錄103首付刊。至於《詞錄》一卷，即《庚子雅詞》，存詞35首。以上共錄定盦詞138闋。此外，吳煦附記云：「同治己巳，補刊龔定盦先生遺文……承何青士觀察惠假定公詞鈔本，正在付梓，適趙益甫孝廉過杭，攜有定公詞四卷，乃先生手定，刻於道光癸未，取校何本，增益不少。惟《庚子雅詞》一卷，則未刻本也。遂改依原刻本重刊，而以《庚子雅詞》附後。」（《樊譜》，頁238）可知吳煦所刻四種《詞選》乃據趙之謙（號益甫，1829～1884）所藏道光三年（1823）定盦自刻本，而《詞錄》一卷，則據何兆瀛向潘曾瑋借所藏定盦詞之抄本。

（三）《風雨樓叢書》本：《定盦詞定本》一卷，《定盦集外未刻詞》一卷

此本為宣統二年（1910），鄧實據魏源與龔橙手校本定盦遺著之排印本。《定盦詞定本》一卷，內為《無著詞》、《懷人館詞》、《小奢摩詞》、《影事詞》、《庚子雅詞》各一種。據樊克政云：「除其中《無著詞》比龔橙咸豐十一年手校本《定盦詞‧無著詞》少二首（所少乃後著之最後二首）外，其他四種詞所收之詞數均與龔橙咸豐十一年手校本定盦詞相同。」〔註13〕龔橙手校本《定盦詞》有121首，樊氏謂此卷少2首，則知此《定盦詞定本》一卷有119首。

《定盦集外未刻詞》僅收〈賀新涼〉（夢斷秋無際）、〈鳳凰臺上憶吹簫〉（白晝高眠）二闋。卷後有鄧實跋云：「按上詞二闋，為孝珙手自寫錄於抄本之眉間者，為未刻之稿。孝珙所寫，計共有十闋，皆未刻稿，諸刊本所無。其八闋已編入《定盦詞定本》內，故不重錄。」

〔註12〕轉引《樊譜》，頁237。
〔註13〕樊克政：《龔自珍生平與詩文新探》，頁239。

〔註14〕可知定盦未刻詞作甚多，所刊落之詞亦多，而《定盦集外未刻詞》後為王文濡《評校足本龔定盦全集》所錄。

（四）《紅禪室詞》抄本二卷

劉大白（1880～1932）自稱民國元年（1912）曾購藏《紅禪室詞》抄本，共計二卷：第一卷收詞 45 闋，第二卷收詞 30 闋，計得 75 闋。劉氏以此本為定盦使人代錄之初稿。此抄本之細目，劉氏謂：「細檢各詞，計見於《無著詞選》的三十六首；見於《小奢摩詞選》的三首；見於《懷人館詞選》的四首；為《定盦全集》各種詞選中所無的三十二首。又，《無著詞選》中所有，而為此本所無的九首；可見此本的第二卷已經殘缺，不是《無著詞選》後自註所謂九十二首的完本了。」〔註15〕可知此本與吳煦刻本《定盦別集》所收詞，多有不同。劉氏又引卷首有〈自題紅禪室詞三絕句〉，以為三詩確為「定盦筆路，絕非假託」。然筆者有所質疑，詳本章第二節。

（五）王佩諍校本《龔自珍全集》：《無著詞選》等五種

此書最早於 1959 年由中華書局上海編輯所本印行；1975 年，上海人民出版社重印此書；同年，臺灣河洛圖書出版社亦印行此書；2007 年，上海古籍出版社又印行。四版本略有小異。此書第十一輯共收詞五種：（1）《無著詞選》45 闋（原書誤計 44 闋）；（2）《懷人館詞選》44 闋（原書誤計為 43 闋）；（3）《影事詞選》7 闋；（4）《小奢摩詞選》20 闋；（5）《庚子雅詞》39 闋，計收詞 155 闋。

（六）《龔自珍詞箋說》

楊柏嶺《龔自珍詞箋說》一書以繫年編排體例，按月編次。此書校勘以王佩諍校《全集》為底本，王本收詞 155 闋，此書增補 6 闋：〈東風第一枝〉（瓊管含愁）、〈沁園春〉（牢落江湖）、〈慶春澤〉（祠灶羊貧）、〈字字雙〉（小婢口齒蠻復蠻）、〈臺城路〉（清溪一曲容人住）、

〔註14〕孫文光等編：《龔自珍研究資料集》，頁 188～189。
〔註15〕劉大白：《舊詩新話》（臺北：莊嚴出版社，1981 年），頁 67～70。

〈謁金門〉（琴與劍）等，計收 161 闋；有詳細注釋，附以「知人論世」解說，又於龔橙手抄本中異文有所商榷。另於多數詞後皆附「集評」，所收除「詞話」外，亦抉今人精要語入書；書末有附錄二種，一為「龔自珍詞論」，一為「龔自珍詞總評」。此書為目前收錄定盦詞之專書，有別多數編選者將定盦詞及其詩文併成一書刊版。此書 2010 年由黃山書社印行。

　　此外，尚有王鴻《同聲集》本、《粵東萬本書堂》本、《浙江寶晉齋》本、《四川官書局》本、《四部備要》本、《清名家詞》本等，所收詞數皆不出王佩諍校本《全集》。《全集》印行後，又有零散佚詞問世，至楊柏嶺《龔自珍詞箋說》一書，所收較前人為略多。

　　定盦詞未付刊者頗多，亡佚者亦有，亦有自刪者。道光三年（1823）夏，定盦自刻本《定盦別集》四卷（《無著詞選》、《懷人館詞選》、《影事詞選》、《小奢摩詞選》），乃其選錄及刪存之「詞選本」，存詞僅 103 闋；其四種詞（《紅禪詞》、《懷人館詞》、《影事詞》、《小奢摩詞》）原稿本為 234 闋；加以同治八年（1869），吳煦刻本《庚子雅詞》一卷，有 35 闋，龔橙手校抄本《定盦詞》五卷又多出吳煦刻本所無有 17 闋，〔註16〕可知定盦五種詞原不少於 286 闋。吳煦等人助刊，遂使定盦詞得以流傳，迄於當代，王佩諍所輯有 155 闋，楊柏嶺又增補為 161 闋，為當今尚稱近似完善之本，但已迥非定盦詞當初之原貌也。

第二節　六卷本與《紅禪室詞》之疑問

一、六卷本之謎

　　關於定盦詞之刊刻，道光十九年（1839，48 歲），定盦作〈己亥雜詩〉第 75 首自注云：「年十九，始倚聲填詞，壬午歲勒為六卷，今頗悔存之。」（頁 516）「壬午歲」，即道光二年（1822，31 歲）；「勒」者，刻也、寫也。可知定盦此年，刻其詞為六卷或抄寫成六卷欲以存世，至晚年雖有「今頗悔存之」意，但其詞當有「六卷」則無誤。

〔註16〕樊克政：《龔自珍生平與詩文新探》，頁 228～231。

此「六卷詞」爲何？觀今《全集》所載之詞，僅有五種（《無著詞選》、《懷人館詞選》、《影事詞選》、《小奢摩詞選》、《庚子雅詞》）各一卷；《庚子雅詞》更作於道光二十年（1840，49 歲），故名《庚子雅詞》。又，道光二十一年（1841，50 歲）時，定盦曾向沈鎣出示近作《庚子雅詞》，沈鎣爲題〈一斛珠〉一闋，有小序云：「定盦禮部以近制《庚子雅詞》見示，索題其後。」〔註 17〕可知《庚子雅詞》非其所指「六卷」之一，而《庚子雅詞》一集，定盦生前實未嘗付刊也。

然則今《全集》所收之《無著詞選》、《懷人館詞選》、《影事詞選》、《小奢摩詞選》四集，又各爲幾卷？據石公手校本《文集》卷首〈定盦初集總目〉所載：

> 《定盦文集補・詞選》第八頁〈無著詞選跋〉：「右《無著詞》一卷，始名《紅禪詞》，凡九十二闋，壬午（1822）春選錄四十五首，癸未（1823）夏付刊。」

> 《定盦文集補・詞選》第十六頁〈懷人館詞選跋〉：「右《懷人館詞》一卷，原集凡九十闋，辛巳（1821）春日選錄三十二首，癸未（1823）六月付刊。」

> 《定盦文集補・詞選》第十八頁〈影事詞選跋〉：「右《影事詞》一卷，原集十九首，辛巳（1821）春選錄六首，癸未（1823）六月付刊。」

> 《定盦文集補・詞選》第二十三頁〈小奢摩詞選跋〉：「右近作《小奢摩詞》一卷，本三十三闋，刪存十五首，補入舊作，合爲二十首，癸未（1823）六月付刊。」〔註 18〕

據四跋可知，道光三年（1823）六月，定盦刊刻《無著詞選》、《懷人館詞選》、《影事詞選》、《小奢摩詞選》各一卷（初刻），共計四卷，亦不足六卷之數。然此四卷已刊版行世，可知當屬定盦所說「勒爲六卷」當中之「四卷」；然則尙有「兩卷」爲何？據上引〈無著詞選跋〉：「右《無著詞》一卷，始名《紅禪詞》，凡九十二闋，壬午（1822）

〔註 17〕轉引《龔譜》，頁 526。
〔註 18〕轉引《龔譜》，頁 236～237。

春選錄四十五首」，可知《紅禪詞》一卷爲《無著詞》一卷之底本。

　　關於《紅禪詞》「一卷」本，段玉裁〈懷人館詞序〉中有脈絡可尋。嘉慶十七年（1812），其父出守新安，定盦隨父南下，至吳中見段玉裁，據段玉裁〈懷人館詞序〉云：

> 余索觀其所業詩文甚夥，間有治經史之作，風發雲逝，有不可一世之概；尤喜爲長短句，其曰《懷人館詞》者三卷，其曰《紅禪詞》者又二卷。〔註19〕

據段玉裁所言，可知嘉慶十七年（1812，21 歲）前，定盦已著《懷人館詞》三卷、《紅禪詞》二卷（當爲手稿本）。如此，段玉裁所見《懷人館詞》三卷本與《紅禪詞》二卷本，何以至道光二年（1822，31歲）春選錄時，卻變爲《懷人館詞》一卷本（90 闋）、《無著詞》一卷本（92 闋）。較合理之解釋，即三卷本《懷人館詞》與二卷本《紅禪詞》曾經定盦刪存或更改卷數。筆者以爲二者皆實有，析論如下：

　　先就「更改卷數」論，據定盦云：「年十九，始倚聲塡詞，壬午歲勒爲六卷」，若定盦所言不虛，自十九歲到三十一歲（壬午，1822）親筆勒爲六卷前，定盦應未嘗更改卷數，則三十一歲定盦親筆勒定之本，必是當時段玉裁所見之三卷本《懷人館詞》與二卷本《紅禪詞》；但定盦爲便於檢校諸詞，自當將「此二集」由三卷、二卷分別各彙整爲一卷本，故云：「右《無著詞》一卷，始名《紅禪詞》」、「右《懷人館詞》一卷，原集凡九十闋」。

　　又，定盦是否曾「刪存」其詞，筆者以爲然也。據〈小奢摩詞選跋〉：「右近作《小奢摩詞》一卷，本三十三闋，刪存十五首，補入舊作，合爲二十首」，可知是集 33 闋刪存成 15 闋，再補入「舊作」5闋，〔註20〕而成 20 闋，則是集已無底本矣。此外，亦知此集爲定盦近作，至少不晚於道光三年（1823）六月刊刻前。據前三跋可知，前

〔註19〕〔清〕段玉裁著，鍾敬華校點：《經韻樓集》，頁 222。
〔註20〕此五闋爲〈惜秋華〉（瑟瑟輕寒）、〈減蘭〉（闌干斜倚）、〈露華〉（一痕輕輭）、〈湘月〉（勾留幾日）、〈浣溪紗〉（春倦如雲不自持），頁 573～574。

三集之選均爲辛巳（道光元年，1821）春、壬午（道光二年，1822）春之事；獨《小奢摩詞》之選錄未載年月，觀其跋，當因刊刻之期甚近，故不贅述。又據定盦〈浣溪紗〉小序云：

> 以上五闋，皆從已刪稿復錄出，本在懷人館卷中，今亦不
> 復補入，遂錄於近詞之端。（頁 574）

「懷人館卷」，即《懷人館詞》。可知盦所指「勒爲六卷」之過程，實嘗刪存諸詞，至少《懷人館詞》、《小奢摩詞》二集均曾遭刪部分。而定盦又以二十一歲前舊作（《懷人館詞》五闋），補入三十二歲前近作《小奢摩詞選》中；另將僅餘 13 闋之《影事詞》底稿，併入不足 58 闋之《懷人館詞》底本中，﹝註21﹞加以彙整爲一卷「未刻詞」，實合情理。仔細比對〈懷人館詞選跋〉、〈影事詞選跋〉、〈無著詞選跋〉三文，一者云：「辛巳（1821）春日選錄三十二首」；一者云：「辛巳（1821）春選錄六首」；一者云：「壬午（1822）春選錄四十五首」。可知前二集選錄在同時或前後，故二跋所載「年月均同」，則「《懷人館詞》剩稿與《影事詞》剩稿」併爲一卷之可能，非無據也。此外，《無著詞》一卷，所寫景色、人事、時地幾多相類，雖情深而境界不闊，雖細膩而閱歷頗少，可斷爲最初少作無疑。此卷深具「男女風懷」及「深閨豔思」，又心血所成，亦有情事寄託；但其學佛、治釋典亦影響其詞學觀，心中時有「情」、「禪」相戰。故當其於選錄、刪存之際，必多所猶豫，遂先選錄《懷人館詞》、《小奢摩詞》二集，而將《無著詞》暫置待錄。逮至道光二年（1822，31 歲）春，始決意選錄，故將原詞名由《紅禪詞》改爲《無著詞》，此與定盦在嘉慶二十四年（1819，28 歲）前從江沅學佛、治釋典有相當影響。

是故定盦晚年所云：「壬午歲勒爲六卷」之「六卷」，筆者以爲，除流傳之《無著詞選》、《懷人館詞選》、《影事詞選》、《小奢摩詞選》

﹝註21﹞按：《影事詞》一卷，原集 19 闋，辛巳（1821）春選錄 6 闋，故僅剩 13 闋；《懷人館詞》一卷，原集凡 90 闋，辛巳（1821）春日選錄 32 闋，又遭定盦刪去 5 闋而補入《小奢摩詞選》，故所剩已不足 58 闋，而僅剩 53 闋。

各一卷外，加之「《紅禪詞》剩稿」一卷、「《懷人館詞》剩稿與《影事詞》剩稿合併本」一卷。可知道光三年（1823）六月付刊時，定盦分別勒定並作跋之四選集與當今流傳各本，皆非其足本也。

二、關於《紅禪室詞》之疑問

劉大白曾言於民國元年（1912）購得定盦手抄本《紅禪室詞》一事，筆者思索良久，頗爲疑之，故併探論致疑。劉大白《舊詩新話》云：

> 我在民國元年，從紹興一個姓王的書賈手上，得到一本抄本的清人仁和龔自珍底《紅禪室詞》，計兩卷：第一卷計詞四十五闋；第二卷計詞三十闋；共詞七十五闋。抄的人筆致秀媚，似乎是一個女子。原書底和面兩頁，都已經撕去無存，書中也微微有蠹蝕的痕跡；但被蠹的地方，字體還可辨認。卷中各詞，合現在掃葉山房印行的遼漢齋校訂本《定盦全集》和國學扶輪社印行的《定盦全集》中《無著詞選》──兩本《無著詞選》後，都有定庵自注「右《無著詞》一卷，始名《紅禪詞》，凡九十二闋；壬午春選錄四十五首，癸未夏付刊。」──所選各詞文句，頗有不同。其中最可珍的，是卷首有定盦〈自題紅禪室詞三絕句〉，後署「龔自珍瑟人自誌」。……這三首詩是遼漢齋本和國學扶輪社本的《定盦全集》中所不載；可是確是定盦筆路，決非假托，……而且第一、第三兩首，正是定盦自己對於所作詩詞自負的評語，爲別人所不能道出……。此本每卷首頁第二行，都署「碧天怨史龔自珍倚聲」九字；……於此可見，「碧天怨史」是定盦少年作此詞的時候底別號；而且塗痕也許是他的親筆。因爲他人未必會塗去他所署別號，而此本當是定盦使人代錄的初稿了。細檢各詞，計見於《無著詞選》的三十六首；見於《小奢摩詞選》的三首；見於《懷人館詞選》的四首；爲《定盦全集》各種詞選中所無的三十二首。又，《無著詞選》中所有，而爲此本所無的九首；可見此本第二卷已經殘缺，不是《無著詞選》後自注

所謂九十二首的完本了。……相傳定盦詞稿，曾經被他底
兒子孝琪改竄〔註22〕

關於劉大白所說，曾有學者疑之，如：劉逸生疑〈自題紅禪室詞三絕
句〉非定盦所作，劉氏云：「以上三首七絕，王佩諍校本錄自劉大白
《舊詩新話》，來歷本來可疑，而且三詩的藝術手法低劣，風格更不
似龔氏的清深郁茂，（與〈題紅蕙花詩冊尾〉一比自明。）疑是他人
之作，錄以供讀者參考。」〔註23〕劉逸生之言是矣。

　　筆者撰此論文前，曾因定盦「壬午歲勒爲六卷」一語，疑之多年
而不得解；後讀劉大白此文，心遂更疑，幾經反覆思索，乃爲之探論。

　　據劉氏上述所言，可知幾事：定盦爲浙江仁和人，生於杭州東城
馬坡巷，就地源而論，劉氏自「紹興書賈」購得《紅禪室詞》（共計
75闋），頗合常理。又，抄字人似爲「筆致秀媚」之女子，亦合定盦
生平風流韻事。該書「原書底和面兩頁，都已經撕去無存，書中也微
微有蠹蝕的痕跡；但被蠹的地方，字體還可辨認。」以道光二十年
（1841）計，至民國元年（1912），此書已歷七十年風霜，且經蠹魚
侵蝕如此，更無庸置疑。又，劉氏以卷中各詞比對掃葉山房印行之邃
漢齋校訂本《定盦全集》與國學扶輪社印行之《定盦全集》中之《無
著詞選》，指兩本皆有定盦所作《無著詞選‧跋》，但各詞文句，頗有
不同。此外，劉氏又細檢各詞，指《紅禪室詞》所抄錄75闋詞，見
於《無著詞選》有36闋；見於《小奢摩詞選》有3闋；見於《懷人
館詞選》有4闋；爲《定盦全集》各種詞選中所無者有32闋。可見
劉氏以爲有43闋相同，有32闋爲「定盦佚詞」。按：「掃葉山房」之
《龔定盦全集》中《定盦別集》所收詞，同於吳煦刻本；上海國學扶
輪社本之《龔定盦全集》所收詞，有《詞選》、《詞錄》各一卷，《校
拱手抄詞》一卷。又指《無著詞選》中所有，而爲此本所無的9闋及
該本第二卷已殘缺，非92闋之《無著詞選》完本；末又引龔橙改竄

〔註22〕劉大白：《舊詩新話》，頁67～70。
〔註23〕劉逸生等注：《龔自珍編年詩注》，頁202。

定盦詞稿一事。就劉氏所說，乍聞之下，十分合理；然除劉氏本人外，尚有人見此手抄本否？不免又啓人疑竇。劉氏指說歷歷，斷定此《紅禪室詞》爲「定盦使人代錄之初稿」，但果眞如此乎？

　　果如劉氏所言，此集每卷首頁第二行，均署「碧天怨史龔自珍倚聲」九字，因「碧天怨史」爲定盦少時別號，後又親手塗去此號。加之劉氏文中提及有 3 闋見於《小奢摩詞選》，《小奢摩詞選》中最早之詞當屬嘉慶十八年（1813，22 歲）所作〈惜秋華〉（瑟瑟輕寒）等 5 闋原在《懷人館詞選》中，後來增補之詞。據劉氏所云，則《紅禪室詞》既抄有《無著詞選》之詞，又抄有《懷人館詞選》之詞；倘若其所指《小奢摩詞選》當中之 3 闋非筆者所指「早期之作」，則《紅禪室詞》或爲上述三種詞之手抄選集耶？據段玉裁〈懷人館詞序〉云：

> 尤喜爲長短句，其曰《懷人館詞》者三卷，其曰《紅禪詞》者又二卷。〔註24〕

就今日可知文本，段玉裁當爲最早索觀定盦詞並爲之序者，但段玉裁所見乃《紅禪詞》二卷本，並非《紅禪室詞》二卷本，可知當段玉裁之時，並無所謂《紅禪室詞》二卷本。此外，段玉裁又指明當時定盦少作詞集有兩種，且不將「兩種詞集」混爲一集。據定盦〈無著詞選跋〉云：

> 右《無著詞》一卷，始名《紅禪詞》，凡九十二闋，壬午（1822）春選錄四十五首，癸未（1823）夏付刊。〔註25〕

定盦指「右《無著詞》一卷，始名《紅禪詞》，凡九十二闋」，「始名」《紅禪詞》，隱然已透露道光二年（1822）春選錄《無著詞》一卷本前，只有名爲《紅禪詞》之詞集，不存其他別名或異名。可見劉氏所指「碧天怨史」四字乃定盦少年作《紅禪室詞》之「別號」，當爲有心人所杜撰。此外，現藏於北京圖書館之「龔橙手校本」《定盦詞》

〔註24〕〔清〕段玉裁著，鍾敬華校點：《經韻樓集》，頁 222。
〔註25〕轉引《龔譜》，頁 237。

五卷，僅有《無著詞》，〔註26〕亦未聞有《紅禪室詞》也。同治年間，王鴻所刻《無著詞》一卷（《同聲集》本）、吳煦刻本《定盦文集補》六卷（有《詞選》、《詞錄》各一卷）；〔註27〕至宣統年間，鄧實所刊《風雨樓叢書》本等，但有《無著詞》、《無著詞選》之稱，皆不聞有《紅禪室詞》之說。獨劉氏購得於紹興書賈之手，其說似合理，卻也可見矛盾之處，無法使人釋疑，此筆者所以致疑故也。

第三節　龔定盦詞之輯佚與繫年

　　定盦詞集刊版情形概述如上，本論文以王佩諍校本《龔自珍全集》為底本，凡所引用詩詞文章等，皆自此出，同時參照《四部備要本》、王文濡校編本、楊柏嶺《龔自珍詞箋說》等書，年譜方面，以樊克政《龔自珍年譜考略》一書文主，參照吳昌綬《定盦先生年譜》、張祖廉《定盦先生年譜外紀》等書，以達「知人論世」，並期能以較客觀之角度，全面瞭解定盦詞中之意蘊及微言，以較完整探論定盦詞之精神。

　　王佩諍校本《全集》，據王佩諍〈編列〉所載：「本集據龔氏自刻本《定盦文集》，吳刻本《定盦文集》、《續集》、《補》，朱刻本《定盦文集補編》，風雨樓本《定盦別集》、《集外未刻詩》，娟鏡樓本《定盦遺著》、《年譜外紀》、《龔自珍集外文》稿本、《孝琪手抄詞》，以及諸書引載與海內公私諸家舊藏佚文等，整理編輯，成為目前較完備的龔氏全集。」王氏之說是矣。此書仿邃漢齋校訂本編例，其內容共編成十一輯，依次為：「一輯為政治和學術論文，二輯為碑傳和紀事，三輯為書序和題錄，四輯為金石題跋，五輯為表、啓、箋，六輯為佛學論著，七輯為韻文，八輯為語錄，九輯為編年詩，十輯為《己亥雜詩》，十一輯為詞。」（《全集‧編例》，頁1）此書有部份罕見佚文詩詞，

〔註26〕樊克政：《龔自珍生平與詩文新探》，頁230。
〔註27〕樊克政：《龔自珍生平與詩文新探》，頁231。

於篇末皆繫出處，收藏者，以昭公信。是書廣蒐校注，按類分輯，為
研究定盦詩詞、文章、佛學、思想等各範疇，提供較完善之文獻。對
本論文提供許多直接且完整可用之資料與論證時所需之證據。雖然，
定盦之佚詞與未繫年之詞仍多。茲對二者論述如下。

一、龔定盦詞之輯佚

　　定盦著述亡佚者多，詞作亦不少，王佩諍《全集》雖多方廣蒐校
考，仍列舉「佚著待訪目」。此目未列舉散佚之詞作細目，然有附記
云：「龔氏詩詞散佚亦夥，惜無詳目。」（頁 664）如前所述，筆者推
論定盦五種詞原不少於「286 闋」，對比王佩諍《全集》所校之 155
闋，楊柏嶺《龔自珍詞箋說》所得之 161 闋，知尚多亡佚之作。筆者
今就所見文獻，轉錄數闋王佩諍《全集》失收之佚詞與存目詞，以資
補充。

（一）定盦佚詞

1.〈臺城路・客秣陵〉云：

　　青谿一曲容人住，鍾山黯然如睡。敗葦灘西，孤風巷左，
　　有個紅泥蕭寺。翛然高寄，也無客來尋，苔平屨齒。畫擁
　　單衾，蔣侯三妹夢中至。　　醒來自滌幽想，一節飛鳥外，
　　十里五里。寒女擔菱，枯僧賣菊，俱是斜陽身世。酸吟倦
　　矣，幸掩卻禪關，不聞時事。一任天涯，陸沉朝與市。

此詞見於龔橙手抄本《庚子雅詞》第 23 首，〔註28〕吳煦刻本失收，
秋星社本《定盦集外未刻詞》錄，王佩諍《全集》本失收，楊柏嶺《龔
自珍詞箋說》錄。楊柏嶺繫此詞於「道光庚子九月」，即道光二十年
（1840，49 歲）所作。

2.〈沁園春・同袁琴南游吾園，贈笋香主人〉云：

　　牢落江湖，瀟灑盟鷗，游蹤屢過。笑吟邊旖旎，留痕不少，
　　醉中爛漫，選勝偏多。水驛尋煙，山程問雨，入境先應問

〔註28〕王文濡編：《評校足本龔定盦全集・孝琪手抄詞》（新文豐版）。

薜蘿。同人指,指城西一角,是水雲窩。　胸中小有岩
阿。便十載尊鱸償得他。問軟塵十丈,有誰修到,研箋三
尺,盡爾消磨。艷福翰君,狂名恕我,賢主佳賓愧負麼。
袁絲笑,有烏鹽紅豆,付與漁簑。

此詞見《詞學》第一輯中北山〈龔定盦佚詞〉;王佩諍《全集》本失
收,楊柏嶺《龔自珍詞箋說》錄。北山云:「定盦自選甚嚴,其詞刊
落多不可蹤跡。近從上海李氏刻本《春雪集》中得定盦一詞,亟錄存
之。笋香主人爲李筠嘉,家有吾園,爲上海名勝。咸同之際,江浙文
人如改七香、王韜、龔定盦、名媛如歸佩珊皆嘗寓園中。《春雪》一
集,皆當時詩人題詠吾園之作也。」〔註29〕可知此詞乃北山自《春雪
集》輯出。此詞爲定盦與幼年友人袁桐（按:袁枚從子,歸懋儀之婿）
同遊上海李筠嘉別業「吾園」,贈主人李筠嘉之詞。此詞吳昌綬、樊
克政皆繫於嘉慶二十一年,楊柏嶺引樊克政之說,云:「『該詞當作於
龔自珍初到上海之時』,即丙子（1816）。此說尚需旁證,但此闋作於
龔氏在上海時,則可以確定。」可見楊柏嶺對二氏繫年質疑。

3.〈東風第一枝〉云:

瓊管含愁,珍珠製曲,安排惆悵無限。春燈一穗猩紅,深
宵畫屏誰剪。想思深淺,把玉字連環敲減。恰此時、花霧
空濛,蹴起亞闌月倩。　人人凭、羅幔錦帷幽怨。問月
地雲階誰伴。願載十萬紅箋,寫他名字都遍。怎能消遣,
巧獨忖、何時相見。恨無聊、玉漏頻催,數徹四更三點。

此闋見於李華英〈龔自珍佚詞一首〉,原載姚文《自賞音齋詞存》（稿
本,杭州市圖書館藏）。王佩諍《全集》本未收,楊柏嶺《龔自珍詞
箋說》錄。李華英云:「詞中語言像流水那麼自如流暢。龔氏以詞的
形式,自由地抒發了曲折纏綿的思想感情。」〔註30〕此詞之情感、造

〔註29〕 北山:《詞學》第一輯（上海:華東師範大學出版社,1981年）,頁
152。

〔註30〕 李華英:《西湖》（1984年第7期）,轉引楊柏嶺《龔自珍詞箋說》,
頁89。

語、書寫意蘊皆與《無著詞選》中之詞風相近，然旁證尚不足，附此俟考。

4.〈慶春澤〉云：

> 祠灶羊貧，打門客散，羈懷黯黯難收。自踏金門，年華逝水空流，那堪門外驪駒唱，有行人、催動征郵。夜何其？起視寒星，脈脈當眸。　　南鄰銀燭朝天去，正嬌嘶怒馬，醉擁驪裘。大隱風情，青山未歸休。江南記有親栽柳，好煩君、替訴離愁。定何年，春水生時，遞我扁舟。（《樊譜》，頁 367～368）

此詞詞尾有跋云：「壬辰除夕，百憂蝟集之際，登之別駕促作送行詩。走筆應之，已漏咚咚三下矣，胸次拉雜，不知所言皆何等。登之勉旃，勿以此措大懷抱也。調似是〈慶春澤〉，亦模糊甚。仁和愚弟龔自珍并識。」此詞《樊譜》據陳延恩（？）輯《罷讀樓匯刻贈言》卷 2 補錄，王佩諍《全集》本未收，楊柏嶺《龔自珍詞箋說》錄。此詞《樊譜》繫年於道光十二年（1832）除夕。

5.〈謁金門・孫月坡小影〉云：

> 琴與劍。此是孫郎真面。孫楚樓頭邀一見。撐腸三萬卷。　　別有香奩清怨。禪與風懷相戰。除卻海天兜率畔。春愁何處遣。（《樊譜》，頁 508）

此詞原載《庚子雅詞》，吳煦刻本、《孝琪手抄詞》、王佩諍《全集》本皆未錄，楊柏嶺《龔自珍詞箋說》錄。此詞於龔橙手抄本《庚子雅詞》已被龔橙劃掉，并手批「原刪」二字。〔註31〕樊克政、楊柏嶺均繫年於道光庚子九月，即道光二十年（1840，49 歲）所作。

6.〈字字雙〉云：

> 小婢口齒蠻復蠻。秋衫紅淚潸復潸。眉痕約略彎復彎。婢如婦人難復難。女兒魂魄完復完。湖山秀氣還復還。爐香瓶卉殘復殘。他生重見艱復艱。（《全集》，頁 528）

〔註31〕樊克政：《龔自珍生平與詩文新探》，頁 231。

二詞見於〈己亥雜詩〉，爲第 193、194 首。龔橙手抄本《庚子雅詞》錄此闋，吳煦刻本、王佩諍《全集》本皆未錄爲詞，楊柏嶺《龔自珍詞箋說》錄之。吳昌綬於天頭案語云：「《詞綜》錄唐女郎王麗眞〈字字雙〉詞，亦四句疊句，當是定公所本。」〔註32〕定盦以二首爲雜詩，蓋非以詞視之，故吳昌綬雖疑此爲定盦所本，然筆者以爲定盦縱知此爲〈字字雙〉，恐有意效其體而爲詩，故吾從定盦，暫附於此。

（二）定盦存目詞

1.〈滿江紅〉

定盦〈金縷曲・癸酉秋出都述懷有賦〉詞末有自記云：「店壁上有『一騎南飛』四字，爲〈滿江紅〉起句，成如干首，名之曰《木葉詞》。一時和者甚眾，故及之。」（《全集》，頁 565）癸酉秋，即嘉慶十八年（1813，22 歲）秋，是年定盦入都應八月順天鄉試，榜出不中，離京時所作。

2.〈一萼紅〉

楊鍾羲（1865～1940）《雪樵詩話》卷 10 云：「夏玉延，頻伽婿也。壬午造榜日，吳蘭雪招客棗花寺，二十四客集者才十四人，既而稍稍引去。惟蘭雪首唱一詩，雪樵和之，玉年、受笙各作一畫，定盦塡〈一萼紅〉詞，玉延次韻。想見長安聽榜情味。」壬午造榜日，即是道光二年（1822，31 歲）三月。《樊譜》繫此詞於是年閏三月九日。此日，定盦與周仲墀、許乃穀、夏寶晉等十四人，參與吳嵩梁邀請之崇效寺（按：即棗花寺）小集，定盦塡〈一萼紅〉，夏寶晉次其韻。（《樊譜》，頁 187）

3.〈水調歌頭〉

據沈鑅《留漚吟館詞存・水調歌頭》（長揖謝卿相）小序云：「龔定盦禮部疊次見訪，並蒙贈詞，爰倚原韻奉答。」《樊譜》繫年於道

〔註32〕王文濡編：《評校足本龔定盦全集・定盦雜詩》，頁 35～36。

光二十一年（1841，50 歲）夏。可知定盦於是年夏與之晤面，並塡〈水調歌頭〉贈之，沈鋆亦以原韻贈詞爲酬。（《樊譜》，頁 524）

（三）《紅禪詞》待訪寫本

《中日文化》第一卷第四期（1941 年出版）曾載〈龔定盦墨跡——《紅禪詞》全稿〉一文。樊克政云：「據載：該書原爲杭州范碩原所藏，爲龔自珍所『手寫』，『係烏絲欄長冊，前數闋皆工楷，末後兩闋則作行書體』。冊尾有龔橙所附跋語，現藏處不詳。」〔註 33〕此寫本不知是否眞爲定盦親寫本，附此俟考。

綜上所述，可知定盦佚詞甚夥，兼之定盦刪存選詞甚嚴，以今所見諸詞，恐僅其詞之半耳，仍有待研究者之勤訪也。

二、龔定盦詞之繫年

定盦現存 161 闋詞，除少數可確定年月外，其餘多偏難以繫年，或僅能約略考證於某一時期之間。除吳昌綬《定盦先生年譜》、張祖廉《定盦先生年譜外紀》外，近年來，樊克政《龔自珍年譜考略》，考證又較前人更精確而翔實；此外，楊柏嶺《龔自珍詞箋說》一書，亦是近幾年研究定盦詞之翹楚。本論文關於繫年之考證，以樊克政《龔自珍年譜考略》爲主，輔以楊柏嶺《龔自珍詞箋說》爲參考，亦旁及吳昌綬、張祖廉二氏之說。

定盦詞大抵可依其中脈絡，考證屬於某一時期之作，如：在杭州，或上海，或京師時期。據定盦〈無著詞選跋〉、〈懷人館詞選跋〉、〈影事詞選跋〉、〈小奢摩詞選跋〉，可知此四選集在道光三年（1823）夏付刊前，皆已自原稿本中選出。但其中又有新舊夾雜之詞，如：〈小奢摩詞選跋〉即云：

〈小奢摩詞選跋〉：「右近作《小奢摩詞》一卷，本三十三闋，刪存十五首，補入舊作，合爲二十首，癸未（1823）六月付刊。〔註 34〕

〔註 33〕 樊克政：《龔自珍生平與詩文新探》，頁 250。
〔註 34〕 轉引《樊譜》，頁 236～237。

此跋所指「舊作」如：〈惜秋華〉（瑟瑟輕寒）、〈減蘭〉（闌干斜倚）、〈露華〉（一痕輕頓）、〈湘月〉（勾留幾日）、〈浣溪紗〉（春倦如雲不自持）等五闋，本在《懷人館詞》中，後又被定盦補入《小奢摩詞》，順序年月遂有所誤。

此外，又有詞寫於後，卻刊於前，如：〈鷓鴣天‧題于湘山舊雨軒圖〉一詞，依定盦自注「辛丑初秋，余客袁浦，頗有盛於己亥之游，正欲製圖以寄幽恨，適湘山詞兄以〈舊雨軒圖〉屬題，即自書其所欲言以報命。自記。」（頁 569）此詞顯見爲道光二十一年秋所作，卻爲後人收入《懷人館詞選》，其誤可知。

《庚子雅詞》一卷，爲定盦生平最後一種詞集，所收爲道光二十年所作詞 35 闋（龔橙手抄本爲 42 闋），收詞雖不多，編次則頗亂，殆當時未詳加考證繫年而排序。定盦自十九歲「始倚聲塡詞」，至辭世之年當月，尚作〈鷓鴣天‧題于湘山舊雨軒圖〉一詞。其創作多集中在道光三年（1823，32 歲）夏以前與道光二十年（1839，49 歲）後，就今未見其他佚詞之情況，定盦中年有長達十八年較少詞作，當必有因，且俟下章探論。

第五章　龔定盦之詞學觀

　　欲窺定盦詞全貌，則不得不析論其創作歷程，欲探定盦之詞學觀，則不得不留意其詞風各期之轉變。誠如嚴迪昌所云：「有兩個問題值得作爲考察詞史人物時密切關注：一是處境心態決定著審美傾向、藝術觀念；二是誠如〈刻瑤華集述〉中所說：『或一人而少壯屢進，或一書而首尾失傳。』必須注意到詞人前後期的發展變化。」〔註1〕嚴氏所言甚是。

　　定盦年十九始學爲塡詞，〈己亥雜詩〉第75首自注云：「年十九，始倚聲塡詞。」（頁516）可知其學爲塡詞當始於嘉慶十五年（1810，19歲）。故自嘉慶十五年（1810，19歲）迄於道光三年（1823，32歲）夏，可視爲其創作前期；道光三年（1823，32歲）夏，至道光二十一年（1841，50歲）辭世前，可視爲其創作後期。

第一節　前期——嘉慶十五年（1810）至道光三年 （1823）夏

　　定盦年十九始倚聲塡詞，其詞學觀主要分別見於〈袁通長短言序〉、〈錢史部遺集序〉、〈宥情〉、〈長短言自序〉四文。〈袁通長短言

〔註1〕嚴迪昌：《清詞史》，頁282。

序〉作於嘉慶十八年（1813，22 歲）；〈錢吏部遺集序〉作於嘉慶二十二年（1817，26 歲）；〈宥情〉作於嘉慶二十二年（1817，26 歲）至道光三年（1823，32 歲）夏前；〈長短言自序〉作於道光三年（1823，32 歲）夏以前。且據四文完成年月而言，在道光三年（1823，32 歲）夏，《定盦初集》付梓前，其詞學觀大抵已完成。今《全集》所載之詞，共計五種（《無著詞選》、《懷人館詞選》、《影事詞選》、《小奢摩詞選》、《庚子雅詞》）。前四種皆收入道光三年（1823，32 歲）夏付梓之《定盦初集》，除《庚子雅詞》乃道光二十年（1840）結集，故名《庚子雅詞》。今就四文析論，以見定盦詞學觀。

一、「尊體觀」

定盦對各類文體，向無「高」、「卑」之別，蓋其文學觀出於「尊情」，凡出於己言，不矯造，天然自得者，即其「尊情」意旨。前此，定盦有「尊體」說。道光三年（1823，32 歲）春，曾作〈三別好詩〉云：

> 莫從文體問高卑，生就燈前兒女詩。一種春聲忘不得，長安放學夜歸時。（右題吳駿公《梅邨集》。）
>
> 狼藉丹黃竊自哀，高吟肺腑走風雷。不容明月沈天去，卻有江濤動地來。（右題方百川遺文。）
>
> 忽作泠然水澀鳴，梅花四壁夢魂清。杭州幾席鄉前輩，靈山靈鬼獨此聲。（右題宋左彝《學古集》。）

三詩小序云：「余於近賢文章，有三別好焉；雖明知非文章之極，而自髫年好之，至於冠益好之。茲得春三十有一，得秋三十有二，自撰造述，絕不出三君，而心未能舍去。以三者皆於慈母帳外燈前誦之，吳詩出口授，故尤纏綿於心；吾方壯而獨遊，每一吟此，宛然幼小依膝下時。吾知異日空山，有過吾門而聞且高歌，且悲啼，雜然交作，如宮商大角之聲者，必是三物也。各系以詩。」（頁 466），可知吳偉業、方舟、宋大樽三人對定盦文學觀影響之深遠。

　　吳偉業（1609～1672），字駿公，號梅村，江蘇太倉人。明末官左庶子，曾參與復社；明亡後，仕清爲國子監祭酒，著《梅村家藏稿》。方舟（1665～1701），字百川，安徽桐城人，寄籍江蘇上元，桐城派方苞之兄。方舟雖一介縣學生，然其制藝文流誦海內，舉子幾盡家有其書，對時人影響甚深，著《方舟集》。宋大樽（1746～1804），字左彝，號茗香，浙江仁和人，定盦鄉先輩。曾官國子監助教，工詩，著有《學古集》。此三集乃啓蒙定盦文學觀之重要詩文，吳詩更是觸發其深情哀感本質之關鍵。據「自揆造述，絕不出三君」，可知三氏影響其文學創作尤深。定盦不僅幼年喜好，長而深愛，其中吳詩更出於慈母親口授，故「尤纏綿於心」，段馴之「言教」，可見一斑。三集所以令定盦聞而忽歡忽悲，實緣其爲母子二人之共同記憶，故易深觸其「童心」。「春聲」，本時序之聲，此指慈母吟誦教讀而能撫慰人心之聲。「莫從文體問高卑」，可見其自幼即有此「尊體觀」也；「自髫年好之，至於冠益好之」數句，更見定盦著述多受吳偉業等人影響。可知其「不以詞體爲卑」之詞學觀，自幼而然，故所作之詞，如《無著詞選》一集，多收言情之作。又，〈天仙子〉云：「古來情語愛迷離。惱煞王昌十五詞。楚天雲雨到今疑。鋪玉版，捧紅絲。刪盡劉郎本事詩。」（頁 580）此詞收入《庚子雅詞》，可知定盦到晚年（1840），仍未絕此類情詞之作，其「尊體觀」可知也。

　　此外，嘉慶十八年（1813，22 歲），定盦作〈袁通長短言序〉云：

> 錢塘袁通《長短言》六卷。今夫閨房之思，裙裾之言，以陰氣爲倪，以怨氣爲軌，以恨爲旆，以無如何爲歸墟。吾方知之矣。若其聲音之道，體裁之本。短言之欲其烈，長言之欲其淫裔，莊言之欲其思，譎言之欲其不信，謬言之欲其來無所從，去又無所至也。怪哉！使我曼聲吟歔，壽命詑而不知厭。招我魂於上九天，下九淵，旬日而不可返，泊然止寂寥兮，無愧於先王，而豈徒調夔、牙之一韻，割〈騷〉之一乘也哉！辛無如何，命筆爲之序。（頁 201）

此序乃定盦爲浙派詞友袁通所作。定盦以爲「深閨少婦之詞」善於表達愁思春恨等情緒，本出於人情。自十九歲學詞至今僅有四年，稍知眉目而已，不敢爲人作序，此自謙之辭。定盦以爲：作詞當依體裁而寫，小令、中調、長調各有其味，不可亂而使之失味。「招我魂於上九天，下九淵」數句，則指填詞時當隨情感起伏往返，強調「情感」之重要。「無愧於先王」數句，指填詞應如《論語・衛靈公》中孔子所云：「辭達而已矣」即可，不必以「豔體詞」爲卑。意即填詞當眞而不矯，情而不僞，重視詞人自我眞實本色；又以爲填詞「豈徒調夔、牙之一韻，割〈騷〉之一乘也哉！」夔，舜之樂官；牙，春秋時善鼓琴之伯牙；定盦以爲「填詞」非空究「聲律」，更非分割〈離騷〉之詞藻而徒砌形似。顯見定盦推尊「詞體」之深意，亦見其「不以詞體爲卑」之尊體觀。

觀定盦尊體觀之呈現，可自《無著詞選》考察。其中多言離愁風懷，寄情於夢境或游仙，寫其離思別愁；或託於天人之戀，寫凡人與天仙之戀，造語造景，飄渺如迷幻醉鄉。如〈點絳脣〉云：「日落花梢，懨懨春倦何時醒？紗窗又暝，黃月濛濛影。」（頁 542）此詞寫女子愁待良人之心緒，詞中充斥無奈、失落之感傷。〈虞美人〉亦云：「金爐香篆惜惜墮，新月驚人坐。湘簾放下悄含矉，生怕梨花和月射啼痕。」（頁 542）此詞寫幽暗深閨裡，女子待人至月夜之淒情，愁眉怕人窺見之哀感。又，〈菩薩蠻〉云：「文廊匼匝屏風曲。輕寒惻惻侵簾箔。秋思正沈吟，秋陰幾許深。無言垂翠袖，粉蝶窺人瘦。蝶也不禁秋，涼花相對愁。」（頁 541）此詞寫秋睡午起之深閨女子，於園中愁蝶看花之景，不無詞人自身隱喻；所寫女子多感善愁，細膩而敏感，可見其深情多憂之形象。又，〈長相思〉二闋云：

仙參差。佩參差。數罷鸞期又鳳期。彩雲西北飛。

簫一枝。笛一枝。吹得春空月墮時。月中人未歸。

住西樓。話西樓。好夢如雲不自由，喚人餳倦眸。

憶從頭。訴從頭。銀漢茫茫入夜流。人間無盡愁。（頁 544）

二詞皆寫夏夜感懷與愁待之心緒。前闋寫佳人誤期未至空待之情，詞中之人獨自吹罷簫聲，繼以笛聲，所思仍未歸；終至「春空月墮」，尚不見來人。後闋寫人在西樓，不見所思，所思去後，夢亦不得歡，醒亦不得歡；遙憶舊時情懷，見銀河茫茫夜空，牛女猶未得相逢，正如我空待，愁亦無盡，哀亦無盡。楊柏嶺云：「這兩首詞緊扣詞調〈長相思〉之意，演繹著龔氏此時情詞多言『等待知音』的愛戀模式。一則爲天地之戀，即愛戀對象在天上，而『我』卻在人間。天上人間互有交感，虛實相生，傳遞著詞人冷清愁悶的情緒。」〔註2〕楊氏之說，觀察頗細。定盦少作《無著詞選》，多此類詞，蓋少年詞人初學爲填詞，本易染此習氣；兼以其賦性深情哀感，故流露於詞者，多浪漫、愁思、空待、悲懷等心緒，又有虛實相揉之幻境，似有所指，又有所隱，不得直言之。其中，或有本事者，則當別爲求證，至若純寫風月，抒一時春悶秋懷之閒愁，又不必逐一指陳其寄託也。李寶嘉（1867～1906）《南亭詞話》云：

> 龔定庵《無著詞》云：「花底鞋兒花外月，月如弓，入懷同不同。」纖巧極矣。及觀定庵全集，又皆句奇語重，類商周人文字，而詞之側豔如此。可知退之〈山石〉，亦能作女郎詩也。〔註3〕

李寶嘉之論，可謂能深察詞心，洵爲公允。詞人少作，本自風懷入手，故纖巧側豔之詞亦不免也，況如定盦之多情善感且哀樂過人。正如定盦〈如夢令〉所云：「本是花宮么鳳，降作人間情種。」（頁545）吾人但賞其天眞多感，純然眞性即可，亦不必爲詞人諱也！

定盦所以倡「尊體觀」，以爲詞體，乃至所有文體皆不應有高、卑之別，實出於對詞中「感慨」之眞實抒發，不矯造，不作「僞體」之詞。除自身對詞體功能之觀感，更有對浙派末流空言藻飾、餖飣窳弱，巧構形似而少實蘊等詞風之反思。嘉慶二十二年（1817，26歲），應錢枚之子錢廷烺（？）所請，作〈錢吏部遺集序〉云：

〔註2〕楊柏嶺：《龔自珍詞箋說》，頁41。
〔註3〕〔清〕李寶嘉：《南亭詞話》，見唐圭璋編《詞話叢編》，冊4，頁3192。

錢吏部枚卒且八年，遺詩始寫定，是爲辛未歲。越丁丑，
錢廷烺走訪龔自珍海上，屬之曰：先人詩出又七年，未有
最錄之言，將惟天下善言文章之情者是屬。自珍悄然不能
辭，乃滌筆而稱曰：……諸君先後躋九萬里之上，君意善
感慨，又清貧甚，浮湛卒。文正惋歎，杭州以爲失方聞士。
詩十卷，無囂濁俚窳俶詭之言，如坐杭州山水間，重山二
湖，孔翠鷺之屬，往來鳴歎，天清日沈，風起卉木，泠泠
乎琴筑語而竽笙鳴，是其可狀者也。小樂府一卷，幽賾而
情深，言古今所難言，疑澀於口而聲音益飛，殆不可狀。
前哲有言，古今情之至者，樂器不能傳，文士不能狀，意
者然乎？嗟嗟！感前修之易淪，睇華士而踵起，名滿天下，
才嗇於命，情又嗇於才。是集也，宜吾微吟焉，寂聽焉，
低徊獨抱焉，弗可已矣！（頁199～200）

錢廷烺指定盦爲當時「天下善言文章之情者」，當屬公允。定盦以爲
錢枚「意善感慨，又清貧甚」，可見對文章能否「感慨」深爲重視，
如其〈歌筵有乞書扇者〉云：「天教偽體領風花，一代人才有歲差。
我論文章恕中晚，略工感慨是名家。」（頁490）指出一代文藝才士
因盛衰之世不同，其成就亦異，如唐代有初、盛、中、晚之分，各期
文章有異，故對中、晚唐詩人品評較爲寬容，以爲只須能「略工感慨
是名家」。定盦以爲錢枚之詞「幽賾而情深，言古今所難言」，情深而
不可言傳及形容；故引前哲之言，評價其詞爲「古今情之至者」，遂
有「名滿天下，才嗇於命，情又嗇於才」之悲嘆。由定盦對錢枚十卷
詩、一卷詞有「宜吾微吟焉，寂聽焉，低徊獨抱焉，弗可已矣」之態
度，可見定盦對錢枚詩詞中「善感慨」、「幽賾而情深」甚爲推重與認
同。夫「微吟」者，所以知悲慨；「寂聽」者，所以辨寄託；「低徊獨
抱」者，所以感至情；以至有眷眷不忍釋之意，實以錢枚「善感慨」
又「深情」，而屏棄一切「囂濁俚窳俶詭」之辭也。可知定盦以爲詩、
詞之爲體，能眞實抒發詞人自我感慨與深情即可，雖兒女之情，風懷
之句，亦不必以爲卑也。考察定盦詞，亦多「善感慨」又「深情」之

作，《懷人館詞選》中，如〈鵲橋仙〉云：「飄零也定，清狂也定，莫是前生計左。才人老去例逃禪，問割到慈恩眞箇？」（頁 553）又，〈水調歌頭・寄徐二義尊大梁〉云：「湖海事，感塵夢，變朱顏。空留一劍知己，夜夜鐵花寒。更說風流小宋，悽絕白楊荒草，誰哭墓門田？遊侶半生死，想見涕潺湲。」（頁 554）又，〈水調歌頭・辛未六月二日，風雨竟晝，檢視敗簏中嚴江宋先生遺墨，滿眼悽然，賦此解〉云：「仙字蟫饑不食，故紙蠅鑽不出，陳蹟太辛酸。一掬大招淚，灑向暮雲間。」（頁 554）或寫寬慰友人之語，或懷亡師寄友之作，一一感賦；今昔之慨，死生之別，不徒雕琢文字，空務形式；皆能見悲歡眞實感慨，可見其天生敏感，深情善感。謝章鋌《賭棋山莊詞話》曾指定盦詞深具「感慨」，云：

> 仁和龔定庵自珍恃才跅弛，狂名甚著，氣倍人前……〈減蘭〉
> 自序：偶檢叢紙中，得花瓣一包，紙被細書辛幼安「更能消幾番風雨」一闋，乃是京師憫忠寺海棠花也，泫然得句。云：「人天無據，被儂留得香魂住。如夢如烟，枝上花開又十年。十年千里，風痕雨點斕斑裏。莫怪憐他，身世依然是落花。」牢落百感，其不自得可慨矣。〔註4〕

定盦〈減蘭〉此詞身世哀感甚重，蓋以己為落花，落花即我也，不言「似」落花，而言「是」落花，感慨尤深重。謝氏之論甚是。據宋翔鳳〈洞仙歌・再題定盦詞〉亦云：「元知無倚著，墮向情天，臏有情絲理還吐。」〔註5〕「無倚著」，佛家之「無著」意。二人為忘年交，宋翔鳳深知定盦長年參禪學佛，亦洞悉其於「情」、「禪」間之天人交戰。宋翔鳳詞指出定盦「情」勝於「禪」之多情本質。此外，程金鳳（？）亦曾云：「若其聲情沈烈，惻悱遒上，如萬玉哀鳴，世鮮知之。抑人抱不世之奇材與不世之奇情。」（頁 538～539）程氏亦指定盦有

〔註4〕〔清〕謝章鋌：《賭棋山莊詞話》續編五，見唐圭璋編：《詞話叢編》，冊 4，頁 3564。

〔註5〕〔清〕宋翔鳳：《洞簫詞》，見《清代詩文集彙編》，冊 513，頁 287～288。

不世奇材與奇情，而「聲情沈烈」，乃因天生深情善哀感之本質。定盦自知如此，故欲「鋤其情」，遂時以參禪學佛，尋求解脫哀感深情、風懷結習之法門。

二、「宥情觀」

定盦以參禪學佛欲「鋤其情」，無奈「鋤情」不盡，而後始乃「宥情」。定盦既識江沅，又從之學佛、治釋典，曾幾番欲以佛法制其「麗想幽思」。前引二序尚未見其佛學思想，但嘉慶二十二年（1817，26歲）後，其所作〈宥情〉，已頗見禪味，文云：

> 龔子閒居，陰氣沈沈而來襲心，不知何病，以譖江沅。江沅曰：我常閒居，陰氣沈沈而來襲心，不知何病。龔子則自求病於其心，心有脉，脉有見童年。見童年侍母側，見母，見一燈熒然，見一硯、一几，見一僕嫗，見一貓，見如是，見已，而吾病得矣。龔子又嘗取錢枚長短言一卷，使江沅讀。沅曰：異哉！其心朗朗乎無滓，可以逸塵埃而登青天，惜其聲音瀏然，如擊秋玉，予始魂魄近之而哀，遠之益哀，莫或沈之，若或墜之。龔子又內自鞠也，狀何如？曰：童子時逃塾就母時，一燈熒然，一硯，一几時，依一嫗抱一貓時，一切境未起時，一切哀樂未中時，一切語言未造時，當彼之時，亦嘗陰氣沈沈而來襲心，如今閒居時。如是鞠已，則不知此方聖人所訶歟？西方聖人所訶歟？甲、乙、丙、丁、戊五氏者，孰黨我歟？孰詆我歟？姑自宥也，以待夫覆鞠之者。作宥情。（頁89～90）

定盦曾因陰氣襲心而病，問其「學佛第一導師」江沅，江沅亦未明言病因，只以相同病狀反問之，蓋江沅意欲定盦「求諸己心」。定盦遂自省其心，見病因所起，乃童年侍母時之景。文中又舉江沅讀錢枚詞為例，以為其詞澄淨而無滓，聲調「如擊秋玉」，有遠近皆「哀」之感，而莫名所以。末則窮究心病來源，意外思及童年逃學返家投母懷抱之際，亦曾有陰氣襲心如今日閒居時。定盦顯然以「一心三觀」之觀法尋其病根，而此病後尋醫之過程，與其小時聞簫則病有關。據其

〈冬日小病寄家書作〉云：「小時聞此聲，心神輒爲癡；慈母知我病，手以棉覆之。……沈沈復悄悄，投於母中懷」（頁 454～455）所記情況與〈宥情〉所述十分類似。不論陰氣襲心而病，抑或聞簫而病，皆在慈母撫慰後，暫得療癒，可知段馴影響之深；更可知其自幼即深具哀感本質，對事物變化，甚爲敏感。其幼時聞簫則病，乃其一生「簫心」之肇端，故取以名之。此外，《小奢摩詞選》多有佛學思想對其詞之影響，正可考察其「宥情觀」，如：〈齊天樂〉云：「兜率天中，修羅海上，各是才人無數」、「朋賓詞賦，好換了青燈，戒鐘悲鼓。懺徧《華嚴》，懺卿文字苦。」（頁 575）〈綺寮怨〉云：「傷心怕吟，要消遣除聽千偈音。」（頁 576）多見其詞有參禪學佛以抑情之影響，亦有「結習眞難盡，觀心屛見聞。燒香僧出定，譁夢鬼論文。」（〈觀心〉，頁 445）之說。又，〈長相思〉云：「恨應同，誓應同。同禮〈心經〉同聽鐘，懺愁休更慵。」（頁 576）〈齊天樂〉云：「維摩消損，有如願天花，泥人出定」、「參禪也肯，笑有限狂名，懺來易盡。」（頁 578～579）定盦詞之佛學思想具有一貫性，雖至晚年，尤不廢參禪學佛。正因其情、禪相戰，鋤情不盡，結習難斷，遂有「宥情」；又因宥情不已，結習仍存，故始爲「尊情」。

三、「尊情觀」

道光三年（1823，32 歲）夏前，定盦曾作〈長短言自序〉云：

情之爲物也，亦嘗有意乎鋤之矣；鋤之不能，而反宥之，宥之不已，而反尊之。龔子之爲長短言何爲者耶？其殆尊情者耶？情孰爲尊？無住爲尊，無寄爲尊，無境而有境爲尊，無指而有指爲尊，無哀樂而有哀樂爲尊。情孰爲暢？暢於聲音。聲音如何？消瞀以終之。如之何其消瞀以終之？……疇昔之年，凡予求爲聲音之妙蓋如是。是非欲尊情者耶？且惟其尊之，是以爲宥情之書一通；且惟其宥之，是以十五年鋤之而卒不克。請問之，是聲音之所引如何？則曰：悲哉！予豈不自知？凡聲音之性，引而上

者爲道，引而下者非道，引而之於旦陽者爲道，引而之於
暮夜者非道；道則有出離之樂，非道則有沈淪陷溺之患。
雖曰無住，予之住也大矣；雖曰無寄，予之寄也將不出矣。
然則昔之年，爲此《長短言》也何爲？今之年，序之又何
爲？曰：爰書而已矣。（頁232～233）

情之於定盦，乃有三進程：即鋤情、宥情、尊情。定盦自悟天生情種，
兼幼信「轉輪」之說，長窺「大乘」佛法；在學佛與任情間仍難去就，
故時有「萬一禪關峇然破，美人如玉劍如虹」之深憂，（〈夜坐〉，頁
467）亦有「來何洶湧須揮劍，去尚纏綿可付簫」（〈又懺心一首〉，頁
445）此等矛盾又難自釋之心病。定盦曾欲「鋤情」而不能，遂「宥
情」；然宥之而情愈洶湧，遂乃「尊情」；終悟惟有「尊情」，情乃能
有所歸。其情又以「無住」、「無寄」、「無境而有境」、「無指而有指」、
「無哀樂而有哀樂」五者爲尊。無住、無寄皆是佛家語，典出《維摩
詰經・觀眾生品》與《大智度論》卷47釋「無住三昧」，意即諸法生
滅無常，故不應住色、受、想、行、識等「五蘊」中；無境而有境、
無指而有指、無哀樂而有哀樂，非專指「無」，乃不刻意爲無境、無
指、無哀樂之詞，而是「入空」、「悟空」後，順詞人之心，尊情而作，
以臻有境、有指、有哀樂之境。其《影事詞》中，如〈暗香〉有「但
深情一往如潮，愁絕不能賦。」（頁570～571）、〈摸魚兒〉有「我儂
生小幽并住，悔不十年吳語」、「五侯門第非儂宅，贖可五湖同去。」
（頁571）、〈浪淘沙〉有「湖水湖風涼不管，看汝梳頭。」（頁571）、
〈清平樂〉有「人天辛苦，恩怨誰爲主？幾點枇杷花下雨，葬送一春
心緒。」（頁572）、〈法曲獻仙音〉有「藍布衫兒，墨紬袖子，未要
豔妝明抹。」（頁572）此集多爲情摯意重之作，較之《無著詞選》，
已無游仙、夢境之幻想及少側豔之句，但情又轉深矣，實可見其詞中
「尊情觀」。

　　此外，要論定盦對「情」與「禪」所持態度，須先明其曾數度「戒
詩」。三十歲戒詩時，作〈戒詩五章〉云：「我有第一諦，不落文字中。」

（頁 452）其接受天台宗之空、假、中「一心三觀」之教義，[註6]
常有觀心及自懺其心，亦受禪宗「不立文字」影響戒詩；無奈結習難
盡，時於「談空」、「選色」間徘徊。幾番情、禪交戰後，遂又破戒爲
詩，故有《破戒草》。遲寶東云：「龔自珍〈長短言自序〉雖然沒有對
『情』之內容做出具體限定，但他對情『雖曰無住，予之住也大矣。
雖曰無寄，予之寄也將不出矣』之特點的說明，卻分明暗示出龔氏所
謂之『情』，並非由一人一事而發，而是應合時代脈搏，表現普遍人
生感受的大悲哀。」[註7]遲氏之說，有待商榷。據定盦〈雜詩，己
卯自春徂夏，在京師作，得十有四首〉第 3 首云：

> 情多處處有悲歡，未必滄桑始浩歎。昨過城西曬書地，蠹
> 魚無數訊平安。（頁 441）

此詩自注：「過門樓胡同宅。」定盦年十八，見王曇於門樓胡同西首
寓齋，二人遂訂爲忘年交。定盦作此詩時，王曇已卒，重經舊地，有
感於故人、往事，故有此作。可知定盦對一人、一事、一掌故皆能有
所感慨，蓋因賦性深情哀感，至若亂象、衰世，則感慨更深。

　　此外，關於「尊體觀」及「尊情觀」，定盦更有「人詩合一」之說。
如前所述，吳偉業乃其幼年，甚至一生推重之詩人。其在〈書湯海秋
詩集後〉，曾將吳偉業與李白（701～762）、杜甫（712～770）、韓愈、
李賀（790～816）、李商隱（813～約858）、蘇軾（1037～1101）、黃庭
堅（1045～1105）、元好問（1190～1257）等大家並舉，以爲吳詩有「人
詩合一」之完整面目，云：

> 人以詩名，詩尤以人名。唐大家若李、杜、韓及昌谷、玉

〔註6〕一心三觀，中國佛教天台宗基本教義之一。北齊慧文讀《中論·四諦
　　　品》，至三是偈，頓有所悟，曰：「諸法無非因緣所生，而此因緣，有
　　　不定有，空不定空，空有不二，名爲中道。」謂事物因緣所生，故爲
　　　假有（假諦）；虛假不實，故爲眞空（空諦）；空、假不可分離，非空
　　　非假，故爲中道（中諦）。於心中同時觀悟此三者，稱「一心三觀」。
　　　隋代智顗對此有所發揮，可參見《摩訶止觀》卷 5 上。見任繼愈主編：
　　　《宗教詞典》，頁 3。
〔註7〕遲寶東：《常州詞派與晚清詞風》，頁 140。

谿；及宋、元，眉山、涪陵、遺山，當代吳婁東，皆詩與
人爲一，人外無詩，詩外無人，其面目也完。（頁 241）

「人詩合一」，推重「完」字爲最高詩境，以爲詩人一切所欲言、所
不欲言、不能不言之「心聲」皆在其詩，故人即詩，詩即人，「人外
無詩，詩外無人」，因其面目完整，故強調感己之感而後言己所言之
必要。定盦爲文首重尊「情」反「僞」，其〈長短言自序〉、〈宥情〉
等詞論相關文章與此文，即力主此一文學思想。對定盦而言，「情」
者，乃出於眞性與深情之心聲；「僞」者，指摘湊人言爲己用之僞體，
因其中無自我思想，不見「眞我」，故爲定盦所深鄙棄。吳偉業嘗仕
清爲「貳臣」，雖及悔悟，其遭遇終似吳三桂，已淪爲「欲往從之媿
青史」之悲嘆。〔註8〕吳偉業固有負於舊朝，但其詩實有「深情感慨」、
自言肺腑之特質，故定盦乃就此立論，此亦出於「尊情觀」，故仍予
吳偉業詩史上該有之評價。當代只取吳偉業一人，其推重若此，可見
段馴之言教，對定盦之詩文與童年人格發展影響甚深。

定盦此期詞作見於《無著詞選》、《懷人館詞選》、《影事詞選》、
《小奢摩詞選》等四集，今皆流傳；其主要詞序、詞論，亦多見於此
期。（按：除佚文外）可見道光三年（1823）夏以前，其詞學觀大抵
已完成。

第二節　後期──道光三年（1823）夏至道光二十一年（1841）

一、中年以後之「童心觀」

王國維嘗謂詩人有主、客觀之別，以爲「主觀之詩人不必多閱世。
閱世愈淺，則性情愈眞，李後主是也。」〔註9〕閱世深淺，自是影響

〔註8〕〔清〕吳偉業，李學穎集評標校：《吳梅村全集》（上海：上海古籍出
　　　版社，1990 年），〈遣悶六首〉之三，頁 258。
〔註9〕〔清〕王國維：《人間詞話》，見唐圭璋編：《詞話叢編》，冊 5，頁 4243。

文人創作題材廣度與深度之關鍵。主觀詩人因天生深情之哀感本質，愈不涉世、閱世，其性情愈純眞如稚子，以其出於自然而本諸初心，不雜癡點與世故，故感人較深，定盦即此主觀深情之詩人、詞人。道光三年（1823，32 歲）六月二日，作〈與江居士箋〉云：

> 別離以來，各自苦辛，榜其居曰「積思之門」，顏其寢曰「寡懽之府」，銘其凭曰「多憤之木」。所可喜者，中夜皎然，於本來此心，知無損巳爾。（頁 345）

由「積思」、「寡懽」、「多憤」之自述，可知定盦長期處於沉悶、無聊、抑鬱交雜而成之不得志生涯中。所謂「本來此心」，正指不願受世塵風氣、官場文化污損之「童心」。自十九歲中順天鄉試副貢生後（按：填詞亦始於是年），至是年，近十五年來，數度落第，少懷「攬轡澄清」之志，奔走下塵，已入中年而功業未成；又遭上海藏書樓回祿之災，慈母段馴臥病亦久，酸酸楚楚，百感交雜，不可名狀。於進退無據之際，定盦僅能潛心於佛學與刪選著述，《定盦初集》之編成與自刻本《文集》、《少作》、《定盦別集》之付刊即在此憂悶抑鬱之時。道光三年（1823）七月一日，段馴病逝。九月初旬，奔喪返抵上海。冬，適潘氏姑母卒於上海蘇松太兵備道署。段馴之逝，於定盦而言，不僅失一慈母，更無異使其心魂無所寄託。本年定盦所作〈午夢初覺，悵然詩成〉，便有對「童心」之追尋：

> 不似懷人不似禪，夢回清淚一潸然。瓶花帖妥爐香定，覓我童心廿六年。（頁 466）

此詩雖不能斷定爲段馴卒後所作，但上推「廿六年」前，即嘉慶二年（1797），定盦時年六歲，其父麗正已官禮部；同年夏，正是定盦隨母離杭至京之年。道光三年（1823），定盦對「童心」有較強烈之追憶，實因晝則沉浮於宦海波濤之中，夜則「夢尋」幼年天眞童心，晝夜所爲相矛盾，故有此惆悵。此外，隨慈母之病逝，其「簫心」頓失撫慰者，遂不得不轉向夢中追尋「童心」，而段馴正是喚醒其童心記憶之關鍵；易言之，即定盦「童心」之寄託者。

道光三年（1823，32 歲），定盦曾作〈洞仙歌〉云：

> 平生有恨，自酸酸楚楚，十五年來夢中緒。是紗衣天氣，
> 簾捲斜陽，相見了，有陣疏疏微雨。　　臨風針線淨，愛
> 惜餘明，抹麗豎低倚當戶。庭果熟枇杷，親蘸糖霜，消受
> 徹甘涼心腑。索歸去依儂夢兒尋，怕不似兒時，那般庭宇。

（頁 574）

起句「平生有恨，自酸酸楚楚，十五年來夢中緒」，此與〈醜奴兒令〉
所指「沈思十五年中事，才也縱橫，淚也縱橫，雙負簫心與劍名」（頁
577），二者實爲一事，即十五年來奔走科場，屢售不第之悲愴淒恨心
情。「是紗衣天氣」四句，知定盦已入回憶中，彷彿勾起當年在「簾
捲斜陽」下，見當時天氣，「有陣疏疏微雨」。下片以置身童年時起筆，
「臨風針線淨」三句，已處幼年與慈母二人共同記憶中。因當時天色
「簾捲斜陽」，故慈母「愛惜餘明」，在天色入夜前，臨風縫補衣物。
依稀可見段馴當戶慈愛溫暖之形象。「庭果熟枇杷」三句，又見自己
在庭院品嚐蘸糖枇杷，有種悠然自得之情。定盦因十五年來有恨，故
向「夢中尋」，以尋舊日已逝天眞無憂之童年情懷，以銷其「酸酸楚
楚」。此外，如前所述，道光二年（1822），上海龔家藏書樓大火時，
段馴已抱病在身，夜半驚嚇，當時定盦尚在京，故甚感自咎。此詞雖
斷定作於段馴生前或身後，但人子知母有病而憂心，固人情之常。據
「索歸去依儂夢兒尋，怕不似兒時，那般庭宇」數句，筆者以爲作於
段馴身後之可能性甚高。

　　道光四年（1824，33 歲）三月，定盦送慈母靈柩經蘇返杭，葬
於花園梗先祖墓側，並於墓上植梅五十株。道光五年（1825，34 歲）
十月，服母喪闋。十一月，應李增厚（？）所請，題詩於其〈夢游天
姥圖〉卷尾，作〈補題李秀才增厚夢遊天姥圖卷尾有序〉，詩云：「李
郎斷夢無尋處，天姥峯沈落照間。一卷臨風開不得，兩人紅淚淉青山。」
小序云：

> 〈夢遊天姥圖〉者，崑山李秀才以嘉慶丙子應北直省試思

　　　親而作也。……其曰天姥者，或但斷取字義，非太白詩義
　　　也。……時母夫人辭世已年餘，而余亦母喪闋才一月，勉
　　　復弄筆，未能成聲。(頁471)

李增厚此圖雖不得見，然據定盦所言，此畫題但取李白〈夢遊天姥吟
留別〉之「天姥」二字義，非用其詩義，而定盦此詩確亦非詠景、紀
遊之作。開卷題詩，李增厚悲母之逝，定盦亦因之追思亡母，二人詩、
畫以「思親」為題發揮，乃緣慈母先後而逝，故同有其悲。定盦雖新
服母喪闋，但仍心念亡母，可見母子情深。此一對「童心」之追尋，
與時日增，至十二月，復因偶見梅花，觸及思母之懷，作〈乙酉臘，
見紅梅一枝，思親而作，時小客崑山〉二首云：

　　　一十四年事，胸中盎盎春。南天初返棹，東閣正留賓。(全
　　　家南下之歲，迄今十有四年)。芳意驚心急，愁容入夢頻。
　　　嬌兒才竟盡，不賦早梅新。

　　　絳蠟高吟者，年年哭海濱。明年除夕淚，灑作北方春。(母
　　　在人間，百事予不知也。記丙子至戊寅三除夕，燒蠟兩枝，
　　　供紅梅、牡丹各一枝，讀《漢書》竟夜。) 天地埋憂畢，
　　　舟車祖道頻。(明春復入都矣。) 何如抱冰雪，長作墓廬人？
　　　(杭州墓上植梅五十本。) (頁471)

前首前四句，由道光五年上推十四年，正是嘉慶十七年(1812，21
歲)春，舉家離京南下，從段馴歸寧蘇州。「盎盎春」，不僅言早梅之
綻寒精神，更有詩人才高氣盛之傲骨情懷。「東閣」句則用杜甫〈和
裴迪登蜀州東亭送客逢早梅相憶見寄〉詩，詩云：「東閣觀梅動詩興，
還如何遜在揚州。此時對雪遙相憶，送客逢春可自由？」〔註10〕杜詩
原意是以何遜(？～518)作〈詠早梅〉時，正在揚州為建安王水曹
行參軍，兼記室，故以此比裴迪在王侍郎幕中。定盦化用此詩，但取
「送客逢春」意，以見早梅立雪，惟杜詩寫送客，而定盦詩乃被送。
此年四月，其父出任徽州知府；定盦亦在蘇州與表妹完婚。此四句意

_____

〔註10〕〔唐〕杜甫，〔清〕楊倫箋注：《杜詩鏡詮》，頁2。

在舉家南下與母同舟之事。後四句之「芳意」、「愁容」,一喻早放紅
梅之靈性,一寫慈母思子之形象;「驚心急」、「入夢頻」六字,道出
定盦心緒雜亂;偶因紅梅憶亡母,又屢夢中相見,至有自咎「才盡」
之辭,此皆為此時定盦思母日深之確證。再論後首,首聯言守孝迄今,
年年哭母於杭州;頷聯指明年入都復職後,思母僅能遙哭於京師。丙
子、丁丑、戊寅三年,即嘉慶二十一年(1816)、二十二年(1817)、
二十三年(1818)之除夕。何以提及此三年之除夕與紅梅,定盦即有
「除夕淚」?蓋此三年除夕,段馴曾陪定盦夜讀《漢書》,故言及「除
夕」,便潸然下淚。頸聯言母喪今已服闋,明春又將還京復職。尾聯
「冰雪」,可作二解,一指梅花,一指高潔。前者如何遜〈范廣州宅
聯句〉有「洛陽城東西,卻作經年別。昔去雪如花,今來花似雪」之
句〔註11〕,即以冰雪喻花、以花喻冰雪。後者如林鴻(?)〈齋中曉
起〉有「爽氣山前來,吾襟抱冰雪。」〔註12〕即以冰雪喻詩人清操,
況梅花本有「高潔處士」之象徵。〔註13〕故尾聯意即懷抱清操而結廬
為屋於梅樹旁,有長伴亡母之念。段馴墓上植有梅五十株,料因段馴
生前即深愛梅花,故定盦對梅亦別有鍾情。此一推測,在〈乙酉除夕,
夢返故廬,見先母及潘氏姑母〉一詩可獲印證。詩云:

> 門內滄桑事,三人隱痛深!淒迷生我處,宛轉夢中尋。窗
> 外雙梅樹,床頭一素琴。醒猶聞絮語,難謝九原心。(余以
> 乾隆壬子生馬坡巷,先大父中憲公戊申年歸田所買宅也,
> 今他人有之。)(頁 472)

〔註11〕《藝文類聚》卷 29 載錄此四句為范雲詩,題作〈別詩〉。〔梁〕何遜
著,李伯齊校注:《何遜集校注》(濟南:齊魯書社,1989 年),頁 33。

〔註12〕〔明〕林鴻著,〔明〕袁表、馬熒選輯,苗健青點校:《閩中十子詩》
(福州:福建人民出版社,2005 年),頁 28。

〔註13〕自古即有楚、晉、隋、唐、宋五大古梅之說,歷代騷人墨客詠之不
絕。宋林逋有「梅妻鶴子」之典,其「疏影橫斜水清淺,暗香浮動
月黃昏」之名句一出;梅更為文人所喜詠。如:蘇軾〈和秦太虛梅
花〉有「西湖處士骨應槁,只有此詩君壓倒」之句;盧梅坡〈雪梅〉
詩有「有雪無梅俗了人」之句;陸游〈卜算子‧詠梅〉有「無意苦
爭春,一任群芳妒」之句,不勝枚舉。

此年除夕，定盦夢歸杭州馬坡巷舊宅，夢中與亡母段馴及潘氏姑母相逢。馬坡巷是定盦出生地，亦可視爲其「童心」發源地。前四句概括其出生、家族之事與夢返故宅見母及姑母事。後四句言故宅舊景故物、夢中慈母及姑母之叮嚀。其中「雙梅樹」應是龔家舊宅故物，雖不知何人所植，但就定盦葬母於花園梗祖先墓側，又植梅五十株於墓上一事推論，馬坡巷舊宅之雙梅樹當即段馴所植，此亦可解何以定盦會「見梅思母」。

　　道光六年（1826，35 歲）三月，應會試仍落第。此年定盦於家中一破篋，意外見藏書數十冊，乃龔家上海藏書樓燼後殘書，爲亡母「段馴手抄本」。因覩物傷情，故作〈燼後破篋中，獲書數十冊，皆慈澤也，書其尾〉詩，有「乍讀慈容在，長吟故我非。收魂天未許，噩夢夜仍飛」之句。（頁 477）道盡當年大火時，慈母病中驚嚇不已之狀，亦可見孝子憂親自咎之意。此外，在〈寒月吟〉一詩，定盦不僅追憶亡母，更對外叔祖段玉立（1748～？）晚年遭遇深表憐憫；而對「童心」之追尋亦自然顯露：

> 我生受之天，哀樂恆過人。我有平生交，外氏之懿親。自我慈母死，誰饋此翁貧？江關斷消息，生死知無因。八十雁飢寒，雖生猶僇民。……今朝無風雪，我淚浩如雪。莫怪淚如雪，人生思幼日。（謂金壇段玉立，字清標，爲外王父段若膺先生之弟。）（頁 481～482）

「哀樂過人」向爲定盦迥異他人之人格特質。定盦年十六時，曾數度逃學，段玉裁之弟段玉立常往「法源寺」尋人。段玉立於龔家而言乃外親，在侄女段馴逝後，無人饋助其貧，定盦對此深有感嘆。其「淚如雪」之因，乃感人情冷暖，痛虛僞人性，故轉對幼時諸多往事之追憶，亟尋一處天眞無邪之歸所，以保全「童心」；此其「童心」往往入夢而顯，實肇因慈母之故。道光七年（1827，37 歲），定盦作〈元日書懷〉，小注云：「癸未失恃，三十二歲，日者謂予當七十一歲。」（頁 483）日者，乃占候卜筮者。定盦曾卜卦問吉，占卜者告之壽當

有七十一，定盦因之又思慈母。此外，同年更有〈童心箴〉云：「嗚
呼！思童之年，晝視此日而長。一物摩娑，有濕在眶。子在川上，嘆
彼逝水。軻亦有言，大人赤子。雖無罪于聖哲，而懼傷其神髓。姬公
有祝，棄爾幼志。吾從姬公，神明澹止。」（頁 418）此箴指明於此
以前，定盦自幼即保有「童心」，其對「童心」之書寫，如〈百字令‧
投袁大琴南〉云：

> 深情似海，問相逢初度，是何年紀？依約而今還記取，不
> 是前生夙世。放學花前，題詩石上，春水園亭裏。逢君一
> 笑，人間無此歡喜。（乃十二歲時情事。）　　無奈蒼狗看
> 雲，紅羊數劫，惘惘休提起！客氣漸多真氣少，汩沒心靈
> 何已？千古聲名，百年擔負，事事違初意。心頭閣住，兒
> 時那種情味。（頁 564）

此詞爲定盦懷幼年玩伴袁桐之作，當繫於嘉慶二十一年（1816，25
歲）。其因有二：其一，是年定盦與袁桐曾同游吾園，有〈沁園春〉
（牢落江湖）一詞。其二，本年曾作〈宋先生述〉，定盦與袁桐當受
業於塾師宋璠，因二人皆爲幼年記憶，較能引發對童年往事之追憶。
袁桐，字琴甫，號琴南，錢塘人，袁枚從子，歸懋儀之婿，官通判。
能詩善隸書、篆刻，又善畫花草。嘉慶八年（1803，12 歲），二人於
南方私塾已結識。此詞以設問起句，「深情似海」三句，見幼年天眞
無邪之友誼。「依約」二句，引出自幼年一別後，二人已多年未見。「放
學花前」五句，寫童年無憂無慮之率性可愛模樣，花前石上，春水園
亭，題詩遊戲，何其樂也，故云：「逢君一笑，人間無此歡喜。」定
盦十六歲時曾數度逃學，外叔祖段玉立常往法源寺尋人；二人當年題
詩爲樂，可見所嗜頗同。下片以「無奈蒼狗看雲」起句，以喻「人生
百事辛苦」；「紅羊數劫」，指國家屢逢大厄。作此詞前，有白蓮教起
義、蔡牽稱王、直隸、河南、山東三省大旱、天理教起義等大事，故
引發定盦對國事民生之憂心。此年定盦已自覺「童心」隨年紀、閱歷
而漸蒙塵，故云：「汩沒心靈何已？」定盦少志初挫爲十九歲中順天

鄉試「副貢生」，再挫爲二十二歲「未中舉人」，故深嘆「事事違初意」。
結句「心頭閣住，兒時那種情味」，正因兒時無虛僞之客氣與憂慮，
亦無種種違初意之事，故心中欲擱留幼時天眞無邪之感。雖至晚年，
亦有對「童心」之論述，據〈己亥雜詩〉第170首云：

> 少年哀樂過于人，歌泣無端字字眞。既壯周旋雜癡黠，童
> 心來復夢中身（頁526）

其天生「哀樂過人」，年少因善感而歌泣無端，曾著《佇泣亭文》。壯
歲後，歷官武英殿校錄、內閣中書、宗人府主事、玉牒館纂修官、禮
部主事等職。少懷「攬轡澄清」之志，一生卻未入翰林院與軍機處，
僅以京官小吏周旋於滿朝齊痞、毫無生氣之同僚，逐漸雜有假癡與狡
黠言行，故純眞「童心」亦隨之掩藏而深悲。段馴是定盦亟尋夢中「童
心」之關鍵，此現象於段馴病逝後，最爲顯著。正因段馴此一溫婉聰
慧之慈母兼才女形象，使定盦得以藉「童心」之追尋，寄託其近十五
年來仕途多艱之幽恨與徬徨不安心緒。

二、不能古雅不幽靈──「晚年對舊作之省思」

　　定盦雖有「尊體觀」及「尊情觀」，但晚年確曾對其舊作諸詞有
所省思。道光十九年（1839，48歲），辭官南歸途中，定盦作〈己亥
雜詩〉第75首云：

> 不能古雅不幽靈，氣體難躋作者庭。悔殺流傳遺下女，自
> 障紈扇過歧亭。（頁516）

定盦自注：「年十九，始倚聲塡詞，壬午歲勒爲六卷，今頗悔存之。」
定盦此詩與自注皆透露「頗悔存舊作」之意，然何以悔也？又悔何也？
筆者以爲，據詩意及小序可知定盦當非「正話反說」，以其爲人，當
不至如斯矯情；況其於文體向有「尊體觀」，故可知眞有所悔。首先，
其稱「頗」悔，可知非指「一切舊作」，而指「部分詞」。據「不能古
雅不幽靈，氣體難躋作者庭」二句，可知定盦所指乃其詞既不能「醇
古雅正」，又不能「清幽空靈」；所指「氣體」，專就詞風而論，以爲

其詞風不能如浙派名家。吾人須知定盦既身爲浙江仁和人,其從曾祖龔鑒及本生祖龔禔身均嘗從浙派巨擘厲鶚游,定盦亦多與浙派詞人交游、唱和,彼此不免有所影響。此外,早於嘉慶十八年(1813,22歲),定盦曾稱賞浙派詞人汪琨「詞正」,又稱孫麟趾爲「詞仙」,可知對浙派詞人之觀感,自有其審美準繩。又,定盦晚年當曾因某事,或因人言,或聞人批駁其詞,故方有此悔。考察其舊作,較爲人所詬病者,當爲《無著詞選》一卷,此選集所收詞爲四十五闋,佔原詞集《紅禪詞》幾近半;又較其他三種詞選所收爲高。《無著詞選》所收之詞,幾近皆爲「愛情詞」,所寫疑似有本事,又多近側豔,而詞集名曰:「無著」,豈非授人以柄乎?可知其悔亦非一朝一夕之事。段玉裁嘗規勸定盦「勿塡詞」,雖然,定盦終未輟止不爲,逮及後悔時,未必不思段玉裁當年規己之言也。

> 此外,又據〈己亥雜詩〉第102首後附錄〈某生與友人書〉,云:
> 某祠部辨若懸河,可抵之隙甚多,務爲所懾。其人新倦仕宦,牢落歸,恐非復有網羅文獻、蒐輯人才之盛心也。所至通都大邑,雜賓滿戶,則依然渠二十年前承平公子故態,其客導之出游,不爲花月冶游,即訪僧耳。不訪某輩,某亦斷斷不繼見。某頓首。(頁519)

可見其辭歸後所經處,言行早已流傳,故未至家,其冶遊、訪僧事皆傳於市井口耳間,此信「作者」顯爲定盦舊識。再者,定盦生前最後結集之詞爲《庚子雅詞》,取名「雅詞」,蓋有別於舊作之意。歷來騷人詞客,「悔其舊作」者不在少數,郭麐亦嘗如此。據郭麐〈懺餘綺語序〉云:「余自存蘅夢、浮眉二集,意不復更作,而數年以來,學道未深,幻情妄想,投間紛然。加以友朋牽,率多體物補題之作。……亦自恨結習之難除,悔過之不勇也。」〔註14〕郭麐《蘅夢詞》、《浮眉樓詞》二集序作於嘉慶八年(1803),而〈懺餘綺語序〉作於嘉慶十

〔註14〕〔清〕郭麐:《靈芬館雜著續編》,見《清代詩文集彙編》,冊485,頁461。

二年（1807），可知其雖破戒塡詞，且有悔其舊作之意，但嗣後仍作
《糞餘詞》。其次，以「雅」字冠詞集名一事，爲南宋詞人首創，更
是浙派詞人常見之擧。厲鶚〈群雅詞集序〉云：「由詩而樂府而詞，
必企夫雅之一言而可以卓然自命爲作者，故曾端伯選詞，名《樂府雅
詞》；周公謹善爲詞，題其堂曰『志雅』。」〔註15〕據此可知，南宋諸
詞人實嘗爲其事，而爲定盦效之，取以名其晚年詞集《庚子雅詞》也。

　　定盦〈己亥雜詩〉第263首云：「自知語乏煙霞氣，枉負才名三
十年。」（頁533）三十年前，即嘉慶十五年（1810，19歲），正是其
中順天鄉試副榜貢生，同時亦爲定盦「學爲倚聲塡詞」之年，可見定
盦「今頗悔存之」，實發於心。此外，自指其詞「不能古雅不幽靈，
氣體難躋作者庭。」此尤可見定盦晚年詞學觀，頗欲力追「醇古雅正」、
「清幽空靈」而趨向浙派之意，此或長年與浙、常二派詞人交往，而
對自我詞風「非浙派」、「非常派」之省思；然悔則悔矣，至於晚年《庚
子雅詞》能否臻「古雅幽靈」，則又另當別論。

〔註15〕〔清〕厲鶚著，董兆熊注、陳九思標校：《樊榭山房集》，頁755。

第六章　龔定盦詞之內容與風格

　　定盦詞目前可知者有 161 闋，而其不以詞體爲卑之「尊體觀」與強調詞中之「感慨寄託」，故無論何類體裁之詞，皆以抒發自我眞實感慨爲第一，遂致早年與晚年均有相當數量之「愛情詞」，可謂「天生情種」也。記事之作，對人物深寓憐憫與寄慨，不無諷刺焉；詠物諸什，由「物」及「心」，自然興發感動，多見逸興壯思，間有奇句微言；題畫諸詞，如歷實境，覽風月、弔陳蹟，而寄隱微幽緒；至若贈別之篇，讌談雅集之作，紀游訪僧之事，談藝酬答之什，傷讒閒適之言，感今懷舊之詞，皆能「尊情」塡之，不爲矯造蹈虛之空言。定盦詞有可歸類者，有不可歸類者，筆者概分五類，包含「愛情詞」、「記事詞」、「詠物詞」、「題畫詞」、「其他」等，且分別探論其大旨，解析言中悲歡、詞風異同及部分隱晦「微言」。此外，定盦詞風不拘一格，各期有所異同；少年時，迷離幽隱與哀豔雄奇，中年以後，轉爲悲愴淒恨，迨及晚年，則頹唐蒼涼，此與其一生際遇攸關，分別析論，以期更全面剖析定盦詞之原貌。

第一節　龔定盦詞之內容

一、愛情詞

　　定盦愛情詞以歌詠對象不同，各有感慨與抒發，故又可分爲早期

與晚期，正如定盦自云：「少年哀樂過于人，歌泣無端字字眞。」（〈己亥雜詩〉第 170 首，頁 526）是也。茲析論如下：

（一）早期愛情詞

定盦天生情種，又哀樂過人，既嘗「聞簫則病」，又自稱：「莊騷兩靈鬼，盤踞肝腸深。」（〈自春徂秋，偶有所觸，拉雜書之，漫不詮次，得十五首〉，頁 485）嘗讀袁通詞集，深感「招我魂於上九天，下九淵，旬日而不可返」（〈袁通長短言序〉，頁 201）；讀錢枚遺集時，又深感「宜吾微吟焉，寂聽焉，低徊獨抱焉，弗可已矣！」（〈錢吏部遺集序〉，頁 200）其天生多情善感，亦可知矣。其《無著詞選》，可視爲集早年「愛情詞」之大成；定盦選詞付梓前，曾將《紅禪詞》改名爲《無著詞》，其心態轉折，亦可窺知「情」、「禪」交戰之掙扎。

定盦早期愛情詞，多託迷離夢境、縹緲仙鄉，傳達一種似眞似幻，如夢如醒，不可即之，不可拒之，充滿空渺虛影之情感，令人彷彿能探得其指，又不能盡知其意。如〈浪淘沙‧寫夢〉云：

> 好夢最難留，吹過仙洲。尋思依樣到心頭。去也無蹤尋也慣，一桁紅樓。　　中有話綢繆，燈火簾鈎。是仙是幻是溫柔。獨自淒涼還自遣，自製離愁。（頁 545）

楊柏嶺《龔自珍詞箋說》將此詞繫年於嘉慶十六年（1811，20 歲），茲從之。由小序可知此詞乃夢覺後尋夢之過程。上片由尋夢始，溯及仙洲。「去也無蹤尋也慣」與李商隱〈無題〉「來是空言去絕蹤」之詩意相近；[註1] 而「一桁紅樓」又與李商隱〈春雨〉「紅樓隔雨相望冷」一句，[註2] 有異曲同工之妙。李商隱二詩與夢有關，定盦此詞頗似之，實受其影響。定盦〈書湯海秋詩集後〉一文，曾將吳偉業與李商隱等唐、宋、元等八大詩人並舉，云：「皆詩與人爲一，人外無詩，

〔註 1〕〔唐〕李商隱著，劉學鍇、余恕誠集解：《李商隱詩歌集解》（北京：中華書局，2004 年），冊 4，頁 1632。

〔註 2〕〔唐〕李商隱著，劉學鍇、余恕誠集解：《李商隱詩歌集解》，冊 4，頁 1969。

詩外無人，其面目也完。」（頁 241）又，定盦詩詞中多有「落花身世」之自我書寫，均見定盦曾受李商隱詩之影響。此詞下片寫夢中彼此傾訴纏綿情話，以「燈火簾鉤」營造一種溫暖、唯美之氛圍。「是仙」三句，又彷彿有夢境游仙之虛幻感，使詞中女子更顯遠曳出塵；但因「好夢最難留」，故夢覺僅剩淒涼一人，而夢中人已遠，所以自遣別恨離愁。此詞與李商隱〈無題〉諸詩皆有相似夢境、游仙幻想之書寫，迂迴婉轉，多情哀豔，表達含蓄，隱晦其指。鍾賢培云：「二李的詞，詞意清晰，李煜傾瀉亡國之君的深哀巨痛，李清照寫的是離亂的哀怨。但龔自珍這類詞究竟寫什麼，是頗費猜詳的，真是有『獨恨無人作鄭箋』的味道。」〔註3〕指出定盦此類詞與李商隱詩相似處。實定盦深受其影響也。

定盦對自身多情善感，又喜作情詞，非無自覺。其〈如夢令〉云：
> 本是花宮么鳳，降作人間情種。不願住人間，分付藥爐煙
> 送。誰共？誰共？三十六天秋夢。（頁 545）

楊柏嶺將此詞繫年於嘉慶十六年（1811，20 歲）秋。「么鳳」，亦作幺鳳，即小鳳。一說為桐花鳥。〔註4〕定盦自擬前生為仙界么鳳，因故遭謫而落紅塵，雖生為人身，卻仍為人間少有之多情種。正以有此「天上謫仙」之幽思奇想，故不願長居紅塵，而一心常於夢中游仙、尋仙。「藥爐」，顯見當時或因愁而病，或因故而病。據〈冬日小病寄家書作〉云：「餳簫咽窮巷，沈沈止復吹。小時聞此聲，心神輒為癡……行年迨壯盛，此病恆相隨。」（頁 454）可知其自幼即有「聞簫則病」之例。此詩作於道光元年（1821，30 歲），可知時至中年，此病恆隨。故此詞「藥爐」所指或為此病所困，甚至因此病恆隨，故造就定盦多情善哀感之生命本質。「三十六天」，指天界神仙所居世界，有三十六重。其〈西郊落花歌〉有「玉皇宮中空若洗，三十六界無一青蛾眉。」

〔註3〕鍾賢培：《議論天下，一代文宗——讀龔自珍詩文札記》，見陳銘主編
　　　《龔自珍研究文集》，頁 130。
〔註4〕楊柏嶺：《龔自珍詞箋說》，頁 60。

（頁 488～489）結句以「三十六天秋夢」巧構沈重濃厚之愁緒，使人疑誤有仙禽下凡之迷離感。定盦此種「仙人」、「仙禽」貶謫紅塵之浪漫幻想，同時又具深情、情癡之形象。他如：〈憶瑤姬〉亦有「今生小謫，知自何年？」（頁551）；〈江城子〉復云：「療可枯禪，難療有情癡。」（頁 567）皆可見其生平多愁善感，深情浪漫，具逸思奇想之幽緒。正如東坡所云：「多情多感仍多病」，或可為定盦此類愛情詞之最佳詮釋。此外，〈清平樂〉云：

> 垂楊近遠，玉鞍行來緩。三里春風韋曲岸，目斷那人庭院。
> 駐鞭獨自思惟，撩人歷亂花飛。日暮春心怊悵，可能紉佩
> 同歸！（頁543）

楊柏嶺將此詞繫於嘉慶十六年（1811，20 歲）暮春，就詞意與定盦行跡論，楊說是也。此詞寫某少年尋訪心儀伊人之過程。上片以「垂楊近遠」起景，寫心既想見，又有所畏之，故而「行來緩」。「韋曲」，唐時在長安城外，以喻「北京城外」。「目斷」，可知而不可近伊人庭院，或因其為貴族女子。下片以「駐鞭獨自思惟」起，隱然顯露幽微心緒；以暮春殘紅亂舞，更見定盦心亂無主。「怊悵」非因日暮與春晚，蓋期伊人共乘一駒以歸而不能也。「紉佩」，見於屈原〈離騷〉：「紉秋蘭以為佩。」〔註5〕此以佩喻心儀伊人，可見其高潔不俗形象。此詞傳達定盦內心對某一於京城不期而遇女子之眷戀，其未必真識此女，但意外相逢，使多情善感之定盦，無以自釋對伊人之追尋。此詞亦少數早期情詞中，不必由夢境尋仙，無縹緲虛幻之迷離感，有可指實之對象，然又不知其為誰也。

　　定盦早期愛情詞尚有具悲劇性結果之作。如〈醜奴兒令〉云：「蘭因絮果從頭問，吟也淒迷，掐也淒迷，夢向樓心燈火歸。」（頁552）即為一例。至於〈鳳棲梧〉云：「萬種溫馨何用覓？枕上逃禪，遣卻心頭憶。禪戰愁心無氣力，自家料理回腸直。」（頁 552）此詞更有早期「情」、「禪」交戰之體驗，定盦藉參禪學佛，強抑其深情善感本

〔註5〕傅錫壬註譯：《新譯楚辭讀本》（臺北：三民書局，1993 年），頁29。

質，企圖對過往情事，尋求消融結習之法。此詞爲《無著詞選》之末闋，當具象徵深意，刻意置此，以別於舊名《紅禪詞》也。

　　楊柏嶺云：「龔氏早年情詞最擅長的便是以夢境寫游仙，以游仙寫情事，夢境隱約，游仙縹緲，情事又似夢如煙。故而《無著詞選》中諸多的『恩恩怨怨』、『前恨舊盟』主題，極可能就是龔氏『魂尋夢尋』中頻繁呈現的情思、情節。……所戀對象非同一般，在天上，在遠處，且若隱若現，而『我』卻在人間。兩人的交往總有阻隔，且似有若無，猶如天上人間互有交感，虛實相生。……著眼於心靈感受的『閱歷』。情事的眞假並不重要，『是仙是幻是溫柔』的精神體驗才是情愛的本質。……用語極重感覺，構思細深精巧，格調靈香鬱伊。」〔註6〕可謂深知定盦早期愛情詞之精闢之論。

（二）晚期愛情詞

　　定盦早、晚期愛情詞，對象不同，書寫亦異。早期多託於夢境、仙鄉，人物幾不可指實，詞風亦迷離幽隱，夢幻縹緲，造語造意，色彩頗濃。所抒發者，情深一往，愁絕難賦。晚期則相去甚遠，清新顯明，多可指實，不復夢境、仙鄉之追游。詞中女子，多爲樸質素雅而甘於淡泊守貧，非徒有色貌之庸脂俗粉，約略有「一笑勸君輸一著，非將此骨媚公卿」（〈己亥雜詩〉第 101 首，頁 519）此等才貌非凡，氣骨自潔，非凡庸之形象，如〈浪淘沙·書願〉云：

> 雲外起朱樓，縹緲清幽，笛聲叫破五湖秋。整我圖書三萬軸，同上蘭舟。　　鏡檻與香篝，雅憺溫柔，替儂好好上簾鈎。湖水湖風涼不管，看汝梳頭。（頁 571）

此詞爲《影事詞選》所收六闋之一，據定盦選錄年月，當繫年於道光元年（1821，30 歲）春前，寫其生平追尋歸隱「五湖」之願。定盦擬以「五湖」爲最終歸隱處，實頗受先輩友人王曇、鈕樹玉等人影響。據〈金孺人畫山水序〉云：「吾友王曇仲瞿，有婦曰金，字曰五雲，

〔註6〕楊柏嶺：《龔自珍詞箋說》，頁 16～17。

能屬文，又能爲畫，其文皆言好山水也。……仲瞿實未甘即隱逸，……五雲饗筆研而祝之曰：『必得好山水如斯畫之美而偕焉。』疊曰：『諾。』……余窺其能事，與其用心，雖未知所慕學何等，要眞不類乎凡之民矣。……將毋此類之能事與其用心，其亦去去有仙者思歟？大夫學宗，尚其思之！庶嬪百媛，尚其慕之！嘆息不足，從而緣之辭。」（頁 204～205）此序乃定盦爲王曇之妻金五雲（？）所作，不僅稱譽金氏之山水畫，更深感金氏能知其夫王曇「實未甘即隱逸」之志，蓋金五雲乃刻意云：「必得好山水如斯畫之美而偕隱焉。」此即范蠡功成後，偕西子歸隱五湖之志，而金五雲能知之，故定盦「嘆息不足，從而緣之辭。」嘉慶二十三年（1818，27 歲），二月初一日至初六日，定盦嘗與鈕樹玉、葉昶（？）等人同游太湖洞庭山，有詞一首，《紀游詩》一卷。據鈕樹玉〈紀游洞庭〉云：「戊寅正月二十五日，余同葉小梧至山。二月一日午後，龔君繼至，下榻守樸居。是日同游雨花臺、翠峰、古雪居及薇香閣，……三日……飯罷，振衣登莫釐峰頂，俯視環湖群野，定盦以爲平生游覽得未曾有。……四日，……定盦作長短句一首，余亦續題四十字，以誌今昔云。……六日，邀諸君同來余家小園午飯，出爐餘石刻，觀玩移時，即送龔君登舟回吳門。」〔註7〕又，定盦〈與徐廉峰書〉云：「余以戊寅歲來游洞庭兩山，有《紀游詩》一卷。」〔註8〕「戊寅」，即嘉慶二十三年（1818）。葉小梧，即葉昶，字青原。鈕樹玉、葉昶皆爲江蘇吳縣洞庭山人。據鈕樹玉所稱：「定盦以爲平生游覽得未曾有。」可知定盦對太湖洞庭山美景十分嚮往。《全集》中「庚辰詩」收〈發洞庭，舟中懷鈕非石樹玉、葉青原昶〉、〈此游〉二詩，王佩諍據《昭代名人尺牘續集》所錄定盦〈與徐廉峰書〉中有附錄四詩，補入《全集》，可知四詩乃戊寅（1818）之作，但因定盦編年詩始於「己卯」（嘉慶二十四年，1819），不知何故將前二詩收入「庚辰詩」（嘉慶二十五年，1820）。據〈此游〉云：

〔註7〕〔清〕鈕樹玉：《匪石先生文集》，卷下，轉引《樊譜》，頁 123～124。
〔註8〕轉引《樊譜》，頁 124。

「湖東一回首，萬古長相思。」（頁 444）可知定盦對太湖洞庭山實情有獨鍾，而〈題紅蕙花詩冊尾〉亦自注：「非石云：『山中此花易得。』余固有買宅洞庭之想，故云爾。」（頁 443）更確證其晚年實有意歸隱太湖洞庭山，故有「買宅」之念。此外，道光六年（1826，35 歲），其〈寒月吟〉有「幽幽東南隅，似有偕隱宅」句（頁 481），亦可見其與妻何氏偕隱之志。如此，再觀〈浪淘沙・書願〉所指「笛聲叫破五湖秋」，遂知定盦愛「太湖」且擇爲歸隱之故。此詞從「雲外起朱樓」起筆，勾勒歸隱處「太湖洞庭山」之縹緲清幽、出塵不染之風光；以笛聲「叫破」五湖秋，更隱然有王曇「實未甘即隱逸」之情，蓋因壯志未酬也。須知定盦作此詞之上年（嘉慶二十五年，1820），會試再度落第，無奈捐得內閣中書，故「叫破」，既形容五湖幽靜，實隱藏不甘之情。又，定盦家「藏書原約有五萬卷，而劫後僅千餘卷」，此年在藏書遭祝融之前，故云「三萬軸」，知非妄言也。下片「鏡檻」三句，形容鏡臺、薰籠之典雅精細，以物暗喻美人之「雅懀溫柔」，刻畫其嫻靜、知書達禮形象，深具藝術手法與善爲設喻；「上簾鈎」，更見二人互動之「閨趣」。「湖水湖風」二句，更可窺知其暫拋紅塵俗務之心。陳銘《龔自珍評傳》云：「有些作品，表面上寫得輕鬆瀟灑，內心世界卻酸楚悲怨。在這方面，〈浪淘沙・書願〉很具代表意義。」〔註9〕陳氏所論甚確。定盦詞確有此等「看似瀟灑」，卻極其悲酸隱微之心事，蓋以「淒魂曼絕」，常有哀感，又遭仕途多艱，故語有所隱，意有所諷，不可不察也。

　　此外，《影事詞選》中亦不乏「冶游」之作，如：〈暗香・姑蘇小泊作也。紅燭尋春，烏篷夢雨，一時情事，是相見之始矣〉有「一帆冷雨，有吳宮秋柳，留客小住。笛裏逢人，仙樣風神畫中語。我是瑤華公子，從未識露花風絮。但深情一往如潮，愁絕不能賦。」（頁 570～571）「吳宮秋柳」、「露花風絮」等語，暗指青樓女子，由小序可知

〔註9〕陳銘：《龔自珍評傳》，頁 272。

爲蘇州之妓；定盦天生多情，亦曾因此女動眞情。又，〈洞仙歌・雲
繡鶯巢錄別〉云：「從今梳洗罷，收拾箏簫，勻出工夫學書字。鳩鳥
倘欺鶯，第一難防，須囑咐鶯媒回避。」（頁 571）此亦寫歡場女子
情愛之事。〈定風波〉亦有「擬聘雲英藥杵回，思量一日萬徘徊。畢
竟塵中容不得，難說，風前揮淚謝鶯媒」之句（頁 586），寫對心儀
女子曾有「擬聘雲英」之心，但因「畢竟塵中容不得」，難爲世俗見
容，幾番思量後，僅能「揮淚謝鶯媒」，獨自悵悵滿懷。此外，〈高陽
臺〉云：「明知相約非相誤，奈鶯期不定，鸞鏡終拋。萬一重逢，墨
痕留認鮫綃。」（頁 575）更寫屢誤佳期，與歡場女子本有所約，卻
因蹉跎而難成，徒留重來悲嘆，結句沉重，哀感尤深。他如〈摸魚兒〉
云：「我儂生小幽並住，悔不十年吳語」、「只阿母憨憐，年華嬌長，
寒暖仗郎護」、「五侯門第非儂宅，賸可五湖同去。卿信否？便千萬商
量千萬依分付。花間好住」（頁 571），可見定盦對詞中女子十分憐愛，
有相見恨遲之感，更言際遇辛苦多艱，深有同隱「五湖」之想。此種
歸隱之想，實出一時愁懷悲酸，不可以爲眞，蓋定盦「澄清天下」之
志未酬，故偶作牢騷語耳。

　　靈簫爲定盦晚年辭官南歸所結識之名妓，定盦有多首詩詞紀二人
情事。如〈一痕沙・錄言〉云：

> 東指羽琌山下，小有亭樓如畫。松月夜窗虛，待卿居。
> 閒卻調箏素手，只合替郎溫酒。高閣佛燈青，替鈔經。
> （頁 584）

此詞楊柏嶺考證二人情事行蹤，繫年於道光二十年（1840，49 歲）秋
末或初冬，（楊柏嶺《龔自珍詞箋說》，頁 524）茲從楊說。此詞所錄爲
二人之對話。定盦晚年自名其居爲「羽琌山館」，曾數度表態欲攜靈簫
入居「羽琌山館」，如〈己亥雜詩〉第 200 首、第 201 首分別有「靈簫
合貯此靈山」、「何以功成文致之？攜簫飛上羽琌閣」之想（頁 528）。
上片勾勒羽琌山之清幽，又有亭樓，如置山水畫中。「松月夜窗虛」，
逕引孟浩然（691～740）〈歲暮歸南山〉名句。孟詩云：「北闕休上書，

南山歸敝廬。不才明主棄，多病故人疏。白髮催年老，青陽逼歲除。永懷愁不寐，松月夜窗虛。」〔註10〕孟浩然懷才不遇之事，眾所皆知，茲不贅述。定盦引用「松月夜窗虛」，固有取其松間月色清幽空闊之美，實亦取孟詩中「懷才不遇」、「永懷愁不寐」之意。定盦在官時，曾數度譏刺時政，雖在禮部閒曹，不忘對當時制度及陋習，陳獻可用之策，然終未如其意；後至「辭官南歸」一事，正合孟詩「北闕」二句。道光九年（1829，38歲），其雖中進士第，但「殿上三試，楷書不及格，不得入翰林」，對定盦而言，誠為一生之痛。辭官出都時，更云：「當年筮仕還嫌晚，已哭同朝三百人。」（〈己亥雜詩〉第13首，頁510）其幼時所交老蒼先輩及師友如：宋璠、王曇、孫星衍等常州學人群，多已相繼下世，〔註11〕故「不才明主棄，多病故人疏」，又相似也。此外，如前所述，定盦〈與吳虹生書二〉云：「楊忠武年未四十，鬚髮盡白，而弟亦如此。」（頁348）可知「白髮」二句，亦紀實也。正因定盦際遇與孟浩然此詩相似，故引用「松月夜窗虛」之句，以寄託其「永懷愁不寐」之幽緒。「待卿居」，可知當時靈簫尚未入居。下片以「閒卻調箏素手」引出靈簫不復為青樓之妓，此後既能以素手為情郎溫酒助興；又可上高閣為之鈔佛經。此詞寫出定盦晚年在壯志未酬辭官後，不得已歸隱，欲與靈簫共度餘生，又因未能忘懷國事，詞中寄託幽隱微辭，以抒其悲慨。由「高閣佛燈青，替鈔經」二句，更可見其情禪交戰，已不若早期激烈，反因「尊情」入世，兼以參透佛學真諦，故對情、禪二字，已漸減其執著。

〔註10〕〔唐〕孟浩然著，佟培基箋注：《孟浩然詩集箋注》（上海：上海古籍出版社，2000年），頁332。

〔註11〕作此詞時，定盦先輩與師友，如：宋璠、王曇、李銳、趙魏、謝階樹、陳沆、程同文、姚學塽、陳裴之、鈕樹玉、改琦、莊綬甲、袁通、劉逢祿、昭槤、江藩、王念孫、丁履恆、張琦、王鳳生、汪遠孫、程恩澤、端木國瑚、徐寶善、江沅及惲敬、趙懷玉、孫星衍等常州學人，多已相繼下世。

此外，晚期愛情詞，有一類女子形象較爲脫俗，不愛慕富貴權勢，如〈人月圓〉云：

> 綠珠不愛珊瑚樹，情願故侯家。青門何有？幾堆竹素，二頃梅花。　　急須料理，成都賣酒，陽羨栽茶。甘心費盡，三生慧命，萬古才華。（頁 580）

此詞寫貌美如綠珠之女子，甘於淡泊，寧願情歸家道中落之故侯，亦不愛奢華之富家。此爲定盦自寫晚年困頓境遇，以此脫俗形象之女子，藉以尋求精神慰藉也。其〈好事近・錄言〉云：「細語道家常，生小不矜珠翠。他日郎家消受，願青裙縞袂。」（頁 585）此寫定盦與詞中女子之對話，刻畫女子溫柔質樸形象，能同甘共苦，默守淡泊悠然歲月，不矜於珠鈿、金釵等華飾；甚至「等到歲寒時候，折黃梅簪髻。」（頁 585）更是道出所愛女子貧賤不移，能守節不屈之形象。此一形象與〈水龍吟〉（君家花月笙歌）一詞所歌詠忠婢「葛裙」之義行，實無二致。他如：〈虞美人〉云：「今年青鬢搔逾短，那有忘憂館？文君倘製白頭吟，爲報相如客裏乏黃金。」（頁 583）、〈小重山令〉云：「今年愁到莫愁家。黃金少，典去玉丫叉」（頁 585）詞中女子皆不以定盦落魄窘困而相棄，甚至不惜典去玉釵換錢，可謂深情重義，溫柔嫻淑。

定盦天生多情善感又風流，一生所遇女子，無論歡場或萍水相逢，往往情深一往，故多感慨；尤其對心儀，又無以遇合者，更深藏於心。如〈卜算子〉云：

> 曾在曲欄干，瞥見紗裙傍。花影濛鬆細步回，月底簾鉤上。　　重到曲欄干，記起人模樣。萬劫千生再見難，小影心頭葬。（頁 577）

此詞收入《小奢摩詞選》，據定盦〈小奢摩詞選跋〉，可知爲道光三年（1823，32 歲）六月前之近作，故當繫年於此時。楊柏嶺云：「此闋吸收了韋莊〈荷葉杯〉（記得那年花下）、晏幾道〈採桑子〉（西樓月下當時見）等詞的構思特點，具有顯豁的敘事特點。」〔註12〕就詞意

〔註12〕楊柏嶺：《龔自珍詞箋説》，頁 318。

觀之，頗如楊說。此詞上、下兩片，一寫往事，一寫今感；往事在某月夜曲欄干處，瞥見一身著紗裙之花貌女子，在月色下緩步回深閨，輕掛簾鉤。上片不直描女子容貌，而著墨「紗裙」，以花影、細步喚出女子姿態，不專寫美貌，而美貌、丰情、神韻俱在其中，可謂善寫女子神態。下片紀經舊游，或有意，或無意重過，忽隱約記起女子當年模樣。「記起」句，可見別後已久，故對其模樣頗為「迷濛」，從「依稀」到「記起」，透露定盦悲酸心緒，蓋早已物是人非。「萬劫」二句，與定盦參禪學佛所受影響有關，大有蘇軾〈悼昭雲〉所云：「傷心一念償前債，彈指三生斷後緣」〔註13〕之悲慨。東坡詩乃為侍妾作，考察定盦生平，作此詞前，僅有前妻段美貞因庸醫誤診而歿於嘉慶十八年（1813）七月，距此已有十一年。就詞意觀之，或有可能，但無確證，故無妨視作某一定盦鍾情之女子。前債既償，後緣又斷，萬劫千生無復相見，故將「小影」永葬心底。可見風流多情如定盦者，亦有「鍾情」之時。

　　關於定盦愛情詞，其中頗有「本事」，或有「寄託」，有不能指實者，亦有實知其人者。定盦嘗自注其「愛情詞」，如〈天仙子〉云：

　　　古來情語愛迷離，惱煞王昌十五詞，楚天雲雨到今疑。鋪
　　　玉版，捧紅絲，刪盡劉郎本事詩。（頁580）

此詞收入《庚子雅詞》，當為道光二十年（1840，49歲）所作。如上所論，可知其晚期愛情詞不僅有男女情愛之事、歸隱太湖洞庭之想，乃至有所微隱其指，實有所欲言，又恐不為時人所容。對於「出入歡場」一事，定盦自云：「釵滿高樓燈滿城，風花未免態縱橫。長途借此銷英氣，側調安能犯正聲？」（〈驛鼓三首〉，頁443）可見定盦自知歡場乃逢場作戲之地；但其晚年，欲攜靈簫上「羽琌山館」，又自相矛盾；殆以多情之人，往往自陷情關難出，況如定盦之風流。定盦既不諱言：「古來情語愛迷離」，對「愛情詞」又深寄感慨，以致為時

〔註13〕〔宋〕蘇軾著，楊家駱主編：《蘇東坡全集》（臺北：世界書局，1996年），頁483～484。

人誤解，以爲其愛情詞多有寄託、諷刺，故云：「楚天雲雨到今疑」。對此，定盦遂刪盡有「本事」之詞，然是否刪盡，此又見仁見智之論。紀昀曾論李商隱〈無題〉詩，云：

〈無題〉諸作，有確有寄託者，「來是空言去絕蹤」之類是也；有戲爲艷語者……有實有本事者，……宜分別觀之，不必慨爲深解。〔註14〕

可見紀昀並不認同刻意將〈無題〉箋注爲首首均有寄託或本事，而以客觀態度解詩。筆者以爲論定盦此類愛情詞，亦當如紀昀所論也。

二、記事詞

定盦精於掌故，舉凡前代逸聞、當朝掌故，無不爛熟於心，厚積薄發，故其記事詞，亦頗得史家遺緒。所記內容，或得之於親友故事，或得之於史實時事，蓋皆「實錄」也。如〈洞仙歌〉云：

香車枉顧，記臨風一面，贈與瑯玕簌如箭。奈西風信早，北地寒多，埋沒了，彈指芳華如電。　琴邊空想像，陳跡難尋，誰料焦桐有人薦？甘受竈丁憐，紫玉無言，慚愧煞主人相見。只未必香魂夜歸來，訴月下重逢，三生清怨。

（頁 567）

此詞小序云：「青陽尙書有女公子與內子友善，貽內子漳蘭一盆，密葉怒花。俄女公子仙去，蘭亦死，棄盆竈間三年矣。今年夏，竈人來告蘭復生，數之得十有四箭，徙還書齋，賦此記異。則乙未六月十九日也。」此詞收入《懷人館詞選》，據小序可知當繫於道光十五年（乙未，1835，44 歲）六月十九日。「青陽尙書」，指王宗誠（1764～1837），字中孚，號蓮府，青陽人。乾隆五十五年（1790）進士，道光二年（1822），擢兵部尙書，歷署禮部、工部尙書。此詞寫王宗誠之女贈定盦妻何吉雲一盆漳蘭，後王宗誠之女卒，何吉雲所得漳蘭亦枯死，棄置竈間。歷三年，至此年夏，漳蘭復榮，定盦以爲奇異，塡作此詞。

〔註14〕〔唐〕李商隱著，劉學鍇、余恕誠集解：《李商隱詩歌集解》，冊1，頁 27。

上片自王宗誠之女贈珍品漳蘭之過程起句，「奈西風信早」四句，以秋風無情吹拂，寒冬冷酷侵襲，雙寫漳蘭枯死與尚書之女早逝，故云：「埋沒了，彈指芳華如電」。下片用東漢蔡邕（132～192）與焦尾琴之典，據《後漢書・蔡邕列傳》云：「吳人有燒桐以爨者，邕聞火烈之聲，知其良木，因請而裁爲琴，果有美音，而其尾猶焦，故時人名曰『焦尾琴』焉。」〔註15〕「琴邊」三句，指定盦以「竈丁燒爨」聯想至蔡邕故事，故引桐木遭火時，尚有知音蔡邕識其音，且裁爲名琴；但當代竟無識己才而用之者，何其悲慨！可謂善於寄託，又深具諷刺。「甘受竈丁憐」，指漳蘭因受竈丁憐愛，歷三年枯而復榮；「紫玉」，吳王夫差（？～前473）之幼女，早逝；「紫玉無言」二句，指漳蘭復生後，卻羞與主人相見。「只未必香魂夜歸來」三句，寫尚書之女已仙去，未必能如漳蘭重生歸來，在月下共訴「三生清怨」。此詞記事述異中，兼有定盦對「人材」不見用之悲慨議論，「借事論事」，乃定盦此類詞之一大特色；極其諷喻，體現其經學之「經世實用」與史學「通變改革」思想，更見其以「文學經世」之詞學思想。

　　定盦嘗記友人吳葆晉寵姬舊事爲詞，據〈江城子〉云：

> 不容紅豆擅相思，謝芳姿，嫁多髭。長爪仙人，化去已多時。屏角迷藏簾畔景，留客罷，怪來遲。　　小窗梅雨浥空戹，掬芳蕤，播幽籬。療可枯禪，難療有情癡。各有傷心茶話在，各焙出，鬢如絲。（頁567）

此詞小序云：「光州吳水部有姬人善製焙青豆；姬亡後，小窗茶話，仍出青豆供客，俊味如昨，而水部霜辛露酸，不可爲抱；語余：『君如憐此物矜重者，贈我一詞。』」吳水部，指吳葆晉，字佶人，號虹生，一作紅生，固始人，籍光州。道光九年（1829）進士，曾官內閣中書、蘇州知府，改知揚州，署常鎮通海道，有《半舫館詞》。道光年間，定

〔註15〕〔南朝宋〕范曄著，〔唐〕李賢注，〔清〕王先謙集解，楊家駱主編：《新校本後漢書》（臺北：鼎文書局，1999年），冊3，卷60，頁2004。

盦與之過從甚密，時有書信往還。據小序可知吳葆晉寵姬善焙製「青豆」，後寵姬死，吳葆晉哀傷，乞定盦塡一詞相贈。起句以「不容紅豆擅相思」，點出「青豆」亦有「相思」寄意，並引出寵姬多情之形象；又以晉朝女詩人謝芳姿（約345～396）喻之，指其下嫁多髭鬚之吳葆晉。「長爪仙人」，指麻姑長爪，﹝註16﹞以代指多才藝之寵姬辭世已多時。「屛角迷藏」三句，乃定盦遙思寵姬生前焙製青豆之景；「怪來遲」尤顯歷歷生動與殷勤待客之舊事。下片以「小窗梅雨浥空戹」三句，寫在寵姬逝後，某一梅雨時節，定盦來訪，吳葆晉仍出青豆待客，可微窺吳葆晉對寵姬之深情；又寫其手捧鮮花之態，而「播幽籬」之舉動，亦與寵姬有關，更見吳葆晉之念舊，故定盦遂云：「療可枯禪，難療有情癡。」一語道破吳葆晉之癡情形象。最末以「各有傷心茶話在」三句，引出二人各有傷心往事，不堪細思，蓋以相思苦而催鬢如霜矣。此詞既記事，又可視爲代友人悼亡，幽幽深情，如在目前。要之，多情之人，各有傷心之事也。

　　此外，定盦又曾記江東某大姓家婢女之事，據〈水龍吟〉云：

　　君家花月笙歌，葛裙那許陪宵燕。嘯如魯柱，才如竇錦，遇如班扇。蓬鬢慵妝，蛾眉怕妒，天寒誰管？算平生已矣，春風一度，恩歇絕，何曾怨？　　一夕倉皇家變，抱琵琶傾城都散。雍門琴碎，崔臺香爐，西陵墓遠。塊土爭還，芳魂永守，秋燐如電。憶史家柱叔敎公，千載下，今重見。（頁588）

此詞小序云：「江東某大姓以禍死，寵姬十輩，挾金珠散去，一婢堅不去，此婢常著葛裙，人以葛裙呼之。自言：『主人嘗被酒一召我，我誓報之。』豪家呑其屋，葛裙奉木主臥一室堅守，力不支，絕粒斃。豪憫之，扃此室，並其主瘞焉，曰：『還汝一塊土。』」此詞收入《庚子雅詞》，作於道光二十年（1840，49歲）。據小序可知，此詞乃寫

────────────

﹝註16﹞《神仙傳》云：「麻姑鳥爪，蔡經見之，心中念言：背大養時，得此爪以爬背，當佳。」見〔晉〕葛洪著，胡守爲校釋：《神仙傳校釋》（北京：中華書局，2010年），頁125。

大戶之家忠婢「葛裙」之事。先以江東大戶奢華夜宴起筆，襯托忠婢葛裙長年遭人冷落之情。次以春秋魯國漆室邑之女倚柱而嘯，晉代竇滔妻蘇蕙織錦爲迴文詩，漢成帝時班婕妤作〈怨詩〉，〔註17〕以寫葛裙有膽識、有才學卻無際遇。極見對人才不見重用之諷刺與痛斥，宛如定盦之屢試不售，既售不用之酸楚形象。「蓬鬢慵妝」三句，言葛裙刻意不施時妍新妝，雖有才學，又恐爲人所妒，故低調行事；無奈天寒後，仍如秋扇見棄於主，無人理會。「算平生已矣」四句，即小序葛裙所云：「主人嘗被酒一召我」，指主人一夜恩寵之事，故葛裙以爲此生已矣，恩歇無怨。下片以大戶一夕因禍死，寵姬十輩紛紛挾金散盡，寫寵姬之重利輕義。「雍門琴碎，雀臺香燼，西陵墓遠」三句，此處連用雍門子周善鼓琴，曹操命諸子分餘香予諸夫人，又命諸子待其死後，時登銅雀臺望其陵墓故事，〔註18〕以諷大戶歿後，家破人散，群姬重利散盡，其子亦不遵遺言之淒涼景況。惟有葛裙奉木主，絕食至死，以報主恩。「塊土爭還」三句，盛讚葛裙誓死不屈之精神，芳魂常留天地之間；末以葛裙比史官之後「柱厲叔」以死報莒敖公之事，以見葛裙堅毅忠貞有「史家」之精神。定盦此詞隱然自道其懷才不遇之身世悲感，殆所記葛裙形象深似定盦本人，又多隱射人才不見用於世，蓋實有所諷刺焉。定盦此類記事詞，除因天生多情，善於哀感外，更與其少懷壯志，而一生仕途多艱，晚年生計困頓潦倒有絕對之關係。

三、詠物詞

定盦詞中亦有詠物之作，如詠硯臺、熏爐、花卉、古物等，正足以發揮其幽思奇想，如〈天仙子・自賦所藏葉小鸞眉紋詩硯〉云：

> 天仙偶厭住瓊樓，乞得人間一度游，被誰傳下小銀鈎？煙淡淡，月柔柔，伴我熏香伴我修。（頁544）

此詞收入《無著詞選》，因無確證與紀年，故僅知爲道光三年（1823，

〔註17〕此處典故轉引楊柏嶺《龔自珍詞箋說》，頁418。
〔註18〕此處典故轉引楊柏嶺《龔自珍詞箋說》，頁420。

32 歲）以前所作。由小序可知所詠爲其珍藏「葉小鸞眉紋詩硯」。葉
小鸞（1616～1632），字瓊章，江蘇吳江人；葉紹袁（1589～1648）
之女，工詩，著《疏香閣遺集》。定盦此詞同早期愛情詞相似，皆有
「天仙」一詞，詞風亦迷離幽隱，可知當爲早年之作。此詞將葉小鸞
之早夭，視爲「天仙」暫謫紅塵。因天仙偶然厭居瓊樓，遂乞降爲凡
人，至紅塵一游，有對葉小鸞「才命相妨」之憐惜；看似輕薄，實則
多情之語。「小銀鈎」，既指月之嫵媚，更指葉小鸞之秀眉，以此借代
「葉小鸞眉紋詩硯」，一詞三喻，可謂善譬。「煙淡淡，月柔柔」，既
形容眉紋詩硯，又形容濛濛月色。結句期以「葉小鸞眉紋詩硯」常伴
其著述與修行。此詞將詩硯擬人化，以見葉小鸞之存在，可見其浪漫
多情。此詞既不蹈浙派詠物之餖飣習氣，又無巧構形似之病。

　　定盦好收「金石文字」，與鈕樹玉、何元錫、程同文、秦恩復、
趙魏、顧廣圻等人皆爲金石同好。定盦曾爲秦恩復所藏漢代古物賦詩
塡詞，如〈菩薩鬘·漢宮薰爐〉云：

　　冶藍活翠沈沈碧，人間無此消魂色。誰爇此爐香，才人居
　　未央。　　　摩挲還未忍，心上溫膚肯。夢到古長安，茂陵
　　春雨寒。（頁 566）

此詞收入《懷人館詞選》。關於繫年，據定盦〈簡秦敦夫編修二章〉
所詠爲「漢鏡」與「漢薰爐」，有小序云：「辛巳秋，始辱編修惠訪余
居，歲餘，無三日不相見。」（頁 462）可知二人初識在道光元年（辛
巳，1821，30 歲）秋；而是詩編年於道光二年（壬午，1822，31 歲），
由小序及詩可知此詞當繫於道光二年（1822）所作。上片先寫薰爐外
觀，極言其深藍碧綠相間之美，不似人間該有之顏色，贊賞其光色湛
然、古樸沈厚。次以幻想漢代未央宮中，當爐香初燃時，未央宮中一
時多少才人居此，引發無限遐想。下片言未忍以手輕摩細撫，實已輕
撫之，遂感心頭一陣暖意自此「漢宮薰爐」中逸出。結句化用李商隱
〈寄令狐郎中〉云：「休問梁園舊賓客，茂陵秋雨病相如。」〔註 19〕

〔註19〕〔唐〕李商隱，劉學鍇、余恕誠集解：《李商隱詩歌集解》，冊 2，
　　　　頁 580。

定盦引用此詩作結，實有所寄慨。道光元年（1821，30 歲）五月九日，定盦嘗大病初癒。（《樊譜》，頁 170）正合所引李商隱詩意，言外頗見自傷中年一事無成之意，更可推知此詞當繫於是年。此外，二詩小序又云：「編修固乾隆朝耆舊也，閱人多，心光湛然，而氣味沈厚，溫溫然耐久長，……亦冀讀余詩者，想見其為人。」（頁 462）又詩中有「願身為鏡奩，護此千歲光」、「願身為爐煙，續續君子旁」，（頁 462）可知雖詠「漢宮熏爐」，實亦「借物詠人」；盛讚秦恩復之心行光明敦厚也。

　　此外，《小奢摩詞選》中，有三闋定盦詠物詞舊作，其中〈惜秋華〉小序云：「癸酉初秋，汪小竹水部齋中，見秋花有感，一一賦之，凡七闋，棄稿敗篋中，已十一年矣。茲補存其三闋，以不沒當年幽緒云。」（頁 572）癸酉初秋，即嘉慶十八年（1813，22 歲）秋，可知定盦是年已有詠物詞。其中，〈惜秋華〉為「詠玉簪」，詞中有「瑟瑟輕寒，正珠簾曉捲，秋心淒緊。瘦蝶不來，飄零一天宮粉。」（頁 572～573）以詠玉簪花，寄託詞人感時悲秋之心，「瘦蝶」二句，尤狀玉簪花之衰顏，喻歲月易逝。〈減蘭〉為詠「牽牛花」之作，佳句如：「秋期此度，秋星淡到無尋處。宿露休搓，恐是天孫別淚多。」（頁 573）以七夕牽牛、織女傳說，寫天人之戀及別後牽牛（花）幽獨之情，為此花添無限遐想風情。此外，定盦詠物諸詞中，感慨最多且寄託遙深者，當屬晚年所作〈臺城路〉一闋，詞云：

> 山阰法物千年在，牧兒叩之聲死。誰信當年，椎鎚一發，吼徹山河大地？幽光靈氣，肯伺候梳妝，景陽宮裏？怕閱興亡，何如移向草間置？　　漫漫評盡今古，便漢家長樂，難寄身世。也稱人間帝王宮殿，也稱斜陽蕭寺。鯨魚逝矣！竟一臥東南，萬牛難起。笑煞銅仙，淚痕辭灞水。（頁 581）

此詞小序云：「賦秣陵臥鐘，在城北雞籠山之麓，其重萬鈞，不知何代物也？」此詞乃借詠物託諷，寄託深而幽隱，用典多，頗見朱彝尊詠物詞堆切典故之影響。遣辭造意，多有所指，隱其幽微，故讀其詞，

須再三細繹其意，始能闡幽顯微，窺其詞心。此詞收入《庚子雅詞》，當繫年於道光二十年（1840，49 歲）在金陵作。據小序可知所詠爲一口位於秣陵之古老臥鐘。以「山陬」點出位置，猶似〈鵲踏枝〉「過人家廢園」中孤花立於牆角，同有「見棄閒置」之象徵。既爲千年法物，又爲牧兒叩玩，顯見不得其位。「叩之聲死」，知聲音低沉而無力，頗見此鐘之哀。「誰信當年」三句，指無人信此鐘當年曾有驚天動地之聲；「吼」字深見其悲憤狂怒之氣，宛如「氣倍前人，言語震四壁」之定盦。〔註 20〕「幽光靈氣」三句，寫此臥鐘之光芒及靈性，「景陽宮」，指南朝亡國之君陳後主宮殿；此言不肯伺候景陽宮裏梳妝之事，實因「怕閱興亡」，不願作亡國喪鐘。「怕閱興亡」二句，不啻有人才棄置山林之隱喻，更見志士對國事危亡之自覺意識。下片以「漫漫評盡今古」起句，回首古今，亦見人事之無常，雖漢代長樂宮亦非臥鐘可寄託之地。「也稱人間帝王宮殿」二句，指臥鐘最後歸處，無論在宮殿或佛寺，皆難逃盛衰興亡之理。「鯨魚」三句，「鯨魚」，指擊鐘之樏槌。以「樏槌一失」，千年法鐘亦隨之倒臥東南不起，雖費萬牛之力，無法重起，鐘聲亦隨之消歇，深有「壯志難酬」、「辭官南歸」之隱喻。「笑煞銅仙，淚痕辭灞水」，更以李賀（790～816）〈金銅仙人辭漢歌〉「空將漢月出宮門，憶君鉛淚如鉛水。衰蘭送客咸陽道，天若有情天亦老。攜盤獨出月荒涼，渭城已遠波聲小。」作結，〔註21〕定盦用此典，以「笑」不以淚，蓋傷心之至；多少酸楚悲辛之事，都付一派頹唐蒼涼晚景；定盦乃刻意以「笑煞銅仙」，暗藏其「淚痕辭灞水」之深悲也。

定盦之詠物詞，往往借之抒發感慨，實三分詠物態，七分自抒身世悲慨。常於若有似無間，刻意隱匿意指，然仍有脈絡可循；故讀其

〔註20〕〔清〕謝章鋌：《賭棋山莊詞話》續編五，見唐圭璋編《詞話叢編》，
　　　　冊4，頁3563。
〔註21〕〔唐〕李賀著，〔明〕曾益等注：《李賀詩注》（臺北：世界書局，
　　　　1996年），頁45。

詠物詞，除賞其精工，更不能無視寄託及諷刺，乃能眞得絃外之音。其詠物諸詞雖偶見好用典故之習，但內容多言之有物，寄託、感慨甚深，又絕無浙派蹈虛鏤空、餖飣窳弱之病。

四、題畫詞

　　清代文人雅士多兼有書畫之藝，自清初即有「借箸書」風氣，乾、嘉時，錢泳所著《履園叢話》有一卷專論「畫學」，所論關於當代畫壇諸多逸事。錢泳云：「國初王秋山、高其佩，皆工于指頭畫，自此開端，遂遍天下，然賞鑒家所不取也。又有以指頭書者，又有以箸削尖作字者，謂之借箸書。」〔註22〕可知清初已有專以指作書畫者，然此「借箸書」之風，卻深爲鑒賞家所譏。關於乾、嘉詞人與題畫詞之關係，嚴迪昌《清詞史》論姚椿（1777～1853）〈水龍吟・博望乘槎圖爲張墨林明府作〉云：

> 清代自乾隆年間始，文人墨客盛行將某種現實中不可能達到的境界畫成圖卷。這類畫卷大多不是單純的花卉翎毛或山水風光，而是一種理想的居所或表現某些心儀的情事。對這種風氣不能簡單地一概否定，詞人的題圖之作也應作如是的辨析。〔註23〕

嚴氏之說，甚爲有識。當時書畫壇充斥一股「擬仿僞書僞畫」之風，錢泳《履園叢話》又云：「國初蘇州專諸巷有欽姓者，父子兄弟，俱善作僞書畫，近來所傳之宋、元人如宋徽宗、周文矩、李公麟、郭忠恕、董元、李成、郭熙、徐崇嗣、趙令穰、范寬、……王冕、高克恭、黃公望、王蒙、倪瓚、吳鎮諸家，小條短幅，巨冊長卷，大半皆出其手，世謂之『欽家款』。余少時尚見一欽姓者，在虎丘買書畫，貪苦異常，此其苗裔也。從此遂開風氣，作僞日多。就余所見，若沈氏雙生子老宏、老啓、吳廷立、鄭老會之流，有眞跡一經其眼，數日后必有一幅，字則雙鉤廓塡，畫則模仿酷肖，雖專門書畫者，一時難辨，

〔註22〕〔清〕錢泳著，張偉點校：《履園叢話》，298。
〔註23〕嚴迪昌：《清詞史》，頁405。

以此獲巨利而愚弄人。」〔註24〕錢泳自稱生平遊歷之地不過六、七省，但對書畫尤爲留心，可知清初蘇州一帶已有專以「書畫僞作」牟利者，舉凡宋、元名家如：宋徽宗（1082～1135）、李公麟（1049～1106）、郭熙（約 1000～約 1090）、范寬（約 950～約 1032）、王冕（1287～1359）、黃公望（1269～1354）、王蒙（1308～1385）、倪瓚（1301～1374）、吳鎮（1280～1354）等人書畫，皆能模仿，從此遂開「書畫僞作」風氣。逮及乾、嘉年間，僞作風氣更盛，能擬仿酷肖逼眞。定盦曾痛批當代僞作之風，云：「天教僞體領風花，一代人才有歲差。我論文章恕中晚，略工感慨是名家。」（〈歌筵有乞書扇者〉，頁 490）強調一切文藝創作出於原創及感慨之重要。

　　清代題畫詞之興盛與浙派詞人邵瓛（？～1709）有關。邵瓛詞風與浙西六家詞爲相近，其《情田詞》，高者細密疏朗，低者仍不脫鑿空之習；除大量詠物詞外，尚有盈篇「題畫詞」。「《情田詞》除詠物詞外，題圖詞作已連篇累牘，開了乾嘉時期汗牛充棟的題吟畫圖詞的風氣。諸如〈臨江仙〉的題「筠窗話舊圖」、「春雨讀書圖」、「梅邊吹笛圖」、「種瓜圖」，〈品令・題聽雨圖〉、〈無俗念・題煙雨歸耕圖〉，等等不一而足。」〔註25〕乾、嘉年間題畫詞之濫觴，確與浙派詞人長期詠物有密切關係。此外，清詞人與當代畫師之過從談藝，亦助長題畫詞大量問世；以定盦題畫詞論之，實可見一斑也。

　　定盦生平交游文人雅士中，多有兼擅書畫者，如：吳文徵、改琦、朱鶴年（1760～1834）、楊翰（1812～1879）、張祥河、王曰申、孔憲彝、王鳳生、潘曾瑩、潘曾綬、顧蒓、戴熙（1801～1860）、湯貽汾等人。〔註26〕定盦本人亦能作畫，嘗自題「羽陵春晚畫冊」，定盦與

〔註24〕〔清〕錢泳著，張偉點校：《履園叢話》，頁 299。

〔註25〕嚴迪昌：《清詞史》，頁 290。

〔註26〕定盦與吳文徵交游，如：嘉慶二十二年（1817，26 歲），與莊綬甲、段驤、徐雲耕、金登園、吳文徵、朱祖振、徐渭仁等人同游菊社，屬吳文徵繪「滬城秋興圖」。（《龔譜》，頁 108）二十四年（1819，28 歲）早春，自蘇州北上，吳文徵、沈錫東於虎丘餞行，

有詩。又爲吳文徵「東方三大圖」題詩。(《龔譜》，頁132) 道光二年 (1822，31 歲)，吳文徵又爲定盦作「簫心劍態圖」約作於此時。(《龔譜》，頁212) 又與朱鶴年交游，如：朱鶴年，字野雲，江蘇泰州人。工書畫，朝鮮人喜其畫，且重其人品。道光元年 (1821) 定盦朱鶴年所請，作〈朱殤女碣〉(《龔譜》，頁173)。同年，朱鶴年惠贈高句驪香，作〈野雲山人惠高句驪香，其氣和澹，詩酬之〉爲酬。十一年 (1831)，楊翰等人宴集於朱鶴年涵秋閣，定盦亦赴會。(《龔譜》，頁353) 按：楊翰，字海琴，號息柯居士，直隸新城人。道光二十五年 (1845) 進士，著《息柯雜錄》等。竇憲《國朝書畫家筆錄》卷 4 云：「喜考據金石，工文詞歌詩，書法離奇超逸，兼擅畫，筆意恬雅。」(《龔譜》，頁353) 與張祥河交游，如：道光三年 (1823)，六月二十一日，與陳用光、吳嵩梁、徐松、張祥河，在吳嵩梁寓所舉行詩會，紀念歐陽修生日。(《龔譜》，頁223) 按：張祥河，原名工璿，字元卿，號詩舲，一號鶴在，又號法華山人，江蘇婁縣，能詩詞，工書畫，有《小重山房詩詞全集》。與王曰申交游，如：道光五年 (1825) 夏，與曹籀、王曰申在豫園話月。王曰申爲繪「豫園話月圖」。五月，王曰申以「春山美人扇」相贈；作《南鄉子》(相見便情長) 詞爲酬。同年，邀集顧玉畿、魏源、查冬榮宴集於水仙宮。(《龔譜》，頁259~260) 按：王曰申，原名應綬，字子若，或作紫若，江蘇太倉，王嶼谷之子，工書畫。與孔憲彝交游，如：道光七年 (1827)，應孔憲彝所請，作〈闕里孫孺人墓誌銘〉。(《龔譜》，頁302~304) 按：孔憲彝，字敘仲，號繡山，山東曲阜人。道光十七年 (1837) 舉人，著《對嶽樓詩錄》、《小蓮花室圖卷題辭》等。盛大士《西山隊游錄》卷 4 云：「繡山爲余之門下士，……擅畫梅，於蕭疏古淡，中別有生動之致。」此外，定盦與潘曾瑩、潘曾綬兄弟本有交游，潘曾瑩，著《小鷗波館畫識》、《墨緣小錄》等。李濬《清畫家詩史》云：「花卉淡冶有致，山水秀逸曠遠，善書。」(《龔譜》，頁326)；又據《陔蘭書屋文集》卷尾潘曾瑩跋云：「紱庭 (按：潘曾綬) 無他嗜好，於詩文外喜收藏名畫，鑑別頗精。」(《龔譜》，頁325)。按：顧蒓，字希翰，號南雅，又好息廬，江蘇吳縣人。林昌彝《射鷹樓詩話》卷 6 云：「吳縣顧南雅通副蒓，……詩書畫，群推三絕，詩筆超然拔俗。」(《龔譜》，頁333)；再者，戴熙，字醇士，號鹿牀，一號榆庵，浙江錢塘人。道光十二年 (1832) 進士，著《習苦齋畫絮》、《習苦齋文集》。蔣寶齡《墨林今話》卷 18 稱戴熙云：「詩、書、畫臻絕詣，而畫尤兼山樵、仲圭之長。……花卉、人物、松梅、竹石靡不佳。」(《龔譜》，頁362~363)。

此群文人雅士彼此題詩論畫、塡詞談藝。定盦雖不以畫名家,但其詩詞中不乏爲人題畫之作,如:曾爲吳文徵「東方三大圖」題詩,爲李增厚「夢游天老圖」題詩,又爲常派詞人周濟所繪「程秋樵江樓聽雨卷」題詩等。至於所作題畫詞更多,茲論如下:

定盦目前可知之題畫詞,最早當作於嘉慶十七年(1812,20歲),代其父麗正爲蘇去疾(?)「塞山奉使卷子」題〈滿江紅・代家大人題蘇刑部塞山奉使卷子〉,詞云:

> 草白雲黃,壁立起塞山青陡。誰貌取書生骨相,健兒身手。
> 地拱龍興犄角壯,時清鷺斥消烽久。仗征人笛裏叫春迴,
> 歌楊柳。　　飛鴻去,泥蹤舊。奇文在,佳兒守。問摩挲
> 三五,龍泉存否?我亦高秋三扈蹕,穹廬落日鞭絲驟。對
> 西風掛起北征圖,沾雙袖。(頁563)

蘇棄疾,字獻之,號園公,江蘇常熟人。乾隆二十八年(1763)進士,官刑部廣西司主事,著《蘇園仲文集》、《蘇園仲詩集》等。依小序、自注可知蘇棄疾之子原向麗正乞題卷子,麗正遂請定盦代題。上片「草白雲黃」三句,寫塞上隴草蒼茫如白,秋雲片片浮動似黃,狀其蕭瑟之景;峰高危峭如壁聳立,塞山蕭條遼闊之景,何其壯也。「誰貌取」四句,寫蘇棄疾相貌不凡,身手矯健;又寫塞上地勢隆起,有野獸行於路,又見白鷺紛飛於此,喻峰火煙消無蹤,以見蘇棄疾之武功及文采。「仗征人」二句,寫行征之人塞上吹笛,抒其別離相思之情。上片多寫圖中人物、景色想像之筆。下片「飛鴻去」六句,寫蘇去疾已如飛鴻過境而逝,出使所經之處亦跡渺難尋;幸有詩文遺世,賴其子守之。至此,詞鋒一轉,試問十五當月時,月下摩挲其當年佩劍,其中劍氣尚存否?「我亦高秋三扈蹕」四句,乃想像自期之辭,自稱願秋日隨天子車駕出巡,在塞北落日時策馬疾馳。秋風吹起,高掛北征圖,對圖塡詞,一時壯懷激烈,不禁淚沾雙袖。此詞可見定盦急於用世之心,意氣慷慨,眞摯情切,有書生報國之志。情景交融中,時見飛來想像之筆,詞中「劍氣四溢」,自抒感慨,此其所長也。

　　道光八年（1828，37歲），定盦曾爲王鳳生「黃河歸棹圖」題〈水調歌頭〉云：「落日萬艘下，氣象一何多？何人輕擲紗帽，帆影掠天過？鄶上通侯如彼，江左夷吾若此，不奈怒鯨何！揮手謝公等，逕欲臥煙蘿。」（頁 566）寫王鳳生因故稱病辭官歸鄉，道出對友人之憂心及痛斥當局治理黃河之弊，頗見諷刺。其後，道光十年（1830，39歲），又與王鳳生重晤於京，應其請，再爲「黃河歸棹圖」題〈水調歌頭〉，上片云：

> 當局薦公起，清望益嵯峨。旌旗者番南下，百騎照濤波。
> 帝念東南民瘼，一髮牽之頭動，親問六州鹺。賓客故人喜，
> 　愁緒恐公多 （頁 566）

此詞寫王鳳生再度受當局重用，轉任兩淮鹽運使，詞中流露定盦對王鳳生之關心，並對「人材錯置」問題之憂心。此因王鳳生病後再起，清望益高，此禍福相隨之兆，兼以天子親問「六州鹺」（按：指古之益、梁、江、荊、徐、揚等六州）事務，暗諷相關官吏因循推諉之醜態。二詞以關心友人以主，亦指摘當世急務如「治理河患」、「兩淮鹽務」之闕失，以「賓喜公愁」道出王鳳生出任兩淮鹽運使未必是喜之憂，充滿無奈與悲慨。此皆可見其學術思想中「經世實用」及「通變改革」思想對其詞之影響。

　　此外，定盦題畫詞中，除自抒胸臆、關懷國事民生外，亦可見其佛學思想之慧光。如〈齊天樂〉云：

> 東塗西抹尋常有，精靈可憐如許！兜率天中，修羅海上，
> 各是才人無數。魂兮記取，那半壁青山，我儂曾住。花月
> 朦朦，魂來魂往定相遇。　　多君今世相訪，東南三百載，
> 屈指吟侶。花葉書成，雲萍影合，溝水無情流去。賓朋詞
> 賦，好換了青燈，戒鐘悲鼓。繙徧《華嚴》，懺卿文字苦。
> 　（頁 575～576）

此詞是定盦爲友人馮啓蓁題「夢遊弇山」第五圖，詞中可見深受參禪學佛之影響，多有佛家用語，遣辭、用字，多含禪意。此詞體現定盦「幼信轉輪，長窺大乘」之佛學思想，但又恐自蹈「綺語戒」，流轉

於文字海，實見情、禪交戰於心之矛盾。又，定盦與忘年知交宋翔鳳彼此亦有畫作互題，據定盦〈齊天樂〉云：「維摩消損，有如願天花，泥人出定。一樣中年，萬千心緒待重整」、「參禪也肯，笑有限狂名，懺來易盡。兩幅青山，兩家吟料并。」（頁578～579）定盦與友人顧廣圻、宋翔鳳等人曾有「卜鄰」之約。如前所論，定盦實非甘於即隱逸，乃在功成名就後，始能真心歸隱，但仕途多艱，屢試不第，故心中時有酸楚悲辛。此詞乃定盦與宋翔鳳重晤於都門，酒半感懷之作，寫出兩位中年學者詞人一生仕宦多艱，有心用世卻不為時用之幽恨悲緒。定盦因參禪學佛，較之宋翔鳳較能消遣內心之「風風雨雨」；此外，定盦賦性頗為風流狂放，故時以冶游情事寄託幽恨，遂使時人對其有「不為冶遊，即訪僧」之形象。又，定盦嘗自題所作「羽陵春晚」畫冊，作〈隔谿梅令・羽陵春晚畫冊〉，有「矮桃花壓石玲瓏，似巫峯。花底鞋兒花外月如弓，入懷同不同？」（頁 579）此詞自桃花風姿、奇石形狀之精緻，聯想巫山情事，雖實寫羽陵春晚風韻，然不無攜佳人歸隱之想。畫冊中桃花影下之佳人足履繡鞋，花外一抹彎月如眉嫵，並戲謔畫中佳人姿態如此秀雅，當入懷時，是否依然？可謂極纖巧細膩之能事，頗見早期愛情詞中之側豔本色。李寶嘉《南亭詞話》云：「『花底鞋兒花外月，月如弓，入懷同不同。』纖巧極矣。及觀定盦全集，又皆句奇語重，類商周人文字，而詞之側豔如此。」〔註27〕可知李寶嘉之說，非無故也。

　　定盦與湯貽汾亦有交游，湯貽汾之祖湯大奎（1728～1787）曾官臺灣鳳山知縣，其父湯荀業（？）亦同往。乾隆五十一年（1786），林爽文（1756～1788）叛變，湯氏父子死守殉職。道光年間，定盦曾訪湯貽汾，為作〈鳳山知縣常州湯公父子畫像記〉，又作〈水龍吟〉云：

　　　　虎頭燕頷書生，相逢細把家門說。乾隆丙午，鯨波不靖，
　　　　鳳山圍急。憤氣成神，大招不反，東瀛盪坼。便璇閨夜閒，
　　　　影形相弔，鬘子矮，秋燈碧。　　　宛宛玉釵一股，四十年

〔註27〕〔清〕李寶嘉：《南亭詞話》，見唐圭璋編《詞話叢編》，冊4，頁3192。

寒光不蝕。微鏗枕上，豈知中有，海天龍血？甲子吟釵，

壬申以殉，釵飛吟歇。到而今卷裏釵聲，如變徵，聽還裂。

（頁 587）

此詞小序云：「常州湯太夫人〈斷釵吟〉卷子，哲嗣雨生總戎乞題」。可知應湯貽汾所請作也。據蔣寶齡（1781～1840）《墨林今話》卷 15云：「母楊太夫人……有〈斷釵吟〉二首，繪圖徵詩，海內之士……題詠殆遍。」據陳康祺《郎潛紀聞三筆》卷 2 云：「道咸二朝名人集中，為「斷釵吟圖」題識者，余所見不下午五六十家。圖蓋湯貞愍公為其母楊夫人作也。」（《樊譜》，頁 507）可知當時題詠「斷釵吟圖」者甚多。此詞收入《庚子雅詞》，據定盫〈鳳山知縣常州湯公父子畫像記〉文末有「距鳳山事五十有五年」（頁 160），可知此文與此詞當繫年於道光二十年（1840，49 歲）。上片起句形容湯貽汾之外貌不凡，又兼能文，著有《琴隱園詩集》、《琴隱園詞集》等。經湯貽汾自述家門往事，定盫以「乾隆丙午，鯨波不靖，鳳山圍急」三句，引出林爽文叛變，鳳山被圍告急之始末。據定盫〈鳳山知縣常州湯公父子畫像記〉云：「臺灣民林爽文叛，鳳山知縣武進湯大紳（按：當作大奎）死之。大紳子荀業實從，大紳創，荀業左右翼父死。……副將軍詔自珍曰：昔之日，狂濤怒鯨間，家燬巢隕，蕩乎何所遭！」（頁 159～160）「憤氣成神」三句，寫湯氏父子悲憤抗戰，終至為國身殉，但因客死異鄉，歸路甚遠，招魂不返，以喻海外不靖。「便璇閨夜閉」四句，寫湯太夫人（1751～1812）聞噩耗，遂獨閉深閨哀泣之景，連用「影形相弔」、「喪髻低垂」、「秋夜昏燈」，極言其哀泣神情。下片起句用白居易（772～846）〈長恨歌〉「釵留一股合一扇，釵擘黃金合分鈿。但教心似金鈿堅，天上人間會相見」之典，[註28] 取唐玄宗、楊貴妃「死別」之意，以喻湯太夫人與其夫之死別，獨留一釵以為相思，而此釵經四十年不壞，以喻其堅貞守節之操。「微鏗枕上」三句，寫

〔註28〕〔清〕蘅塘退士輯：《唐詩三百首》（臺南市：文國書局，1986 年），頁 62。

某夕湯太夫人不憤使玉釵輕觸枕而裂，暗喻其夫客死海外之實。「甲子吟釵，壬申以殉，釵飛吟歇」三句，分別指嘉慶九年（甲子，1804），湯太夫人作〈斷釵吟〉詩二首；嘉慶十七年（壬申，1812），湯太夫人辭世，以釵殉葬；至定盦作此詞時，已釵隨人殉，吟詩聲歇。「到而今」三句，指〈斷釵吟〉卷中，至道光二十年（1840），定盦為其題詞時，仍隱隱可聞斷釵之聲，低沈哀傷如變徵之音，使人如聞釵裂聲而神傷。此詞柔中藏剛，沈雄悲壯處，又兼有深情哀感，開闔自如，真淒涼之作。

此外，定盦又曾為鈕樹玉「山中探梅卷子」題〈摸魚兒〉（頁 562），為孔憲彝作〈水龍吟・題家繡山停琴聽簫圖〉（頁 559），為沈虹橋題〈金縷曲・沈虹橋廣文小像題詞〉（頁 560），為顧樹萱「桃葉歸舟卷子」題〈摸魚兒〉（頁 577），為胡文水「山居卷子」題〈清平樂〉（頁 578），又與王鵠等人在滄浪亭談藝，為王鵠「滄浪新雨圖」題〈賀新涼〉（頁 585），又為于昌進題「舊雨軒圖」〈鷓鴣天〉（頁 569），皆言之有物，「尊情」而作，不啻能工山光水色，抒發詞人中年以後之幽緒，更有對國計民生之關懷，或表達其理想之追尋與對某些心儀情事之觀感。

五、其他

除上述四類外，尚有較難歸類者，統為「其他」，茲論如下：

定盦有「紀游懷古」之詞，如乘舟而游，寫景懷古，如〈賣花聲・舟過白門有紀〉云：

帆飽秣陵煙，回首依然，紅牆西去小長干。好箇當壚人十五，春滿壚邊。　　如此六朝山，消此鴉鬟，雨花雲葉太闌珊。百里江聲流夢去，重到何年？（頁 561）

此詞收入《懷人館詞選》，樊克政繫此詞於嘉慶二十一年（1816，25歲）春，定盦赴上海侍任，中途游江寧所作。（《樊譜》，頁 90）此從之。起句以「帆飽秣陵煙」三句，寫六朝古都煙霧迷濛裊繞之蒼茫陳

舊感，彷彿六朝往事歷歷在目，即如宮牆、民居依然宛如六朝時，此想像之辭。「好箇當壚人十五」二句，用辛延年〈羽林郎〉有「胡姬年十五，春日獨當壚。」〔註29〕寫春日女子當壚賣酒，一片繁華鬧市之景。下片「如此六朝山」三句，以「如此」二字，精要統括當年六朝江山之風華繁盛，但轉眼間，一切如煙消霧散，如今僅剩眼前當壚賣酒之女子。又見雨花臺外浮雲散亂變化，引發定盦奔走應試之悲歡心事。「百里江聲」二句，指六朝江山繁華故事已如夢隨江聲而逝，渺無痕跡；感慨如此山光水色與古都陳跡，不知何年能重過游賞。此詞為紀游懷古之詞，所寫景色緊扣「舟過白門」，突顯詞人仍是「為客之身」，以見思古幽情與客裏抒懷之意。

　　又，有「贈別題詠」之詞。定盦曾於徽州贈別其妹龔自璋，所寫真摯感人，頗見手足之愛，據〈摸魚兒・乙亥六月留別新安作〉云：

　　者溟濛江雲嶽雨，是誰招我來住？空桑三宿猶生戀，何況
　　三年吟緒？來又去，可題徧蓮花六六峯頭路？幽懷更苦。
　　問官閣梅花，誰家公子，來詠斷魂句？（郡齋梅花三十樹，
　　皆余手植。）　　眠餐好，多謝瀕行囑咐。吾家有妹工賦。
　　相思咫尺江關耳，切莫悲歡自訴。君信否？只我已年來習
　　氣消花絮。詞章不作。倘絕業成時，年華尚早，聽我壯哉
　　語。（予有妹嫁新安）（頁560～561）

此詞收入《懷人館詞選》，據小序可知為嘉慶二十年（乙亥，1815，24歲）六月所作。此年其父麗正將轉調安慶知府，定盦六月將別徽州，作此詞以別其妹自璋。上片以江、雲、山、雨起筆，狀徽州煙霧迷濛之自然地理，以喻徽州夏雨之愁人；復自設問所謂何來，實為下句伏筆。「空桑三宿」二句，據〈己亥雜詩〉第10首云：「百年慕徹低佪遍，忍作空桑三宿看。」（頁509）《後漢書・襄楷傳》云：「浮屠不三宿空桑下，不願久生恩愛，精之至也。」〔註30〕指此時徽州別

〔註29〕轉引楊柏嶺《龔自珍詞箋說》，頁212。
〔註30〕轉引〔清〕龔自珍著，劉逸生注：《龔自珍己亥雜詩注》，頁11。

其妹，心實有眷戀，況曾與妻居此近三年。定盦作此詞時，前妻段美貞已歿，二人曾同居於徽州府署，其妻之歿亦在府署，此見其多情也。以徽州「來又去」，喻人生之多飄零，定盦自幼即隨母自杭之京師，後又隨父來住徽州，故其人生飄零感頗重，詩詞亦常見此類書寫。「蓮花六六峯頭路」，指黃山三十六峯，定盦嘗作〈黃山銘〉一文，自云：「予幼有志，欲徧覽皇朝輿地，銘頌其名山大川。」（頁 415）可知其少志所在。「問官閣梅花」三句，寫定盦在郡齋親植之三十樹梅花，曾有其題詠幽懷之句。下片以其妹自璋對兄長關懷之情起筆，故云：「眠餐好，多謝瀕行囑咐。」可見兄妹情深。兄妹此別，自璋頗爲悲傷，故定盦乃寬慰其妹：「相思咫尺江關耳，切莫悲歡自訴。」又恐其妹憂己，故再寬慰云：「只我已年來習氣消花絮。」可窺身爲長兄之細心。末以「倘絕業成時，年華尙早，聽我壯哉語」三句作結，隱然因嘉慶十八年（1813，22 歲）鄉試不中一事，定盦心仍難以釋懷。此詞爲定盦全集中，少數與其妹自璋之對話，雖爲家常瑣事，關愛之情溢乎言表。此外，定盦與當代才女歸懋儀亦有詩詞往來，如：〈百字令・蘇州晤歸夫人佩珊，索題其集〉云：

> 揚帆十日，正天風吹綠江南萬樹。遙望靈巖山下氣，識有仙才人住。一代詞清，十年心折，閨閣無前古。蘭霏玉映，風神消我塵土。　　人生才命相妨，男兒女士，歷歷俱堪數。眼底雲萍繚合處，又道傷心羈旅。南國評花，西州弔舊，東海趨庭去。紅妝白也，逢人誇說親覩。」（頁 561）

歸懋儀，字佩珊，號虞山女史，江蘇常熟人，李學璜之妻，有「女青蓮」之號，著有《繡餘小草》、《繡餘續草》、《聽雪詞》。嘉慶二十一年（1816，25 歲），定盦至蘇州，寓段玉裁枝園期間，結識歸懋儀。此詞上片自道對歸懋儀氣質、文才皆甚爲心折、推重，而「仙才」、「一代詞清，十年心折，閨閣無前古」數句，更見對此文壇先輩之敬愛。下片對自身功名未就，歸懋儀長年作客蘇州，「頗抱身世之感」，深爲寄慨；末則自述將赴上海蘇松太兵備道省侍雙親，並寬慰歸懋儀之羈

旅心緒。歸懋儀同時有〈百字令‧答龔瑟人公子，即和原韻〉一詞回贈。〔註31〕嘉慶二十五年（1820，29 歲），又嘗和歸懋儀之詩，作〈寒夜讀歸佩珊贈詩，有「刪除藥籠閒詩料，湔洗春衫舊淚痕」之語，憮然和之〉，有「蘼蕪逕老春無縫，薏苡讒成淚有痕。多謝詩仙頻問訊，中年百事畏重論。」（頁 448）可知定盦與當代閨閣女詩（詞）人亦時有贈酬唱和。

此外，與文人雅士「宴集應酬」之詞，定盦多半借題抒懷，自遣幽緒與悲辛。如〈鳳凰台上憶吹簫〉下片云：

> 連旬，朝回醉也，縱病後傷多，酒又沾唇。對杜陵句裏，萬點愁人。若使魯陽戈在，挽紅日重作青春。江才盡，抽思騁妍，甘避諸賓。（頁 570）

此詞寫道光六年（1826，35 歲）三月，徐寶善招同朝文士官吏十八人，宴集豐宜門外「花之寺」海棠花下醉後所作；詞中道出中年數度應進士不第之複雜心緒，借酒澆愁之餘，頗有意氣頹唐之想。又，〈賀新涼‧長白定圃公子奎耀，示重陽憶菊詞，依韻奉和〉寫英和（1771～1840）之子奎耀（？）出示其〈重陽憶菊詞〉，定盦和韻之作，下片云：

> 春人祇為春愁死。幾曾諳籬邊酒冷，笛邊風起。性懶情多兼傲骨，直得銷魂如此。與澗底孤松一例。誰料平原佳公子，也一般識得秋滋味？秋士怨，可知矣。（頁 569～570）

自寫秋士慵疏之性，多情之感，睥視一切之傲骨；嘆其有才不售，屢沉下僚；又盛讚奎耀之秋士情懷，痛批時弊與自抒悲憤。晚年曾作〈賀新涼‧僑寓吳下滄浪亭，與王子梅諸君談藝〉，有句云：「一棹滄浪水。一行行淡煙疏柳，平生秋思。多謝江東風景好，依舊美人名士。有老

〔註31〕歸懋儀〈百字令‧答龔瑟人公子，即和原韻〉云：「萍蹤巧合，感知音得見風前瓊樹。為語青青江上柳，好把蘭橈留住。奇氣摰雲，清談滾雪，懷抱空今古。緣深文字，青霞不隔泥土。　更羨國士無雙，名妹絕世，（謂吉雲夫人）仙侶劉樊數。一面三生真有幸，不枉頻年羈旅。繡幕論心，玉臺問字，料理吾鄉去。海東雲起，十光五色爭覩。」，頁 561～562。

衲高談奇字。使我吳天詩料闊」。（頁585）自道辭官南歸後，時與蘇州友人王鵠、僧人達受等人在滄浪亭談藝論禪、賦詩填詞，可見其晚年生涯閒適自得之一面。

　　定盦所填之詞，大抵如前所論，雖然，其詞仍有一定詞風。其「愛情詞　，雖有早、晚兩期之分，早期多託夢境、游仙以寫其天人之戀，此頗受屈原及李商隱詩風影響，兼以天生多情、善哀感，故成就其「早期愛情詞」內容一貫撲朔迷離、浪漫幻想之色彩。「後期愛情詞」則因閱歷漸多，兼以年歲漸大，成家後，雖偶有冶遊之事，但所作內容，已去早期甚遠。所寫對象多知有其人，且幾無天人之戀，造語亦多清新綿麗，人物形象鮮明；但因結習未盡，故仍不免有側豔、冶遊之作，此與其「尊體觀」、「尊情觀」有關。其次，其「記事詞」，因生平嫻熟掌故、逸聞等，故所作頗引「史實」入詞。所記內容或為親舊故事，或為當時之事，除錄實寫人，記事寄慨之外，往往更雜入對當代「人材見棄」之譏刺。此誠出於定盦對仕途多艱，而有「懷才不遇，既遇不用」之多重悲慨。其「詠物詞」，工於體物摹寫，雖亦有「好用典故」之習，卻無浙派蹈空瑣碎、瘂弱意乏之病；兼以定盦好借詠物寄託「微言」，此與其學術重「經世實用」、「通變改革」之思想有關，更受段玉裁學術、常州《公羊》學及定盦自身思想之影響。至若「題畫詞　，除寫景描物之外，兼能自抒感慨，亦有對國政時弊之關心與諷刺。此外，「其他　較難分類者，或紀游懷古，或贈別題詠，或宴集應酬等作品，莫不出乎真情，以自我感慨為依歸，可謂善於言情，且真能「尊情」之詞人也！謝章鋌《賭棋山莊詞話》論定盦其人其詞，云：「仁和龔定庵自珍恃才跅弛，狂名甚著，氣倍人前，言語震四壁。官禮部主事，隨班供職，與同僚有所辨論，其聲遠揚。宣廟亦微聞之，置而不問。詩文皆不落凡近，詞凡五種，存者不多。」〔註32〕謝章鋌指出定盦為人之恃才狂傲，然亦不否認其詩文不同他人之風格，能自

〔註32〕〔清〕謝章鋌：《賭棋山莊詞話》續編五，見唐圭璋編《詞話叢編》，
　　　冊4，頁3563～3564。

成一格，更留意其選詞甚嚴，故五種詞集所存不多，可謂善於知人論詞也。

第二節　龔定盦詞之風格

　　況周頤（1859～1826）曾有「詞心」說，云：「吾聽風雨，吾覽江山，常覺風雨江山外有萬不得已者在。此萬不得已者，即詞心也。而能以吾言寫吾心，即吾詞也。此萬不得已者，由吾心醞釀而出，即吾詞之眞也，非可彊爲，亦無庸彊求，視吾心之蘊釀何如耳。吾心爲主，而書卷其輔也。書卷多，吾言尤易出耳。」〔註33〕況周頤所云，乃強調以「吾」爲主之個人合一，又強調塡詞時所流露之「眞情」，不文飾造作，亦不強求，讀書助言易出而已。可知況周頤所指「詞心」，是詞人自我眞實之「心聲」流露。筆者以爲對「詞心」之瞭解，有助對詞人風格之掌握，如定盦詞風各期有所不同，正與其一生際遇有關，故詞中流露之心聲，往往可知其詞風轉變之因。此外，定盦曾定李白眞詩百二十二篇，作〈最錄李白集〉云：

> 莊、屈實二，不可以并，并之以爲心，自白始。儒、仙、俠實三，不可以合，合之以爲氣，又自白始也。其斯以爲白之眞原也已。（頁255）

定盦以爲李白并莊、屈爲其「心」，又合儒、仙、俠爲其「氣」，可謂深知李白，而深受其影響者。定盦嘗云：「莊騷兩靈鬼，盤踞肝腸深。古來不可兼，方寸我何任？」（〈自春徂秋，偶有所觸，拉雜書之，漫不詮次，得十五首〉第3首，頁485）又，〈紀夢七首〉云：「我有靈均淚」（頁498）可知其深受莊子、屈原影響，亦有兼并莊子、屈原之意。再觀其〈金縷曲〉云：「縱使文章驚海內，紙上蒼生而已。」（頁565）嘉、道學界，誰能出此雄奇驚人之語？〈如夢令〉云：「本是花宮么鳳，降作人間情種。不願住人間，分付藥爐煙送。誰共？誰

〔註33〕〔清〕況周頤：《蕙風詞話》，見唐圭璋編：《詞話叢編》，冊5，卷1，頁4411。

共？三十六天秋夢。」（頁 545）嘉、道詞壇，誰又能爲此深情俳惻
之句？既見「哲思凌厲」之理性，又有「纏綿哀婉」之感性，實兼有
莊、屈，而并二者爲其「心」。況定盦本爲「儒生」，兼喜「參禪學佛」，
亦好「仗義任俠」，實見其欲合儒、釋、俠三者爲其「氣」。定盦詩、
詞中「劍氣」、「簫心」之并合，正由此也。茲將其生平詞風轉變概分
爲少年、中年、晚年三期，以見三期詞風之異同。

一、少年迷離幽隱及哀豔雄奇之詞風

定盦早年詞風當自 19 歲塡詞至 28 歲，此期詞風以「迷離幽隱」
及「哀豔雄奇」爲主。定盦早期詞風深受莊周、屈原及李商隱之影響，
其中尤以少年時期之詞風最明顯。李商隱詩好用「神話色彩」與「神
仙形象」之詞彙如：山鬼、湘靈、雲中君、星娥、姮娥、嫦娥、素娥、
青女、洛神、神仙、仙人、瑤池、上清、銀河、維摩、青鳥、西王母、
穆王、方朔、蓬萊等，定盦詩詞全用遍，顯見對李商隱之接受程度。
此外，定盦尚好用仙、天、靈等詞，如：仙佩、仙洲、仙枕、仙蝶、
仙侶、天女、天孫、天琴、天上、天風、靈鬼、靈雨、靈香、靈修、
靈山、山靈諸詞；而玉皇、媧皇、風伯、湘君、雙成等詞亦屢見，遂
爲其詞披上一襲虛無縹緲、夢幻迷離之仙樣薄紗，使讀者有隱晦之
感，此乃定盦繼承李商隱詩而轉化之最大表徵。李商隱此一表徵肇因
爲何？錢謙益以爲：

> 義山當南北水火，中外箝結，若喑而欲言也，若魘而求寤
> 也，不得不紆曲其指，誕謾其指，婉變託寄，讔謎連比，
> 此亦風人之遐思，小雅之寄位也。〔註34〕

錢謙益以爲李商隱處牛李黨爭、宦官干政、藩鎭割據之際，形勢艱難
不下肅宗之朝。見國勢日傾，欲有所爲而不得，又不敢直指朝政，故
多以晦筆飾心跡，婉轉寄託，遂多詩謎，此說可謂李商隱詩隱晦筆法

〔註34〕〔唐〕李商隱著，劉學鍇、余恕誠集解：《李商隱詩歌集解》，〈注李
　　　義山詩集序〉，冊 5，頁 2262。

之最佳注解。定盦「迷離幽隱」之詞風主要表現於少年所作大量「愛情詞」中，此類詞幾盡在《無著詞選》一集，可見少年填詞深受莊周、屈原及李商隱三人影響，詞句幽思瑰麗，詞風迷離幽隱，浪漫多情，常見天人之戀，如〈浪淘沙‧寫夢〉云：

> 好夢最難留，吹過仙洲。尋思依樣到心頭。去也無蹤尋也慣，一桁紅樓。　　中有話綢繆，燈火簾鉤。是仙是幻是溫柔。獨自淒涼還自遣，自製離愁。（頁 545）

營造一種溫暖、唯美之氛圍，彷彿在夢境游仙之虛幻感，飄渺若不可及，往往有天人交感之錯絕，虛實相生之幻想，宛如春意散空，不可指實，正似屈原〈離騷〉與李商隱〈無題〉諸詩之交融錯雜，顯見影響深遠。又如〈洞仙歌〉云：

> 幾番攜手處，雲誓天邊，寒綠深深帳紗悄。親手采瓊芝，著玉盤中，添香水養花還小。見說道仙家夢都無，便夢也如煙，曉涼欺覺。（頁 542）

此類詞風，用詞造句均圍繞一種寫夢、尋夢、游仙、尋仙、靈香、夢雨之書寫。有意營造天人相感，縹緲虛無，想像層出，甚至天界謫仙之戲劇性，故此類詞充滿神話傳說與道教神仙色彩。使讀者總有一股「迷離幽隱」不可指實之多重神秘感。他如：〈太常引〉（一身雲影墮人間）、〈霓裳中序第一〉（當筵問古月）、〈長相思〉（仙參差）、〈天仙子〉（天仙偶厭住瓊樓）、〈瑤華〉（雲英嫁了）、〈如夢令〉（本是花宮么鳳）（頁 543～545）等，表達含蓄，意象朦朧，曲折往復，如煙絲繚繞，如仙境縹緲；甚至《無著詞選》中，十之八九均為迷離幽隱之詞風。

　　定盦少年另一種詞風為「哀艷雄奇」。定盦才氣縱橫，自幼博嗜諸學，少懷經世大志，自視甚高，兼之本身性格豪放狂放，交游甚廣，故造就其此類詞風。定盦少作有寫西湖清麗之景，兼述平生懷抱者，如〈湘月‧壬申夏，泛舟西湖，述懷有賦，時予別杭州蓋十年矣〉云：

> 天風吹我，墮湖山一角，果然清麗。曾是東華生小客，回首蒼茫無際。屠狗功名，雕龍文卷，豈是平生意？鄉親蘇

小，定應笑我非計。　　才見一抹斜陽，半隄香草，頓惹清愁起。羅襪音塵何處覓？渺渺予懷孤寄。怨去吹簫，狂來說劍，兩樣消魂味。兩般春夢，櫓聲盪入雲水。（頁 564～565）

此詞爲定盦名作，歷來爲各選家所選。此詞收入《懷人館詞選》，據小序可知繫年於嘉慶十七年（1812，21 歲）夏無疑。此年，定盦考充武英殿校錄，正月，其父麗正簡放徽守，四月，與表妹段美貞在蘇州婚於蘇州。此詞即在此背景下，泛舟西湖所作。上片以「天風吹我」起筆，寫杭州、西湖之清麗景色，風墮湖山，亦寫別杭十年後重回之清新感。「曾是東華」二句，寫幼小居京師，回首往事，湖山遼闊，江山美好，故以蒼茫狀之。「屠狗」三句，言如樊噲（前 242～前 189）以「屠狗」爲能事，或以華麗辭藻文章爲能事，皆非平生之意。「鄉親蘇小」二句，虛擬錢塘名妓蘇小小（479～501）之笑己，蓋頗有戲謔自嘲意。下片以「一抹斜陽」、「半隄香草」寫西湖將近黃昏美景，頓惹「清愁」，實爲一種閒愁，因其少懷壯志，有急於用世之心，故云。「羅襪」二句，雖受屈原影響，亦寄詞人經世濟民之幽緒。「怨去吹簫」三句，以「吹簫」、「說劍」引出生平「劍氣簫心」之所向，既有纏綿文章情懷，亦見書生報國壯志。「兩般春夢」二句，對「吹簫」、「說劍」此兩般春夢，不知何年償所願，故且隨「櫓聲」一同「盪入雲水」之間。此詞以景起筆，中間幾番情、理雙寫雙論，結句又返歸於雲水山光之間，可謂擅於寫景、抒情兼議論。此詞雄渾山水中，有壯懷幽思寄託，斜陽香草裡，又有劍氣、簫心隱然蓄勢待發。正如此詞自注：

是詞出，歙洪子駿題詞序曰：「龔子瑟人近詞有曰：『怨去吹簫，狂來說劍』二語，是難兼得，未曾有也，爰填〈金縷曲〉贈之。」其佳句云：「結客從軍雙絕技，不在古人之下，更生小會騎飛馬。如此燕邯輕俠子，豈吳頭楚尾行吟者？」其下半闋佳句云：「一棹蘭舟迴細雨，中有詞腔姚冶，忽頓挫淋漓如話。俠骨幽情簫與劍，問簫心劍態誰能畫？

且付與，山靈詫。」餘不錄。越十年，吳山人文徵爲作簫
心劍態圖。牽連記。（頁565）

此詞既哀豔，又雄奇，深見定盦「劍氣」、「簫心」之交融；其劍氣，
則爲「經世濟民」之雄才大略，其簫心，則爲「纏綿悱惻」之詩詞篇
章。正如洪敏回所指「俠骨幽情簫與劍，問簫心劍態誰能畫？」聊聊
數語，深見定盦少年哀豔雄奇之詞風。又，其豪氣狂放意態，有雄奇
悲壯之句，不爲浙、常二派所繩縛者，如〈金縷曲·癸酉秋出都述懷
有賦〉云：

　　我又南行矣，笑今年鷺飄鳳泊，情懷何似？縱使文章驚海
　　內，紙上蒼生而已，似春水干卿底事？暮雨忽來鴻雁杳，
　　莽關山一派秋聲裏。催客去，去如水。　　華年心事從頭
　　理。也何聊看潮走馬，廣陵吳市？願得黃金三百萬，交盡
　　美人名士，更結盡燕邗俠子。來歲長安春事早，勸杏花斷
　　莫相思死。木葉怨，罷論起。（頁565）

「癸酉秋」，即嘉慶十八年（1813，22歲）秋，是年，定盦應順天鄉
試，未中而歸。此詞寫鄉試落第後，內心之狂憤與自省，直抒胸臆之
作；在自負中，更見其不甘凡庸之抱負，劍氣在匣，隱隱而動。自抒
哀感之中，雄奇之氣盈篇皆在，可見其劍氣簫心交融之處。「縱使文
章驚海內，紙上蒼生而已」二句，不啻有其對文章、學術之自省，更
見其「經世」思想與「急於用世」之心。此詞高度顯露定盦少年「哀
豔」與「雄奇」詞風之融合，可謂奇作。

又，其〈浪淘沙·舟中夜起〉云：

　　幽夢四更醒，欸乃聲停。吳天月落半江陰。驀地橫吹三孔
　　笛，聘取湘靈。　　螺髻鎖娉婷，煙霧青青。看他潮長又
　　潮平。香草美人吟未了，防有蛟聽。（頁558）

此詞收入《懷人館詞》，楊柏嶺據《郭譜》繫年於嘉慶十七年（1812，
21歲）二月，（楊柏嶺《龔自珍詞箋說》，頁108）但觀詞意，又似應
試後至出仕前所作，此暫從楊說。上片由凌晨四更夢醒起筆，隱隱不
聞搖櫓聲，知江上寂闃無聲。「吳天月落」三句，既寫月色、江面微

濛而隱，亦有定盦對當世風氣之情感投射；忽聞江上有人吹笛，彷彿於迷濛、月色中，見有神靈來聘娶湘神。此句乃因笛聲、月色交糅，使人興起一種想像之辭，此用屈原《楚辭·遠遊》「使湘靈鼓瑟兮，令海若舞馮夷」句，〔註35〕頗見纏綿悱惻往復之本色，餘韻不已。下片自江霧、山峰、落月、夜色下筆，交雜構思一種迷離、縹緲、似幻如夢之感；在此迷幻景色中，定盦理性細察潮水變化之悲壯感，體會古今盛衰之理。其中可見其雖多情善感，卻仍有冷靜、客觀之哲人精神。「香草」二句，更用屈原〈離騷〉香草美人之旨，似有所諷喻，而「蛟」又別有所指。嘉慶年間，天災人禍甚多，前此，嘉慶元年（1796）爆發席捲鄂、豫、川、陝、甘五省之白蓮教起義，歷十年之久。又經嘉慶六年（1801）永定河大決口。嘉慶九年（1804），蘇州貧民聚眾搶米風潮。嘉慶十年（1805），蔡牽自稱鎮海王，攻入臺灣鳳山，歷時近五年。嘉慶十六年（1811）京畿一帶旱災，災情漫延至嘉慶十八年（1813），形成直隸、山東、河南三省大旱。定盦在此等動盪之時，興起「香草美人吟未了」之寄託，有所欲言，而有所不能言，其中之哀豔雄奇詞風，可知也。

　　此外，定盦對於當代對人材之輕視多有所批駁、諷刺，不論在〈上大學士書〉，或〈在禮曹日與堂上官論事書〉，對於「人材錯置」一事均極為重視，且力陳改革。其〈鵲踏枝·過人家廢園作〉有此感慨，詞云：

> 漠漠春蕪春不住，藤刺牽衣，礙卻行人路。偏是無情偏解舞，濛濛撲面皆飛絮。　　繡院深沈誰是主？一朵孤花，牆角明如許！莫怨無人來折取，花開不合陽春暮。（頁 559～560）

此闋小序已點明乃因過廢園，見孤花而感作。此詞楊柏嶺引孫欽善《龔自珍詩詞選》之說：「當作於嘉慶十九年（甲戌，1814）春，時在徽州。」但楊柏嶺又無明確繫年，以為無法斷定為「在徽州所作。」

〔註35〕傅錫壬註譯：《新譯楚辭讀本》，頁 131。

〔註36〕嘉慶十八年（1813，22 歲）秋，定盦應順天秋試未中歸，同時，其妻段美貞以病卒；嘉慶十九年（1814，23 歲）三月，送其妻之柩返杭暫厝。此廢園在何處，難以斷定，但就詞意論，隱約透露「生不逢時」、「人材不售」之感慨，故筆者以爲繫於此年春當爲合理。上片以春草叢生密佈蔓延起筆，喻外在環境之惡劣；又以「藤刺牽衣」形容對定盦前途之多所阻礙，顯然言外有言。「偏是無情」二句，化用晏殊（991～1055）〈踏莎行〉「春風不解禁楊花，濛濛亂撲行人面」〔註37〕之句；以飛絮無情解舞，尤加重飛絮之「無情」。上片連用春蕪、藤刺、飛絮，更顯見艱困處境，頗有四面楚歌之悲。下片以「繡院深沈誰是主」落筆，可見隱然諷刺此院無主，上合小序「人家廢園」，以「繡院」借指「廢園」，又有所隱喻；而上片春蕪等三物皆爲廢園之「客」，非其「主」也，知詞人有所諷刺。「一朵孤花」，以其孤傲不群，所以突出其氣節而知非凡品，有此逸品卻屈居牆角一隅；雖然，猶難掩其脫俗、幽韻之氣。「莫怨無人」二句，實指無人識才，故無人折取；花之開謝本不由己，但隨時序自然開落，故「不合陽春暮」，頗見自知，亦頗見深哀也。此詞顯爲定盦對「衰世」之自覺，對「人材」見抑不用之諷刺。正如其〈乙丙之際箸議第九〉、〈明良論三〉對人材之急呼，非徒爲文士無病呻吟之作也。

　　此詞與陸游（1125～1210）〈卜算子・詠梅〉詞風相近，陸詞云：「驛外斷橋邊，寂寞開無主。已是黃昏獨自愁，更著風和雨。無意苦爭春，一任群芳妒。零落成泥碾作塵，只有香如故。」〔註38〕二詞皆孤傲不群，同爲群流所妒，皆開於偏暗處，無有其主。一者開於暮春，一者無意爭春，情懷相似，而定盦哀豔過之，蓋傷心人別有懷抱也！此外，定盦詞中對落花之書寫，時有「自傷身世」之感，此與其接受

〔註36〕楊柏嶺：《龔自珍詞箋說》，頁 195。
〔註37〕〔宋〕晏殊、晏幾道著，張草紉箋注：《二晏詞箋注》（上海：上海古籍出版社，2008 年），頁 111。
〔註38〕〔宋〕陸游著，夏承燾等箋注，陶然訂補：《放翁詞編年校注》（上海：上海古籍出版社，2012 年），頁 167。

李商隱詩關於「落花身世」之自我書寫有關。〔註39〕米彥青論定盦與
李商隱關係，云：「正是因爲對人生社會有著眞切的認識，所以李商
隱詩作中感慨頗多，而龔自珍詩多議論多感慨的特點，也正由於他在
宗尚前人詩學的同時，得到了義山詩的眞髓。」〔註40〕定盦以「花」
自喻，屢見於詩詞，其詠花詞亦有李商隱詩之「身世悲涼」意境，尤
以〈減蘭〉一詞較爲沈烈。詞云：

> 人天無據，被儂留得香魂住。如夢如煙，枝上花開又十年。
> 十年千里，風痕雨點斕斑裏。莫怪憐他，身世依然是落花。
> （頁 562）

此詞小序云：「偶檢叢紙中，得花瓣一包，紙背細書辛幼安『更能消

〔註39〕義山詩時帶身世之悲，流露缺恨之感，如：「初生欲缺虛惆悵，
未必圓時即有情。」即存一種天生哀感、不能自我完滿之情，此
或義山未悟無常之故。此感早見於〈夕陽樓〉：「花明柳暗繞天愁，
上盡重城更上樓。欲問孤鴻向何處，不知身世自悠悠。」……傷
蕭澣遭貶與自憐寂寞身世。……淒惋傷神之身世哀感其來有自。
義山家家道中落，十歲，父亡；十六歲，徐氏姊亦卒；二十三、
二十四歲時，知交崔戎、蕭澣先後隕命與貶遭；二十六歲，雖登
進士第，同年冬，令狐楚旋以病卒；次年，因娶王茂元女而招令
狐綯忌；三十一歲，丁母憂；三十二歲，王茂元及裴氏姊、徐氏
姊夫等人相繼以卒。自父逝後，二十年間，親故先後喪亡，憂多
樂少，遂漸誘發其哀感本質，而深化其悲。終於會昌四年（844）
三十三歲時，流露深沈難抑之身世悲恨：「某年方就傅，家難旋
臻，躬奉板輿，以引丹旐，四海無可歸之地，九族無可倚之親。
既祔故丘，便同逋駭。」……「四海」二句是總結二十年間身世
遭遇之辭，人之淒惋哀怨，無以過此。可見義山對落花身世之自
我書寫，並非憑空想像或無聊而發，乃其眞實託寓，且無形中自
我深化之過程。如此心緒較完整見於〈落花〉，……此詩作於三
十四歲，是義山身世悲感之再延續。前半寫景兼寓悲慨，後半抒
情兼融景，通篇皆是自憐語。……其對落花身世之書寫，還見於
〈七月二十九日崇讓宅讌作〉、〈花下醉〉等作。見許永德：〈論
義山詩對龔定庵之影響〉，見《思辨集第十三集》（臺北：臺灣師
範大學出版，2010 年），頁 141～158。
〔註40〕米彥青：《清代李商隱詩歌接受史稿》（北京：中華書局，2007 年），
頁 210～211。

幾番風雨』一闋，乃是京師憫忠寺海棠花，戊辰暮春所戲爲也。泫然
得句。」「戊辰」，乃嘉慶十三年（1808，17 歲），詞中雖言「十年」，
或概取整數，筆者以爲當是十一年。就年代斷限而言，若是嘉慶二十
三年（1818，27 歲）春、夏間所作，一者，不合鄉試八月應試、九
月榜出之慣例。二者，此年榜出，中舉人第四名，不該有此悲怨幽恨
之調。三者，此十年間，定盦僅二十二歲時應鄉試未中，以其狂傲之
性，尚不至一敗而有此深悲之「泫然得句」；若斷爲二十四年（1819，
28 歲）應會試不第所感作，較合會試三月應試、四月榜出之慣例。
就生平而言，十九歲中鄉試副貢生，二十一歲考充武英殿校錄，次年
應鄉試不中，直至二十七歲秋始中舉，不幸二十八歲應會試，首度落
第。十一年間，幾番波折，更能詮釋此詞之悲怨寄意，此外，也較符
「泫然得句」心緒，故知當作於嘉慶二十四年（1819，28 歲）會試
落第後。上片首寫天人無憑之感，海棠因遭詞人戲留，而魂不得入輪
迴。次以光陰易逝，轉眼已十一年，新枝又開，花魂仍困於故紙堆中。
下片再寫十一年來，海棠依舊飄落於風雨，喻其南北奔走於仕途，悲
辛交雜。結句自抒憐花之因，「花」、「人」相感，自憐其落花身世。
又，「身世依然是落花」句，不言「似」而言「是」，蓋「是」爲第一
人稱主觀；若言「似」，則第三人稱客觀，故落花是「我」，我即「落
花」也。十一年間遭遇如此，可知此詞乃「屢試不售」而奔走南北之
悲慨。此詞意甚幽微而語特委曲，哀感凄惋，雖寫海棠風雨飄搖之身
世，亦自道有志難伸之下第悲恨，詞風已露自「哀豔雄奇」漸轉爲「悲
愴凄恨」之痕跡。謝章鋌《賭棋山莊詞話》稱此詞，云：「牢落百感，
其不自得可嘅矣。」〔註41〕可謂得之。定盦對「落花」之書寫，仍不
脫李商隱詩對「凄婉身世」一脈之寄託。此外，定盦詞對「落花身世」
之自我書寫，尚有〈唐多令·道中書懷〉云：「惟有塡詞情思好，無

〔註41〕〔清〕謝章鋌：《賭棋山莊詞話續編》，見唐圭璋編《詞話叢編》，冊4，
　　　　頁3564。

恙也，此花身。」〔註42〕（頁558）又，定盦〈洞仙歌・壬辰春，憶羽琌山館之玉蘭花，用錢謝庵集中「病中梅花開到九分」韻〉云：「此花開近處，不是朱樓，傑閣三層絕依倚。高與玉山齊，露下遙天，定勒令井桃回避。又七載低顏軟塵紅，向金馬詞場，訊他榮悴。」（頁566～567）「壬辰春」，即道光十二年（1832，41歲）春，一以木蘭自喻，一以玉蘭自喻，均見詞中寄託，更知為其一貫「落花身世」之自我象徵。此一時期，定盦以內閣中書，無勁革時弊之權，動忤當道，故不得不隱其辭以寄悲慨；又時處情、禪交戰之境，雖經懺心、觀心，潛修佛學，乃至燒筆、戒詩，終究「逃禪一意歸宗風，惜哉幽情麗想銷難空。」（〈能令公少年行〉，頁452）仍是徘徊於選色談空，而瑰麗幽想結習難銷。譚獻《復堂詞話》論其詞，云：「詞綿麗沉揚，意欲合周、辛而一之，奇作也。」〔註43〕譚獻以為定盦詞有周邦彥之「綿麗」，又兼融辛棄疾之「沉揚」，蓋古來少有合二詞風為一者，此又就定盦部分詞而論也。

二、中年悲愴淒恨之詞風

定盦中年詞風之轉變，約自29歲至38歲進士及第前，詞風以「悲愴淒恨」為主。其詞風由少年之「哀豔雄奇」轉變為中年之「悲愴淒恨」，實有其關捩。定盦雖有「經世實用」與「通變改革」之學術思想，但其一生仕途多艱，自嘉慶十五年（1810，19歲）中順天鄉試副貢生後，嘉慶十八年（1813，22歲）應順天鄉試落第；直至嘉慶二十三年（1818，27歲）始中鄉試舉人。此後，嘉慶二十四年（1819，28歲）、二十五年（1820，29歲），會試均落第，二度落第後，遂捐職內閣中書。此時，詞風已漸異於昔。道光二年（1822，31歲），三度會試落第；道光三年（1823，32歲），更因叔父守正任會試同考官，

〔註42〕「此花身」，化用李商隱〈木蘭花〉云：「幾度木蘭舟上望，不知元是此花身。」見〔唐〕李商隱著，劉學鍇、余恕誠集解：《李商隱詩歌集解》，頁835。

〔註43〕〔清〕譚獻：《復堂詞話》，見唐圭璋編《詞話叢編》，冊4，頁3997。

以「同族子弟」之例迴避，遂有「未試先落第」之悲恨。多年屢售不第之仕途，乃其中年詞風轉變之關捩。

　　此期詞風多「悲愴淒恨」，不復少年之「迷離幽隱」及「哀豔雄奇」。嘉慶二十五年（1820，29 歲），二度會試落第時，曾作〈南浦・端陽前一日，伯恬填詞題驛壁上，淒瑰曼絕，余亦繼聲〉，已現詞風漸變之兆，詞云：

> 羌笛落花天，瓣香轆兩兩愁人歸去。連夜夢魂飛，飛不到，天塹東頭煙樹。空郵古戍，一燈敗壁然詩句。不信黃塵消不盡，摘粉搓脂情緒。（頁 575）

此詞寫定盦與知交周儀暐會試再度落第，「同是天涯淪落人」之愁悶與長年悲淒幽緒，詞風漸見轉變，哀而不「豔」，亦殊少「雄奇」之氣。同年春，又有〈齊天樂〉云：「難道才人，風風雨雨，埋卻半生幽恨？維摩消損，有如願天花，泥人出定。一樣中年，萬千心緒待重整。」（頁 578～579）寫出自身與宋翔鳳屢試不第，將入中年，卻功業未成之淒然心緒。定盦此年後所作之詞，已不復少年之「哀豔雄奇」，而屢見「悲恨」；又因受參禪學佛影響，故頗見「自懺」之影響。此外，至〈醜奴兒令〉一闋，更見其「悲愴淒恨」詞風之形成，詞云：

> 沈思十五年中事，才也縱橫，淚也縱橫，雙負簫心與劍名。
> 春來沒箇關心夢，自懺飄零，不信飄零，請看牀頭金字經。
> （頁 577）

此詞收入《小奢摩詞選》，作於道光三年（1823，32 歲）。定盦詩詞中，屢有十年（載）、十五年、廿年、三十年等字眼，〔註44〕或實合

〔註44〕 如：〈雜詩，己卯自春徂夏，在京師作，得十有四首〉第 7 首、第 8 首有「十年提倡受恩身。」（頁 441）、有「浮名十載避詩壇。」（頁 442）、〈題紅蕙花詩冊尾〉云：「十年我恨生差晚。」（頁 443）、〈減蘭〉云：「枝上花開又十年。」（頁 562）、〈漫感〉有「一簫一劍平生意，負盡狂名十五年。」（頁 467）、〈己亥雜詩〉第 14 首有「狂言重起廿年瘖。」（頁 510）、〈己亥雜詩〉第 37 首有「三十華年四牡騑。」（頁 512）、〈己亥雜詩〉69 首有「請肆班香再卅年。」（頁 515）、〈己亥雜詩〉第 208 首有「十年春夢寺門南。」（頁 529）、〈己亥雜詩〉第 263 首有「枉負才名三十年。」（頁 533）。

其數，或取整其數，皆為強調該事之重要。此詞起句以「沈思十五年中事」起筆，當指嘉慶十五年（1810）。此年定盦應順天鄉試，中第二十八名副貢生，其父麗正為取名「自珍」之年，而其填詞亦在此年。又，定盦晚年詩中屢見「少年」字眼，如：〈己亥雜詩〉第49、72、96、107、142、170、241、248、276、281、285、286首有「東華飛辯少年時。」（頁513）、「少年簿錄眄千秋。」（頁516）、「少年擊劍更吹簫。」（頁518）、「少年攬轡澄清意。」（頁519）、「少年哀豔雜雄奇。」（頁523）、「少年哀樂過于人。」（頁526）、「少年尊隱有高文。」（頁532）、「明鏡明朝定少年。」（頁532）、「少年雖亦薄湯武。」（頁534）、「少年無福過闕里。」（頁535）、「誰惜荷衣兩少年。」（頁535）、「少年奇氣稱才華。」（頁535）此皆見其不可一世，自負甚高之少志。然此一少志，至填此詞時，因仕宦、應試不能而逐趨消磨。三次會試落第，此年，又因叔父龔守正任會試同考官，以「照例迴避」，未能預試，影響尤深。十四年間，幾番波折，有心用世卻屢售不第，遂形成其中年詞作深寓「悲愴淒恨」之詞風。定盦自恃少年才氣縱橫，本有「攬轡澄清」之志，無奈歲月磋跎，中年仍是「雙負簫心與劍名」。下片以「春來沒箇關心夢」起筆，是對「不預會試」之悲恨，更可知此詞作於三月會試前後。又，定盦詞中對「飄零」之書寫甚早，嘉慶十八年（1813，22歲），入京應順天鄉試，所作〈鵲橋仙〉已有「飄零也定，清狂也定」之句，但當時尚未遭多艱，故有「吟詩也要，從軍也要」之進取壯懷。此詞從「自懺飄零」至「不信飄零」，不僅道出「劍氣」難以上沖斗牛，卻又不願因之「封劍入匣」，退而歸隱，故暫時轉向「佛法」尋求心靈寄託，故云：「請看牀頭金字經」。此外，同年六月，定盦編成《定盦初集》十九卷（未盡數開雕），包括《無著詞選》、《懷人館詞選》、《影事詞選》、《小奢摩詞選》（全開雕）等四種付刊，就其「簫心」而言，有其象徵要義。又，同年所作〈飄零行，戲呈二客〉云：「萬一飄零文字海，他生重定定盦詩。」（頁470）可窺知其「劍氣」與「簫心」受佛學影響之端倪。此詞心緒再延伸，

亦即〈漫感〉所云：「絕域從軍計惘然，東南幽恨滿詞箋。一簫一劍
平生意，負盡狂名十五年。」（頁 467）此一悲憤怒嘯之情，更是對
少年「吟詩也要，從軍也要」之回應。此外，同年所作〈洞仙歌〉亦
云：「平生有恨，自酸酸楚楚，十五年來夢中緒。」（頁 574）更直抒
近十五年來，其內心所承載之沈沈幽緒與自我期許之深重。

　　道光六年（1826，35 歲）應會試四度落第。前此，同年三月，
徐寶善招同僚十八人，宴集外花之寺，定盦醉後作〈鳳凰台上憶吹
簫〉云：

> 白晝高眠，清琴懶理，閒官道力初成。任東華人笑，大隱
> 狂名。僥倖詞流雲集，許陪坐裙屐縱橫。看花去，哀歌絃
> 罷，策寒春城。　　連句，朝回醉也，縱病後傷多，酒又
> 沾唇。對杜陵句裏，萬點愁人。若使魯陽戈在，挽紅日重
> 作青春。江才盡，抽思騁妍，甘避諸賓。（頁 570）

上片「白晝高眠」三句，雖寫醉後慵懶之態，實自傷「閒官無用」心
緒。「任東華人笑」四句，語帶悲愴，心懷淒恨，既傷仕途多艱，又
傷老大無成，「僥倖」、「許陪坐」二語，蓋自嘲自解之辭。「看花去」
三句，益見「大隱狂名」之悲。下片「連句，朝回醉也，縱病後傷多，
酒又沾唇。對杜陵句裏，萬點愁人。」六句，化用杜甫〈曲江〉之一
云：「一片花飛減卻春，風飄萬點正愁人。且看欲盡花經眼，莫厭傷
多酒入脣。」、〈曲江〉之二云：「朝回日日典春衣，每日江頭盡醉歸。
酒債尋常行處有，人生七十古來稀。」〔註45〕緊扣「醉後」與「閒官」，
可知其飲酒之無奈與愁深似海。詞中流露其中年自傷老大，壯志消
磨，借酒澆愁，意態頹唐中，「劍氣」隱隱，時見悲愴淒恨之詞風。
同年立秋，又作〈百字令〉云：「江郎未去，尚追陪采筆多情俊侶」、
「易穩鷗眠，難消虹氣，且合詞場住。橋名相似，吟鞭醉失歸路。」
（頁 568）此詞雖寫與吳葆晉等人立秋修禊事，閒適幽情中，流露不
甘如此終老，卻又無奈，心中仍有未消劍氣。據定盦〈夜坐〉云：「萬

〔註45〕〔唐〕杜甫著，〔清〕楊倫箋注：《杜詩鏡銓》，頁 180～181。

一禪關崑然破,美人如玉劍如虹。」(頁467)可知「難消虹氣」,當指「難消劍氣」,亦即其壯懷未酬,功名之心未死,可見其中年借酒自澆哀傷、抑鬱之情也。

　　道光七年(1827,36歲)四月,更投牒更名「易簡」。前此,嘉慶二十五年(1820,29歲)會試二度落第後,定盦曾捐職內閣中書;而會試四度落第後,更投牒更名,此舉均爲其抒發長年不第之悲恨。此外,道光八年(1828,37歲),友人王鳳生稱病引歸,定盦作〈水調歌頭〉,下片云:「當局者,問何似?此高歌!著書傳滿賓客,餘事貌漁簑。賤子平生出處,雖則閑鷗野鷺,十五度黃河。面皺怕窺景,狂論亦消磨。」(頁566)定盦以當局執政者問王鳳生「稱病引歸」之故,又模擬王鳳生口吻,聊獻感慨之辭。「賤子平生出處」五句,不僅代王鳳生答,更是定盦自遣胸臆之辭。此詞痛斥當局治理黃河之弊,而詞風更有自「悲愴淒恨」漸變爲「頹唐蒼涼」之初兆。

三、晚年頹唐蒼涼之詞風

　　定盦晚年詞風,約自38歲登進士第後至50歲辭世前,以「頹唐蒼涼」爲主。定盦晚年辭官南歸時,曾作〈己亥雜詩〉第96首云:「少年擊劍更吹簫,劍氣簫心一例消。誰料蒼茫歸棹後,萬千哀樂集今朝。」(頁518)又,〈己亥雜詩〉第142首云:「少年哀豔雜雄奇,暮氣頹唐不自知。」(頁523)二詩皆自道少年「雄奇」劍氣與「哀豔」簫心,至晚年,卻轉爲「頹唐蒼涼」。再考察其少年至晚年之詞,如〈水調歌頭〉云:「結客五陵英少,脫手黃金一笑,霹靂應弓弦。……空留一劍知己,夜夜鐵花寒。」(頁554,20歲作)、〈湘月〉云:「怨去吹簫,狂來說劍,兩樣消魂味。」(頁565,21歲作)、〈臺城路〉云:「我亦頻年,彈琴說劍,憔悴江東風雨。」(頁563,約25歲至28歲作)、〈行香子〉云:「恐萬言書,千金劍,一身難。」(頁557,28歲作)、〈清平樂〉云:「憐我平生無好計,劍俠千年已矣。」(頁572,30歲前作)、〈醜奴兒令〉云:「沈思十五年中事,才也縱橫,淚也縱

橫，雙負簫心與劍名。」（頁 577，32 歲作）、〈鷓鴣天〉云：「長鋏怨，
破簫詞，兩般合就鬢邊絲。」（頁 569，50 歲作）此皆可見其詞中「劍
氣」，實由少年「怨去吹簫，狂來說劍」之經世濟民，經中年「雙負
簫心與劍名」之自懺飄零，終歸晚年「長鋏怨，破簫詞，兩般合就鬢
邊絲」之頹唐蒼涼。斯可證「劍氣」、「簫心」實貫穿其生平。嚴迪昌
論定盦之「劍氣」、「簫心」云：「『氣悍』，是意氣飛揚踔屬，『心肝淳』，
是情思真純誠摯。表現在詩實踐中，前者即『劍氣』，後者即『簫心』。
『劍氣』是思想家的凌厲鋒芒，『簫心』則是名士才人的悽情潛轉。
前者形狂，後者見癡。狂則文思霸悍，成『怪魁』；癡則詩意騷雅，
為『情種』。《定庵詩》包括三百十五首『一生歷史之小影』（《飲冰室
詩話》語）的〈己亥雜詩〉在內的全部作品，即由此奇麗瑰瑋而又幽
艷靈逸的『簫心劍氣』組構而成。〔註46〕」嚴氏觀察入微而精確。筆
者以為定盦「劍氣」、「簫心」之轉變，正與其詞風轉變相終始。

　　道光九年（1829，38 歲），定盦中進士後，雖一償「進士」之願，
但仍「冷署閒曹」。又因不擅作楷書，「中禮部試，殿上三試，三不及
格，不入翰林，考軍機處不入直，考差未嘗乘軺車。」（〈干祿新書自
序〉，頁 237～238）引為至恨。後雖歷宗人府主事、禮部主事等閒官，
亦不忘作〈上大學士書〉、〈在禮曹日與堂上官論事書〉、〈送欽差大臣
侯官林公序〉等經濟改革之論，此皆見其有心用世，卻無力回天之困
境與心緒。終至道光十九年（1839，48 歲），心懷「落紅不是無情物，
化作春泥更護花」（〈己亥雜詩〉第 5 首，頁 509）之離愁與悲涼，無
奈辭官出都，驅車南歸。定盦晚年之詞風，即在此一複雜心緒交錯中
形成。

　　定盦曾作〈賀新涼・長白定圃公子奎耀，示重陽憶菊詞，依韻奉
和〉云：

　　春人祇為春愁死。幾曾諳籬邊酒冷，笛邊風起。性懶情多
　　兼骨傲，直得銷魂如此。與澗底孤松一例。誰料平原佳公
　　子，也一般識得秋滋味？秋士怨，可知矣。（頁 570）

〔註46〕嚴迪昌：《清詩史》，頁 1021～1022。

此詞爲道光十一年（1831，40 歲）所作，此闋雖和奎耀「重陽憶菊詞」，但側重自寫「長年不第」與「既第不用」之艱辛仕途。「春人」三句，據定盦〈秋夜聽俞秋圃彈琵琶賦詩，書諸老輩贈詩冊子尾〉云：「爲是昇平多暇日，爭將餘事管春愁。諸侯頗爲春愁死，從此寰中不豪矣。詞人零落酒人貧，老抱哀絃過吾子。」（頁 500～501）可知詞中「春人」乃借「諸侯」，代指不識秋士貧困之當朝權貴；並以陶潛採菊東籬之故事，喻春人不解「秋士」之愁。「性懶情多兼骨傲」三句，既自嘲一身「性情」與「傲骨」，難同流俗，又以「澗底孤松」形容其位卑而高潔不屈之人品。「誰料平原佳公子」四句，對出身滿州貴公子，曾遭革職發配黑龍江之奎耀，〔註 47〕盛稱其具「秋士情懷」；不同於其他不識秋士之「春人」。此詞不僅自遣仕途多艱之悲，亦深憐奎耀昔年之遇，詞中不無對「漠視人材」之諷刺。此外，其詞風已不似早年「雄奇」，又無中年「愴恨」，無奈自憐中，隱然透露一股「頹唐蒼涼」之況味。

定盦此種晚年哀傷，多借「男女情事」以消遣之，尋求「美人」慰藉，此其晚年《庚子雅詞》有爲數不少「愛情詞」之故。如〈生查子〉云：「我已厭言愁，不理傷心話。翻願得嬌瞋，故惹鶯喉罵。」（頁 579）此詞雖頗見戲謔口吻，但實隱其「壯志未酬」之無奈與頹唐。又如〈定風波〉云：「除是無愁與莫愁，一身孤注擲溫柔。倘若有城還有國，愁絕，不能雄武不風流。」（頁 586）正借「男女情事」抒發其晚年沈沈心事與一生「材大難用」之悲壯少志，詞中多有落寞、傷懷之情，而詞風更顯頹唐蒼涼也。

道光二十年（1840，49 歲），曾作〈醜奴兒令・答月坡、半林訂游〉云：

> 游蹤廿五年前到，江也依稀，山也依稀，少壯沈雄心事違。
> 詞人問我重來意，吟也淒迷，說也淒迷，載得齊梁夕照歸。
> （頁 583～584）

〔註47〕楊柏嶺：《龔自珍詞箋說》，頁 342。

此闋可見其劍氣因對時勢無力回天，而顯見一種蒼涼、無奈又頹唐之詞風。其「劍氣」之凌厲鋒芒漸斂，而「簫心」之淒清慘惻轉重；少壯沈雄心事既違，晚年吟說亦感淒迷，無力、無奈之餘，更顯露其頹唐蒼涼，暮氣沉沉之感。同年八月，又作〈賀新涼〉云：「一簫我漫遊吳市。傍龕燈來稱教主，琉璃焰起。病蝶涼蟬狂不得，還許虎丘秋禊。」（頁585）以伍子胥（前559～前484）吹簫乞食吳市之落魄飄零身世自喻，正合定盦嘗「乞糴保陽」之窘迫生計，更是其晚年實錄；「病蝶涼蟬狂不得」句，尤呈現一種淒清慘惻、頹唐蒼涼詞風。此外，〈臺城路〉亦云：

> 山陬法物千年在，牧兒叩之聲死。誰信當年，椎槌一發，吼徹山河大地？幽光靈氣。肯伺候梳妝，景陽宮裏？怕閱興亡，何如移向草間置？　漫漫評盡今古，便漢家長樂，難寄身世。也稱人間帝王宮殿，也稱斜陽簫寺。鯨魚逝矣！竟一臥東南，萬牛難起。笑煞銅仙，淚痕辭灞水。（頁581）

此詞寫「秣陵臥鐘」，在城北雞籠山之麓，其重萬鈞，不知何代之物。此詞借「臥鐘」見棄，寄託其一生未受重用之深悲。「山陬法物千年在，牧兒叩之聲死」二句，可見一種蒼涼哀傷、今非昔比，又暮氣沉沉之頹唐氣息。「誰信當年，椎槌一發，吼徹山河大地」三句，自抒無人信己之悲也。定盦自少即好狂言高談，語雖過激，實多匡時濟危之言。「肯伺候梳妝，景陽宮裏。怕閱興亡，何如移向草間置」四句，更對當時國事日漸中衰，有「怕閱興亡」之感，隱然借「臥鐘」道出不忍見「國家衰亡」之退避心緒。「漫漫評盡今古，便漢家長樂，難寄身世。也稱人間帝王宮殿，也稱斜陽簫寺」五句，自抒不見容於今昔之身世哀感，有對盛衰興亡與人世無常之自省，是定盦身為學者詞人，兼修佛學後，對天地萬物與自然之理一番哲人省思。「鯨魚逝矣！竟一臥東南，萬牛難起」三句，尤見一派茫茫無力感，哀重傷沉，有無力回天之意。結句「笑煞銅仙，淚痕辭灞水」，故作自嘲語以隱其深悲。此詞深見定盦晚年詞風，實不復少年「哀豔雄奇」之壯懷，

已由中年「悲愴淒恨」，轉化爲「頹唐蒼涼」；在一片理性幽光慧思中，對此暮氣沉沉之國家，將其茫茫心事，盡付渺渺斜陽裡。

定盦晚年諸詞，〈鷓鴣天・題于湘山舊雨軒圖〉一闋當爲生前最後遺作，寄慨甚深，哀感甚重，堪稱晚年詞風之總結。詞云：

> 雙槳鷗波又一時，大堤秋柳夢中垂。關心我亦重來客，牢落黃金揖市兒。　　長鋏怨，破簫詞，兩般合就鬢邊絲。兔毫留住傷心影，輸與杭州老畫師。（頁 569）

此詞小序云：「辛丑初秋，余客袁浦，頗有盛於己亥之游，正欲製圖以寄幽恨，適湘山詞兄以〈舊雨軒圖〉屬題，即自書其所欲言以報命。自記。」據小序可知此詞爲道光二十一年（1841，50 歲）秋，定盦重客袁浦，爲于昌進「舊雨軒圖」所題，但卻是定盦自抒胸臆幽恨之作。王佩諍《全集》補收誤入〈懷人館詞選〉，據所作歲月，當錄置〈庚子雅詞〉爲宜。

此詞上片以雙槳、鷗波、大堤、秋柳勾勒詞人歸隱後，重客袁浦之事；「雙槳鷗波又一時，大堤秋柳夢中垂」二句，於追憶往事中，隱然可見自傷年邁無用之意。「關心我亦重來客，牢落黃金揖市兒」二句，則言道光十九年（1839，48 歲）時，詞人辭官南歸嘗客於此之事；今日重見袁浦之盛衰，又感自身困窘，拙於生計，客中寥落，囊少黃金，意氣不豪，深爲感慨也。下片以「長鋏怨，破簫詞，兩般合就鬢邊絲」起句，連用「馮諼彈鋏悲歌」、「五子胥吳市吹簫乞食」典故，以寄其流落悲哀與不能自主之窮愁悲涼身世。短短十三字，道盡其少壯沈雄心事至晚年淒涼無奈之轉折，何其抑鬱悲沈，何其酸酸楚楚，以至牢落不自得也！須知，定盦少以「攬轡澄清」爲平生之志，其劍氣、簫心亦由此而發。少之時，胸懷大略，何其狂放自負，不可一世也；今之日，劍入長鋏，簫聲吹殘，年未四十而髮鬢白，歸隱又困於生計，空有一身學識與才略，卻無「用世」之處。故人生至此，晚年徒然自傷老大無用，不復舊時意氣風發矣。當年「劍氣」、「簫心」合就今日鬢邊白髮虛添，百感中來，無以自遣其蒼涼心緒。結句之「兔

毫留住傷心影，輸與杭州老畫師」，實為定盦自憐往事，自傷身世而感牢落抑鬱之晚年頹唐蒼涼形相也。定盦回首一生，自覺不如畫「舊雨軒圖」之杭州老畫師錢杜（1763〜1845）。〔註 48〕此其晚年悲恨愧悔交集下自嘲自咎之辭，亦是眞情流露之寫照。此詞彷彿可見一代學者詞人兼狂生名士，在生前為數不多之時日，臨風橫吹一曲如怨如慕，如泣如訴之幽恨簫聲。

〔註 48〕「舊雨軒圖」，錢杜為于昌進所作，今圖藏「上海博物館」。錢杜，初名榆，字叔美，號松壺、壺公，浙江仁和人。參考楊柏嶺《龔自珍詞箋說》，頁 531。

第七章　結　論

　　定盦詞傳世者不多，實與定盦本人對所作詞之刪存選錄甚嚴有
關；兼之佚詞亦多，就今可見之詞作考察，尚非其全貌，故所論不免
有所偏失。雖然，綜上幾章所論，可知其詞於嘉、道年間既非主流，
亦非末流；其與浙派、常派、吳派人多有交游，彼此間不免品評，
多少亦有相當程度之影響，故本章先論嘉、道時人與後人對定盦詞之
評價，再論定盦詞對後世之影響，以探析定盦詞於詞史上可能之地位。

第一節　龔定盦詞之評價

　　嘉、道年間，乃至後世，對定盦詞皆有一定評價，或毀或謗，不
一而足，而最早對定盦詞品評者，實爲其外祖父段玉裁。嘉慶十七年
（1812），段玉裁〈懷人館詞序〉云：

> 余索觀其所業詩文甚夥，……尤喜爲長短句，其曰《懷人
> 館詞》者三卷，其曰《紅禪詞》者又二卷。造意造言，幾
> 如韓、李之於文章，銀盌盛雪，明月藏鷺，中有異境。此
> 事東塗西抹者多，到此者眇也。自珍以弱冠能之，則其才
> 之絕異，與其性情之沈逸，居可知矣。〔註1〕

段玉裁以爲定盦三卷本之《懷人館詞》與二卷本之《紅禪詞》，非「東

〔註1〕〔清〕段玉裁著，鍾敬華校點：《經韻樓集》，頁222。

塗西抹」之作，實言之有物，更指其詞具「銀盌盛雪，明月藏鷺，中有異境。」可見段玉裁肯定定盦詞之清新、瓊思奇想，有所寄託，但亦憂心定盦以弱冠絕異之才，長年為此「艷歌小詞」，對治學與仕途必有所妨，故序中多引前人之事與自身填詞經驗規勸之。

宋翔鳳對定盦詞亦有其評價，如〈百字令・歲暮舟中讀龔定盦詞〉云：「料理平生惟有恨，卻羨詞人能說。瓊宇層層，瓊樓曲曲，護爾成冰雪。」〔註2〕宋翔鳳為常派詞人，二人皆善為側豔之詞，此處宋翔鳳所指「卻羨詞人能說」，顯然非豔情詞，當指定盦詞中能自抒胸臆而有所諷刺之詞，亦即其詞中「劍氣」所向。如：〈鵲踏枝・過人家廢園〉、〈減蘭〉（人天無據）、〈金縷曲〉（我又南行矣）、〈水調歌頭〉（落日萬艘下）等詞。易言之，宋翔鳳稱賞定盦詞有此類弦外之音，而「瓊宇層層」三句，所指與段玉裁所云「中有異境」，意旨實同。又，宋翔鳳〈洞仙歌・再題定盦詞〉亦云：

> 元知無倚著，墜向情天，賸有情絲理還吐。莫去問琵琶，搓作哀弦，已負盡詞人辛苦。〔註3〕

宋翔鳳指明定盦因受參禪學佛影響，故詞中時見「情」、「禪」交戰之況，復因定盦「情絲」仍未斷盡，故詞中常有深重之「哀感」詞風。

友人沈鑅也對定盦詞有所評價，所作〈一斛珠・定盦禮部以近制《庚子雅詞》見示，索題其後〉云：

> 珠塵玉屑，側商調苦聲嗚咽。愁心江上山千疊。但有情人，才絕總愁絕。　　板橋楊柳金閶月，累儂也到愁時節。一枝瘦竹吹來折。恰又秋宵，風雨戰梧葉。〔註4〕

沈鑅與宋翔鳳同時深知定盦詞中不自得之「哀感」詞風，而沈鑅又指出定盦因情、禪交戰後，深藏於「頹唐蒼涼」詞風中之「側商調苦聲嗚咽」。此處須留意，沈鑅此詞乃為題《庚子雅詞》一集，故知定盦

〔註2〕〔清〕宋翔鳳：《洞簫詞》，見《清代詩文集彙編》，冊513，頁287。
〔註3〕〔清〕宋翔鳳：《洞簫詞》，見《清代詩文集彙編》，冊513，頁287～288。
〔註4〕轉引孫文光等編：《龔自珍研究資料集》，頁45。

晚年之作，又較少年、中年悲慨寄託更深；而「有情」才人偏又天生多愁善感。

　　譚獻《復堂詞話》曾將定盦與張惠言、周濟、項鴻祚、許宗衡、蔣春霖、蔣敦復、張琦、姚燮、王拯等人，並列「後十家」，譚獻云：

> 嘉慶時，孫月坡選七家詞……。予欲廣之爲前七家，則轅文、葆馚、羨門、漁洋、梁汾、容若、遁聲，又附舒章、去矜、其年爲十家。後七家則皋文、保緒、定庵、蓮生、海秋、鹿潭、劍人，又附翰風、梅伯、少鶴爲十家……，若孫氏與予所舉二十餘人，皆樂府中高境，三百年所未有也。〔註5〕

譚獻以定盦與常派諸詞人並列，固有其用意，但同時肯定其詞於當代之地位。其後，胡薇元（1850～?）《歲寒居詞話》云：「清初詞人，如吳駿公、梁玉立、龔孝升、曹潔躬、陳其年、朱竹垞、嚴蓀友諸家，詞采精善，美不勝收。中間先徵君稚威、吳穀人、洪北江、錢曉徵，均稱後勁。嘉道以來，則以龔定庵、惲子居、張皋文輩爲足繼雅音也。」〔註6〕胡薇元自嘉、道以降詞人僅舉定盦、惲敬、張惠言等三家，尤值得留意。此外，徐珂（1869～1928）《近詞叢話》亦云：「蓋自濟而後，常州詞派之基礎，益以鞏固，潘德輿雖著論非之，莫能相掩也。後七家者，張惠言、周濟、龔自珍、項鴻祚、許宗衡、蔣春霖、蔣敦復也。……七家之中蓮生、海秋、鹿潭之作，大都幽豔哀斷，而鹿潭尤婉約深至，流別甚正，家數頗大，人推爲倚聲家老杜。合以張琦、姚燮、王拯三家，是爲後十家，世多稱之。」〔註7〕蓋徐珂以定盦詞爲「後十家」之說，亦沿譚獻之論而推尊常派也。自譚獻經胡薇元至徐珂，亦可見定盦於晚清以降詞壇之重要。鄭振鐸（1898～1958）《文學大綱》云：「龔

〔註5〕〔清〕譚獻：《復堂詞話》，見唐圭璋編《詞話叢編》，冊4，頁3997～3998。

〔註6〕〔清〕胡薇元：《歲寒居詞話》，見唐圭璋編《詞話叢編》，冊5，頁4038。

〔註7〕〔清〕徐珂：《近詞叢話》，見唐圭璋編《詞話叢編》，冊5，頁4223～4224。

自珍之詞，亦甚有名，其作風豪邁而失之粗率。項鴻祚、戈載、周濟、譚獻、許宗衡、蔣春霖、蔣敦復、姚燮、王錫振諸人，則或綺膩，或哀艷，或婉媚，皆未必有偉大的氣魄如定庵。」〔註8〕鄭氏對定盦評價甚高，幾已越譚獻以來「後十家」之詞人，雖見其詞之雄渾豪放氣魄，指其「粗率」之病，卻遺其「哀艷」詞風未論，所論亦不盡得定盦詞精髓。

李慈銘（1830～1895）《越縵堂日記》論定盦詩詞云：「其詩不主格律家教，筆力矯健，而未免疵累，其情至者，往往有獨到語。……詞勝於詩，而自出名雋，亦復不主故常。」〔註9〕可知李慈銘以為定盦「詞」勝於詩，能自為名雋之詞，又能自出新詞，當即謝章鋌所指「不落凡近」。此外，譚獻《復堂詞話》尚有一說：

> 定公（珂謹按：即龔鞏祚。）能為飛仙劍客之語，填詞家長爪、梵志也。昔人評山谷詩如食蝤蛑，恐發風動氣，予於定公詞亦云。〔註10〕

關於譚獻此則論定盦詞之文，楊柏嶺釋之云：「『長爪、梵志』有二說：一說指佛教中精通經綸，博學多能的僧人。名梵志，舍弗利之母舅，因辯不如其姐，發憤游學，誓不剪爪，故名長爪梵志。一說『長爪』指人稱『鬼才』的唐代詩人李賀，『梵志』指唐代詩人『王梵志』。唐人《桂苑叢談》『王梵志』條云其『作詩諷人，甚有義旨』，蓋菩薩示化也』，《太平廣記》卷八十二亦云『梵志乃作詩示人，甚有義旨』。譚獻本意無法確認，但無論是何種說法，其意即在強調龔氏詞具有『能為飛仙劍客之語』的個性色彩，以及見解不凡、文思奇麗、想像不羈、氣勢飛揚，多游仙、劍客、佛教等內容的特徵。」〔註11〕楊氏之說頗確，所論亦精，惟筆者以為譚獻此處所指「填詞家長爪、梵志」，當即「李賀」及「作詩諷人，甚有義旨」之王梵志。蓋李賀之詩幽光奇

〔註8〕鄭振鐸：《文學大綱》（上海：上海書店，1986年），冊4，頁2049。
〔註9〕轉引孫文光等編：《龔自珍研究資料集》，頁86。
〔註10〕〔清〕譚獻：《復堂詞話》，見唐圭璋編《詞話叢編》，冊4，頁4011。
〔註11〕楊柏嶺《龔自珍詞箋說》，〈前言〉，頁26～27。

想，多瑰麗淒曼之語，定盦豔情詞多似之；而定盦詞中，以詞諷人，甚有義旨之作，尤多也。況定盦之子龔橙與譚獻本為知交，故定盦佚事舊聞、詩詞文章，譚獻得聞於龔橙者當不少。如此，解釋「恐發風動氣」，其意可知也。又，盧前（1905～1951）〈望江南・飲虹簃論清詞百家〉云：「食蝤蛑，動氣發風疑。劍客飛仙真絕壁，紅禪兩字最相宜，梵志豈能齊。」〔註12〕盧前論定盦詞，大致本譚獻原意，又援「紅」、「禪」兩字，以為王梵志不如定盦。此外，嚴迪昌《清詞史》云：「鬱勃激蕩而又淒豔靈動的《定庵詞》，在晚近詞壇是別具風貌的。」〔註13〕嚴氏指出定盦詞不同於晚清諸家，獨樹自我詞風，可謂不刊之論。

　　陳廷焯（1853～1892）《白雨齋詞話》云：「詩詞原可觀人品，而亦不盡然。」〔註14〕可知詩詞與人品原有相關，卻又可能不盡相關。以定盦早年好為豔情詞，又時冶遊，晚年情詞亦不避諱「重蹈綺語戒」，固自知結習難盡，多情難改。劉毓盤（1867～1927）《詞史》云：「嘉慶初，常州派出，奉其說者，在吳則宋翔鳳《洞簫詞》，在浙則龔自珍《無著詞》，……。」〔註15〕劉氏以「宗派意識」論定盦詞，以其《無著詞》強之入常派，則又謬矣。李寶嘉《南亭詞話》以定盦《無著詞》為「纖巧極矣」、「側豔如此」，〔註16〕細品《無著詞選》一卷，可知李氏之說，本非誣之，吾人固不必為定盦諱也。

第二節　龔定盦詞之影響

　　定盦之詩、詞、文影響後代頗多，如張之洞（1837～1909）〈學術〉詩自注云：「二十年來，都下經學講《公羊》，文章講龔定盦，經

〔註12〕轉引孫文光等編：《龔自珍研究資料集》，頁288。

〔註13〕嚴迪昌《清詞史》，頁463

〔註14〕〔清〕陳廷焯：《白雨齋詞話》，卷5，見唐圭璋編《詞話叢編》，冊4，頁3894。

〔註15〕轉引孫文光等編：《龔自珍研究資料集》，頁292。

〔註16〕〔清〕李寶嘉：《南亭詞話》，見唐圭璋編《詞話叢編》，冊4，頁3192。

濟講王安石，皆余出都以後風氣也。遂有今日，傷哉。」〔註17〕此國運盛衰之際，時代風氣之變，不得不然也，張氏謬矣。郁達夫（1986～1945）〈自述詩〉云：「江湖流落廿三年，紅淚頻揩述此篇。刪盡定公哀艷句，儂詩粉本出青蓮。」〔註18〕可見郁氏之詩亦頗受定盦影響。又，徐世昌《晚晴簃詩匯》云：「（定盦）能開風氣，光緒甲午以後，其詩盛行，家置一編，競事模擬。」〔註19〕可見定盦詩文於晚清以降影響力之巨。此外，定盦詞除當代各家品評互有短長，或以宗派意識繩之，或以詞風考之，或以詞學思想論之，要皆能得定盦詞之特色。茲析論如次：

一、對江標、王國維等人之影響

定盦《無著詞》中諸詞，大多無題，此例嘗影響後人。如：江標（1860～1899）〔註20〕〈紅蕉詞自序〉云：

> 丁亥（按：1887）歲暮，復來嶺南，戊子（按：1888）正月羅浮舟中，檢篋得諸名公詞，愛而效之……名之曰《紅蕉》，志廣南作。詞多無題，從竹垞翁《琴趣》、龔定公《無著詞》例也。〔註21〕

可知江標深受朱彝尊《靜志居琴趣》與定盦《無著詞選》「詞多無題」之影響，故自作《紅蕉詞》，亦從此例，多不立題。又，王國維嘗因吳昌綬之故，亦頗受定盦詞學影響。據彭玉平〈龔自珍與王國維之關係散論〉云：

> 吳昌綬對王國維詞學的影響乃不言而喻的事實。其中吳昌綬對龔自珍的私衷，想來會影響到王國維的態度。《靜庵藏

〔註17〕 轉引孫文光等編：《龔自珍研究資料集》，頁 98。

〔註18〕 郁達夫：《郁達夫詩詞抄》，轉引孫文光等編：《龔自珍研究資料集》，頁 250。

〔註19〕 徐世昌編：《晚晴簃詩匯》（北京：中華書局，1990 年），卷 135，頁 5823。

〔註20〕 江標，字建霞，號師鄦，江蘇元和人，光緒十五年進士。光緒十九年，任湖南學政。工詩文，著《唐賢小集五十家》、《靈鶼閣叢書》。

〔註21〕 轉引楊柏嶺《龔自珍詞箋說》，頁 542。

書目》中的六本《龔定庵全集》，王國維沒有注明版本……，
王國維涵泳其間，斟酌取捨，雖然《人間詞話》僅見的一
處涉及龔自珍的文字是以批評的角度來立論的，但這僅是
文字之表象而已。實際上，王國維吸收、融合龔自珍之說
之處，還是頗見其痕跡的。〔註22〕

彭氏文中所指「一處涉及批評定盦者」，即王國維《人間詞話刪稿》
云：「故艷詞可作，唯萬不可作儇薄語。龔定庵詩云：『偶賦凌雲偶倦
飛，偶然閑慕遂初衣。偶逢錦瑟佳人問，便說尋春爲汝歸。』其人之
涼薄無行，躍然紙墨間。余輩讀耆卿、百可詞，亦有此感。」〔註23〕
可知王國維並不以「艷詞」爲可惡，且以爲可作，然定盦詞多有艷情
之作，反不見王國維批駁，僅斥定盦此詩爲「儇薄語」，可知對於定
盦詞又不全然惡之；不然，既是「詞話」，反捨詞而就「詩」論，豈
不怪哉！此外，今人周策縱之《白玉詞》、劉峻之《嚴霜詞》、徐晉如
之《紅桑照海詞》等，皆頗受定盦詞之影響。〔註24〕

二、對近代「南社」諸人之影響

　　「南社」爲近代重要文學社團，其成員甚眾，如：黃人（1866
～1913）、高旭（1877～1925）、蘇曼殊（1884～1918）、柳亞子（1887
～1958）等人，所爲詩詞多少均受定盦影響。柳亞子〈定盦有三別好
詩，余仿其意論詩三絕句〉云：「三百年來第一流，飛仙劍客古無儔。」
〔註25〕對定盦極爲推重。又，南社諸人如：楊杏佛（1893～1933）、
柳亞子等皆喜集定盦句爲詩，或集定盦詩爲聯句，據1936年刊行之

〔註22〕　彭玉平：〈龔自珍與王國維之關係散論〉，見《龔自珍與二十世紀詩
　　　　　詞研討會論文集》，頁240。
〔註23〕　〔清〕王國維：《人間詞話刪稿》，見唐圭璋編《詞話叢編》，冊5，
　　　　　頁4265。
〔註24〕　龔鵬程：〈龔定庵與近代詩詞〉，見《龔自珍與二十世紀詩詞研討會
　　　　　論文集》，頁66～67。
〔註25〕　轉引孫文光等編：《龔自珍研究資料集》，頁234。

《南社詩集》統計，竟高達 300 餘首之多。〔註26〕可見影響之深且遠。限於本文主題，茲僅就詞論，不贅述詩。

南社諸人和定盦詞最多者當屬黃人。黃人，原名振元，字慕庵，又字慕韓；中歲易名黃人，字摩西，江蘇昭文縣人。黃人歿後，友人張鴻（1867～1941）為刻詞集《摩西詞》八卷。此集所收有三：分和定盦、張惠言、蔣敦復等三家詞，僅和定盦詞即達 193 闋，而和張惠言、蔣敦復二家詞共計 68 闋，其鍾情與所受影響，實可知矣。

黃人有〈如夢令〉云：

> 身是琴中仙鳳，唧得情苗千種。種出素心花，和露和煙分
> 送。卿共，卿共，證取瀟湘幽夢。〔註27〕

此詞顯見擬仿定盦〈如夢令〉一闋。定盦原詞云：「本是花宮么鳳，降作人間情種。不願住人間，分付藥爐煙送。誰共？誰共？三十六天秋夢。」（頁 545）定盦乃「花宮么鳳」，而黃人寫「琴中仙鳳」，遣詞造句，無一不露擬仿之痕，乍看二詞頗似，殆皆天生情種，然細察之，仍有所不同。此外，黃人之〈一剪梅〉（天長地久此黃昏）亦擬仿定盦〈一剪梅〉（一丸微月破黃昏）詞，（頁 547）其擬仿如此，其餘可知。關於黃人之和定盦詞，據龔鵬程《雲起樓詩話》云：

> 黃人詩詞善和人韻……其和定庵，又以詞為多。世之擬仿
> 定庵者，多專力於其詩。學其詞而遍和之，殆無如黃人者。
> 《摩西詞》所收，凡和定庵《懷人館詞選》、《無著詞選》《影
> 事詞選》、《小奢摩詞選》、《庚子雅詞》、《集外詞》。此外，
> 雖亦另和張惠言《茗柯詞》、蔣劍人《芬陀利室詞》，而不
> 如和龔之盛。《爾爾集》中，亦別有和龔詞者。幾乎倚聲一
> 道，俱假途於定庵，此誠可異也。〔註28〕

龔氏指出當時擬仿定盦者，多專力於定盦詩，少有以定盦詞為主擬仿

〔註26〕 轉引孫文光等編：《龔自珍研究資料集》，240～241。

〔註27〕 《南社叢刊》（揚州：江蘇廣陵古籍刻印社，1996 年重印本），冊 3，頁 2275。

〔註28〕 龔鵬程：〈龔定庵與近代詩詞〉，見《龔自珍與二十世紀詩詞研討會論文集》，頁 78。

者，而黃人和定盦詞之多且盡，較之時人，實可謂異數也。鄭逸梅（1895
～1992）云：「黃子摩西學博而遇齮，其所爲詞，每使余悄然而悲，
悠然而思，如見黃子……負手微吟於殘燈曲屏間，其殆所謂究極情
狀，牢籠物態，有以致之乎！」〔註29〕如鄭氏所言，彷彿可見黃人和
定盦詞時之神態。鄭雪峰論黃人擬仿定盦詞，有深刻之評論：「二百
來首的和詞可以看成摩西獻給定庵的一瓣香，在和詞過程中，摩西有
所得，得到了一些定庵的形神、技法；摩西也有所失，蔽精耗氣，困
於和韻，不少作品沒有存在的意義。」〔註30〕鄭氏之說甚是，足爲今
人戒也。

　　又，高旭詞學觀亦頗受定盦影響。高旭有〈論詞絕句三十首〉，
可見其詞學觀，其論定盦詞云：「難寫迴腸盪氣，美人香草馨馨。定
公是佛轉世，幾曾汩沒心靈。」〔註31〕高旭以爲定盦詞中多有屈原香
草、美人之寄託，故其詞寄情深厚，言志極哀，一曲三折，使人讀之
盪氣迴腸也。

　　南社諸子之過度擬仿，其中不少出於崇拜定盦其人與才學，更有
悲其際遇者，但往往得其貌而遺其神，此皆僅窺定盦詞貌而不能盡得
其髓者也。定盦〈歌筵有乞書扇者〉云：

　　　天教僞體領風花，一代人才有歲差。我論文章恕中晚，略
　　　工感慨是名家。（頁490）

定盦當時已自道一代人才因盛衰之世不同，所成就者亦異，反對過分
擬仿之風，強調須有自我精神與眞實感慨之著作，始可稱爲「名家」。
況其〈書湯海秋詩集後〉更云：「人外無詩，詩外無人，其面目也完。」
（頁241）實已表明自抒感慨與自鑄其辭之重要；奈何南社諸子不悟
其言，非眞能知定盦者也。其夜臺有知，復將何如？關於南社諸人擬

〔註29〕鄭逸梅：《南社叢談》（北京：中華書局，2006年），頁295。

〔註30〕鄭雪峰：〈龔自珍詩詞對黃摩西詞的影響〉，見《龔自珍與二十世紀
　　　　詩詞研討會論文集》，頁287。

〔註31〕轉引王偉勇：〈高旭的詞學觀及其論龔自珍詞探析〉，見《清代論詞
　　　　絕句初編》（臺北：里仁書局，2010年），頁270。

仿定盦詞，嚴迪昌《近代詞鈔》有精要總結：

> 晚近詞史，龔自珍實濟入一泓生氣活力，惜者終未能成氣
> 候，後一甲之「南社」學龔，就意義言本不在詞體之新變、
> 詞格之拓闢，故亦僅徒存膚貌而已。〔註32〕

可見黃人等南社諸子之學定盦詞，往往僅得其貌，不得其精神，故於
詞體、詞格皆未能有所新變與開闢，故定盦詞雖爲當時多士所仿擬、
推重，終無以成氣候，遑論開宗立派。此外，陳銘《龔自珍綜論》析
論其因云：

> 龔自珍詞有其新穎的獨特性，但是，缺乏形成一種風格所
> 需要的普遍性和穩定性，所以稱之爲「探索」，所以龔詞不
> 如龔詩，始終未能推導一個詞壇流派的發展。〔註33〕

陳氏之說亦頗確。其指出定盦詞開風氣之先，卻始終未能成派，蓋雖
有「獨創性」，卻無「普遍性」及「穩定性」；然正以其詞之「不落凡
近」，故以二者繩之，斷無可能也。

三、研究總結

　　本文關於定盦詞之研究，大致如以上各章所論，或限於文獻資料
不足，或限於筆者才識淺薄，故所論多有所闕，尚祈方家不吝賜正。
茲將本文論述總結爲數點，以見研究之心得：

　　一、定盦生前曾手自選錄刪存詞集，取捨甚嚴，今傳世者，除《無
著詞選》、《懷人館詞選》、《影事詞選》、《小奢摩詞選》四種爲定盦手
定本外，龔橙手抄本《定盦詞》五種，多曾遭龔橙刪改。今可見之詞
約有 161 闋，但筆者統計，定盦五種詞原不少於 286 闋。

　　二、定盦少年詞風以「迷離幽隱」、「哀豔雄奇」爲主，所作愛情
詞，充滿「幽思麗想」與「多情浪漫」之色彩，部分篇什則雜有「雄
奇豪放」之風。中年因受屢試不第影響，自傷老大，無以成就其「經

〔註32〕嚴迪昌《近代詞鈔》，頁 318。
〔註33〕陳銘《龔自珍綜論》，頁 221。

世變革」之思想，故詞風漸變爲「悲愴淒恨」。中年以後雖登進士第，卻仍冷署閒曹，故時借男女情事消其壯懷；及辭官南歸，生計困窘，劍氣漸消，牢落抑鬱，晚年詞風逐趨「頹唐蒼涼」一途。定盦詞風可謂與其一生際遇相終始，既有豪放悲慨之風，兼有纏綿委婉之情，此其詞同具「劍氣」與「簫心」之獨特自我面目也。

　　三、定盦與浙派、常派、吳派詞人交游頗多，其與浙派改琦、袁通、汪琨、汪全德、孫麟趾、姚宗木、許乃穀、夏寶晉等人交游密切，亦間有詞作往還；對汪琨、孫麟趾二人詞有較高評價，而晚年自悔「舊作」；《庚子雅詞》一集更以「雅」字名詞集，可略窺受浙派詞人之影響。又與常派丁履恆、張琦、宋翔鳳、周儀暐等學者、詞人有密切交游；其中，僅與宋翔鳳、周儀暐二子有詞作唱和，彼此詞風亦略有影響。此外，定盦雖與吳派吳嘉淦、王嘉祿、陳裴之、潘曾沂昆仲等人有交游，但實與顧廣圻、江沅、沈鑾等人有詞作密切往來。江沅之佛學思想曾影響定盦詞風，而沈鑾又嘗受定盦若干詞風影響。要之，浙派崇尚「清空醇雅」之詞風，常派講求「比興寄託」之手法，吳派嚴守「審音辨律」之宗旨。定盦雖與三派詞人交游、唱和，但其詞風不近浙派；手法雖近常派，但曾受段玉裁之薰染，又與常州《公羊》學講究「微言大義」有關；此外，不見對吳派「審音辨律」之堅持。可知不拘一格之定盦詞並未傾向此三派，而三派影響定盦詞者終有限。

　　四、定盦因生平參禪學佛，晚年尤深造，佛學思想自然融入其詞，非有刻意援佛入詞之舉；又因長年情、禪交戰，遂使其中年以後詞風，轉而有凝重之感。

　　五、定盦詞學觀以「尊情」爲最高宗旨，反對「僞作」，強調「人詞合一」，重視詞人「自我感慨」之抒發，兼之少年即有「尊體觀」，故雖受三派詞人若干影響，仍不失「自鑄其詞」之本色。觀其詞作內容與詞風，無不發揮其「尊情」之詞學觀，其「尊體觀」、「尊情觀」亦頗受慈母段馴影響；而所作與詞學觀大致能一致，不爲蹈空之虛言。

　　六、定盦各題材之詞，無論愛情、記事、題畫、詠物等詞或其他，

大抵仍以「情」爲主，或託於游仙、冶游，或感事而諷刺，或自悲身世，或借物寄言，或寫景閒適之作，要皆能切合主題。此外，定盦對「人材見棄」之屢屢抨擊，不啻可知其重視「不拘一格」之人材，更見其自抒生平不遇及其抑鬱也。

　　七、古今對定盦詞褒貶不一，或鄙以之爲「纖巧側豔」，或以爲「失於粗率」，要之，自不同角度論其詞，所得亦異。然自段玉裁、宋翔鳳、謝章鋌、譚獻以降，乃至近代之品評，均見各家對定盦詞能自鑄精神與面目，不假陳言，不落凡近，洵以爲不愧名家之作，實可知定盦詞於詞史之地位矣！惜乎後之仿擬者，但得其膚貌形似，不能得其精髓；然亦以其不能得，乃知定盦詞於詞史上，有「詞外無人，人外無詞，其面目也完」之獨特與重要，實非他人所能取而代之也。

參考書目

一、龔自珍（定盦）文獻

1. 《龔定盦全集》，（清）龔自珍著，《四部叢刊·初編》縮本，上海商務印書館縮印錢唐吳煦原刊本、朱氏校刻本，臺北：臺灣商務印書館，1965 年。

2. 《評校足本龔定盦全集》，（清）龔自珍著，王文濡編，臺北：新文豐出版公司，1975 年。

3. 《龔自珍全集》，（清）龔自珍著，王佩諍校，上海：上海古籍出版社，1975 年。

4. 《龔定盦全集類編》，（清）龔自珍著，夏田藍編，北京：中國書店，1991 年。

5. 《龔自珍詞箋說》，（清）龔自珍著，楊柏嶺箋說，合肥：黃山書社，2010 年。

二、傳統文獻 （按作者年代排序）

（一）經、史、子部

1. 《後漢書》，（南朝宋）范曄著，（唐）李賢注，（清）王先謙集解，臺北：藝文印書館影清乾隆武英殿本。

2. 《邵氏聞見後錄》，（宋）邵博撰，劉德權等校典，北京：中華書局，1980 年。

3. 《經籍籑詁》，（清）阮元等撰集，北京：中華書局，2006 年。

4. 《國朝宋學淵源記》，（清）江藩著，徐洪興編校，香港：三聯書店，1998 年。

5. 《增注經學歷史》，（清）皮錫瑞著，臺北：藝文印書館，2004 年。

6. 《揚州畫舫錄》，（清）李斗著，汪北平、涂雨公點校，北京：中華書局，1997 年。

7. 《履園叢話》，（清）錢泳著，張偉點校，北京：中華書局，1997 年。

8. 《嘯亭雜錄》，（清）昭槤著，北京：中華書局，1980 年。

9. 《清儒學案》，徐世昌等編，沈芝盈等點校，北京：中華書局，2008 年。

10. 《碑傳集補》，（清）閔爾昌纂錄，濟南：齊魯書社，2009 年。

11. 《清史列傳》，（清）國史館編，王鍾翰點校，北京：中華書局，2005 年。

12. 《清史稿》，趙爾巽著，北京：中華書局，1998 年。

（二）集部：全集、別集、選集類

1. 《二晏詞箋注》，（宋）晏殊、晏幾道著，張草紉箋注，上海：上海古籍出版社，2008 年。

2. 《放翁詞編年校注》，（宋）陸游著，夏承燾等箋注，陶然訂補，上海：上海古籍出版社，2012 年。

3. 《李商隱詩歌集解》，（唐）李商隱著，劉學鍇、余恕誠集解，北京：中華書局，2004 年。

4. 《稼軒詞編年箋注》，（宋）辛棄疾著，鄧廣銘箋注，上海：上海古籍出版社，1993 年。

5. 《顧炎武全集》，（清）顧炎武著，上海：上海古籍出版社，2011 年。

6. 《紀曉嵐文集》，（清）紀昀著；孫致中等校點，石家莊市：河北教育出版社，1991 年。

7. 《樊榭山房集》，（清）厲鶚著，董兆熊注，陳九思標校，上海：上海出版社，1992 年。

8. 《章氏遺書》，（清），章學誠著，北京：文物出版社，1985 年。

9. 《嘉定錢大昕全集》，（清）錢大昕著，陳文和主編，南京：江蘇古籍出版社，1997 年。

10. 《經韵樓集》，（清）段玉裁著，鍾敬華校點，上海：上海古籍出版社，2008 年。

11. 《春融堂集》，（清）王昶著，上海：上海古籍出版社，2010 年。

12. 《洪亮吉集》，（清）洪亮吉著，劉德權點校，北京：中華書局，2001年。

13. 《惜抱軒全集》，（清）姚鼐著，北京：中國書店，1994年。

14. 《大雲山房文稿》，（清）惲敬著，臺北：世界書局，1964年。

15. 《茗柯文編》，（清）張惠言著，黃立新校點，上海：上海古籍出版社，1984年。

16. 《浮谿精舍詞》，（清）宋翔鳳著，陳乃乾輯《清名家詞》本，上海：上海書店，1982年。

17. 《揅經室集》，（清）阮元著，鄧經元點校，北京：中華書局，1993年。

18. 《校禮堂文集》，凌廷堪著，王文錦點校，北京：中華書局，1998年。

19. 《問字堂集》，（清）孫星衍著，駢宇騫點校，北京：中華書局，2006年。

20. 《顧千里集》，（清）顧廣圻著，王欣夫校點，北京：中華書局，2007年。

21. 《焦循詩文集》，（清）焦循著，劉建臻點校，揚州：廣陵書社，2009年。

22. 《魏源集》，（清）魏源著，北京：中華書局，2009年。

23. 《林則徐全集》，（清）林則徐著，福州：海峽文藝出版社，2002年。

24. 《曾國藩詩文集》，（清）曾國藩著，王澧華校點，上海：上海古籍出版社，2005年。

25. 《清代詩文集彙編》，清代詩文集彙編編纂委員會編，上海：上海古籍出版社，2010年。參考所收詩文集如下：
《南雷文定》，（清）黃宗羲。
《靜惕堂集》，（清）曹溶。
《曝書亭集》，（清）朱彝尊。
《松崖文鈔》，（清）惠棟。
《戴氏遺書》，（清）戴震。
《小倉山房文集》，（清）袁枚。
《春融堂集》，（清）王昶。
《笥河文集》，（清）朱筠。
《潛研堂文集》，（清）錢大昕。
《靈岩山人詩集》，（清）畢沅。
《靈芬館雜著》，（清）郭麐。
《靈芬館雜著續編》，（清）郭麐。
《靈芬館雜著三編》，（清）郭麐。

《鳴柯文編》，（清）張惠言。

《平津館文稿》，（清）孫星衍。

《崇百藥齋文集》，（清）陸繼輅。

《崇百藥齋續集》，（清）陸繼輅。

《崇百藥齋三集》，（清）陸繼輅。

《養一齋文集》，（清）李兆洛。

《洞簫樓詩紀》，（清）宋翔鳳。

《洞簫詞》，（清）宋翔鳳。

《夫椒山館詩》，（清）周儀暐。

《齊物論齋文集》，（清）董士錫。

《知止堂詞錄》，（清）朱綬。

《海峰文集》，（清）劉大櫆。

《東溟文集》，（清）姚瑩。

《柏梘山房文集》，（清）梅曾亮。

26. 《黃爵滋奏疏》，（清）黃爵滋著、黃大受輯，臺北：大中國圖書有限
公司，1963 年。

27. 《復堂類集》，（清）譚獻著，《叢書集成續編》本，冊 161，臺北：新
文豐出版社，1989 年。

28. 《歷代文話》，王水照編，上海：復旦大學出版社，2007 年。參考所
收文話如下：

《桐城文學淵源考》，劉聲木著。

29. 《乾嘉名儒年譜》，陳祖武選，北京：北京圖書館出版社，2006 年。
參考所收年譜如下：

《述庵先生年譜》，（清）嚴榮編。

《竹汀居士年譜續編》，（清）錢慶曾校編。

30. 《揚州學派年譜合刊》，鄭曉霞、吳平標點：揚州，廣陵書社，2008 年。

31. 《宋七家詞選》，（清）戈載輯、杜文瀾校注，臺北：河洛圖書出版社，
1987 年。

32. 《清詞綜補》，（清）丁紹儀輯，北京：中華書局，1986 年。

33. 《國朝詞綜續編》，（清）黃燮清編，中華書局影《四部備要》原刻本。

34. 《晚晴簃詩匯》，徐世昌編，北京：中華書局，1990 年。

35. 《全清詞鈔》，葉恭綽編，香港：中華書局，1975 年。

36. 《近三百年名家詞選》，龍榆生編，臺北：長歌出版社，1976 年。

37. 《金元明清詞選》，夏承燾等編，北京：人民文學出版社，1983 年。

38. 《清八大名家詞集》，錢仲聯編、陳銘校點，長沙：嶽麓書社，1992 年。

39. 《龔自珍己亥雜詩注》，劉逸生注，北京：中華書局，2007 年。

40. 《金元明清詞精選》，嚴迪昌編，南京：江蘇古籍出版社，2002 年。

41. 《龔自珍選集》，孫欽善選注，北京：人民文學出版社，2004 年。

42. 《龔自珍詩詞選》，孫欽善選注，北京：中華書局，2006 年。

43. 《歷代詞選》，程郁綴注，北京：人民文學出版社，2004 年。

（三）集部：詞話、詩話、詞譜類

1. 《詞話叢編》，唐圭璋編，北京：中華書局，2005 年。參考所收詞話如下：

   《介存齋論詞雜著》，（清）周濟。

   《宋四家詞選目錄序論》，（清）周濟。

   《詞概》，（清）劉熙載。

   《賭棋山莊詞話》，（清）謝章鋌。

   《賭棋山莊詞話續編》，（清）謝章鋌。

   《白雨齋詞話》，（清）陳廷焯。

   《復堂詞話》，（清）譚獻。

   《靈芬館詞話》，（清）郭麐。

   《芬陀利室詞話》，（清）蔣敦復。

   《詞逕》，（清）孫麟趾。

   《南亭詞話》，（清）李寶嘉。

   《近詞叢話》，（清）徐珂。

   《憩園詞話》，（清）杜文瀾。

   《人間詞話》，（清）王國維。

   《蕙風詞話》，（清）況周頤。

   《歲寒居詞話》，（清）胡薇元。

   《聽秋聲館詞話》，（清）丁紹儀。

   《詞徵》，（清）張德瀛。

   《聲執》，陳匪石。

2. 《白香詞譜附詞林正韻》，（清）舒夢蘭、戈載，臺北：世界書局，2006 年。

3. 《射鷹樓詩話》，（清）林昌彝，上海：上海古籍出版社，1988 年。

三、近人專著（按出版年代排序）

（一）詞學專著

1. 《清詞史》，嚴迪昌，南京：江蘇古籍出版社，1990 年。

2. 《清代詞學四論》，吳宏一，臺北：聯經出版公司，1990 年。

3. 《龍榆生詞學論文集》，龍榆生，上海：上海古籍出版社，1997 年。

4. 《清詞叢論》，葉嘉瑩，石家莊市：河北教育出版社，1998 年。

5. 《中國詞學史》，謝桃坊，成都：巴蜀書社，2002 年。

6. 《清代吳中詞派研究》，沙先一，北京：人民文學出版社，2004 年。

7. 《詞曲史》，王易，南京：江蘇教育出版社，2005 年。

8. 《詞話史》，朱崇才，北京：中華書局，2006 年。

9. 《古代詞學理論的建構》，劉貴華，北京：中國文史出版社，2006 年。

10. 《明清詞研究史稿》，朱惠國、劉明玉，濟南：齊魯書社，2006 年。

11. 《明清史研究史》，陳水雲，武漢：武漢大學出版社，2006 年。

12. 《常州詞派與晚清詞風》，遲寶東，天津：南開大學出版社，2008 年。

13. 《吳梅詞曲論著四種》，吳梅著、郭英德編，北京：商務印書館，2010 年。

14. 《清代世變與常州詞派之發展》，陳慷玲：臺北：國家出版社，2012 年。

（二）其他文史專著

1. 《龔定盦研究》，朱傑勤，臺北：臺灣商務印書館，1966 年。

2. 《龔自珍研究》管林，北京：人民文學出版社 1984 年。

3. 《文學大綱》，鄭振鐸，上海：上海書店，1986 年。

4. 《中國近代文學發展史》，郭延禮，濟南：山東教育出版社，1990 年。

5. 《中國海洋發展史論文集第 4 輯》，林滿紅，臺北：中研院三民主義研究所，1991 年。

6. 《龔自珍綜論》，陳銘，桂林：灕江出版社，1991 年。

7. 《清詩史》，朱則杰，南京：江蘇古籍出版社，1992 年。

8. 《龔自珍生平與詩文新探》，樊克政，天津：天津人民出版社，1992 年。

9. 《龔自珍研究論文集》，孫文光、王世蕓編，上海：上海書店，1992 年。

10. 《龔自珍論稿》鄔進先，天津：南海出版公司，1992 年。

11. 《龔自珍研究論文集》，季鎮淮，上海：上海書店，1992 年。

12. 《龔自珍研究文集》，龔自珍紀念館編，杭州：浙江古籍出版社，1994 年。

13. 《中國學案史》，陳祖武，臺北：文津出版社，1994 年。

14. 《中國近三百年學術史》，錢穆：臺北：臺灣商務印書館，1995 年。

15. 《中國近三百年學術史》，梁啓超：北京：東方出版社，1996 年。

16. 《陽湖文派研究》，曹虹，北京：中華書局，1996 年。

17. 《中國通史》，白壽彝總主編，周遠廉等主編，上海，上海人民出版社，1996 年。

18. 《龔自珍學術思想研究》，張壽安，臺北：文史哲出版社，1997 年。

19. 《乾嘉考據學研究》，漆永祥，北京：中國社會科學出版社，1997 年。

20. 《紀昀與乾嘉學術》，張維屏，臺北：臺大出版委員會，1998 年。

21. 《中國現代學術之建立》，陳平原，北京：北京大學圖書館，1998 年。

22. 《龔自珍評傳》，陳銘，南京：南京大學出版社，1998 年。

23. 《文獻家通考》，鄭偉章，北京：中華書局，1999 年。

24. 《龔自珍》，孫文光，臺北：萬卷樓圖書有限公司，2000 年。

25. 《論中國學術思想變遷之大勢》，梁啓超著，夏曉虹導讀，上海：上海古籍出版社，2001 年。

26. 《清人社會生活》，馮爾康、常建華，瀋陽：瀋陽出版社，2002 年。

27. 《清詩史》，嚴迪昌，杭州：浙江古籍出版社，2002 年。

28. 《清代學術論叢第三輯》，國立中山大學清代學術研究中心編，臺北：文津出版社，2002 年。

29. 《清代揚州學記》，張舜徽，武昌：華中師範大學出版社，2004 年。

30. 《清史簡述》，鄭天挺，北京：中華書局，2005 年。

31. 《龔自珍傳論》，麥若鵬，合肥：安徽大學出版社，2005 年。

32. 《乾嘉學派研究》，陳祖武、朱彤窗編，石家莊：河北人民出版社，2005 年。

33. 《中國縱橫——一個漢學家的學術探索之旅》，（英）史景遷著，夏俊霞等譯，上海：上海遠東出版社，2005 年。

34. 《這些從秦國來——中國問題論集》，（英）赫德著，葉鳳美譯，天津：天津古籍出版社，2005 年。

35. 《十九世紀西方人眼中的中國》，（英）約‧羅伯茨編著，蔣重躍、劉林海譯，北京：中華書局，2006 年。

36. 《清代經學與文學——以常州文人群體爲典範的研究》，楊旭輝，南京：鳳凰出版社，2006 年。

37. 《南社叢談》，鄭逸梅，北京：中華書局，2006 年。

38. 《清代李商隱詩歌接受史稿》，米彥青，北京：中華書局，2007 年。

39. 《清代東南書院與學術及文學》，徐雁平，合肥：安徽教育出版社，2007 年。

40.《鴉片戰爭史實考》，姚薇元，武漢：武漢大學出版社，2007 年。

41.《姚鼐與乾嘉學派》，王達敏，北京：學苑出版社，2007 年。

42.《嘉道時期的災荒與社會》，張艷麗，北京：人民出版社，2008 年。

43.《清代今文經學的興起》，黃開國，成都：巴蜀書社，2008 年。

44.《中國畫學全史》，鄭午昌，上海：上海世紀出版集團，2008 年。

45.《龔自珍與二十世紀詩詞研討會論文集》，王翼奇、檀作文主編，杭州：浙江古籍出版社，2009 年。

46.《清代思想史》，陸寶千，上海：華東師範大學出版社，2009 年。

47.《清代社會經濟研究史》，張研，北京：北京師範大學出版社，2010 年。

48.《清朝嘉道關稅研究》，倪玉平，北京：北京師範大學出版社，2010 年。

49.《茶葉與鴉片：十九世紀經濟全球化中的中國》，仲偉民，北京：三聯書店，2010 年。

50.《清朝對外體制研究》，曹雯，北京：社會科學文獻出版社，2010 年。

51.《以禮代理——凌廷堪與清中葉儒學思想之轉變》，張壽安，臺北：中央研究院近代史研究所，2010 年。

52.《從文士到經生——考據學風潮下的常州學派》，蔡長林，臺北：中央研究院中國文哲研究所，2010 年。

53.《清代學術概論》，梁啓超著，朱維錚校注，北京：中華書局，2010 年。

（三）工具書

1.《龔自珍研究資料集》，孫文光等編，合肥：黃山書社，1984 年。

2.《詞學研究書目 1919～1992》，黃文吉編，臺北：文津出版社，1993 年。

3.《詞學論著總目 1902～1992》，林玫儀編，臺北：中央研究院中國文哲研究所籌備處，1995 年。

4.《乾嘉學術研究論著目錄 1900～1993》，林慶彰主編，臺北：中央研究院中國文哲研究所，1995 年。

5.《乾嘉學術編年》，陳祖武、朱彤窗編，石家莊：河北人民出版社，2005 年。

6.《宗教辭典》，任繼愈主編，上海：上海辭書出版社，2009 年。

（四）學位論文

1.《龔自珍「尊史」研究》，鄭吉雄，臺北：國立臺灣大學中國文學研究所博士論文，1996。

2. 《龔自珍的文學研究》，阮桃園，臺中：東海大學中國文學研究所碩士論文，1983 年。

3. 《龔自珍詞研究》，程昇輝，臺中：中興大學中國文學研究所碩士論文，1998 年。

（五）期刊論文

1. 〈龔定盒詩詞中的戀愛故事〉，朱衣，《風雨談》，第 6 期，1943 年，頁 34～40。

2. 〈龔定庵佚詞〉，北山，《詞學》，第 1 期，1981 年，頁 152。

3. 〈龔自珍佚詞一首〉，李華英，《西湖》，第 7 期，1984 年，頁 7。

4. 〈論龔自珍的詞〉，劉明今，《詞學》，第 3 輯，1985 年，頁 204～211。

5. 〈試論龔自珍思想的兩重性矛盾──讀定庵詩詞〉，李錦全，《浙江學刊》，第 1 期，1986 年，頁 76～82。

6. 〈試論定庵詞〉，徐永瑞，《蘇州大學學報》，第 1 期，1988 年，頁 58～63。

7. 〈龔自珍詩詞中之「夢」〉，趙山林，《杭州師範學院學報》，第 1 期，1988 年，頁 38～42。

8. 〈龔自珍「浪淘沙·寫夢」〉，孫秀華，《名作欣賞》，第 2 期，1989 年，頁 42～43。

9. 〈劍氣簫聲兩銷魂──龔自珍「湘月」賞析〉，王兆鵬，《文史知識》，第 2 期，1989 年，頁 40～43。

10. 〈有心救世，無力回天──讀龔定庵詩詞誌感〉，李錦全，《國文天地》，第 5 卷第 9 期，1990 年，頁 85～88。

11. 〈難以兼得的劍簫之美──讀龔自珍「湘月」〉，吳翠芬，《名作欣賞》，第 4 期，1990 年，頁 79～80。

12. 〈論龔自庵詞的藝術特色〉，祖保泉，《安徽師大學報》，第 4 期，1991 年，頁 453～460。

13. 〈龔定庵之詞學研究〉，蘇文婷，《世界新聞傳播學院學報》，第 1 期，1991 年，頁 21～39。

14. 〈龔自珍詞的思想意義與藝術特色〉，郜進先，《北方論叢》，第 5 期，1992 年，頁 35～42。

15. 〈龔定庵的狂、怨、罵〉，李存煜，《徐州師範學院學報》，第 4 期，1993 年，頁 25～34。

16. 〈風發雲逝鑄新詞：龔自珍詞學、詞作淺析〉，鍾賢培，《語文月刊》，第 2 期，1993 年，頁 21～22。

17. 〈有關理學的幾個重要問題的再反思〉，劉述先，《國際朱子學會議論文集》，臺北：中央研究院中國文哲研究所，1993 年，頁 263～294。

18. 〈關於龔自珍的佚詞——「謁金門‧孫月坡小影」〉，樊克政，《文獻》，第 4 期，1994 年，頁 280～282。

19. 〈怨去吹簫，狂來說劍——龔自珍「湘月」詞賞析，梁慧，《文史知識》，第 10 期，1996 年，頁 113～116。

20. 〈沉鬱憂憤，清麗綿邈——論龔自珍的詞〉，陳躍卿，《宜賓師範高等專科學校學報》，第 1 期，1999 年，頁 39～48。

21. 〈香蘭腸斷緣何事——龔自珍「木蘭花慢」修辭特色〉，樂秀拔，《中國語文》，第 516 期，2000 年，頁 54～58。

22. 〈萬千哀樂集一身——由龔自珍的紀夢詩詞看其平生意緒〉，陳靜，《無錫教育學院學報》，第 3 期，2000 年，頁 25～28。

23. 〈清代揚州學派研究展望〉，張壽安，《漢學通訊》，第 19 卷 4 期，2000 年，頁 619～624。

24. 〈吹簫說劍銷魂味——定庵詞心初探〉，（韓）李禧俊，《常熟高專學報》，第 1 期，2003 年，頁 62～65。

25. 〈仁和龔氏家譜的史料價值——兼論龔自珍的先世學緣〉，梁紹傑，《乾嘉學者的義理學》，2003 年。

26. 〈一簫一劍鑄精神——評龔自珍詩詞中情志的發展演變〉，孫彥杰，《德州學院學報》第 5 期，2004 年，頁 74～77。

27. 〈末世文人的悲愴與蒼涼——略論龔自珍的詞〉，劉媛媛，《社會科學家》，2007 年，頁 213～214。

28. 〈龔自珍詞學研究〉，蘇利海，《文藝理論研究》，第 4 期，2008 年，頁 24～30。

29. 〈龔自珍詩詞風格小辨——以「詠史」和「鵲踏枝」為例〉，來瑞，《湘潮》，第 6 期，2008 年，頁 77～79。

30. 〈定庵詞的典型意象分析〉，郭玲，《焦作大學學報》，第 4 期，2009 年，頁 19～21。

31. 〈論義山詩對龔定庵之影響〉，許永德，見《思辨集》，第 13 集，2010 年，頁 141～158。